GW00703352

Jacques Laurent

de l'Académie française

Le dormeur
debout

Gallimard

A Bernard Privat

« J'ai été abusé par un songe, mais un songe si extraordinaire et si semblable à la vérité que je puis mettre en fait que tout autre que moi, à qui il serait arrivé, n'en aurait pas été moins frappé, et serait peut-être tombé dans de plus grandes extravagances que vous m'en avez vu faire, j'en suis encore si fort troublé, au moment où je vous parle, que j'ai de la peine à me persuader que ce qui m'est arrivé en soit un : tant il a de ressemblance à ce qui se passe entre des gens qui ne dorment pas ! »

Les Mille et Une Nuits

I

Depuis que la voiture avait quitté Nice en traversant la place Masséna dont les roseurs éteintes par la nuit ne s'éveillaient que de réverbère en réverbère, elle avait frôlé des villas d'une douceur insolente enveloppées de bougainvillées, des maisons de notables coiffées d'ardoises, des péristyles protégés par des eucalyptus dont les frondaisons remuaient sous un fouillis d'étoiles, des casinos de crème, des mas fardés de blanc ou d'ocre, enfin de longs hangars que l'aube éveillait et de ces immeubles semblables les uns aux autres qui annoncent la présence d'une grande ville. A Marseille, devant l'Arc de Triomphe où le rendez-vous avait été pris, le conducteur avait chargé deux passagers, Zilia et Faypoul, qui attendaient frileusement dans le crépuscule du matin. La voiture était alors repartie vers l'est jusqu'à Hyères d'où, quittant la mer, elle s'était engagée dans une région montueuse.

A mesure que la mer s'éloignait, l'oubli engloutissait les somptuosités cosmopolites de la côte comme ses prétentions urbaines; d'abord s'imposèrent les pentes d'aiguilles sèches, le crépitement des cigales dans les olivettes, la torsion des chemins roses qui assaillaient des mamelons vêtus de chêne-liège. Parfois une vallée se creusait assez profondément pour qu'un filet d'eau répandît une fraîcheur et les monts se haussaient au point qu'au-dessus des pins apparut, vite relayée par le maquis, une brève falaise de sapins. Cette zone intermédiaire entre le méditerranéen et l'alpestre était subie différemment par chacun des trois voyageurs.

Le conducteur de la voiture, Émile Clodandron, né dans le Jura, avait fait une partie de la guerre de quatorze dans les Vosges; il regardait se profiler les crêtes bleues comme des souvenirs de jeunesse. Couvert de citations, blessé, il avait épousé celle de ses infirmières qui le soignait le plus gaiement; en outre elle était fille d'un capitaine de réserve et de ce mariage il avait tiré l'illusion de devenir sous-lieutenant. Il l'était devenu d'ailleurs trois mois avant l'armistice et, rendu à la vie civile, sans hésiter, il avait suivi son épouse à Nice où le beau-père tenait une petite entreprise de bâtiment. Sur cette côte il n'avait pas cessé de comparer les mœurs méridionales à celles de l'Est. Il s'était mis à boire du pastis, à jouer aux boules, à aimer sincèrement l'ail, les tomates et les poivrons et même les petits poissons hérissés d'arêtes qui soutiennent la bouillabaisse, et jusqu'à ces tout petits oiseaux qu'on aurait honte de tuer entre le Rhône et le Rhin mais ce goût était comparable aux complaisances que montre l'explorateur pour la nourriture de l'indigène.

Sa profonde patrie était moins l'Est que la guerre et le principal grief qui l'animait contre la région trop douce à laquelle il s'était laissé condamner tenait à son absence d'histoire militaire. Il fallait, selon lui, remonter au XVIᵉ siècle pour y trouver le souvenir d'une bataille. Grâce aux cours de perfectionnement il avait réussi à devenir capitaine de réserve, sans oublier de faire prospérer son entreprise où il avait pu s'offrir le luxe d'embaucher l'un de ses anciens soldats, un incapable qui l'appelait « mon Capitaine », comme on appelait le beau-père dont il avait pris la suite. Dans le quartier de Nice où, entre des maisons ocre aux volets verts, se dressait son entrepôt, il avait obtenu de ses amis et voisins d'être interpellé militairement mais ceux-ci avaient supprimé le *mon,* soit parce qu'il subsistait en eux une tradition navale, soit parce que leur parenté avec les Italiens les avait habitués à user du *commendatore,* soit parce que le mot *capitaine* employé à l'état pur satisfaisait en eux le besoin d'un chef de bande qui remontait loin. Il portait toujours moustache mais il l'avait réduite à un rectangle; son béret le quittait rarement. En revanche, il mettait son orgueil à n'exhiber qu'à l'occasion les signes de sa Légion d'honneur, de sa croix de guerre, de sa médaille militaire. Il ne pouvait cacher la frêle cicatrice qui reliait sa bouche à son oreille droite mais, devant les ignorants, il aimait prétendre qu'elle était la conséquence d'une chute malheureuse qui l'avait précipité, enfant, sur son pot de chambre, sachant très bien que l'ignorant apprendrait vite que la blessure dont ce visage gardait la trace avait valu au héros qui la montrait discrètement l'insigne occasion d'être fait chevalier de la Légion d'honneur sur le champ de bataille. Bref, l'état de paix ne lui convenait pas, mais il s'efforçait de s'en accommoder. Rude et même agressif en public, il était doux chez lui et n'avait jamais exigé de sa femme qu'elle concourût à le maintenir dans ses illusions guerrières; pourtant lorsqu'elle s'était mise, bien qu'ils n'eussent pas d'enfants, à l'appeler « papa » il avait trouvé le courage de suggérer qu'elle pourrait l'appeler « Capitaine » comme tout le monde. Leur vie familiale en fut compliquée parce que le chien s'appelait déjà Capitaine de sorte qu'ils accouraient tous deux dès que ces trois syllabes avaient été lancées, motivées tantôt par une pâtée tantôt par l'arrivée du courrier. Le chien eut heureusement l'esprit de mourir jeune et de rendre sa sérénité à ce ménage qui ne fut que rarement titillé par le souvenir de l'animal défunt. Encore qu'il arrivât à Émile Clodandron de ne pas bouger de son bureau en entendant crier, « Capitaine », heureux de croire que ce bon animal, dont passagèrement il oubliait la mort, était convié à se régaler.

Il freina sec pour éviter un chien jaune qui traversait inconsidérément la route. Non par sa couleur, mais par son attitude ce chien distrait ressemblait à Capitaine qui lui aussi levait souvent son museau vers le ciel pour y contempler un spectacle imaginaire si important que le monde extérieur en était momentanément aboli.

Corse, Pascal Zilia avait débarqué à Marseille, âgé de trois ans. Le Midi était son domaine. Il y était sensible à des nuances qui échappaient à Clodandron. Entre Marseille et Nice il traversait une dizaine de pays très différents qui auraient pu être séparés par des frontières douanières. Le bureau de sa petite compagnie « Les nouveaux routages phocéens » donnait sur le vieux port qui ressemblait à un étang où des barques auraient décidé de terminer leur carrière dans une pourrissante paresse, mais assez proches les plaintes menaçantes des sirènes rappelaient que ces lieux étaient en communication constante avec la mer Rouge et le Pacifique et la rumeur de la Canebière dénonçait la présence d'une cité laborieuse et brutale. Quand Zilia s'en allait déjeuner à Cassis, il croyait changer de siècle et descendre dans un passé bariolé, assez gai et ignare; il respectait Toulon comme une poudrière et après être passé devant le portail de l'Arsenal, dès qu'il apercevait l'escadre, ce n'étaient pas des navires qu'il contemplait mais des canons qui flottaient.

S'il avait su rédiger un texte, il aurait pu entreprendre le récit d'un voyage de Marseille à Nice qui aurait été enrichi par autant de contrastes imprévus que les souvenirs d'un missionnaire parti de Delhi et arrivant à Pékin en étant passé par Lhassa. Même les arrière-pays différaient; autour de Marseille, des crêtes pétrées s'amoncelaient, portant comme des taches de lichen de courts bouquets de chênes nains, alors que la route suivie par la C4, bien qu'elle affrontât des contreforts montagneux, s'insinuait toujours dans une végétation touffue qui verdoyait jusque dans le rétroviseur où par instants Zilia tentait de s'apercevoir, fier de sa mâchoire carrée, de son nez presque grec, de ses petits yeux bleus et surtout d'une chevelure rouge qu'il attribuait aux origines vandales de ses ancêtres corses.

Après que la voiture eut freiné pour éviter le chien, Zilia, toujours dans le rétroviseur, vit l'animal, qui n'était nullement ému, s'arrêter devant un platane pour lever la patte.

— Ce clébard, observa-t-il d'un ton légèrement amusé, un peu plus il passait l'arme à gauche.

— Jamais je n'ai tué un chien, répliqua Clodandron qui, d'impatience, s'agita sur son siège de sorte que, pendant un instant, son visage balaya le rétroviseur.

Un visage aussi neutre que la C4. Des traits réguliers et inexpressifs. Dans les livres de l'école primaire où les aspects des quatre races humaines étaient illustrés, sa figure aurait pu servir de modèle à celle de l'homme blanc. Du moins était-ce la certitude de Faypoul qui était assis à l'arrière. Ce Faypoul était plus jeune et plus mince que ses compagnons, plus élégant aussi, ou plus prétentieux : il portait un complet de lin bleu électrique, une chemise de soie grège sur laquelle était crispée une cravate rouge à pois blancs. Sa longue figure où les dents tenaient trop de place aurait été chevaline sans le velouté cambré des cils et la finesse de l'architecture qui reliait les arcades sourcilières au nez. Il avait été frappé simultanément par la banalité représentative du visage de Clodandron et de la voiture, une Citroën C4 très répandue en l'année 1937 où commence cette aventure. Le véhicule d'un volume moyen, mû par un moteur d'une force moyenne, ne pouvait retenir l'attention par aucune particularité ; il avait des roues, un capot, des portières qui ne prétendaient qu'à l'utile. Alors que la Voisin était taillée à coups de serpe pour ressembler au visage de son constructeur, alors que la Rolls présentait une façade de temple grec et que la Bugatti se faisait précéder par un long et luxueux goulot qui grondait, la C4 était la voiture à l'état abstrait. Le mot *abstrait* ne convenait pas vraiment à Faypoul. Il se savait possesseur d'une énergie philosophique mais ne parvenait pas à la canaliser dans des mots justes. Il ne pouvait se résoudre à considérer le

16

visage de Clodandron ou la C4 comme des représentations idéales de l'homme blanc et de l'automobile. D'autres mots se proposaient : modèle, concept, essence. Il opta pour *type* au sens où Platon l'employait et, emporté par son élan, décida que le chien-qui-n'avait-pas-été-écrasé était le type même du chien. Le poil ni trop ras ni touffu, d'un jaune à peine fauve, les oreilles pointues comme celles de son ancêtre le chacal, ni haut ni bas sur pattes, il détenait un droit à représenter la race canine dans son ensemble parce que lui avaient été épargnées les singularités excessives, telles la longueur des jambes et du museau qui font le lévrier, l'épaisseur touffue et rousse qui dénonce le chow-chow, les bouclettes d'éphèbe qui caractérisent le caniche, les larges oreilles tressées qui affublent les épagneuls d'une perruque.

De même Faypoul constatait que les ifs et les cyprès étaient plus des dards que des arbres ; le saule pleureur ruisselle comme un casoar ; le cèdre conserve un port si assuré qu'on a envie de l'empoisonner pour hériter de lui quelque chose qu'on jouera à Monte-Carlo si l'on n'est pas démasqué par Hercule Poirot. Quand on demande à un enfant de dessiner un arbre, il trace un tube que couronne une sphère boursouflée, un pommier visiblement, ce qui suffit pour classer les pommiers non parmi les arbres mais parmi les enfantillages. Le type (ou le modèle ou le concept) de l'arbre, Faypoul se décida à le choisir en regardant des platanes qui équilibraient parfaitement l'importance du feuillage et celle du tronc de bronze et d'argent.

Ils annonçaient le village d'Argeasse qui se révéla tout à coup, répandant la fraîcheur d'une petite rivière dont le bruissement était dominé par les sanglots irréguliers d'une fontaine de pierre. Un café se tassait devant une église également basse et trapue, en partie dissimulée par d'autres platanes qui cessant de se suivre à la file indienne s'étaient rassemblés en quinconce. La pensée de Faypoul prit un autre tour et il proclama :

— Voilà où en est l'Occident, nous voulons bien tuer des hommes mais pas des chiens.

— Il faut que nous parlions, répliqua Clodandron, en arrêtant la voiture devant le Café de la Paroisse. La terrasse les attira d'abord mais le fracas d'un camion qui transportait des barriques les poussa vers l'intérieur où, après avoir fendu le rideau de perles tintantes, ils furent aveuglés par la pénombre qui contrastait avec l'ensoleillement brutal de la place. La salle était trop vaste pour son contenu, un mince comptoir de bois sculpté comme une chaire d'église, des chaises de métal ou d'osier, quelques tables également disparates et disposées en désordre. Celle qu'ils choisirent était ronde et son plateau de marbre éteint vacillait sur des pieds torsadés et griffus semblables à ceux d'une vieille baignoire. Derrière le comptoir, sous les rangées de bouteilles aux tailles et aux corpulences inégales, trois vieilles femmes s'affairaient à langer un nourrisson avec des sourires gourmands. Au fond une porte largement ouverte permettait de contempler le fragment d'un office; un fer chauffait sur la fonte ténébreuse d'une cuisinière, l'extrémité d'une table nappée de blanc laissait entrevoir un tissu rose, un chat dormait, enroulé sur un escabeau; on ne voyait pas la fenêtre mais on devinait sa présence au tranchant de la lumière qui isolait chacun des éléments contenus par ce rectangle que

18

l'on aurait pu prendre pour un trompe-l'œil si un bras nu n'avait jailli vers le fer à repasser. L'une des vieilles retira de sa bouche trois ou quatre épingles de nourrice et cria :

– Huguette! il y a des personnes.

– Je finis et j'arrive.

En procession, les trois femmes s'étaient engagées dans un escalier, la deuxième portant le petit enfant qui s'était mis à crier.

– Quand on peut éviter de tuer un chien, on le doit, on le doit, observa Clodandron avec la lenteur d'un maître qui veut être compris par ses émules les moins dégourdis. Mais enfin la mort, il ne faudrait pas en faire une histoire. Ce gosse qu'elles sont en train de chatouner, il crèvera, par accident ou à son tour de bête, peu importe. Probablement qu'elles mourront avant lui, et encore ce n'est pas sûr. Il faut passer au portillon, vous ne me direz pas le contraire et nous aussi nous y passerons. Donc, ajouta-t-il en baissant la voix, le cas de Juste Amadieu n'a rien d'extraordinaire.

Le message n'avait pas été reçu avec une attention soutenue, Zilia et Faypoul ayant entrepris ensemble de caler la table boiteuse. Penchés, ils essayaient de déplacer les pieds pesants pour leur trouver une meilleure assise sur les tomettes. Tous deux avaient été frappés par les vieilles femmes dont l'image les poursuivait pendant qu'ils besognaient. Trois mauvaises fées pour Zilia, trois sorcières pour Faypoul qui se rappelait une illustration de *Macbeth* dans une édition française publiée vers 1900. Leurs relations avec la culture étaient très différentes. La culture était alors très à la mode. On construisait ou on aménageait des maisons qui lui étaient officiellement consacrées et les intellectuels antifascistes considéraient sa conquête par le prolétariat comme un des objectifs primordiaux du combat social. Elle ne s'appliquait pas comme aujourd'hui aux us et aux coutumes, aux relations parentales, à la manière de cuire ou de ne pas cuire la viande, d'accommoder ses rêves et d'utiliser ses loisirs. A cette époque il s'agissait surtout, en donnant à déguster du Molière, du Victor Hugo, du Romain Rolland, de persuader les ouvriers que le droit n'était pas seulement avec eux, mais aussi l'intelligence et la beauté. Du coup la droite regardait la culture de travers, ne la tolérant qu'à l'état d'adjectif et se félicitant qu'il restât encore une élite cultivée jusqu'au bout des ongles qui au mot *culture,* opposait *civilisation.* En ce qui concerne Zilia et Faypoul on ferait mieux de noter tout simplement qu'ils n'avaient pas les mêmes connaissances livresques. Zilia s'était borné à passer son certificat d'études l'année même où sa première communion mettait un terme aux séances du catéchisme; par la suite il n'avait guère été tenté par le plaisir de lire, encore que de temps à autre, un jour de repos, allongé dans un transatlantique, à l'ombre d'un arbre il lui arrivât de fumer un cigare en relisant quelques pages de Gustave Aymard. De sorte que la littérature se réduisait pour lui à des Indiens emplumés et à des princesses victimes de mauvaises fées car tout enfant il avait raffolé des contes, les intégrant à une éducation corse qui appréciait les sortilèges, mais sa dignité d'adulte lui interdisait d'en lire sauf par-dessus l'épaule de sa fille qu'il comblait d'albums hérissés de baguettes magiques alors que l'enfant rêvait de Bécassine et de son parapluie.

Fils d'un clerc de notaire qui habitait Auriol, Léon Faypoul était parvenu sans difficulté au baccalauréat; il avait fait, comme on disait, de solides humanités puis il avait abandonné une licence de lettres avant de se lancer dans l'histoire de l'art qui l'avait vite lassé. Qu'il eût oublié le grec et le latin, c'était certain mais lui en restait le plaisir d'appartenir à une classe lettrée. L'art ne lui avait pas apporté beaucoup d'émotions ni d'idées mais il était capable de citer une cinquantaine de noms de peintres et de sculpteurs, à la différence de ses deux camarades qui traqués dans leurs tréfonds n'auraient pu trouver que les noms de Michel-Ange, de Domergue et de Picasso avec, en post-scriptum, le titre d'un tableau, *La Joconde*, dont ils ignoraient l'auteur.

Pour Clodandron, le numéro des trois vieilles n'avait ranimé qu'un souvenir passager et déplorable, celui de ses permissions qui l'obligeaient de quitter une guerre qu'il aimait pour aller s'enfermer dans le petit appartement de la maison d'école, au bout du village, auprès de sa mère, de sa grand-mère et de sa tante qui sentaient la vanille et la tisane et tricotaient à ce point que dans le train qui le ramenait au feu il baissait la vitre pour jeter à tous vents des paires de chaussettes, des écharpes et des passe-montagnes. Fâché de n'avoir pu terminer un discours qu'il jugeait nécessaire, il attendait qu'à force de secousses successives les deux accroupis fussent parvenus à stabiliser la table ou à abandonner leur entreprise. Ils l'abandonnèrent dès que l'arrivée sonore d'Huguette déplaça leur attention. On aurait pu croire que l'ex-repasseuse apportait avec elle, comme on entraîne une odeur, un peu de la lumière hollandaise qui avait rayonné dans l'office. Les sandales claquaient en élevant une fine poussière; la robe était du même rose que la bouche.

Les deux stabilisateurs de table se trouvaient à genoux devant une haute fille qui, dès que ses sandales se turent, devint silence. Un courant d'air tiède agitait la robe autour des jambes, mais, robe de coton, elle ne bruissait pas. Ils se relevèrent, demeurèrent d'abord debout comme s'ils participaient à une cérémonie, puis s'assirent en se rappelant qu'ils étaient dans un bistrot. Elle s'était agenouillée à leurs pieds pour glisser sous l'une des griffes chimériques de la table une tranche de liège dont l'efficace fut immédiat. Elle se releva en se déployant. Tous trois découvrirent ensemble que le rose de la robe était celui du tissu qui pendait sur la table de repassage, au bord du trompe-l'œil. Faypoul s'offrit le plaisir d'imaginer que lorsqu'elle repassait la robe qu'elle venait d'enfiler en toute hâte, elle était nue. Pour Clodandron le spectacle qu'elle offrait, les dominant de toute son impatiente immobilité, lui suffisait. Il se le photographiait pour l'engranger et l'employer pendant ses rêveries; sa femme était patraque, inutilisable; sans savoir pourquoi, il n'aurait jamais accepté de la tromper mais, tout de même, il se conservait le droit de rêver pour vivre.

Zilia remarqua que Clodandron ôtait son béret. Il s'était acheté un beau feutre en lapin mais n'osait pas le porter parce qu'il craignait d'ignorer les situations dans lesquelles il était convenable de le retirer. Il se demanda si le geste du capitaine devait être considéré comme une marque de respect pour la jeune fille. Lui-même se savait incapable de respecter une jeune fille sauf si elle était vierge et mère; la religion catholique avait été faite sur mesure pour ce Méditerranéen. Il ne regrettait pas d'être père mais d'avoir reçu du ciel un enfant femelle qui dans quelques années provoquerait la convoitise. Il enrageait en imaginant qu'un homme la lui prendrait même en respectant la voie du mariage. Si les regards qu'ils posaient tous les trois sur Huguette le révoltaient, c'était seulement parce qu'il imaginait sa fille, soumise à ce désir silencieux. Conduisant un de ses quatre camions, il lui était arrivé dans l'une des auberges routières qu'il hantait irrégulièrement de culbuter une petite serveuse mais depuis qu'il imaginait Sabine dans la position d'une de ces serveuses, il préférait la conversation à l'action, ne marivaudant même pas et se résignant à conseiller à une petite interlocutrice, qu'il désirait, de prendre des cours de comptabilité par correspondance. Il essayait donc de poser sur Huguette un regard asexué.

— J'attends vos commandes, dit-elle.

Ce dernier mot impressionna Zilia qui avait retenu de ses ascendants la certitude que la femme était faite pour obéir. Il en fut d'autant plus troublé que le regard de cette esclave était arrogant. Le regard venait du fond d'elle-même et non de ses yeux car elle plissait les paupières comme si elle se heurtait à une pénible réverbération. Pourtant Faypoul avait décelé la couleur des iris.

— C'est dommage, dit-il, que je n'aie pas apporté mes pastels. Vous avez des cheveux presque bleus, des yeux gris, une robe rose.

— Je suis un drapeau tricolore, répondit-elle, habituée à contenir l'insolence des compliments dont la clientèle l'accablait sans beaucoup de conviction, par habitude. Qu'est-ce que ce sera, trois pernods?

— Du vin blanc, peut-être? proposa Zilia.

Clodandron avait décidé de reprendre le commandement de l'expédition.

— Trois pernods, dit-il.

Elle se détourna d'un seul mouvement du corps et se dirigea vers le comptoir qu'elle contourna.

— Cette fille, murmura Clodandron, vous préoccupe au point que vous ne m'écoutez plus.

— On t'écoute, Capitaine! s'écria Zilia.

— Cette fille, elle deviendra une des trois vieilles et elle crèvera dans un lit de douleur. Sa meilleure chance ce serait d'y passer tout de suite. Sous un camion. En traversant la rue.

— N'empêche (Faypoul hasarda cette observation en baissant la voix) qu'elle serait belle, allongée sur le bitume et la tête écrabouillée comme du raisin. Les Grecs avaient du goût pour les soldats tués.

— Elle peut aussi mourir d'une crise cardiaque, insista Clodandron, même à son âge ça arrive. Et mettre quelques heures et même quelques jours à trépasser. C'est là que je reviens à mon sujet.

— Ton sujet, soupira Zilia, on le connaît. C'est Juste Amadieu. Bon. Il le faut, on y va mais pourquoi le faut-il? J'ai le droit de savoir, on n'est pas des automates.

Les sandales ne claquèrent pas; elles frôlaient prudemment les tomettes parce qu'Huguette était chargée. Un plateau, la bouteille de pernod, une carafe d'eau, trois verres. Elle les servit avec précaution. Lui manquait la virtuosité d'un garçon de café parisien ou marseillais. Elle acheminait ses gestes avec une sûreté méticuleuse qui ne prétendait pas à provoquer l'admiration. Mais peut-être savait-elle qu'ils admiraient son corps.

Zilia avait retiré sa veste; les deux autres avaient conservé les leurs, Faypoul parce qu'il était fier de porter un complet neuf, Clodandron parce qu'il ne voulait sans doute pas renoncer pour une fois au bouquet de décorations qui s'échappait de sa boutonnière. Il continuait d'enregistrer l'image d'une jeune fille, qui, croyait-il, se prêterait à beaucoup de songes, pendant beaucoup d'insomnies. Il n'en était pas certain car il lui était arrivé de recueillir des corps et des visages qui, à l'épreuve, s'étaient révélés inefficaces. Zilia regardait la poitrine tendue de coton rose, se demandant quand Sabine serait assaillie par des seins, ce qu'elle en penserait, ou plutôt ce qu'il en penserait. L'année précédente, de passage à Paris, Faypoul avait acheté des chaussures chez Pillot et le vendeur l'avait mené à un appareil de radioscopie où il suffisait de glisser son pied pour voir les orteils se dessiner dans l'étui de cuir. Il avait été frappé, comme s'il passait brutalement d'une époque à une autre, d'Icare à Lindbergh. Son émotion avait été triste mais elle lui avait appris à faire confiance à son imagination. A travers la robe d'Huguette il voyait sa culotte, son soutien-gorge, sa combinaison, encore qu'il ne fût pas sûr qu'elle en portât une et, ce qui lui tenait le plus à cœur, le triangle de fourrure. Il calibra même les seins puis les fesses quand elle se tourna pour regagner le comptoir. Il se rappela qu'il avait traduit un passage de *L'Enéide* où Didon laisse tomber sa tunique autour de ses chevilles. Il avait été Didon, il était Huguette. Il l'admettait.

La fraîcheur agressive et lourdement parfumée du pernod les pénétra tous les trois en même temps. Ils burent vite pour oublier l'avenir.

– Mignonne, tu nous remets ça.

La mignonne qui lavait des verres derrière le comptoir ne se hâta pas. Clodandron eut le temps, tout en roulant une cigarette, de décider :

– C'est à Zilia que je confie le flingue...

Faypoul l'interrompit :

– Je m'en charge, si le capitaine est d'accord. Il faut que je me décide. Jusqu'ici je n'ai tiré que des oiseaux tandis que vous autres...

Passant avec complaisance un index sur sa moustache, Clodandron admit qu'il avait en effet beaucoup tué.

– Moi aussi, lança Zilia avec une amertume plaintive. La Grande Guerre, je ne l'ai pas faite mais je me suis tapé le Rif.

– Tandis que moi, je me suis tapé mon service militaire à Périgueux. Il faut que je débute. C'est grand temps. Ce sera moi, n'est-ce pas ? insista Faypoul.

Clodandron lui accorda un sourire indulgent et acquiesça.

– Ce qui n'empêche pas, reprit Zilia, que nous ignorons toujours pour quelle raison ce pauvre Amadieu doit y passer.

L'arrivée d'Huguette modifia momentanément l'humeur de trois hommes que réunissait le projet d'un meurtre. Une main tendre passa entre eux, glissa des verres, superposa des soucoupes, maîtrisa le ruissellement de l'eau qui métamorphosait la clarté rayonnante du pernod en un lait opaque. Tous les trois grivoisèrent en chœur comme le voulait l'usage et elle ne parut pas embarrassée pour leur répondre, proportionnant la vivacité de ses moqueries à leurs audaces verbales. Pendant quelques instants ils virent une bouche fraîche les narguer en souriant et en usant pour sourire de plusieurs physionomies dont chacune correspondait à une repartie. Oubliant Juste Amadieu, ils avaient repris contact avec le lieu où ils étaient assis. Ils ne suivaient pas seulement les gestes de la fille en robe rose dont le hasard leur fournissait la présence ; ils entendaient passer les voitures sur la route, ils découvraient à travers les fenêtres, sous les platanes, de paisibles joueurs de pétanque, aussi lents que des joueurs d'échecs, et leurs regards convergèrent sur une grosse mouche aux ailes irisées qui bourdonnait d'un bout à l'autre de la salle, se heurtant aux vitres, ricochant vers le plafond contre lequel, bientôt, elle se mit à tourner avec un bruit de moteur qui intéressait le chat noir enfin sorti de sa torpeur. Trois ouvriers, ou artisans, en larges pantalons de velours côtelé, s'étaient assis près de la porte des habitués qui ne se donnèrent pas la peine d'énoncer leur commande, sachant qu'Huguette leur apporterait le pichet de vin rouge qui les attendait. Un couple aussi était entré, la femme et l'homme en short bleu, âgés chacun d'un demi-siècle, l'accent parisien, le tandem appuyé au platane, intéressés par l'univers qu'ils étaient en train de découvrir grâce aux congés payés, mais goguenards, bien décidés à ne pas laisser la Méditerranée en prendre à son aise avec la Seine et à ne pas permettre aux contreforts des Alpes de dominer les coteaux de Suresnes.

Tous trois burent ensemble, à petites gorgées

machinales, et retrouvèrent leur solitude, c'est-à-dire leur souci commun.

– Qu'est-ce qu'il a fait, Amadieu? reprit Zilia. Il ne nous a pas trahis?

– Dans un sens oui, dans un sens non, répliqua le capitaine en balançant la main, invitant aussi ceux qui étaient déjà ses complices à parler bas.

– Vous le savez, poursuivit-il avec l'impatience d'un instituteur auquel il ne reste plus que deux minutes pour exposer les règles qui gouvernent l'usage du participe passé, Amadieu est chargé de recevoir à la frontière les armes que nous refilent les Italiens. Il fait correctement son travail depuis un an. Mais il a prétendu qu'il était obligé de passer une ristourne à la douane et à la police de Vintimille. La ristourne, il se la met dans la poche. Ça s'est su à Paris. Et j'ai reçu l'ordre.

Il interrompit Zilia qui protestait et chassa avec élan les arguments prévisibles.

– Vous allez me dire qu'il s'est sucré au passage, que ce n'est pas grave, que les armes sont arrivées à bon port, l'essentiel, quoi! Mais Paris s'est plaint à Rome. Il y avait de quoi! Nous avons rendu des services au Duce, gratuitement, alors que ses flics lèvent un tribut sur le passage des armes. C'était choquant! L'O.S.C.A.R.[1] a protesté mais Rome après enquête s'est indignée. Il en ressort qu'Amadieu a mis dans ses fouilles ce qu'il prétendait...

– On a compris, prononça doucement Zilia, mais ce

_____

1. Les initiales de l'O.S.C.A.R. correspondent sans doute à l'« Organisation sociale cartésienne armée révolutionnaire » qui fut peut-être une des branches d'une société secrète que le public connut sous le nom de « la Cagoule ».

n'est pas une raison. Il suffirait de le prévenir que ça va comme ça.

— L'organisation doit être respectée. Puisqu'ils savent à Rome qu'un de nos agents nous a roulés, il est nécessaire pour notre réputation que nous puissions leur apprendre que qui aime bien châtie bien. Il s'agit d'être pris au sérieux. Ne serais-je pas d'accord avec l'ordre que je l'exécuterais.

— Bien qu'Amadieu soit un ami ?

— Bien qu'Amadieu soit un ami. Et il le restera.

La grosse mouche vrombissante avait trouvé sa fin sur l'une des trois banderoles de papier tue-mouches qui pendaient à proximité du comptoir. Clodandron désigna cette morgue gluante.

— Elles crèvent de soif, de faim, ou encore elles s'asphyxient, si tant est que les mouches respirent.

— Au fait oui, ont-elles des poumons ? demanda Faypoul intéressé.

— En tout cas, décida Clodandron, il est certain que, pour ce qui est des poumons, Amadieu en a. Une mort brève, c'est un cadeau que nous lui faisons puisque, de toute façon, un jour il y aurait eu droit. Nous lui faciliterons la tâche.

— A la mort ou à lui ? redemanda Faypoul perplexe.

— Aux deux, répondit posément Clodandron. Il y a un moment où la mort et le mort se ressemblent. Je l'ai souvent remarqué pendant la guerre.

Il se roulait une nouvelle cigarette, le regard perdu. Les deux autres baissaient leurs yeux sur leurs verres. Ils s'étaient connus tous trois à des dates différentes. Au printemps 1923, presque quinze ans plus tôt, Clodandron et Zilia avaient été soignés dans le même hôpital, l'un pour une bronchite qui pouvait passer pour une séquelle d'une espèce de pneumonie qu'il avait ramassée en Champagne après avoir absorbé quelques bouffées de gaz, l'autre pour une amibiase chopée au Maroc. Leur camaraderie, contrairement à ce qui advient le plus souvent, s'était poursuivie jusqu'à devenir une amitié. Ils s'étaient retrouvés dans des associations d'anciens combattants. Zilia, qui avait débuté avec un seul camion, effectuait de fréquents allers-retours entre Marseille et Nice de sorte qu'ils avaient pris l'habitude de dîner ensemble deux ou trois fois par mois. En revanche ils n'avaient fait connaissance de Faypoul que deux ans plus tôt par le truchement de Mme de Gerb. L'O.S.C.A.R., qui s'était constituée peu après le 6 février, recherchait des locaux sûrs pour entreposer des armes. Amadieu qui les connaissait tous les deux parce qu'ils avaient milité ensemble dans les Croix-de-Feu avait chargé Clodandron d'agrandir et d'aménager les caves que Faypoul cherchait en se donnant l'air d'inspecter la Côte pour le compte de son patron, M. de Gerb, toujours en quête d'opérations immobilières. Armes, munitions, uniformes étaient transportés par Zilia de sorte qu'ils avaient fini tous les trois par se rencontrer pour le plaisir et non pas seulement pour conduire leurs entreprises clandestines. Il était curieux que Faypoul se fût accordé aussi vite avec deux hommes d'une formation aussi éloignée de la sienne; quand par mégarde il citait Valéry, ses nouveaux amis croyaient qu'il s'agissait d'une fille, ce qui n'était pas pour déplaire à un garçon que lancinait la crainte de n'être qu'un esthète efféminé et, par surcroît, dépourvu, selon lui, de tout talent. Faute de devenir jamais l'artiste qu'il avait rêvé, il se voulait homme et demandait son apprentissage à une organisation qui se proposait de prendre le pouvoir par la violence.

Le meurtre d'Amadieu ne déplaisait qu'à Zilia.

– On n'a qu'à lui faire peur et il rentrera dans le rang.

Bien décidé à passer pour un homme d'action, non pas tant pour le regard des autres mais pour le sien, Faypoul murmura avec une rage enfantine :

– La meilleure façon de lui faire peur, c'est de le liquider.

Bien que son paquet de gris ne le quittât jamais et que ses doigts fussent exercés à enrouler le fragile papier autour de brins de tabac mal taillés, Clodandron ne réussissait que des cigarettes effilées dont l'extrémité s'enflammait à la première bouffée. L'incendie apaisé, il reprit à voix basse :

– Ils m'ont convoqué à Paris. Ils m'en ont dit bien plus sur Amadieu, bien plus que vous n'imagineriez. Il a détourné un cargo d'armes destinées aux franquistes.

– Ce n'est pas possible ! Il ne l'a pas envoyé chez les républicains !

– Non. En Sicile. Il a vendu le stock à la Maffia.

Pour les convaincre il utilisait un grief qui restait hypothétique. Ce n'était pas qu'il en voulût à Amadieu, mais de sa vie militaire il lui restait le goût d'obéir. A Paris les chefs lui avaient donné un ordre. L'exécuter ne pouvait être qu'un plaisir. C'était son côté chien. Il était tout disposé à se retourner vers les chefs de Paris en agitant frénétiquement la queue puis à se lancer en grondant vers la victime désignée. D'autant plus que parmi eux il y avait un général et un polytechnicien, et même un duc, alors qu'Amadieu était à peine un peu mieux qu'un trafiquant.

– Je ne dis pas ça, observa-t-il rêveusement après l'examen d'une pensée qu'il n'avait pas énoncée, non, Amadieu est brave mais il est allé trop loin. C'est tout.

– Alors à notre tour d'aller trop loin! ajouta Faypoul.

– D'accord, admit Zilia, trois autres!

– Ça vient, cria Huguette en cessant d'astiquer le comptoir.

Ayant écrasé sur le bord du cendrier son mégot moelleux et fumant, Clodandron soupira :

– Nous aurons trop bu, voilà le résultat. Je sais bien, ajouta-t-il en reprenant du ton, qu'à la Marne ils nous ont donné un quart de gnôle et soi-disant qu'il y aurait eu de l'éther dedans.

– Nous, au Maroc, c'était de la bromure qu'ils nous filaient dans notre vin.

Cette faute de genre déçut Faypoul qui aurait aimé être adoubé tueur en meilleure compagnie. Il concentra son attention sur Huguette qui revenait vers eux en tenant son plateau sur une main ouverte avec une gracieuse impudence. Il sortit de sa poche un bloc de papier Canson qu'il gardait toujours à portée auprès d'un crayon gras.

– Huguette, c'est votre nom, je crois, voulez-vous que je fasse votre portrait ?

– Si ça vous amuse, ça ne me fera pas de mal, lui répondit-elle avec une gentillesse dédaigneuse.

Après avoir déchargé le plateau, elle accepta de reculer de quelques pas et de s'immobiliser pendant qu'il crayonnait. Le soleil qui avait poursuivi son ascension pénétrait par les fenêtres et ocrait la roseur de la robe qui s'associait au teint de la peau. Zilia enrageait. Il imaginait le jeune homme qui se présenterait pour lui demander la main de Sabine, soigneusement cravaté, des gants beurre frais à la main. Il n'avait même plus besoin du salaud de gitan qui abuserait d'elle dans un fossé après l'avoir fait boire, il lui suffisait pour perdre la tête de prévoir – au bout de quelques années qui auraient permis aux seins de Sabine d'égaler ceux d'Huguette – la visite d'un ingénieur très convenable, très diplômé, officier de réserve, qui lui tiendrait à peu près ce langage : « Vous avez, monsieur, une fille qui me plaît et j'ai l'honneur de vous demander à quelle date, après passage devant maire et curé, je pourrai l'emmener chez moi, la foutre à poil, la foutre dans mon lit et la foutre. » Une balle dans la tête de cet ingénieur serait pain bénit, tandis qu'Amadieu le pauvre... Ayant vidé d'un trait son pernod, il faillit dire à haute voix « Ce pauvre Amadieu! ». Il s'en abstint non parce qu'il conservait intact le contrôle de soi mais parce que le silence qui entourait la table l'impressionnait comme un vacarme. Faypoul dessinait, Huguette jouait à la statue, Clodandron rêvait à de futures solitudes.

Faypoul ne dessinait pas seulement, il se débarrassait de la hantise qui était née chez Pillot. Le visage étant nu, il n'avait pas eu à le radiographier comme si son modèle avait été une Mauresque. Mais restait le corps. Le visage, il l'avait plutôt embelli. Au XIXᵉ siècle, avant que les photographes aient exterminé les portraitistes mondains, il aurait pu faire une carrière grâce à ce défaut inné qui l'obligeait à ourler une lèvre trop maigre, à affiner le nez et à approfondir les yeux, à découvrir du galbe sur une joue sèche, sans le faire exprès, car il en était le premier désolé, sachant que la mode ne disposait plus d'aucune réserve d'indulgence pour la grâce, qu'elle fût imaginaire ou non. Quand il en était venu au corps de la serveuse immobile, il lui avait bien fallu derrière le masque de la robe découvrir des seins, des hanches, un pubis dont il ne pouvait demander qu'à son intuition de tracer le bombé.

Il tendit le dessin à la jeune fille qui ne broncha pas. Comme une réponse s'imposait, elle la trouva.

– Si ça vous soulage de gamberger, je n'y vois pas de mal. C'est plutôt joli d'ailleurs.

Les deux autres rirent avec gêne en apercevant à leur tour le dessin. Déjà Huguette courait vers une des trois vieilles qui descendaient l'escalier. Séparées par plus d'un demi-siècle elles chuchotaient en se frôlant. Eux aussi chuchotaient.

– Il a préparé un déjeuner, disait Clodandron, la question est de savoir si on le tue après ou avant manger.

– C'est quand même gênant, grognait Zilia, de savourer sa bouffe et de le crever après.

– Avant, ce ne serait pas plus drôle. Il se serait donné du mal à cuisiner pour rien. Et quand il se met à cuisiner, c'est du sérieux. Et vous ne vous voyez tout de même pas dégustant ses petits plats après l'avoir étendu.

Ce problème de savoir-vivre n'ayant été réglé par aucun manuel, Faypoul lui-même demeurait perplexe. L'alcool les assistait dans leur incertitude; de nouveau les verres étaient vides. Huguette traversa la salle à grands pas, en déployant involontairement le bas de sa robe. Surpris, ils la regardèrent disparaître derrière le rideau de perles et, se rappelant leur déjeuner, entonnèrent ensemble : « Trois orfèvres à la Saint-Eloi s'en allaient baiser chez un autre orfèvre. » Elle les entendait en traversant la rue et souriait.

Sa bicyclette était appuyée à un platane près du tandem des Parisiens. Elle l'enfourcha en prenant soin de laisser sa robe flotter par-dessus la selle au lieu de l'engager sous ses cuisses comme elle le faisait souvent. Elle savait qu'à travers les fenêtres du café ils la regardaient et leur dédia un sourire de mépris. Ils finiraient peut-être de se saouler sur place ou encore ils iraient boire chez le quatrième orfèvre mais sûrement pas baiser. Moi oui je vais baiser, se répétait-elle en pédalant avec allégresse malgré la chaleur brutale qui s'était abattue dès qu'elle avait quitté l'abri des platanes qui jouaient aussi bien par leur feuillage que par leurs troncs avec l'ondoiement alterné de la lumière et de l'ombre.

Doublée par la camionnette de l'épicier, elle sauta sur l'occasion de se faire remorquer et saisit la ridelle à pleine main. Car Juste Amadieu n'habitait pas loin – Juste ou Justinou ou Jujube ou Justin-Crapaudin, selon l'humeur d'Huguette – mais la route franchissait un col dont la côte était raide. Ce fut un délice pour Huguette de se laisser porter dans une vapeur d'essence qui troublait à peine le parfum d'une campagne sèche et en cette saison odoriférante. Elle abandonna avec une ingratitude gaie le véhicule qui l'avait secourue sans le savoir et laissa la bicyclette descendre de l'autre côté du col en pente tout à coup ombragée. C'était un plaisir que de savourer une vitesse croissante qui n'était le produit d'aucun effort. Les pieds immobiles sur les pédales, la robe gonflée par le souffle d'une descente en roue libre, Huguette Guesclin se tenait pour la cycliste la plus joyeuse du monde. De temps en temps, elle s'amusait à faire tourner le pédalier d'avant en arrière pour écouter sa musique, un grésillement qui s'accordait avec le chœur des cigales. Elle freina en sachant qu'elle mettait fin à un moment de liesse pour l'échanger avec l'élan de bonheur qui l'attendait comme un tremplin. Elle sauta de sa bicyclette, poussa une barrière de bois plantée dans une haie vive et s'engagea sous de lourds mûriers en criant comme à son habitude :

– Panique générale!

Cette formule constituait pour eux un rituel quand la femme d'Amadieu n'était pas là.

De l'épaisse bastide qui, les volets clos, semblait sommeiller jaillit un gaillard à peine ventripotent, trapu, dont le front était dégarni bien que ce qui lui restait de chevelure fût épais et que la brillantine ne parvînt pas à en contenir la houle. Il portait un vaste short kaki assez analogue à ceux des soldats coloniaux, un tablier de cuisinier d'une blancheur aussi éblouissante que la façade de la bastide, encore que quelques taches brunes ou safranées confirmassent l'exactitude du propos par lequel Juste Amadieu accueillit Huguette :

– Je suis dans mes fourneaux! Pourquoi es-tu venue?... Tu sais que je régale quelques amis aujourd'hui.

Son sourire démentait un reproche qui avait été prononcé tendrement. Ils étaient aussi heureux de se voir l'un que l'autre. Il se débarrassa promptement de son tablier avant de soulever la jeune fille à pleins bras. Et à pleines mains il releva la robe pendant qu'Huguette reprenait pied sur le terre-plein. Le

36

tatouage (un trèfle à quatre feuilles) qu'un volumineux biceps agitait sur son bras droit était du même bleu marine que son maillot de corps.

– Tes amis, tu ne les attends pas avant midi. On a un peu de temps.

Les yeux brillants ils se souriaient sans discontinuer et sans se lasser.

– Je sais bien ce que tu veux, chuchota-t-il.

– La même chose que toi, répondit-elle, à voix basse elle aussi.

Elle aurait aimé qu'ils s'étreignissent sur l'herbe, et que les trois amis les surprissent n'aurait pas été pour lui déplaire mais, certaine que ce risque le dérangerait et altérerait son plaisir, elle proposa d'entrer dans la maison.

Contrairement à l'extérieur qui était paysan, l'intérieur trahissait un goût convaincu et maladroit pour le cossu. Une moquette rouge et épaisse vêtait le sol. Un lustre vaguement vénitien était suspendu exactement au milieu de la pièce. Une pièce très longue qui donnait à supposer qu'une cloison avait été abattue. Plusieurs miroirs assez vastes, aux cadres dorés et boursouflés, contribuaient à élargir et à enchaîner l'espace. Autour d'une table de chêne fruste, aux douceurs luisantes, étaient disposées des chaises de style Louis XVI. La nappe ne recouvrait pas entièrement la table mais elle était damassée, supportant des verres de cristal miroitants et de grosses assiettes de porcelaine rustique. Sur les murs, voisinaient des tableaux qui auraient pu être peints par Domergue, et l'avaient peut-être été, des photographies de navires, un sextant, un fusil sans doute oriental avec incrustations de nacre, et des chandeliers où des ampoules électriques prolongeaient des tubes de fausse cire fichés dans des corolles de métal argenté. Décrire un lieu n'est pas facile; il faudrait d'abord savoir ce qui retient l'attention des êtres qui le hantent. Or, Huguette ne cherchait pas à départager ce qui dans ce lieu était l'œuvre de Juste Amadieu ou celle de Fernande sa femme qui jouait à la grande bourgeoise, ou même d'Alcide, le fils. Elle entrait dans cette maison en conquérante. Elle y exécutait des rezzous. Elle y goûtait son plaisir ou plus exactement son bonheur.

Elle l'avait pris pour amant huit mois plus tôt, avec quelque difficulté car il s'était débattu un peu, non parce qu'il était marié mais parce qu'elle était vierge et qu'il l'avait connue toute petite. Il tenait à ce qu'il fût bien entendu qu'il déclinait toute responsabilité. Elle lui en avait donné la garantie par écrit sur une feuille de vélin rose achetée tout exprès. Ils avaient ri ensemble. Enfin Juste avait brûlé la feuille, avait défloré Huguette, s'était déclaré le plus heureux des hommes. « Je souhaite, avait-elle proclamé, qu'un homme puisse être aussi heureux qu'une fille, je n'en suis pas sûre. Je voudrais tellement en être convaincue », avait-elle ajouté en se jetant sur lui. Il lui avait alors appris qu'un homme a besoin d'un laps de temps pour recouvrer ses forces. Elle ne demandait qu'à apprendre en s'amusant. Tous les deux s'amusèrent beaucoup. Au bout d'un long voyage en wagon-lit elle le retrouva à Taormina dans un hôtel inimaginable où leur terrasse était caressée par la fumée de l'Etna.

Élève gourmande, elle avait appris à connaître des positions, des situations, des émotions avec une telle rapidité que parfois, émerveillé, il était réduit à se faire apprenti. L'ayant conduite à Paris pour visiter l'Exposition, ayant choisi un « grand » hôtel sur les « grands » boulevards, le soir, timidement, il avait incliné l'angle d'une des glaces de l'armoire, bref il lui avait montré que, grâce à la vertu réfléchissante d'une surface, on pouvait inventer un regard. Elle comprit si vite que, le lendemain, le serveur en apportant le petit déjeuner la vit sous son compagnon. A l'Exposition, il lui permit d'entrevoir les pavillons de l'Allemagne et de l'U.R.S.S. qui se défiaient, aussi démodés l'un que l'autre et l'entraîna au pavillon de la Bourgogne où sommeliers et fromagers s'efforçaient, tout en semblant vous interroger, de vous initier au rituel qui gouverne les relations du vin et de son allié le fromage. Or, tout ignorante qu'elle fût, n'ayant jamais accordé qu'un chèvre de hasard avec un rosé acide, elle découvrit au bout de trois séances qu'une entente particulière pouvait associer le roquefort avec le vin blanc, un Chassagne-Montrachet de 1928. Incertains et éblouis, les experts offrirent à Huguette une bouteille d'un cognac qui vieillissait en fût depuis 1817. Elle rentra grise à l'hôtel – car, généreuse, elle avait ouvert elle-même la bouteille dont elle avait réparti le fluide. Encore habillée, elle expliqua à Juste comment il devait s'y prendre pour la sodomiser. Elle ne connaissait pas le mot et croyait avoir inventé l'action; il le lui laissa croire, attendri. Elle subit son initiation avec entrain, ne se plaignant que pour se réjouir aussitôt après. Ragazza.

– Ragazza! lui criait-il dans ses plus hauts moments.

En italien ce mot signifiait jeune fille, mais pour Juste il s'était chargé de pouvoirs compliqués et désignait une pute, fût-elle vierge ou savante, une maîtresse dangereuse et loyale, une incomparable salope presque pure.

Elle ouvrit les jambes avec une lenteur appliquée, presque solennelle, celle de l'archer qui tend la corde de son arc. Rien de plus plaisant que d'être allongée, nue sur une moquette dont la caresse est aussi douce que rêche, sous un homme lourd et par une touffeur que la protection des volets rendait savoureuse. Ils faisaient vraiment l'amour; le verbe jouissait de toute sa valeur; ils faisaient l'amour comme on fait du pain ou du feu. Elle ne se rassasiait pas de cette merveille : hôtesse, elle disposait exactement de l'espace convenable pour recevoir son invité de sorte qu'il fût à la fois entouré, enveloppé et qu'il lui restât toute sa liberté pour assener ses coups.

Pendant l'étape incertaine de l'adolescence elle avait mal supporté d'être fille. Pour devenir garçon elle avait mené une neuvaine à son terme. Restée fille, elle laissa croître ses seins puisqu'elle ne pouvait les en empêcher. Tantôt elle les caressait, ces nouveaux venus qui demandaient timidement un câlin, tantôt elle les écrasait sous une ceinture de flanelle assujettie par des épingles de nourrice. Elle finit par les glorifier en les considérant comme une artillerie dont le tir, fût-ce à travers un soutien-gorge ou un lainage, foudroyait l'adversaire qui ne pouvait répliquer qu'en désirant. L'adversaire, grâce à Juste, était devenu un tendre ami muni lui aussi d'une artillerie qu'Huguette jugeait délectable. Elle admirait l'ordre de la nature qui voulait qu'un être créé pour être enfilé s'entendît avec un être créé pour enfiler. Ils devraient se haïr et ils s'adorent, se disait-elle, adorant et étant adorée.

Elle estimait vivre dans le meilleur des mondes possibles et, tout comme elle croyait avoir inventé la sodomie, elle se croyait l'auteur de cette certitude.

Les volets n'étaient pas complètement fermés, tout juste entrebâillés. Huguette apercevait, à travers la pénombre, des segments où des couleurs s'embrasaient en poudroyant ou au contraire se détachaient en petits morceaux sertis comme sur un vitrail qu'un soleil aurait frappé. Elle pouvait déceler dans cet étroit déluge de bleu, de jaune, de vert ce qui revenait au ciel, au feuillage, aux fleurs, des digitales et des roses trémières. Il arrivait que comme un projectile passât le vol aigu d'un oiseau. Le frôlement des plumes, des pétales, des feuilles donnait une discrète sonorité à l'incendie extérieur que le déplacement des épaules de Juste cachait et révélait alternativement. Huguette appréciait cette proximité de la nature.

Bien qu'elle ne connût ni le nom de Lamarck, ni celui de Bergson, elle était assez lamarckienne, et par moments bergsonienne. Animaux et végétaux étaient autant d'êtres qui, en tenant compte de leurs possibilités, avaient réalisé ou étaient en train de réaliser leurs rêves. En classe, l'année du brevet, Huguette avait appris que les oiseaux étaient des reptiles qui s'étaient mis à voler. Elle les avait approuvés. Las de ramper au ras de la terre ils avaient choisi l'inverse avec l'air. Il allait de soi pour elle que le cou des girafes s'était allongé parce qu'elles convoitaient des fruits suspendus haut. Pour elle, un canard avait les pattes palmées parce qu'il avait eu envie de nager plus commodément. Par leur éclat, les corolles de certaines fleurs attiraient des insectes pour lesquels, prévoyantes, elles avaient construit une aire où ils pussent se poser confortablement avant de repartir distribuer le pollen. Elle s'était plu à contempler les bonnes relations d'une corolle et d'un bourdon. Cette harmonie n'excluait pas la mort. Girafes, canards, bourdons et fleurs disparaissaient mais pour réapparaître aussitôt après, semblables à eux-mêmes.

Juste était content d'être un homme, elle d'être une fille de même que, blasés, impatients, les éphémères étaient satisfaits de ne vivre qu'un jour. Elle avait pénétré dans la région où l'on cesse d'être soi. Elle rencontrait encore le regard attentif de Juste mais poussait des plaintes qu'elle n'entendait plus.

Comme elle revenait à elle, un flux saccadé lui prouvait que Juste atteignait, lui aussi, à l'extrême. Des cours de grammaire, elle avait conservé une expression : la concordance des temps. Il lui plaisait que tous deux terminassent leur course ensemble, ou presque. Encore faible, mais le regard vif, elle chuchota :

– La concordance des temps.

Car ils aimaient commenter leurs exploits.

Elle avait invité Juste à s'abstenir de toute précaution parce que c'était un « bon » jour mais par « acquit de conscience » elle courut vers la salle de bains où il la suivit. L'eau coula joyeusement dans la vasque du bidet. Juste se laissait enchanter par le spectacle. D'une voix chaude et assez déclamatoire, il plaignait les sculpteurs de ne pas avoir songé à prendre pour motif d'une statue les ablutions d'une jeune femme.

Il se tut en entendant ronfler un moteur dont le silence fut aussitôt suivi par des claquements de portières.

– Les voilà !

Il avait disparu d'un bond et revint si vite en brandissant la robe rose qu'Huguette n'avait pas fini de s'essuyer. Il l'obligea à se rhabiller précipitamment, ne lui laissa qu'un instant pour rajuster sa coiffure et l'accompagna jusqu'à la porte de derrière qui donnait sur le verger. Elle souriait.

– Tu crois que m'apercevoir les changerait en statues de sel?

Il ne lui répondit que par un baiser. Le temps lui manquait pour analyser les relations des gens de droite avec l'amour. Ils se permettaient à l'occasion des propos salaces, des refrains audacieux, des lectures d'une extrême licence mais ils respectaient apparemment le mariage et la famille et la découverte d'Huguette tout affriolante dans sa jolie robe des Trois Quartiers aurait risqué de susciter chez eux une vague réprobation. La jolie robe s'était enfuie entre un buisson de groseilliers et un buisson de cassis. Juste referma la porte et se jeta au-devant de ses invités. Ceux-ci entrèrent en file, Clodandron marchant en tête. Juste lui donna l'accolade, serra vigoureusement les mains des autres. La chaleur de cet accueil rendit leurs mines plus contraintes. Ils essayaient de sourire. Ils admirèrent la table prête, s'assirent et acceptèrent la proposition de l'apéritif.

– J'ai de l'absinthe. Ça vous chante?

– Mon vieux, c'est interdit, l'absinthe, s'exclama Clodandron.

Juste laissa rêver son regard. Il n'était pas impossible que des hommes appartinssent à une société secrète dont toutes les activités ou presque étaient répréhensibles et dans le même temps condamnassent l'usage d'un breuvage illicite. Pourtant les chansons à boire s'entendaient bien avec la droite qui voyait en même temps d'un bon œil que l'on tournait insolemment les lois de la République.

– Quand mon voisin distille de l'absinthe, répondit Juste avec un large sourire, il n'envoie pas de faire-part au préfet.

Son sourire lui fut rendu. Zilia assura même qu'il avait reçu une bouteille d'absinthe d'un cousin corse qui la lui avait fait porter par un autre cousin qui, de surcroît, était douanier.

– Comme nous avons bu plusieurs pernods au café d'Argeasse parce que nous avions peur d'être trop en avance, il vaudrait peut-être mieux conserver la même couleur. Si tu as du pernod...

– Bien sûr.

Tout était prêt, les bouteilles et jusqu'aux glaçons qui s'arrondissaient dans un seau d'argent.

– Si je préfère l'absinthe au pernod, poursuivait Juste, ce n'est pas tellement que j'aime l'absinthe. Mais en boire, c'est frauder. Il faut vous dire que j'ai été à bonne école. Mon professeur était un enseigne de vaisseau de première classe, chevalier de la Légion d'honneur.

Clodandron intervint sèchement :

– Si tu as une âme de trafiquant, n'en rends pas responsable l'armée française.

Tantôt Juste Amadieu riait à grands éclats, tantôt son rire était intérieur, contenu par ses poumons et son larynx mais audible, pareil au grondement étranglé que pousse la mer quand, par un goulot, elle pénètre dans une grotte. Ce fut de ce dernier rire qu'il usa avant de répondre.

– Mon enseigne de vaisseau s'appelait Boutiran, je

me rappelle aussi le nom de Labbé, son quartier-maître. Nous voguions sur la *Brillante*, un trois-mâts pêcheur à qui on aurait donné le bon Dieu sans confession, paisible brick de trente-sept mètres de long sur sept mètres vingt-cinq de large et tirant ses deux mètres cinquante. Tonnage : 310 tonnes de portée en lourd et 182 tonnes net. Nous étions de braves pêcheurs vêtus à la diable. Nos canons de 47 étaient cachés soit par des voiles soit par des panneaux mobiles qui réussissaient aussi à masquer l'antenne du poste récepteur-émetteur. Pour les trois mitrailleuses, il suffisait de les entortiller dans quelques chiffons. Les longues grenades anti-sous-marin étaient alignées dans la cale. Un paisible drapeau espagnol flottait sur ce mensonge flottant.

De nouveau Juste céda au rire mais cette fois il rit aux éclats.

– Nous étions des marins, des militaires et même des guerriers, si tu préfères, ami Clodandron. Pourtant nous trichions. Un brave sous-marin ennemi nous apercevait-il dans son périscope, qu'il nous prenait pour un neutre qui ravitaillait les alliés. Il faisait surface. Tenez, les enfants, je me rappelle la succession des ordres donnés à mi-voix. Attention pour la pièce avant! Hausse 2 300! Dérive 52! 20° tribord! Pointé! Hausse quinze cents! Hausse un mille. Pendant ce temps le sous-marin nous envoyait des signaux, d'abord celui de stopper, ensuite celui d'évacuer. La moitié de l'équipage descendait les canots à l'eau puis à la queue leu leu allait s'y entasser. Nous étions pires que des comédiens, des cabots! L'un portait Minette, la chatte du bord, un autre Koko, le perroquet qui vociférait, et un troisième un tapis bigarré acheté à Tunis. Les canots faisaient le tour du voilier pour se planquer derrière lui. Alors la voix de l'enseigne de vaisseau se décidait à sonner plus clair. « Renversez les écrans! Hissez le pavillon! Feu! » Quelques secondes suffisaient pour que le drapeau de guerre français montât se substituer au pavillon espagnol. Aussitôt le pont frémissait, un canon de 47 avait déjà tiré. Un peu de fumée. Notre voilier manœuvrait de sorte que la mitrailleuse et un autre canon puissent entrer en action à leur tour. Un plaisir de distinguer deux officiers allemands courant sur la plate-forme du sous-marin. Un autre plaisir : l'envoi d'une de nos grenades. Disparition du sous-marin puis, sur une mer lisse, un clapotis d'huile révélait l'agonie de l'ennemi. N'empêche que nous étions de sacrés fraudeurs. Heureusement que la morale n'a rien à voir avec la guerre. Ni avec la vie. C'est sur la *Brillante* que j'ai découvert les pouvoirs du tricheur.

— Tout de même, bêla Faypoul, vous hissiez le drapeau tricolore.

— A la dernière seconde, répondit Juste qui rit de nouveau. Nous étions des crapules.

Pascal Zilia offrait un visage affectueux et complice. Clodandron tourmentait la mèche de son béret qu'il avait posé sur son assiette, comme une crêpe sombre.

— Vous n'étiez pas des crapules, insista Faypoul, digne et définitif, puisque vous aviez hissé le drapeau tricolore.

— Tu es gentil, répondit Juste, mais tu es trop indulgent. Nous étions des salopiaux. Ça ne t'ennuie pas que je te tutoie. Il est grand temps!

Il y eut ce moment un peu difficile inconnu des Anglo-Saxons où le voussoiement devient tutoiement.

– Que vous me tutoyiez, ça me fait plaisir, mais...

– Mais toi aussi tu dois me tutoyer.

– D'accord!

Clodandron et Zilia regardèrent ensemble Faypoul qui se rappela de justesse qu'il était chargé d'un meurtre, alors qu'il ne demandait qu'à copiner.

Mais le pernod passait du verre dans la bouche et de la bouche dans le cerveau. Faypoul caressait pour de bon la crosse du revolver dans le tréfonds de sa poche.

– Les amis, cria Juste, nous faisons la fête aujourd'hui! Espérez-moi une seconde, je cours à mes fourneaux.

Le ton sur lequel parlait habituellement Zilia, fût-il d'excellente humeur, était celui de la complainte. Il y avait souvent un désaccord entre son sourire et les accents éplorés de ses discours mais quand il prit la parole après le départ d'Amadieu, l'entente fut parfaite entre son propos et les intonations qui l'escortaient.

– Le pauvre, on ne peut pas lui faire ça. Il est trop à la coule, c'est sûr. Il faut lui faire comprendre que nous menons un combat où l'on n'a pas le droit de servir ses propres intérêts. Il comprendra. Mais ce serait vraiment trop moche de le liquider. Rien que l'idée, elle me fend le cœur.

– D'autant que, appuya Faypoul, avec les missions qui nous attendent nous aurons plus souvent besoin de types comme lui que de prix de vertu.

– Ce n'est pas à nous d'en juger, trancha Clodandron. L'ordre, c'est l'ordre. Exécution. Un point c'est tout.

Le débat fut interrompu par le retour du cuisinier

qui tenait à bout de bras une fumante soupière de Moustiers. A mesure qu'il servait les convives, à pleines louches, les écrevisses et leur bouillon répandaient un arôme qui les mit tous de bonne humeur. Même Clodandron souriait et sa cicatrice aussi.

— Je les ai cueillies cette nuit, ces jolies bêtes, avec l'aide de mon voisin le faiseur d'absinthe qui est aussi braconnier que moi.

A son instar, ils avaient noué leur serviette autour de leur cou; les cuillères s'activaient. Amadieu fut le seul à respecter une pause pour ouvrir un livre posé à côté de son assiette.

— Ce n'est pas le *Bénédicité* que je vais vous lire mais un passage de *L'Ami Fritz*, un bouquin que j'ai trouvé sur le cosy-corner de mon fils Alcide. Écoutez voir, on croirait que l'auteur parle de nous : « Est-il rien de plus agréable en ce bas monde que de s'asseoir, avec trois ou quatre vieux camarades, devant une table bien servie, dans l'antique salle à manger de ses pères; et là, de s'attacher gravement la serviette au menton, de plonger la cuillère dans une bonne soupe aux queues d'écrevisses, qui embaument, et de passer les assiettes en disant : "Goûtez-moi cela, mes amis, vous m'en donnerez des nouvelles!" »

Épanouis de bien-être, ils lançaient presque à tour de rôle un compliment motivé, un éloge précis et lui demandèrent presque ensemble comment il avait appris à faire la cuisine.

— Toujours sur mes sacrés bateaux-pièges! Un matin, c'était tout juste l'aurore, un sous-marin boche, ou plutôt non, il était autrichien celui-là, a trouvé moyen avant de s'esbigner de nous tirer deux coups de canon, et un éclat a touché le coq qui en est mort. Je l'ai remplacé comme ça par inspiration. Et puis je me suis intéressé à la chose. Plus tard j'ai tenu un petit restaurant d'abord à Caracas ensuite à Saint-Pierre, vous voyez, près de Terre-Neuve. En fait la cuisine n'était pas mon occupation principale, vu que grâce à la prohibition nous faisions d'assez bonnes affaires avec nos acheteurs américains...

– Tu veux dire avec des gangsters?

– C'est fatal. Dès qu'il y a prohibition, il y a fraude, dès qu'il y a fraude, les gangs sont là. Et puis je suis revenu avec assez d'économies pour m'acheter un bar-restaurant à Fréjus. Maintenant je l'ai mis en gérance mais au début je mitonnais de sacrés petits plats. J'aurais pu me faire un nom dans la restauration mais ça ne m'aurait pas ressemblé de garder éternellement le même cap. Maintenant, quand je prends la poêle ou la casserole, c'est pour le plaisir.

– Pour votre plaisir et pour le nôtre, prononça Faypoul d'un ton mondain qui les étonna tous.

– Je t'ai déjà dit de me tutoyer! Alors répète... répète comme à l'école.

Faypoul rougit.

– Pour ton plaisir et pour le nôtre.

– Pas pour celui de ma femme en tout cas. Elle est au régime et les carottes Vichy ne rentrent pas dans mes spécialités. Quant à mon fils, il n'a pas tellement de goût pour les biens de la terre. C'est pourquoi je ne le plains pas trop de s'embêter avec sa mère à Amélie-les-Bains parce que, à la vérité, il ne s'embête pas plus là qu'ailleurs. Ailleurs pour lui, c'est les bons Pères. De sorte que je suis seul les trois quarts du temps. Elle, elle s'éternise chez sa mère, chez l'une ou l'autre de ses trois cousines ou elle fait sa cure. J'ai obtenu sans le vouloir ce que je voulais : être disponible. Passez-moi vos assiettes à soupe... Merci, je vous amène la terrine.

Comme son pas s'éloignait, Zilia observa douloureusement :

– Et en plus il a un fils!

– Oui, grogna Clodandron avec une colère qui était peut-être dirigée en partie contre lui-même. Il a son petit Alcide, c'est une affaire entendue mais pendant la guerre il y a des tas de soldats qui avaient laissé un petit Alcide chez eux et que les Boches ont descendus.

Faypoul chercha à fuir la discussion :

– C'est un drôle de nom, Alcide, je me demande pourquoi il l'a choisi.

– Tenez, proclama Juste Amadieu en posant une terrine au milieu de la table, en voilà une dont, sans me vanter, vous me direz des nouvelles. Du merle que j'ai pris au lacet, du porc, de la sauge.

Il tranchait avec une implacable dextérité. Faypoul qui voulait prouver qu'il avait enregistré la leçon du tutoiement demanda, comme s'il récitait un texte :

– Nous nous posions la question de savoir pourquoi tu avais appelé ton fils Alcide.

– Ah, c'est donc ça! En revenant je vous entendais dire une messe basse...

Tout en parlant il distribuait les parts aux trois convives qui, inquiets, détournaient les yeux.

– C'est ça, vous parliez d'Alcide et je croyais que vous parliez de ma mine. Il y en a des qui prétendent que j'ai mauvaise mine... j'ai vu le médecin. Je dois passer une radio la semaine prochaine. Mais je me sens frais comme un gardon. Alors c'était seulement ce prénom qui vous préoccupait? Une idée de ma femme. Fernande avait un oncle Alcide qui est mort peu après la naissance du gosse. Il nous a légué son petit magot mais j'admets que pour un enfant ce n'est pas follement gai de s'appeler Alcide. Ses copains, dès l'école communale, l'avaient surnommé le Kid. Vous savez, le morveux qui fantabosse derrière Charlot. Ce n'est pas qu'ils avaient vu le film parce que de cinémas, par ici il n'y en a guère, sauf les forains qui plantent leur toile sur la place, mais les enfants se repassaient des espèces d'hebdomadaires, je crois pouvoir me rappeler du titre de celui que lisait Alcide, c'était *L'Épatant*, juste des dessins dans des carrés ou des rectangles, avec sortant de la bouche d'un personnage une exclamation, enfermée dans un trait, on aurait dit un foie de veau. Chez les Pères, le professeur de français, à propos de Corneille ou de Racine, je les mélange toujours ces deux-là, a raconté qu'Alcide, ça signifiait dans notre langue la même chose que le Cid et que le Cid c'était le caïd mais je crois que mon fils préfère le Kid, il est entêté et bien qu'il aille sur ses quatorze ans il est déjà maniaque et respectueux des traditions. A propos, je vais garer son *Ami Fritz*, parce que sur la table il risque une tache et qu'Alcide en ferait un eczéma.

Avant de déposer le livre sur une console dorée qui portait une minuscule Vénus de Milo, il relut avec enthousiasme les premières lignes :

— Est-il rien de plus agréable en ce bas monde que de s'asseoir, avec trois ou quatre vieux camarades, devant une table bien servie!

Pour le faire taire, tous ensemble entamèrent l'éloge de la terrine avec un élan presque sincère car elle était parfaitement réussie. Point trop parfumée, compacte mais sachant s'effriter aussi sur le bord du couteau comme un bon roquefort. Au cassis-blanc avait succédé un Clos-Vougeot 1928 qui, apportant le renfort de sa vigueur mesurée et de son bouquet, réduisait les trois invités de Juste Amadieu à une sorte de béatitude qu'ils entretenaient en mâchant et en buvant et qu'ils repoussaient à la fois. Clodandron, qui était le plus décidé, laissa échapper un soupir dont la tristesse frappa Amadieu.

— Toi, déclara Juste en se rasseyant, ne me raconte pas d'histoires, tu as des ennuis. Tu es contrarié!

— Non! Non, non pas du tout! cria Clodandron qui semblait demander grâce.

Faypoul se lança pour sauver la situation. Il était urgent que leurs paroles s'orientassent vers un sujet bénin. Il s'en voulait, lui qui raffolait des nuances, d'intervenir à propos d'une distinction aussi grossière. Mais il le fit.

— Tu sais (il insista sur le *tu*) le Cid, ce n'est pas de Racine, c'est de Corneille. Ils sont de la même époque, ajouta-t-il pour adoucir sa remarque, et en plus, poursuivit-il en ne sachant plus vers quoi il allait, ils ne pouvaient pas se sentir, c'était peut-être une question de génération.

— Peu importe, du moment que mon vieux bourgogne vous plaît autant que ma terrine.

Malgré la protection des volets la chaleur s'épaississait autour d'eux, chargée d'odeurs de victuailles. Ils avaient encore assez d'appétit pour que ces odeurs leur parussent encourageantes mais la progression de l'alcool qui s'emparait de leurs viscères et de leurs nerfs ralentissait leur pensée. Le plus vivant des quatre était pour le moment Juste Amadieu qui au lieu de boire du pernod avait fait l'amour. Il le savait et avec une puissante joie intérieure qu'il avait du mal à dissimuler il regardait, à la dérobée, la région de la moquette sur laquelle, si peu de temps avant, avait été allongée la nudité d'Huguette. Il s'étonnait que la même pièce ait pu sur un laps de temps réduit être le théâtre d'une extase puis d'une ripaille de copains. Il se rappela le parfum qu'il avait respiré en luttant avec le corps de sa maîtresse et le bonheur qui lui était venu quand il avait reconnu « Rue de la Paix » dont elle avait imprégné le lobe de ses oreilles et la saignée de ses bras. Il revoyait le magasin strict aux boiseries sévères où il avait offert ce parfum à Huguette avant de l'amener de nouveau au pavillon de la Bourgogne. Les détails n'étaient pas restés précis dans sa mémoire mais il retrouvait exactement la tonalité de la lumière parisienne de ce début d'après-midi. Il considérait sa vie comme une brochette de dépucelages. Il y avait eu la première fois où en se masturbant il était arrivé à l'extrémité de son entreprise et avait vu un geyser s'évader de lui. La première fois où il avait pénétré une femme, une prostituée maternelle, style « Tu jouis, petit ? – Oui madame ». La première fois, où doutant encore de sa force, il avait du bout de son poing allongé un marin sur les pavés de la rue de Siam. La première fois que sur son cher bateau-piège il avait été encadré par une rafale de mitrailleuse sans éprouver de peur. La première fois qu'en refilant du faux bourbon aux Américains il avait réalisé un bénéfice qui équivalait à la solde annuelle d'un lieutenant de vaisseau. A travers toutes les autres premières fois il donnait sa place à cette découverte : un parfum

Guerlain est incontestablement supérieur à un parfum Coty. Mais il se demandait si en couchant avec Huguette il n'avait pas découvert l'amour et il avait envie de parler d'elle.

— Cette terrine, dit-il, en distribuant de nouvelles tranches vers lesquelles se tendaient les assiettes, je n'en suis pas le seul auteur. Une amie m'a aidé de sa ruse. Car la cuisine, comme la guerre, est un équilibre du feu et de l'astuce. D'ailleurs peut-être l'avez-vous vue, ma petite cuisinière, si vous avez pris vos pernods en face de l'église, au Café de la Paroisse?

— Je ne me rappelle pas le nom du café, dit Faypoul, mais nous avons été servis par une jeune fille qui s'appelait Huguette.

— En robe rose?

— En robe rose.

Juste Amadieu tenait à cacher le rôle qu'Huguette tenait dans sa vie. Or, sans nécessité, il éventait son secret. Par goût du bonheur. Pour le bonheur de préciser :

— Oui, elle s'appelle Huguette, Huguette Guesclin.

Il se conduisait comme un enfant, le savait, le savourait.

— Je l'ai connue toute petite. Fernande, ajouta-t-il sans hésiter ou presque, l'aime beaucoup. Et elle... elle aime toujours donner un coup de main. Elle serait contente que vous aimiez la terrine. Je l'apercevrai ce soir, je le lui dirai. Alors c'est vrai, poursuivit-il, pris d'un besoin irrépressible de parler de celle qu'il aimait, c'est Huguette qui vous a servi les pernods?

— Pour ce qui est d'être aimable, constata Zilia, il faut reconnaître qu'elle ne se donnait pas trop de mal.

Amadieu finit d'ingurgiter sa bouchée de terrine, puis éclata de rire et se permit de répondre :

– Elle a ses têtes. Elle ne s'habitue pas facilement. Mais vous savez, reprit-il, enclin tout à coup à la prudence, quand on habite un endroit retiré comme moi, il faut entretenir de bonnes relations avec ses voisins. Vous êtes d'accord ?

– Moi, déclara Clodandron, qui avait bu coup sur coup deux verres de Clos-Vougeot, je ne demande pas à mes voisins de m'aimer et je leur permets de me détester à condition, à condition, continua-t-il d'un air malin qui fit frétiller sa cicatrice, à condition qu'on me respecte.

Il donna un coup de poing sur la table, les porcelaines frémirent, les cristaux tintèrent.

– Je ne demande que le respect, cria-t-il.

Faypoul, d'une rasade, en termina avec son verre et trouva le courage de s'indigner sans raison.

– Vous pensez peut-être que moi, on ne me respecte pas. C'est vrai, on n'a aucune raison particulière de me respecter. Et si je suis de trop ici, qu'on me le dise et je me taille.

– Tu es un peu petit pour qu'on te respecte, décida Zilia, mais personne ne t'offense. Ce n'est pas mon genre de chercher la castagne et je n'apprécie pas tellement qu'on la cherche. Et si on s'alignait toi et moi, tu ne pèserais pas lourd.

Il est probable qu'obscurément tous les deux cherchaient par la grâce d'une querelle à rendre le plan inapplicable et qu'ils se seraient volontiers battus pour se dispenser de frapper Amadieu. Mais celui-ci les calmait en se moquant d'eux ; il refusait de prendre au sérieux leur différend.

– Ce qui est sérieux, conclut-il, c'est le jambon de sanglier qui nous attend. De ce pas je m'en vais le déglacer.

Clodandron adressa un sourire cordial au cuisinier, le regarda partir puis d'une voix basse et résolue donna ses ordres :

– A partir de maintenant vous cessez de jouer aux cosaques. Il faut lui proposer l'expédition en Espagne pendant le jambon et qu'avant le café il ait écrit la lettre pour sa femme. C'est moi qui amorcerai la chose mais je compte sur vous pour me soutenir avec naturel. Est-ce que je me fais bien comprendre ?

Ils acquiescèrent en baissant la tête, résignés. Au retour d'Amadieu ils ne parvinrent pas à reprendre des physionomies épanouies et Clodandron dut à lui tout seul se charger d'accueillir le jambon triomphant avec l'enthousiasme qui convenait. Amadieu ne l'écoutait guère, convaincu qu'il était le mieux placé pour commenter avec précision et exaltation les étapes durant lesquelles cette merveille s'était élaborée. Il décrivit d'abord la nuit « juste un peu lunée » où, seul, il avait abattu ce beau cochon. Pas tout à fait seul, puisqu'un garde-chasse discret l'accompagnait, avec qui il avait partagé son butin. Quand il en vint à la marinade, il se montra éloquent; sa voix chanta la tendresse dodue des oignons qu'il avait émincés, la fraîcheur exubérante des feuilles de thym, la sécheresse des feuilles de laurier, le parfum agressif de la gousse d'ail et des brins de persil, la joyeuse intervention de l'eau-de-vie, du vinaigre et du vin de Bellet, bientôt apaisée et enveloppée par l'huile d'olive. Il ne hasarda qu'une critique : peut-être dans la béchamel avait-il eu la main trop lourde avec les clous de girofle.

La bouche pleine, retrouvant des forces, ils lui assurèrent que son plat était une œuvre d'art.

– A ton avis, demanda Faypoul, tu t'appelles Amadieu parce que tu aimes Dieu ou parce qu'il t'aime?

– Les noms, c'est comme les couleurs, dit lentement Zilia dont les paroles commençaient à trébucher. Ma femme avait une amie d'enfance qui est entrée dans les Carmélites, elle s'appelait Chevaux et j'ai connu moi-même un vieux sous-préfet en retraite qui s'appelait Condefille. Il n'y a pas de morale à en tirer.

– Mais pourtant, insista Faypoul, je voudrais bien savoir si Amadieu aime Dieu.

Zilia intervint de nouveau :

– Moi j'aime Dieu.

– Tu le connais? demanda Faypoul.

– Non.

– Alors pourquoi l'aimes-tu?

– Parce que mes parents l'aimaient et que...

– Ils l'aimaient sans le connaître davantage!

– Laisse-moi finir ma phrase. Parce que mes parents l'aimaient et que ça ne leur a pas nui.

Faypoul se jugea d'une perfidie si subtile qu'il sourit en demandant :

– Dieu ayant dit « tu ne tueras point », est-ce que tu pourrais te mêler de tuer quelqu'un?

– Tout dépend des circonstances, cria Clodandron. Mettons que l'Organisation commande de descendre un camarade qui ne s'est pas conduit correctement, alors il n'y a pas le choix, on y va!

– Moi, je vous vois venir, observa Amadieu qui avait cessé de manger. La mission que vous allez me proposer, c'est de liquider un camarade. Je ne vous dis ni oui ni non. Tout dépend du détail. Moi, je ne suis pas un fantassin.

Il regardait de travers Clodandron. Tous avaient cessé de manger et même de boire.

– Je ne suis pas un biffin, moi! Ça me chatouille toujours de désobéir. Je ne sais pas si vous voyez? S'il s'agissait d'écarter un type dangereux, je serais là, mais premièrement j'aurais besoin de renseignements précis pour mettre les chances de mon côté. Secundo, je veux savoir pourquoi. Il ne suffit pas de me crier « pour un bond de trente mètres, en avant! ». Je ne bondis que si ça me chante.

Pour les laisser réfléchir, il ajouta :

– Vous avez raison, je n'ai pas abusé des clous de girofle. C'était juste ce qu'il fallait. Tiens, Capitaine, ressers-toi, et ensuite tu passeras cette bonne carne à ton voisin.

Le voisin qui était Faypoul contemplait le long plat où le roux du jambon s'étirait sur une bordure de béchamel brunie par le jus et cernée par le blanc cassé de la faïence qu'escortait un liseré où alternaient un orange timide et un bleu agressif. La blancheur violente de la nappe, qui épaississait les moindres ombres, formait le fond d'un tableau que Faypoul n'hésitait pas à attribuer à Braque tout en se répétant douloureusement que s'il avait prononcé ce nom, il aurait seulement signifié, pour ses compagnons, celui d'une race de chien. Il en était arrivé à ce moment où l'alcool sécrète une tristesse absolue qu'il n'est pas déplaisant de savourer. Il en devenait verlainien. Qu'avait-il fait de sa jeunesse? Il se sentait étranger dans cette maison et solitaire tout comme dans la maison d'Aix auprès de sa maîtresse et de son mari. Tous deux, évidemment, connaissaient l'existence de Braque mais comment aurait-il pu leur faire comprendre qu'il avait envie de devenir un héros? Ils riraient comme ceux-ci riraient s'il énonçait devant eux ses prédilections esthétiques.

– Sers-toi, ordonna Clodandron. Et pour en revenir à ce que nous disions, poursuivit-il en s'adressant à Amadieu, puisque tu veux des primo et des deusio, je vais t'en donner. Primo, nous ne sommes pas venus te chercher pour abattre un camarade. Mais deusio, si tel avait été le cas, tu n'aurais pas eu le droit de regimber ni de poser des questions. Quand tu coulais un sous-marin, tu n'exigeais pas de savoir de quelle couleur étaient les yeux du mousse ou de sa mère. Troisio, ce que nous te proposons, c'est de prendre le train tout à l'heure pour Toulouse. Tu y retrouveras un ami qui te fixera sur ta mission. Tout ce que je peux t'en dire, et je n'en sais pas plus, c'est que tu dois convoyer un bateau d'armes chez les franquistes.

– Si c'est ça, observa Amadieu avec un sourire rêveur qui était autant dirigé vers les autres que vers lui-même, si c'est vraiment ça, je dois reconnaître que ça m'intéresse.

– Tu as le droit de réfléchir, dit brusquement Zilia. La lettre, tu peux ou bien l'écrire ou ne pas l'écrire.

– Quelle lettre?

– Pascal Zilia, tais-toi! Tu embrouilles tout.

Faypoul hurla :

– Il a raison! Il poussa un soupir plutôt sanglotant avant d'ajouter : Il est vrai qu'on doit tous mourir d'une façon ou d'une autre.

– Ce petit, observa Clodandron avec une grande douceur, craint pour toi, Juste, parce qu'il a une bonne nature. Il est vrai qu'un convoi d'armes, c'est toujours dangereux, mais tu n'as pas peur. Tu préfères ça à tuer un copain, ajouta-t-il avec un bref regard.

– Tout doux les amis, cette histoire de lettre, qu'est-ce que c'est?

– C'est la moindre des choses, affirma tranquillement Clodandron. Il faut que tu écrives à ta femme que tu t'absentes pour un certain temps. Bien sûr la lettre doit être postée d'ici. Que tu lui écrives de Toulouse, que la police se doute de quelque chose, qu'elle fasse un tour à Amélie-les-Bains et du coup elle tombe sur une piste.

– Ça c'est d'accord, je ne suis pas prudent mais j'aime bien prendre mes précautions. Et puis on a toujours plaisir à rouler son monde. J'écrirai tout simplement à Fernande que je repars à la vadrouille pour une affaire, elle est habituée.

Clodandron ne buvait plus, la bouche pleine il mâchait. Enfin, il s'essuya la bouche; il avait failli le faire d'un revers de poignet mais à la dernière seconde il hissa la serviette jusqu'à ses lèvres.

– Si tu as des rendez-vous dans les jours qui viennent, il serait bon que tu les décommandes, prononça-t-il d'un air compétent. Comme tu dis, on n'est jamais trop précautionneux.

– Non... sauf ce soir, je n'ai rien.

– Ce soir! s'exclama Clodandron, mais qu'est-ce que tu me chantes, tu seras parti! Tu prends le train de nuit et tu es demain matin à Toulouse. Ces histoires-là, tu le sais aussi bien que moi, ça se règle au quart de tour ou ça foire. Après le déjeuner tu fais ta valise. On t'embarque. En cours de route on s'arrêtera pour boire un dernier pot avant de te déposer à la gare. Après ça, à toi de jouer.

Zilia et Faypoul ne mangeaient, ne buvaient ni ne parlaient. L'un laissait son regard errer au plafond, l'autre fixait la salière. Si tant est que deux êtres puissent éprouver au même instant un même flux d'émotions et de jugements qui reviennent à constituer deux champs de conscience jumeaux, ils se trouvaient dans ce cas, également effrayés et hébétés devant l'élan avec lequel les événements prenaient un cap décisif. Tout se passait comme s'ils avaient pu espérer que jusqu'au bout on parlerait de choses et d'autres sans qu'aucun acte ne s'ensuivît. Toute action a un but. Ils étaient entrés dans cette maison pour tuer leur hôte, mais dès lors que le but s'approchait et que les préparatifs qui menaient au geste final s'accéléraient, ils se demandaient, chacun dans le silence de son cœur, grâce à quel moyen ou à quelle fortune ils pourraient sortir du guêpier. Ils n'envisageaient pas de rompre le pacte qui les unissait à Clodandron et comptaient seulement sur le hasard ou sur un mouvement de faiblesse du capitaine qui gardait maintenant le silence, lui aussi, et qui, congestionné, regardait à son tour dans le vague. Juste Amadieu se chargea de nouveau de lancer les dés.

– C'est que ce soir, reprit-il, j'ai rendez-vous avec une amie... Avec Huguette. Je dois la conduire sur ma moto à un bal. C'est la fête du village à Saint-Véline. Je lui ai promis.

Les trois invités se regardèrent. Cette circonstance leur fournissait une excuse absolutoire. Même Clodandron esquissa un hochement de tête qui signifiait pour lui et ses voisins : « Dans ces conditions nous n'avons plus qu'à nous incliner. » Mais la croisière promise orientait l'imagination d'Amadieu.

— Évidemment, observa-t-il enfin, je pourrais lui téléphoner.

— Elle a le téléphone!

— Bien sûr à la Paroisse ils l'ont. Et je n'ai même pas à inventer un prétexte. Elle me connaît.

Comme on lance une bouée à un noyé, Faypoul lança :

— Je ne vois pas quelle explication tu pourrais bien trouver...

— Je lui dirai simplement que je suis sur un coup. Ni plus ni moins. Aucune inquiétude à avoir.

Des quatre, il était en effet le seul que l'inquiétude ne harcelât pas. Un projet d'aventure le mettait toujours de belle humeur. Celle-ci n'était troublée que par le regret et l'étonnement. Le regret de s'éloigner d'Huguette et l'étonnement de concevoir un regret. Un morceau de jambon en suspens au bout de sa fourchette, il rêvait sur la découverte qui s'imposait : il aimait. Il se demandait si c'était bon ou mauvais. Que ce fût délicieux, pas de doute, mais les inconvénients de cette situation n'étaient pas moins évidents puisqu'il souffrait de quitter Huguette et qu'il n'appréciait pas la souffrance. D'un autre côté, il eût été bien sot de mourir sans connaître ce sentiment neuf qui était étrange. Il avait moins bu que les autres mais assez pour ne plus contrôler étroitement les élans de son cœur.

— Avant de mourir, jeta-t-il dans un silence qu'il n'avait même pas remarqué, je suis content d'avoir tout connu.

– Mais tu es fou! Pourquoi parles-tu de mourir! hennit Faypoul.

– Parce que je suis gai, répondit-il avant de se remettre à manger.

La réplique de Faypoul survint à toute vitesse :

– Ce qui m'étonne...

Il n'avait pas conservé sur lui-même une vigilance assez stricte pour éviter d'entreprendre une phrase qui était la suivante : « Ce qui m'étonne, c'est la gaieté d'un condamné à mort. » Mais ce qui subsistait en lui de lucide lui permit, avec une adresse acrobatique dont il éprouva de la vanité, d'infléchir sa phrase au vol. Le regard qu'il avait laissé errer sur le plafond lui fournit le motif d'inspiration dont il ressentait l'urgence.

– Ce qui m'étonne, c'est l'importance des moulures qui hantent tes murs. C'est un peu mon métier, poursuivit-il, enchanté par l'à-propos de son subterfuge, de découvrir dans un mas, donc une maison rustique, des moulures aussi composées, ici un astragale, là une corniche à trois corps. Et que ta menuiserie est compliquée! Regarde ce calfeutrement en trèfle, ce chambranle, cette cimaise.

Ainsi, après avoir recouru à des considérations décoratives pour se dégager d'un mauvais pas, il prenait au sérieux ce thème fortuit, oubliant pourquoi il l'avait enfourché, oubliant également pourquoi en ce jour il se trouvait en ce lieu. Il ne songeait plus qu'à démontrer sa compétence et avec d'autant plus d'éclat qu'il en doutait davantage. Son patron, M. de Gerb, l'employait à entretenir les relations avec sa clientèle mais lui coupait la parole dès qu'une discussion s'engageait avec un artisan ou un ouvrier. « Votre cervelle, lui disait-il, est un ramasse-miettes. Vous avez recueilli épars des bribes historiques, des débris de théories, des mots que vous n'associez pas et des noms illustres que vous situez dans le temps au petit bonheur. » Léon Faypoul connaissait la justesse de ce reproche; il en souffrait volontiers mais parfois s'émerveillait de l'adresse avec laquelle il donnait le change. Il était donc satisfait de l'attention avec laquelle avait été suivi son numéro, mais l'air gogue-nard d'Amadieu l'inquiéta. Il attendait une critique, elle vint.

— Mon garçon, pour regarder tu as des yeux et pour parler tu as du répondant, voilà qui est bien, mais ces moulures et cette menuiserie, si elles existent, c'est par mes mains. J'ai tout fait moi-même. Et ça, ajouta-t-il d'un air malin, c'est une autre paire de manches. Il faut avoir des mains.

— Tu m'étonnes, dit Zilia, je ne t'imaginais pas bricolant ton intérieur comme un mari modèle.

— Écoute-moi bien. A l'école j'ai appris un poème qui commençait par : *Heureux qui comme Ulysse...*

— Bien sûr, coupa Faypoul, c'est du Villon...

Il rougit en rectifiant avec précipitation :

— Non, c'est de Ronsard.

Il s'interrompit lui-même de nouveau, haletant pour brailler :

— Du Bellay. C'est un poème de Du Bellay!

— Peu importe, conclut paisiblement Amadieu. Toujours est-il que ce type qui était heureux, après un voyage où la castagne ne manquait pas, de rentrer chez lui, au milieu des siens, et à l'occasion d'embellir sa maison, ce type, je le comprenais mais à condition que le retour ne soit pas définitif et qu'au bout d'un moment il reprenne la route. Une nouvelle cavale et puis...

– Je ne te cacherai pas que si j'admire ton habileté manuelle je déplore ton goût.

La voix de Faypoul était desséchée et aiguisée par le ressentiment. Encore une fois il fallait que quelqu'un lui démontrât qu'il était incapable de faire et tout juste bon pour parler. En outre le degré d'ivresse qu'il avait atteint à cet instant lui faisait un besoin de prouver son existence en libérant ses ressources de méchanceté. Parallèlement à son discours il poursuivait intérieurement un hymne au meurtre : tu fais le malin, Juste Amadieu, mais tu vas y passer.

– Je ne sais même pas pourquoi je te prête un goût puisque tu n'en as aucun. Je n'essaierai même pas de te faire comprendre qu'il faut être un grand artiste pour oser mélanger les genres. Tu habites un mas. Une demeure essentiellement rustique où tes pâtisseries et tes menuiseries sont aussi mal à l'aise qu'un chapeau haut de forme et des gants beurre frais sur un cannibale. Ici les cloisons et le plafond doivent se rencontrer à angle droit. Tes coquetteries sont aussi ridicules que celles d'un curé qui taillerait son jardin à la française.

Parce que sa clameur intérieure en vint à déboucher dans ses propos, il conclut avec un mauvais sourire :

– Assassiner un ami, l'attirer dans un piège en abusant de sa confiance, c'est un mélange de genre si on veut, mais pour le mener à bien il faut du génie. Et vous avez beau ricaner, tous autant que vous êtes, du génie, ici, je suis le seul à en posséder, moi, Léon Faypoul.

Zilia et Clodandron ne ricanaient pas; ils vociféraient pour étouffer les aveux à peine déguisés de leur complice. Ils lançaient des lieux communs comme on jette des pommes de pin dans un feu pour qu'il crépite bruyamment et s'emporte.

ZILIA : Des goûts et des couleurs, on ne doit pas se disputer là-dessus.

CLODANDRON : Chacun son goût à la soupe au fromage!

ZILIA : Il y en a des qui aiment, et il y en a des qui n'aiment pas mais, au total, liberté, libertas...

ZILIA ET CLODANDRON, *ensemble :* D'autant que c'est beau ici... On le pense comme on te le dit. Tu t'y connais drôlement, Amadieu. Formidable.

Avec placidité, Amadieu enchaîna :

– Et savez-vous pourquoi c'est formidable? Loin d'agir au hasard, j'ai modifié, grâce aux moulures et aux boiseries, la surface des cloisons portantes de manière que leurs proportions respectassent le nombre d'or. Je ne vois pas pourquoi il n'aurait pas sa place même dans une demeure rustique, comme dit ce petit con de Faypoul.

– Je préfère ne pas répondre, déclara Faypoul, agir me va mieux, ajouta-t-il en tirant de sa poche un paquet de Craven.

Les deux coéquipiers qui avaient craint de voir apparaître le revolver étouffèrent un soupir de soulagement alors que Juste Amadieu se reprenait à sourire.

– Fumer des cigarettes anglishes, c'est ça que tu appelles agir. La fumée, c'est le contraire de l'action. Essaie voir de tirer à la mitrailleuse en tirant sur un mégot, ou même de donner un coup de poing tout simplement. Mais ce n'est pas pour toi que je dis ça,

Capitaine, précisa-t-il en s'apercevant que Clodandron, entre des doigts fébriles, s'efforçait de rouler une cigarette. Il y a des cendriers au bout de la table.

Ils étaient consacrés à la gloire de Dubo Dubon Dubonnet; Zilia sortit à son tour un paquet de niñas et alluma son petit cigare.

— Nous sommes au siècle de la fumée, conclut Amadieu, fabriquez-en, bonne chance pour les volutes, moi je m'en vais secouer ma salade.

Zilia aspira plusieurs bouffées qu'il envoya soigneusement par les narines.

— De toute façon, dit-il dès que la porte de la cuisine eut claqué, si nous faisons ce qui est convenu, la police ne sera pas longue à prendre le vent et à découvrir qu'il a été assassiné.

— On ne t'a pas attendu pour y penser. Tout est paré.

— Tout est paré, répéta tristement Zilia.

— Enfin, oui... Au cas où on le ferait.

La brèche était de taille. Zilia se précipita pour l'élargir.

— Supposons que pour une raison quelconque Alcide soit déjà revenu d'Amélie-les-Bains. Nous aurions bien été obligés de nous tenir tranquilles.

— Ils vérifieraient.

— Alors supposons qu'à la fin du repas, pour le café, elle s'amène, la petite Huguette. Le coup, nous y renonçons. Et ça ils ne pourront jamais le savoir si elle est venue ou pas, Huguette. Qu'est-ce que tu en penses, Faypoul?

— Moi, mon avis compte tellement peu, pourquoi le donnerais-je?

Il s'apprêtait bien sûr à le donner, son avis, mais le

pas assuré d'Amadieu le réduisit au silence. Amer, il vit leur hôte surgir la mine radieuse, tenant le saladier sur sa poitrine :

– Et j'ai tout ramassé moi-même! proclamait-il, la roquette, les dents-de-lion, le cerfeuil, le persil, l'ail dont j'ai frotté les croûtons. Le vinaigre, j'en suis l'auteur et l'huile a été pressée chez mon voisin. Vous allez vous parfumer les gencives.

En parlant pendant que les autres se servaient, il avait débouché une nouvelle bouteille de bourgogne mais ces diverses activités ne l'avaient pas distrait du sujet qui lui tenait à cœur :

– Pour en revenir aux moulures qui font ricaner l'ami Léon, tout en retournant mon mesclun je songeais qu'on pourrait les comparer à un sourire un peu tricheur qui masque la rencontre de deux plans ou encore à ces trilles malicieuses...

– Pour baratiner, tu es toujours là, coupa Faypoul, mais tout à l'heure quand tu parlais du nombre d'or, tu me faisais bien rire parce que tu serais bien incapable de le trouver.

– C'est quoi ça, le nombre d'or? demanda Zilia, la bouche pleine. Un trésor?

– Un nombre! Sa vertu est de conférer la beauté à une surface, professa Faypoul. Il faudrait tracer un carré et sa diagonale, ajouta-t-il en sortant son stylo, ensuite il suffirait...

– Ah non! tu ne vas pas dessiner sur la nappe.

– J'ai un bloc.

Il se leva, fit un pas et dut s'appuyer au dossier de la chaise pour assurer son équilibre. Ce fut Amadieu qui se chargea d'aller chercher le bloc sur la console. Il le posa devant Faypoul qui était parvenu à se rasseoir et l'ouvrit entre deux assiettes.

– Mais c'est Huguette!

Un sourire béat d'artiste heureux éclaira la physionomie de Faypoul.

– Tu l'as reconnue!

De colère, Amadieu qui était debout derrière lui le souleva par les aisselles et le tint suspendu. Le bras droit dont on se rappelle peut-être qu'il était tatoué se gonfla au point que le trèfle à quatre feuilles devint une copieuse fleur exotique. Puis, abandonné à lui-même, Faypoul retomba sur son siège en laissant échapper un petit cri que suivit une protestation plaintive :

– Tu as dit toi-même que le croquis était ressemblant! Alors pourquoi est-ce que tu me cherches des noises?

Il avait demandé secours à une expression désuète qu'employait le bon Père dans les petites classes : « Je vous y prends à chercher noise à votre camarade. – Je ne cherche pas noise, mon Père, je cherche mon crayon. » S'il s'était réfugié dans son enfance, c'est que la poigne d'Amadieu lui faisait peur et qu'il tentait de retrouver une région où l'on ne risque qu'une chiquenaude.

– Je suppose, tonna Amadieu, que Mlle Huguette n'était pas nue comme un orvet quand elle vous a servi vos pastis.

– Mais non, Juste! Elle avait sa robe rose et moi de l'imagination. Tiens, si tu veux ce dessin, je te le donne, accepte-le, ça me fera drôlement plaisir.

Amadieu se pencha, détacha soigneusement la feuille, contourna la table et vint s'asseoir devant son assiettée de salade.

– Ce que je peux dire, bégaya Zilia qui ne cherchait

pas à cacher qu'il était hors de lui, c'est que ma fille, si un mec l'avait crayonnée à poil, si j'avais vu Sabine à poil, le Faypoul, ou un autre, peu importe, je le massacrais.

— Tu es plus corse que nature, répondit Amadieu en piquant dans sa salade. Ce petit, il a dessiné Huguette sans y voir malice et c'est réussi, voilà l'essentiel. Je le prenais pour un incapable, il est quand même fichu d'attraper une ressemblance, même avec ce qu'il ne voit pas. Qu'il ne connaisse rien au nombre d'or, c'est une autre question.

— Mais je connais, Juste! Écoute-moi gentiment et nous allons tomber d'accord. Tu vois, je dessine un carré et sa diagonale, mais attends, il faut que je me rappelle la formule grecque.

— Une martingale pour gagner à la roulette, non? hasarda Zilia.

— Les Grecs ne jouaient pas à la roulette, répliqua Faypoul qui reprenait de l'autorité.

— Pardon, mille pardons, grogna Clodandron qui souffrait vraiment de se sentir oublié. Mille et mille pardons, mais j'ai vu des Grecs jouer à la roulette, j'en ai même connu trois qui étaient croupiers, alors vous m'amusez.

— Nous te parlons, exposa patiemment Faypoul, des Grecs de l'Antiquité.

— Ils ne jouaient pas à la roulette?

— Non!

— A quoi jouaient-ils?

— A n'importe quoi mais pas à la roulette.

— Puisque tu ne sais pas à quoi ils jouaient, comment peux-tu certifier qu'ils ne jouaient pas à la roulette?

Faypoul laissa s'écouler un soupir :

– Personne ne me croit. C'est comme d'habitude...

Se portant à son secours, Amadieu assura :

– La preuve qu'ils ne jouaient pas à la roulette, c'est qu'on n'a pas trouvé de casinos en ruine. Mais ça n'empêche pas qu'ils aient découvert le nombre d'or.

– C'est un secret, ce nombre, demanda Zilia, ou bien on peut en causer entre amis ?

– C'est une racine, expliqua Faypoul. Attendez voir... $\sqrt{\dfrac{5.}{2}}$ Bon. Je pose mon 5. Je fais $2 \times 2 = 4$. Il reste 1.

– D'accord, pontifia Amadieu.

– J'abaisse toujours par tranches de deux. J'ai un petit problème de virgule...

– Tu t'embrouilles et tu m'embrouilles, maugréa Juste Amadieu. Tu n'y connais rien, c'est ce que je pensais.

Levant vers lui des yeux suppliants, Faypoul demanda :

– Tu ne veux pas me laisser finir ? 25×2 ça fait trop, mais attention $4 \times 4 = 16$, je retiens 1, $4 \times 2 = 8$ et 1 9. Donc : 96 ôté de 100, reste 4.

– Elle est de la même année, cette bouteille, observa Clodandron mais elle est pourtant meilleure que l'autre qui était fameuse.

– Reprends donc de la salade, Capitaine, à moins qu'elle ne te convienne pas.

– Si, oui. Oh que si! Mais si tu me permets d'être complètement franc avec toi, je pense depuis toujours, ânonnait Clodandron, qu'une salade gâte un grand vin.

– Oui, mais un grand vin ne gâte pas une salade.

Un très beau papillon était entré dans la pièce. Il était calme, il voletait sans trahir aucune des impatiences d'un captif. Clodandron et Amadieu suivaient en silence les sages ébats du frêle animal.

– Ça y est! Ça y est! on a trouvé, hurla Faypoul : 1,618.

– Oui, confirma Amadieu, c'est le nombre d'or. Je me rappelle.

– Vous gueulez comme des ânes et vous faites peur au papillon, grogna Zilia. Ma fille aime les papillons.

– Nous aussi, dit doucement Clodandron. Nous aimons les chiens et les papillons.

– Et nous ne lui avons pas fait peur, appuya Juste Amadieu, parce que les papillons n'ont pas d'oreilles donc, par voie de conséquence ils n'entendent pas. Ma femme, leur confia-t-il, prend les papillons pour des mites, elle les tue. Ça lui fait des paumes grasses.

– D'accord, conclut Clodandron, mais c'est la vie.

Amadieu se disait que la vie était bien faite, en effet, puisqu'il aimait embrocher Huguette et qu'elle aimait qu'il l'embrochât. Il avait hâte d'être rentré d'Espagne, donc hâte de partir. Il se leva :

– Je vais écrire tout de suite à ma femme, ce sera une bonne chose de faite.

– Rien ne presse...

– Pour tout vous dire je ne suis pas tellement salade. Mangez tranquillement pendant que j'expédie mon courrier. Ensuite je prépare mon baluchon.

Ils mangèrent sinon tranquillement, du moins silencieusement. Le papillon voletait comme si cette pièce était à lui et qu'elle fût l'univers. Amadieu trempait sa plume dans un encrier de bronze qui représentait un matelot la bouche ouverte. Un cadeau de l'enseigne de vaisseau Boutiran qui prétendait tenir cet objet de Pierre Loti, précision qui avait laissé indifférent le bénéficiaire puisqu'il ignorait que ce Loti passait dans la Royale pour un homosexuel et que la bouche du mousse n'était pas innocente. Ayant écrit, il buvarda. Ayant tracé l'adresse sur l'enveloppe, il buvarda encore et revint vers eux d'un pas que l'alcool n'avait pas ébranlé. En revanche le discours qu'il leur tint trahissait une haine des conventions qu'un début d'ivresse pouvait expliquer :

— Regardez-moi ça? Qu'est-ce que j'ai écrit! J'ai écrit : « Madame Juste Amadieu. Madame, elle l'est parce que j'ai bien voulu l'épouser! Juste! J'espère qu'aucun de vous ne me contredira mais enfin Juste, c'est mon prénom et ce n'est pas le sien. Quant à Amadieu, mon père s'appelait Amadieu mais pas le père de Fernande. Alors! Alors voulez-vous que je vous dise ce que signifie le mariage? Il y a vraiment de quoi se tordre. Mademoiselle devient Madame. Fernande devient Juste, et Boulicaud, parce que en plus elle s'appelait Boulicaud, devient Amadieu. Vive Huguette Guesclin!

— Pourquoi dis-tu « vive Huguette »? demanda posément Zilia.

— Parce que Huguette n'a pas envie de se marier.

— A la vérité, reprit Zilia avec lenteur, le fait qu'il y ait des femmes sur la terre pose un problème dont je me demande s'il n'est pas insoluble. En ce qui me concerne, j'ai fait deux lourdes erreurs. D'abord j'ai fabriqué une fille, ensuite je l'ai baptisée Sabine. A ma décharge je n'ai pas fait exprès de fabriquer une fille et quand je l'ai appelée Sabine, j'ignorais l'histoire, la fameuse histoire! Vous la connaissez? L'enlèvement des Sabines! Un scandale qui a été peint par des artistes appartenant à des académies respectables, c'est à se demander jusqu'où le vice va se nicher. Il faut que je vous explique, continua-t-il en se dressant, que les Romains avaient lancé un rezzou pour enlever de malheureuses petites vierges sabines et se les taper.

Son indignation était atténuée par une fatigue à laquelle l'alcool avait largement collaboré. Il se laissa retomber sur sa chaise, surpris par une faiblesse qu'il avait remarquée chez Faypoul en la désapprouvant. Il planta ses coudes sur la table et médita. A l'extérieur, le soleil avait accompli une certaine course qui avait modifié son tir. La nappe en était devenue bleuâtre. Fardé de jaune, le vert de la salade flottait comme une île. Pour Faypoul c'était un Bonnard, mais allez parler de Bonnard à des gens qui vont vous répondre qu'ils en ont connu un qui était capitaine d'habillement, ou concierge! Donc Faypoul se borna à fabriquer des boulettes avec la mie de pain qui lui tombait entre les doigts.

– Il faudrait, proposa Faypoul en cherchant ses mots, qu'on soit deux mois femme. Ou plutôt, pour maintenir une structure sociale, qu'on considère comme des hommes ceux qui le seraient dix mois sur douze et comme des femmes celles qui le seraient également dix mois sur douze.

Clodandron, depuis sa jeunesse et quasiment sa naissance, professait, par défaut d'imagination, un respect absolu pour ce qu'il considérait la réalité. Arraché à sa torpeur par les propos de Faypoul, il s'offrit le plaisir amer et douloureux que l'indignation procure à certains esprits:

74

– Au cas où tu ne le saurais pas, Léon, je te garantis que dans les asiles de fous il y a des pensionnaires qu'on a internés pour moins que ça! Tu me vois en femme deux mois par an!

– Toi, non. Je pense que ce système n'est valable que jusqu'à un certain âge. Ensuite, chacun resterait cantonné dans son sexe principal.

Rêvant d'une Huguette métamorphosée en garçon pour deux mois, Juste savourait un certain trouble. Zilia n'était pas éloigné de penser qu'au moins pendant deux mois il aurait la paix, ne redoutant plus l'effraction du corps de Sabine, ou plutôt de Sabin :

– Avec ta méthode, dit-il, il faudrait modifier les prénoms.

– Bien sûr. Moi je m'appellerais Léone et toi tu t'appellerais Pascale ou Pascaline.

– J'ai vraiment honte, maugréa Clodandron, d'entendre de pareilles insanités. Si vous voulez mon avis, c'est le résultat du Front populaire. Confusion des classes, confusion des sexes, bref, oubli des grandes traditions nationales. Léon Blum a bien réussi son coup puisque même chez vous qui représentez, du moins le croyais-je, l'élite musclée de notre pays, l'ivraie a étouffé le bon grain.

– Tu sais, lança Amadieu, Blum a plutôt raté son coup. Pour faire plaisir aux Anglais il s'est résigné à ne pas soutenir tout à fait les républicains espagnols. A peine s'était-il mis à jouer avec la révolution qu'il a été obligé d'annoncer la pause. Et pour finir il a démissionné. Et j'ai oublié le plus beau! A Clichy, il a massacré ses chers petits camarades. Le problème, ça n'est plus Blum, c'est l'Europe. Et si notre but est de prendre le pouvoir, c'est pour opposer aux poignes de l'étranger une poigne française.

– Il a très bien parlé! chanta Faypoul, qui s'étant agité inconsidérément bascula de son siège et s'allongea sur la moquette où il demeura étendu jusqu'à l'intervention de Zilia et de Clodandron qui le remirent sur ses pieds.

Debout, les mains de nouveau appuyées au dossier de sa chaise, pareil à un prêtre en chaire, il déclama :

– L'Espagne aura Franco, l'Italie a Mussolini et l'Allemagne Hitler et la Russie Staline alors que nous sommes dirigés par des escrocs. Stavisky est mort mais tout se passe comme si Stavisky était notre empereur. Voilà ce qu'il faut changer!

– Il faut tout changer, décida Zilia. A commencer par le sport. L'année dernière, nous nous sommes couverts de ridicule aux Jeux Olympiques de Berlin.

Le visage de Clodandron s'empourpra de sorte que sa cicatrice devint plus claire que sa joue :

– Il y a un sport plus important où nous risquons de nous couvrir de honte, c'est la guerre. Pendant que jour et nuit les Boches fabriquent des chars nous nous spécialisons dans les quarante heures et les grèves.

La tablée se désunissait. Amadieu était allé fouiller dans un tiroir à l'autre bout de la pièce; il y avait trouvé un timbre qu'il collait sur l'enveloppe de sa lettre. Clodandron s'était rassis alors que Faypoul se tenait toujours debout dans sa pose de prédicateur et que Zilia, également debout, était prêt à parer une nouvelle chute.

– D'accord! déclara Amadieu qui revenait vers eux, son enveloppe à la main, pour faire la guerre il faut des canons, mais il faut aussi une bonne diplomatie.

C'est toujours l'histoire des bateaux-pièges. Sans malice, on n'arrive à rien. Je crois, poursuivit-il en s'asseyant, que Laval avait eu une bonne idée, il y a deux ans quand il avait signé le pacte franco-soviétique. Mais il ne faut pas en rester là, il faut resserrer nos liens militaires avec Moscou. Du coup l'Allemagne se retrouvera coincée pareil qu'en quatorze et comme Hitler sentira bien que l'Angleterre ne tardera pas à se joindre à nous, il y regardera à deux fois avant de mettre le paquet.

— L'Allemagne a englobé l'Autriche, coupa Clodandron, elle copine avec l'Italie et le Japon, elle est en train de se fabriquer une armée du tonnerre de Dieu, tu parles si elle s'en fiche du traité de Laval avec Staline et ce traité, je trouve que tu devrais avoir honte de le défendre. C'est quand même énorme que tu attendes notre salut d'une entente avec les bolcheviks qui est scandaleuse.

— François Ier qui était catholique s'est allié avec les Turcs qui étaient musulmans. Essayez de comprendre un peu que la diplomatie n'a pas de morale.

Clodandron voulait répondre mais Faypoul lui coupa la parole :

— Amadieu a raison. Je ne suis pas contre une alliance avec les communistes si elle sert l'intérêt de la France, mais il a tort de croire en cette alliance. Si j'ai failli entrer à l'Action Française, c'est parce que j'ai été ébloui par l'intelligence de son chroniqueur diplomatique Jacques Bainville. En 1920, il avait écrit un livre, *Les Conséquences politiques de la paix.* Quand je l'ai lu, il y a deux ans, ce qu'il annonçait commençait de se réaliser. Il avait prévu que l'Allemagne déchirerait le traité de Versailles, qu'elle refuserait de payer les Réparations, qu'elle profiterait du morcellement de l'Europe centrale pour happer certaines nations germaniques ou voisines de la frontière allemande, et notamment qu'elle commencerait par l'Autriche. Ses prédictions se sont réalisées. Il ne reste qu'à attendre la suite. Pour Bainville, la suite c'était l'annexion de la Tchécoslovaquie, la mise de la Hongrie sous protectorat, finalement l'attaque de la Pologne à propos du corridor de Dantzig et une guerre générale où l'Allemagne et la Russie s'associeraient, comme par le passé, pour fêter leurs noces sanglantes sur le cadavre de la Pologne. Donc, ton pacte, j'aimerais bien y croire mais je n'y crois pas parce que Bainville qui est sensible à l'histoire affective des peuples est certain que Berlin et Moscou tomberont toujours d'accord pour se partager Varsovie.

Il avait parlé sèchement en détachant ses mots avec soin et tomba aussi sèchement, aussi nettement sur la moquette. Zilia dont l'intervention avait été tardive perdit l'équilibre à son tour, se rattrapa à la nappe qu'il entraîna dans sa chute, culbutant une bouteille de vin. Le liquide, pareil aux deux hommes, s'étendit. Pendant que la tache rouge s'allongeait gloutonnement sur le tissu, Zilia s'était relevé et Faypoul s'était assis. Amadieu redressa la bouteille, sauvant un petit reste de Clos-Vougeot qu'il versa dans son propre verre, par précaution, et but à petites gorgées. Derrière les volets mi-clos un grondement s'élevait. Il se prolongea doucement pendant une vingtaine de secondes et cessa.

– Vous avez entendu! demanda Faypoul, agressif. Vous allez encore me le reprocher! Eh bien, ce n'est pas ma faute. Il y a un orage.

– On avait deviné, bougonna Clodandron. Ne fais pas l'intéressant. Tu devrais avoir honte tout simplement, Léon Faypoul, je te parle d'homme à homme. C'est vrai que nous buvions quelquefois, avant de monter à l'attaque, mais nous tenions sur nos jambes. Toi, tu sais ce que tu es, toi tu es Mlle Guimauve.

Debout, négligeant tout appui, ferme dans sa démarche, Faypoul se dirigea vers Clodandron :

– Je ne permettrai à personne de m'appeler Mlle Guimauve.

– Tu n'as pas à le permettre, c'est déjà fait.

– Et puisque c'est fait, proposa Zilia sur le ton enjoué d'un conciliateur, allons donc voir l'orage.

Ils se dirigèrent vers une des fenêtres et écartèrent les volets. Sur les trois quarts de sa surface, le ciel était d'un azur vigoureux, mais à l'est montait une falaise ténébreuse où un éclair se dessina sans que sa rumeur parvînt jusqu'à eux. Ils se tenaient tous les quatre étroitement serrés les uns contre les autres parce que la fenêtre n'était pas large.

La portion du ciel qu'occupait l'orage constituait une masse d'un bleu ardoisé où, si l'on maintenait le regard jusqu'à la contemplation, des crêtes violettes pouvaient se distinguer. Pour Amadieu, il était certain que cette purée céleste n'était comparable qu'à de la confiture de mûres. Pendant un temps, Huguette s'était refusée à cueillir des mûres sur les buissons, marquée par une ascendance paysanne et convaincue que ce qui pousse tout seul, sans exiger une connaissance et des soins, ne saurait qu'être mauvais. C'était Amadieu qui l'avait aidée à admettre les bienfaits du hasard et qu'un plaisir soit incommensurable avec le mérite de celui qui en bénéficie. Elle avait cueilli des mûres puis, entêtée à ajouter le travail de ses mains à celui de la Création, elle les avait transformées dans une bassine de cuivre en confiture. Leurs dents étaient noires et leurs lèvres aussi quand ils s'embrassaient.

C'était, et de loin, la région pure et claire du ciel qui l'emportait de sorte qu'une lumière nette scrutait les feuillages qu'aucun souffle n'effleurait. L'air était parfaitement immobile. Le tonnerre s'était tu. Il arrivait qu'un éclair lançât un capillaire de platine entre les parois de la nuée mais son crépitement ne parvenait pas jusqu'à eux. L'orage s'avançait en silence. Zilia pouvait confondre tout à son aise la masse de ténèbres qui s'élevait à l'horizon avec une montagne corse. Depuis toujours il associait la Corse et la foudre. Sa mère lui avait raconté que, toute jeunette, comme elle ramenait ses chèvres elle avait été surprise par le vent, aveuglée par l'éclair et dans la même seconde assourdie par la détonation. Une pluie de feuilles grillées s'était abattue sur le petit troupeau. Telle était la Corse de Zilia. Il la regardait surgir au-dessus de l'horizon, distinguant les versants de ses montagnes avec leurs excavations, leurs gorges, leurs crinières de roseaux, leurs broussailles aiguës, leurs cavernes qui, lorsqu'elles étaient caressées par le rayonnement flou d'un éclair, devenaient des mines d'or abandonnées. Il se demandait une fois de plus pourquoi sa famille avait quitté l'île et ce qu'il faisait lui-même en ce lieu, un bras passé autour des épaules d'Amadieu.

Transformant le ciel en une palette, Faypoul trempait un pinceau imaginaire dans la pâte sombre qui l'enduisait et peignait le pubis d'Huguette; le fond aurait été rose comme la robe et la toile serait restée nue et crue à l'emplacement du corps. Souvent, il formait un chef-d'œuvre dans sa tête et jamais il n'avait pu l'en faire sortir.

Les grognements du tonnerre se réveillèrent avec une autorité sévère, enflèrent, atteignirent un paroxysme furieux puis s'éparpillèrent en éclats fragmentaires. Faypoul utilisait ce mouvement sonore pour accompagner son tableau, se demandant s'il n'était pas en train de découvrir un nouvel art où la musique s'associerait à la peinture. A sa droite, Clodandron subissait une impression qui lui était familière à ce point qu'il lui avait donné un nom : « le phénomène ».

Le phénomène se produisait en moyenne cinq ou six fois par an. Il ne requérait pas la conjonction de circonstances singulières. La dernière fois qu'il s'était manifesté, Clodandron était tout simplement assis dans sa cuisine et mangeait de la mortadelle sur une toile cirée, ayant été pris d'une fringale au milieu de l'après-midi, un dimanche : tout à coup il s'était vu, les manches de chemise retroussées, le béret sur la tête, un couteau à la main et les coudes appuyés sur la table. Il s'était regardé comme dans une glace, à cette différence près que l'image comme une photographie se limitait au noir et au blanc. Ce trouble aurait intéressé Faypoul alors qu'il indignait Clodandron peu disposé à savourer une anomalie incompatible avec son sens du règlement. C'était donc avec humeur qu'il se laissait imposer le spectacle d'une photographie qui aurait été prise sur le terre-plein, à quelques mètres de la fenêtre. Il distinguait, entre les volets largement écartés, leurs quatre visages très proches les uns des autres, leurs quatre regards dirigés vers l'orage, les mains de Faypoul agrippées à la barre d'appui, les bras musculeux d'Amadieu (son tatouage était visible), les doigts de Zilia qui pianotaient sur l'épaule de son voisin. Tous ils semblaient poser devant l'appareil, immobiles, tassés comme si chacun avait craint de ne pas apparaître dans le champ du photographe.

Pour mettre un terme à l'hallucination, Clodandron avait reculé, brisant l'organisation du groupe qui se désagrégea. Ils se dirigèrent vers la table. Faypoul s'appliquait à marcher bien droit, à la manière d'un automate, et en souriait Clodandron qui se rappelait un vieux sous-officier inégalable dans sa spécialité.

– Ce vieux sous-off, poursuivit Clodandron qui parfois poursuivait sa pensée par la parole, n'avait pas son pareil pour repérer le gars qui rentrait saoul. Il ne se laissait pas hameçonner par des troufions au pas hésitant qui ramenaient tout juste un verre de trop. Le menu fretin qui était indigne de la salle de police le laissait froid. Mais il se réveillait dès qu'il apercevait un pas de parade, trop assuré, une-deusse, une-deusse. Il faisait entrer son client dans le poste où l'autre finissait par s'abattre. Faypoul, tu marches trop droit, fais attention en t'asseyant. Et laisse-moi te dire, ajouta-t-il avec une colère qu'il n'avait pas prévue, je juge infâme et même torchonnesque que tu trouves le moyen de te saouler la gueule quand tu participes à une mission capitale.

Amadieu savourait la gaieté de son humeur. Il savait qu'Huguette raffolait des orages et la voyait vibrante, et battant des mains à chaque éclair pour peu qu'elle fût seule, car dans la salle il lui fallait respecter l'horreur que les perturbations atmosphériques inspiraient aux agriculteurs. Heureux, il entreprit de défendre son pauvre Faypoul :

– Une mission capitale! Pourquoi pas une exécution capitale pendant que tu y es, Capitaine? Vous m'expédiez en Espagne, c'est tout. Il n'y avait pas besoin de venir à trois et voulez-vous que je vous dise pourquoi vous êtes venus à trois! Voulez-vous que je vous le dise?

– Tu te fais des idées, dit doucement Zilia. Je t'assure. Tais-toi donc...

– Par ce temps-là c'est plutôt aux rouquins de se taire vu qu'ils attirent la foudre, c'est bien connu et que j'ai envie de te l'enfouir, ta chevelure, sous un fichu comme font les filles en cheveux quand elles entrent à l'église. Je sais que si vous êtes venus à trois, c'est...

Arraché à lui-même, Clodandron entrevit comme une fourche deux avenirs possibles : 1. Amadieu ayant éventé leur complot, ils passaient aux actes. 2. Ils l'écoutaient, reconnaissaient l'exactitude de son soupçon et lui annonçaient en toute sincérité qu'ils renonçaient à l'exécution de leur projet.

– Annonce ta carte! avait lancé Clodandron. Ce que tu penses, tu n'as qu'à le jeter sur la table.

– Je pense que vous aviez dans la tête de vous offrir une virée et je vous comprends. De temps en temps, rien de meilleur qu'une bonne muflée entre copains, surtout si la cuisine est à la hauteur. Vous n'êtes pas trop déçus? D'autant que ce n'est pas fini. Nous avons du temps en réserve. A quelle heure est mon train?

– Vers huit heures, répondit Clodandron accablé, la voix molle.

– Où?

– A... Hyères.

– Je vous disais bien que la fête n'était pas finie.

Pour le moment, une décision s'impose. Je m'en vais vous servir deux sortes de brousse, l'une fraîche et l'autre dont vous n'oublierez pas l'odeur de sitôt. Il y en a qui continuent à manger de la salade avec, dans ce cas je ne change pas les assiettes. Que ceux-là lèvent le doigt.

À tout hasard, Clodandron dressa son index et ses compagnons l'imitèrent. Amadieu se leva.

— Le cuisinier revient de suite, comme on dit à Paris. Après la brousse je téléphonerai à Huguette.

— Ce n'est pas pressé, hasarda Zilia.

— On verra plus tard.

— Il faut bien que je la prévienne et qu'elle s'en trouve un autre qui la conduise au bal. Pour l'instant, les brousses! Ouvrez donc, parce qu'elle va vraiment bien avec, cette bouteille de Sauternes et qu'à mon retour les verres soient pleins!

Ayant empoigné la bouteille, Clodandron saisit le tire-bouchon puis leva les yeux vers ses complices et rencontra leurs regards qui convergeaient sur lui. Ils étaient émus également. Ils savaient ensemble que chaque seconde comptait. Le capitaine ne se décidant à donner ni un ordre ni un avis, Zilia intervint :

— On renonce. C'est entendu? Mais cette lettre à sa femme, son coup de téléphone à...

Venant à son secours, Faypoul prouva que les effets de l'alcool n'altéraient pas sa mémoire quand celle-ci était électrisée par une émotion.

— À Huguette, prononça-t-il amoureusement.

— C'est bien simple, coupa Clodandron, quand nous serons arrivés à Hyères, je prétexterai un rendez-vous pour obtenir confirmation, je m'absenterai dix minutes et à mon retour j'annoncerai que l'entreprise est différée. S'il n'y a pas de car, nous le remonterons ici et tout sera réglé.

– Tout sera réglé, répéta Zilia avec un soulagement qui inspira un début de sourire à cet homme qui ne souriait pas.

– Et moi alors! s'écria Faypoul. On me fout au rancart comme d'habitude.

Il avait sorti le browning de sa poche et le brandissait.

– Tais-toi et remets ce feu où tu l'as pris.

Le ton de Clodandron était exactement celui d'un adulte qui morigène un gamin. Amadieu réussit une apparition aussi joyeuse que protocolaire, les bras chargés d'un plateau lui-même chargé de terrines et de bols où le blanc et l'ocre alternaient avec le jaune glauque de l'huile d'olive, le vert éteint de la ciboulette et du cerfeuil mordus par le poivre. Dès lors la conversation se laissa enfermer par le fait que les fromages existaient soit jeunes et frais comme une chair d'enfant, soit macérés par l'âge et les épices. Bien sûr ce fut Zilia qui évoqua le broccio. A propos de la tomme de Roure, Faypoul à qui une pointe de pédanterie avait rendu le calme esquissa un cours sur la valeur générique du mot tomme qui, pour les Gaulois, signifiait fromage.

– Il faut pousser les fenêtres et les volets en vitesse! jeta Clodandron.

Ils se levèrent tous les quatre, montèrent à l'assaut. Ils se hâtaient comme si l'air de la pièce étant empoisonné il fût urgent de le renouveler. Peut-être n'avaient-ils pas tort de s'inquiéter. L'assombrissement de l'atmosphère en verdissant l'intérieur de la pièce y avait insinué des nerfs à vif. Dès que les quatre fenêtres et la porte-fenêtre furent ouvertes, une tiédeur aux pulsations fraîches pénétra avec discrétion. Apaisés, ils se rassirent. Cette brise ne dispersait pas les arômes du repas mais les remuait en les unissant pour enchanter Clodandron dont la femme détestait l'huile pour peu qu'elle sentît l'huile, le poisson s'il sentait le poisson, et le chien qui sentait le chien comme il était arrivé à Capitaine mouillé par la pluie. Ici les odeurs fortes avaient droit de cité. Débordant d'une grosse tendresse, Clodandron retenait une déclaration d'amour : « Juste, nous t'apprécions, notre estime, tu l'as, il n'est plus question de te faire la peau, c'était un vague projet, sans plus, tu me crois, vieux, dis-moi que tu me crois. » Ayant écrasé cet élan d'enthousiasme, il se borna à observer :

– On s'aime bien et on est bien.

Ému, Faypoul entonna les « Trois Orfèvres à la Saint-Éloi ». Comme toujours il avait tapé à côté et personne ne reprit la chanson. Les fenêtres donnaient du ciel des versions différentes. Les deux fenêtres situées sur la gauche, c'est-à-dire vers l'est, découpaient deux rectangles obscurs et les deux autres deux rectangles d'azur; la porte-fenêtre montrait aux confins des ténèbres et de la clarté une frontière droite sur une partie de son parcours, pareille à celles qui, tirées au cordeau, séparent l'Égypte du Soudan ou de la Libye, et échevelée par instants, velue, trahissant la fureur de vents qui n'agissaient qu'à une altitude élevée. Au ras du sol rien ne bouge, les feuilles frétillent, bruissent comme des lamelles d'acier. Le haut des arbres, plus souple, se tord. Les volets craquent en s'étirant. Cet accès de sèche colère ne dure pas. Les châtaigniers et les dernières floraisons de mimosa retrouvent presque ensemble leur inertie. Il subsiste sur le sol de noires écorces tranchées de chair blanche et une poudre jaune et poilue. C'est de nouveau « le calme plat », pense Faypoul, qui se rappelle Stevenson, Poe, Conrad et remonte vers des crêtes violentes, soumises à l'entrain d'écrivains aimés qui conduisent volontiers au meurtre. Pour Faypoul, le calme revenu enflammait une future tempête. Au contraire, pour les trois autres, il incitait à un bavardage méditatif. Zilia, par précaution, se cantonnait dans le lieu commun :

– Les hirondelles passent vachement bas.

En effet, leurs vols stridents frôlaient hardiment les feuillages.

– L'orage n'est pas loin, hasarda Faypoul, tout content de trouver un terrain sur lequel ses compagnons et lui s'entendraient facilement.

Il eut la chance d'être approuvé par les grondements hargneux qui descendaient du ciel.

– En revenant, on y aura droit, affirma gaiement Clodandron, qui tentait d'amorcer leur départ.

– Ah! mais c'est vrai! s'exclama Juste Amadieu. Il faut que je téléphone.

– Non! cria Faypoul.

On ne l'écouta pas davantage que d'habitude et Amadieu s'en fut paisiblement décrocher l'appareil qui pendait au mur.

– Mademoiselle, je vous appelle parce que, comme je vous connais, je vous vois d'ici sous l'orage, réciter trois *Pater* et un *Ave*... Bon, si vous préférez chanter *L'Internationale,* mais c'est un peu long, alors passez-moi d'abord le 23.

Il ajouta en se tournant vers les autres :

– Il faut être bien avec les demoiselles du téléphone.

– Tu es bien galant avec toutes tes voisines, observa Faypoul.

L'entretien d'Huguette et de Juste fut remarquablement bref. Il avait trouvé moyen dans la même phrase de lui annoncer qu'il ne pourrait pas l'accompagner au bal et qu'il s'absentait pour quelques semaines.

– Et si je ne te donne pas de nouvelles, ne t'inquiète surtout pas.

Elle dut lui répondre quelque chose de drôle car il éclata d'un rire qui ne s'éteignit que pour laisser naître un sourire très tendre. Après avoir raccroché, il revint vers eux en conservant un air enjoué comme s'il poursuivait intérieurement sa conversation avec Huguette. Trois éclairs se succédèrent, illuminant la pièce avec une violence aiguë et presque aussitôt suivis par le fracas du tonnerre. Ils avaient apporté le grand vent. Toute la vallée, d'une seule voix, commença de rugir. A l'improviste, comme une lame de fond la pluie déferla.

– Moi, j'aime bien, proclama Juste Amadieu en donnant de la voix pour dominer le tumulte extérieur. A bord, ça me plaisait de tenir la barre pendant un grain.

– Moi, la guerre m'a dégoûté de la pluie, grommela Clodandron qui avait encore dans l'oreille le crépitement des averses qui, en Champagne, criblaient la boue dans les tranchées.

Faypoul revenait vers d'enfantines délices, retrouvant sa treizième année et le cabanon du jardin familial où il allait s'abriter, pendant l'orage, pour jouer à devenir Robinson. Zilia seul était resté dans le présent ; il se demandait si l'orage s'était étendu à toute la côte, préoccupé par le sort de Sabine qui, à cette heure, jouait au tennis, vêtue d'une jupette blanche ou d'un short également inconvenant. Où ce déluge obligerait-il les enfants à s'abriter? Zilia redoutait surtout les deux cousins de Sabine et que celle-ci fût sinon caressée, du moins frôlée.

– Passez-moi vos assiettes et vos couverts, que je débarrasse! s'écria Amadieu avec la voix d'un quartier-maître bien décidé à dominer la tempête. Répartissez-vous les soucoupes. Allez chercher le plateau de fruits qui est sur mon secrétaire et déposez-le au milieu du village. Et puis pendant que vous y êtes, rabattez et fixez les volets, fermez deux des fenêtres, on ne s'entend plus ici, c'est l'armée à Bourbaki. Pendant ce temps-là je chauffe le café.

Clodandron et Zilia constituaient un équipage obéissant. Ils interdirent à Faypoul de bouger (parce que dans ton état, tu vas sûrement casser quelque chose) puis coururent aux fenêtres comme s'ils montaient à l'abordage. Pendant qu'ils exécutaient les ordres, le vent changea de régime. Il continua de souffler mais par bourrasques séparées par des moments de calme de sorte que la pluie qui s'adoucissait tombait tantôt de biais tantôt à la verticale. Un peu mouillés ils déposèrent devant Faypoul les soucoupes et le plateau de fruits. Celui-ci était sombre, composé de grappes de cassis épandues à travers un archipel de figues noires. Ces ténèbres où traînait un bleu violacé (façon aubergine) étaient parcourues par un sang joyeux et clair, celui des grains de groseilles.

– Le kaoua, annonça Juste en entrant.

Il emplit des bols qui auraient mieux convenu à un

petit déjeuner et ajouta avec une sorte de timidité :

— Les fruits, on peut les manger avec les doigts ou vous voulez des ustensiles ?

Ils ne répondirent pas mais prouvèrent le mouvement en marchant. Les grappes s'égrenèrent, les figues s'ouvrirent entre les doigts, révélant une clarté, se découvrant mûres à point pour Clodandron, temple du miel pour Faypoul qui rêvait béatement d'appliquer la loi du nombre d'or à des courbes; et muqueuse pour Zilia qui assistait au viol de sa fille. Pis qu'au viol, à l'abandon d'une petite femelle consentante. Du cassis coulait un jus huileux qui salissait les bouches. Les groseilles laissaient des pépins entre les dents et les figues aussi mais ces derniers pouvaient être écrasés agréablement entre les molaires. Assez inodore, le café n'apportait que sa chaleur. Malgré l'incandescence de la moquette, la pièce avait viré au vert. Le ciel ne libérait plus qu'une arrière-lumière dépourvue de force. Les derniers éclairs survivaient mollement à un orage défunt. Déjà le ciel s'éclaircissait. Pourtant, des grondements rôdaient; ainsi les félins s'attardent autour de leurs proies.

— Mes enfants, le grand moment approche, annonça Juste. Maintenant il s'agit de boire.

— Mais nous ne faisons que ça ! protesta poliment Zilia.

— Les vins n'étaient pas mauvais mais le temps est venu de passer aux alcools. Et, mieux, que vous les choisissiez sur place.

— Nous sommes sur place, observa Clodandron qui aimait bien jouer à l'homme de bon sens.

— C'est dans ma cave que nous serons sur place. Vous ne la connaissez pas, elle vaut le coup d'œil. S'il plaît à vos seigneuries de m'y suivre, poursuivit-il en se levant, je tiendrai la chandelle car, dès que vous la verrez, cette cave, vous comprendrez que j'aurais cru l'insulter en l'électrifiant. Il faut vous dire que mon grand-père maternel avait construit ce mas en déblayant les ruines d'une espèce de vieux castel. Mais il avait conservé la cave.

Il s'arrêta devant l'une des gravures appendues au-dessus de la console et la désigna du doigt. Elle représentait *Les Adieux de Fontainebleau*. L'Empereur s'avançait les bras ouverts, le général Petit se préparait à l'accolade impériale.

— J'avais remarqué ce tableau, commenta Zilia, et je m'étais demandé si tu n'étais pas un peu bonapartiste, ce qui serait pas pour me choquer.

— Ni moi, affirma Clodandron. N'importe quoi plutôt que cette ploutocratie judéo-maçonnique qui nous conduit à l'abîme.

— Il ne s'agit pas de ça, coupa Juste avec impatience. Mon grand-père était l'ordonnance d'un colonel Petit qui avait justement pour père ce général et qui en tirait fierté. Le hasard avait fait qu'au Mexique cette gravure était accrochée dans la maison où on l'avait logé. Des officiers se cotisèrent pour que mon grand-père transportât religieusement cette gravure et l'accrochât dans les logis successifs de son patron qui n'en pouvait plus de joie. Il répétait partout que son père était illustre au Mexique, ses camarades n'en pouvaient plus de rire. Ils l'avait surnommé Petit-des-Adieux et mon grand-père toucha ses napoléons, d'étape en étape, plaçant cette gravure farceuse jusque dans les plus obscures haciendas pour le bonheur d'un fils ébloui qui à chaque fois s'exclamait : « Oh! encore papa! » J'espère qu'Alcide ne sera pas aussi niais. Mais pour en revenir à mon grand-père, je suppose qu'il trouva d'autres ressources au Mexique que *Les Adieux de Fontainebleau*. Il y avait des populations affamées, des répartitions de céréales et je le soupçonne de s'être montré assez fripon.

— Comme toi, dit Faypoul.

— Comme moi.

Faypoul, seul, était resté assis mais il se leva quand il vit ses amis s'engager dans le couloir où débouchait l'escalier de la cave.

— On choisira pour toi, lui dit Zilia, reste donc tranquille.

Faypoul respira profondément et, au prix d'un effort, répondit avec fermeté :

— On ne se quitte pas.

Ayant allumé une bougie, Amadieu tira une porte qui résista un peu et s'engagea le premier dans un étroit escalier de pierre. Une nouvelle odeur s'insinua qui ressemblait à celle qu'exhale un fichu bondé de champignons quand on le dénoue brusquement. Dès qu'ils eurent pris pied tous les quatre sur le sol de terre battue, Amadieu éleva le bougeoir et des voûtes sortirent de la nuit. La flamme dansante de la bougie jaunissait la masse blême de la pierre et éveillait des lueurs sur les flancs des bouteilles allongées. Amadieu après avoir lancé le nom de plusieurs crus qu'il laissait vieillir passa à l'armagnac et au cognac et s'interrompit pour considérer un tonnelet. Il abaissa son bougeoir et leurs quatre ombres se distendirent sur la surface de la pierre.

— Ça me rappelle *Les Burgraves* que j'ai vus à la Comédie-Française, murmura Faypoul.

92

Aidé par Clodandron et surveillé par Zilia, il avait réussi à descendre l'escalier sans incident. Maintenant, il s'exerçait à poser solidement ses pieds sur la terre battue comme s'il avait eu à se défendre contre les effets du roulis. En s'agenouillant, Amadieu lui tendit le bougeoir mais Zilia s'en saisit.

– Il vaut mieux que je le tienne.

Un feulement sourd qui semblait descendre du rez-de-chaussée et tombait du ciel leur rappela la survivance d'un orage sournois qui se tenait embusqué derrière la colline.

– Cette eau-de-vie de marc, proclama Amadieu, a vieilli ici dans un fût de son pays d'origine. Ce n'est peut-être que de la branda, une sœur de la grappa des Italiens qu'on a tort de négliger en Champagne et en Bourgogne, mais si j'étais à votre place je la choisirais. Voilà vingt ans qu'elle est mariée avec le chêne du tonneau et que ni ce tonneau ni elle n'ont changé de place, et je vous dirais mieux...

Il discourait en pure perte, prosterné devant la merveille dont il leur annonçait le pouvoir. Debout derrière lui, Clodandron et Zilia concentraient toute leur attention sur Faypoul qui brandissait le browning. Tantôt il en menaçait les voûtes et admirait l'ombre chinoise où l'arme prolongeait son bras, tantôt il abaissait le canon vers la tête d'Amadieu qui suivait la douce chute du liquide dans le cruchon.

Ni Clodandron ni Zilia n'osaient intervenir. Peut-être craignaient-ils, par un mot imprudent, d'inciter Juste à se retourner donc à découvrir la présence de l'arme. Ils avaient surtout peur de déséquilibrer l'instable qui leur donnait la comédie. Ainsi hésite-t-on à crier quand on surprend un enfant à cheval sur la barre d'appui d'un balcon.

Pendant une quinzaine de secondes des événements se succédèrent ou furent simultanés, il est difficile d'en décider. Il y eut peut-être des effets donc des causes mais il est certain qu'un désordre domina qui se dérobe à l'analyse. Quelques faits, seuls, sont certains. Un coup de tonnerre d'une violence imprévisible dévala l'escalier. Un coup de revolver se détacha d'un tumulte qui se poursuivit longtemps à travers un ciel bien lointain. Zilia, sur un ton plus résigné qu'offensif, s'écria : « Ah! c'est intelligent! »

Au-dessus d'eux le ciel avait retrouvé une propreté parfaite, pareille à celle des assiettes de Moustiers qui, rangées dans le vaisselier, attendaient de futurs repas derrière des volets clos.

II

Malgré les appas d'une nuit dense, à la fois épaissie et rafraîchie par le grouillement des étoiles, Huguette ne regretta pas de s'être interdit un bal que l'absence de Juste rendait ou cruel ou ennuyeux. Allongée sur son lit, vêtue seulement d'une moustiquaire, elle se regardait dans la vaste glace au cadre argenté qui constituait l'unique ornement de la chambre.

Elle imaginait sans tristesse, avec complaisance, ce qui aurait pu être au même moment. Les bras ceints autour du torse de Juste elle aurait jeté, sur une route crépusculaire, des éclats de rire qui auraient été tantôt étouffés tantôt exaltés par l'alternance des vrombissements et des soupirs proférés par la motocyclette. L'accordéon aurait pris le relais, escorté par la batterie et le saxo, éclairé par les lampions. Elle aurait chuchoté, les yeux baissés et le sourire secret : « Il faut que tu me laisses danser avec d'autres types, nous nous faisons trop remarquer. »

Dans la glace, le tulle de la moustiquaire vêtait le corps d'Huguette d'une impudique robe nuptiale. Elle distinguait les régions de sa peau que le soleil avait dorées et celles qui avaient été protégées par le maillot et que seul le regard de Juste connaissait. Je suis une petite mariée effrontée, éhontée. Il lui était arrivé de penser qu'elle épousait Juste, soit que Fernande fût morte, soit qu'ils eussent divorcé, mais elle lutinait ce rêve sans vouloir le réaliser. Elle était contente de se savoir la maîtresse désirée et se passait des approbations administratives appliquées à coups de tampon. Contente aussi de l'époque où elle vivait. Elle avait entendu parler de la crise, mais vue du Café de la Paroisse, cette crise ne lui semblait pas méchante. La guerre, on en parlait aussi mais pour la trouver, il fallait la chercher. Elle ne voyait pas comment le bon Dieu, s'il existait et s'il était bien décidé à satisfaire les plaisirs d'Huguette, aurait pu lui offrir davantage. Elle sut qu'elle s'endormait en laissant l'électricité allumée. Peut-être le lendemain, lui apportant son petit déjeuner, une des femmes noires ou sa cousine la rouquine lui feraient-elles le reproche d'une folie dispendieuse. Mais elle était la propriétaire des lieux. Elle jouait à la servante mais n'oubliait pas qu'ayant hérité cette auberge et quelques métairies avoisinantes, elle gouvernait un empire où par luxe elle voulait bien jouer à la petite bonne. Bref elle s'endormit, certaine de participer au meilleur des mondes.

Elle n'était pas faite pour le malheur, donc elle ne le reconnut pas lorsqu'il s'approcha. On ne prend pas quinze jours « de retard » au sérieux si l'on est heureuse. Avec les jours les preuves s'additionnèrent. Elle se crut puis se sut enceinte, retenant provisoirement son jugement. Elle attendait l'avis de Juste, bien décidée à tenir pour bonne la solution qu'il proposerait. Avec septembre, la saison se modifiait; des bancs de brouillards blancs s'allongeaient le matin au fond de la vallée puis se hissaient jusqu'aux sommets de la colline où, parfois, ils demeuraient enlisés autour de la maison de la Taraude.

On ne savait même plus si Taraude était un patronyme ou un sobriquet. Sage-femme, elle avait, au fil des ans, participé à l'apparition de presque tous les gens du village, puis, retraitée, tout en continuant d'accorder des soins éclairés à de jeunes mères et à leurs nourrissons, elle s'était spécialisée dans l'avortement. A ses copines septuagénaires ou octogénaires elle expliquait posément : « Il y a des inspecteurs des impôts qui finissent conseillers fiscaux et s'appliquent savamment à tourner les règles qu'ils avaient été chargés d'appliquer. » Les vieilles hochaient la tête. Les gendarmes aussi, considérant que la Taraude était nécessaire à l'équilibre démographique de la vallée qui, grâce à elle, était passée de l'âge de l'aiguille à tricoter à l'âge de la sonde. Quand Amadieu hésitait à adopter un parti, par exemple à prendre un second café, il marmonnait rêveusement « café or not café ». « Taraude or not Taraude », se demandait Huguette.

Par un bel après-midi encore brillant et chaud, Huguette qui servait une Suze au charpentier l'entendit observer que Mme Amadieu s'était décidée à revenir d'Amélie-les-Bains puisque le petit Alcide était là qui pédalait. Elle courut à la fenêtre et suivit du regard le jeune cycliste qui, ayant abandonné la route, montait en danseuse le raidillon qui menait au ruisseau. Qu'il allât s'y baigner ne faisant aucun doute, Huguette ne se hâta pas. Elle continua de servir puis monta dans sa chambre, elle choisit une robe de toile pastel qu'elle aimait. Elle tenait à être jugée jolie par Alcide. Elle se recoiffa et se rosit les lèvres. En cinq minutes, à peine essoufflée par la montée, elle parvint sur la crête broussailleuse qui dominait le ruisseau. Elle reconnut bientôt la bicyclette d'Alcide appuyée au tronc d'un chêne-liège. Le ruisseau contenu par des rocailles moussues s'évasait parfois pour former une vasque où, plus profonde, l'eau permettait de nager pendant quatre ou cinq brasses. Le petit garçon était accroupi sur l'autre bord que l'ombre de la colline avait atteint. Elle remarqua qu'il grelottait. Ayant dévalé la pente, elle l'appela.

– Qu'est-ce que tu fais là, piqué comme un pingouin?

– J'ai froid. Bonjour, Huguette.

– Viens vite te rhabiller.

– L'eau est trop froide.

– Prends par les rochers, tu ne te mouilleras que les pieds.

Elle retira ses souliers, s'avança à sa rencontre, lui tendit la main pour l'aider à parvenir sur la berge qui sentait la menthe.

– Tu es gelé! Tu voudrais attraper le mal que tu ne t'y prendrais pas autrement.

– Vous non plus vous n'êtes pas beaucoup habillée, répondit-il en regardant gravement les bras nus.

– Oui, mais moi je ne me trempe pas dans l'eau glacée.

Ayant ramassé la serviette elle se mit à frotter Alcide; elle l'astiquait. La peau rosissait sous cette friction. En même temps elle l'avait dépouillé de son petit maillot rouge. Elle fut aussitôt frappée par une découverte embarrassante : Alcide n'était plus un petit garçon. Elle détourna son regard tout en lui tendant ses vêtements et en l'aidant à les passer. Elle savoura un sourire intérieur en imaginant la physionomie de Juste lorsqu'elle lui avouerait : « En ton absence j'ai vu un jeune homme nu. »

Quand il fut rhabillé, elle se décida de nouveau à le regarder. Elle aimait ce menu visage chiffonné où deux yeux tristes brillaient en veilleuse, et ce corps grêle.

– Tu as passé de bonnes vacances ?

– Je suis monté sur un mulet. Vous êtes déjà montée sur un mulet ?

– Non, je ne pense pas. Ta maman va bien ?

Elle n'écouta pas la réponse et se hâta de lancer :

– Et ton père ?

– Il est en voyage.

– Vous avez de bonnes nouvelles de lui ?

– Quand il est en voyage, c'est rare qu'il envoie une lettre. Comme il dit, il n'est pas écrivassier.

Sur le sentier ils retrouvèrent la bicyclette dont Alcide s'empara avec une dextérité de professionnel. Il invita Huguette à monter sur le cadre. Le vent gonflait sa robe ; elle s'appuyait aux épaules d'Alcide ; elle était contenue par les bras du cycliste qui gouvernaient vaillamment le guidon. Ainsi pourrait-elle raconter à Juste qu'elle avait été dans les bras d'un homme. A l'entrée du village, le long du mur du cimetière, elle demanda à l'homme de la laisser descendre puis se dirigea lentement vers l'auberge. Taraude or not Taraude ?

La semaine suivante *Le Petit Courrier républicain* annonça qu'un journal franquiste avait relaté la mort de Juste Amadieu tué au combat. Selon leurs opinions les familiers du Café de la Paroisse approuvèrent ou désapprouvèrent mais tous convinrent que c'était dommage parce qu'il était difficile de ne pas éprouver de la sympathie pour ce drôle d'homme. A la sortie de la messe, Huguette présenta ses condoléances à Fernande qui lui répondit qu'elle voulait toujours espérer. Le soir, dans sa masure encadrée par des massifs d'orties, la Taraude reçut la visite d'Huguette qui quarante-huit heures plus tard, sous une nuit sans ciel, fut emportée par une ambulance de l'hôpital d'Hyères.

III

Le 10 septembre 1939, Léon Faypoul bien qu'il fût mobilisé depuis une semaine roulait au volant d'un cabriolet Buick tout neuf prêté par Mme de Gerb. C'était elle qui lui avait obtenu une permission de vingt-quatre heures grâce aux bonnes relations qu'elle entretenait avec un colonel. Il avait quitté sa caserne d'Avignon à cinq heures du matin, pris le train pour Marseille, écouté un cours de Mme de Gerb relatif à la conduite de ce véhicule étincelant puis déployait tout son talent fébrile à doubler et à croiser les camions militaires qui défilaient le long de la côte. Il faisait beau. La guerre naissante n'avait pas encore choisi entre la joie et la tristesse. Pourtant, songeait-il, bien des films et des romans utiliseraient cette période insolite pour amorcer ou clore une intrigue, ou pour la nourrir. Et s'il avait le courage de se diriger vers le Café de la Paroisse à Argeasse pour y hasarder une déclaration d'amour, c'était parce que les circonstances lui fournissaient une excuse ou un prétexte. Son régiment, selon toute vraisemblance, aurait atteint la frontière de la Belgique avant la fin du mois.

Un contrôle routier l'arrêta quelques minutes à la

sortie d'Hyères. Il lui fallut montrer sa feuille de permission, les papiers de la voiture et échanger avec les gendarmes des saluts militaires qui ne lui déplurent pas. Son galon de sergent brillait sur sa manche. Tout ce qu'il demandait à la guerre : Huguette et une très légère blessure qui lui laisserait sur la joue une cicatrice aussi glorieuse mais plus désinvolte que celle de Clodandron.

Il avait été impatient d'arriver mais quand il lut sur un poteau indicateur « Argeasse 11 km », il ralentit et commença de réviser son plan. Après avoir rangé sa voiture à l'ombre, il entrerait au Café de la Paroisse et s'assiérait. Si Huguette venait prendre sa commande, il lui rappellerait que naguère elle lui avait inspiré un portrait, il ajouterait qu'il partait pour la guerre et souhaitait l'épouser vite. Peut-être formulerait-il cette requête par écrit. Il vérifia dans la poche de sa tunique la présence du calepin et du stylo.

Il trouva la zone d'ombre qu'il cherchait pour arrêter la Buick mais le village lui opposait une physionomie nouvelle. Trois camions kaki cuisaient au soleil devant l'église. Une section de chasseurs alpins rompaient les faisceaux avant de s'éloigner l'arme à la bretelle vers la colline. D'autres soldats qui appartenaient à une batterie de D.C.A. mangeaient de la charcuterie assis sous les platanes. Mais une quinzaine d'entre eux retranchés à l'intérieur du café buvaient du vin et de la bière en braillant. Faypoul trouva une petite table isolée qui était assez proche de celle dont il avait essayé de caler les pieds avec l'aide de Zilia avant l'apparition d'Huguette. Il reconnut une des vieilles femmes noires qui deux ans plus tôt langeaient le nourrisson. Elle portait des canettes sur un plateau. Son regard hésitait à fouiller de trop près la vaste salle. Il craignait de ne pas y découvrir Huguette. Son cœur battit avec force quand la porte de l'office s'entrouvrit et que le bord d'une robe à ramages apparut. Mais celle qui la portait, une rouquine copieuse, incarnait la désillusion. Elle déposa des tartines de pâté devant deux soldats et un brigadier-chef qui étaient assis près de la fenêtre devant une petite table carrée que Faypoul croyait vouée aux vieux du village. En s'en revenant elle s'arrêta devant le sage et jeune sous-officier pour lui demander avec un sourire :

– Voulez-vous manger ?

– Est-ce qu'Huguette Guesclin est là ?

– Non. Vous voulez un casse-croûte ou le menu ? Le menu c'est saucisson, tripes, camembert.

Il ne mangea pas, il mâcha. Pour éviter d'étouffer, il avalait de temps à autre une gorgée de vin rouge. Les soldats décampèrent tout à coup, laissant tinter derrière eux les pièces de monnaie sur le marbre des tables. Les camions grommelèrent en poussant jusqu'à l'intérieur du café leurs vapeurs d'essence. Les anciens avaient réapparu pour occuper leurs places rituelles. L'un d'eux, en arguant qu'une fois n'était pas coutume, commanda des branda. Faypoul à son tour en commanda une parce que le son de ce mot l'amusait et qu'il avait bien besoin d'être distrait. Quand la vieille femme sombre déposa le petit verre devant lui tout en enlevant le débris du camembert, il osa demander en espérant un meilleur accueil :

– Pourrais-je voir Mlle Huguette Guesclin ?

– Elle est partie.

Il sortit de sa poche le calepin et le stylo. Sur la

première page il nota d'abord : « On peut être trop triste pour avoir la force de se suicider. »

Après une deuxième branda, il fredonna à mi-voix : « Je ne serai jamais un penseur mais je suis peut-être un romancier. » Il avait biffé la page, l'avait tournée et se mettait à écrire.

LE RAMASSE-MIETTES

Berrichon avec une brusquerie imprudente m'arracha le revolver puis se pencha sur l'ami qui devenait un corps. Rebbia qui lisait dans le regard de Berrichon se signa avec le pouce. Berrichon, s'étant relevé, passa le revolver à Rebbia. Je ne sais pas si vous voyez la scène : Rebbia tient le chandelier d'une main et le revolver de l'autre. Il lève le bougeoir pour m'éclairer pendant que Berrichon me gifle. Le sang n'avait pas coulé tout de suite. Mais après une certaine hésitation, il s'égoutta de la nuque et se glissa sur la terre battue qui le refusa. Elle ne voulait pas l'absorber. A cette vue, Berrichon se signa à son tour, la main largement ouverte, touchant le sommet de son crâne, son abdomen, ses deux épaules. Rebbia tendit le bougeoir à Berrichon et se baissa pour fermer le robinet du tonneau. Déjà l'eau-de-vie ruisselait sur le front de Madouré.

– Il faudrait s'entendre, prononçai-je avec calme. J'ai exécuté un ordre et c'est toi qui l'as donné, Capitaine, cet ordre. Est-ce que je mens ?

– Dans une certaine mesure, observa Rebbia, c'est exact, ce qu'il dit. Et tu connais le proverbe, Capitaine : celui qui donne et qui reprend, c'est la femelle du serpent. Ça vaut pour un ordre aussi bien que pour un cadeau.

En parlant Rebbia s'était relevé et aussitôt avait repris le bougeoir comme s'il considérait que son rôle était d'éclairer ce tableau. Sa main tremblait. J'évitais de regarder Berrichon qui, habitué qu'il avait été à remuer les cadavres, retournait Madouré, l'allongeait sur le dos et lui palpait la poitrine. Puis sans nous être concertés, nous remontâmes l'escalier que nous avions descendu quelques minutes plus tôt. Mais nous n'étions plus que trois, le savions, nous taisions. La salle nous apparut très claire bien qu'une pluie légère tendît un fragile store devant les fenêtres. Des plages d'un céladon qui tirait sur le bleu s'étendaient dans un ciel apaisé. Le chant désordonné des oiseaux nous surprit et Rebbia souffla la bougie. Nous nous assîmes ou plutôt chacun se laissa tomber sur la première chaise qu'il trouva à sa portée. Sur la table persistaient les ruines d'un festin fini.

– Il s'était donné tant de mal pour nous régaler, dit Rebbia.

– Ah, tais-toi!

Berrichon avait moins lancé un ordre qu'une supplication. Il souleva le cruchon qu'il avait remonté de la cave peut-être machinalement et emplit les petits verres qui, alignés, attendaient la caresse de l'alcool.

– Ah, non! murmurai-je, on ne va pas en plus lui boire sa branda.

Mais je fus le premier à élever le verre jusqu'à mes lèvres. J'absorbai une brève gorgée puis parlai :

– Excuse-moi, Capitaine. Ce n'est pas pour exécuter l'ordre que j'ai tiré. Je faisais le clown derrière le dos de Madouré et puis il y a eu ce coup de tonnerre. Vous vous rappelez? J'ai sursauté. J'ai appuyé sur la détente.

– On croirait que tu te défends devant un jury d'assises.

— Je vous jure que c'est vrai.

Aujourd'hui une caméra se charge de détailler à la seconde l'arrivée des chevaux de course mais quand se produit un événement terrible et imprévu aucun témoin ne peut reconstituer avec certitude la ligne hachurée des faits. Je ne sais pas si le coup de revolver s'est produit avant le coup de tonnerre ou pendant ou après. J'avais pourtant de l'avance puisque je connaissais les difficultés que nous rencontrerions lorsque s'approcherait le moment de tuer. Et j'ai été pris au dépourvu.

— Je ne voulais pas tirer, insistai-je, et la meilleure preuve c'est que tous les trois nous étions convenus de renoncer au projet. Tous les trois. Et j'étais d'accord. Vous vous en souvenez. Dites-moi que vous vous en souvenez!

Quand notre hôte nous entraîna dans la cave, je sentis que le pouvoir pathétique d'un tel lieu, sépulcre qui supprimait le papillonnement des couleurs et des sons et niait l'existence du ciel, risquait de favoriser un assassinat. Mais c'était toujours Berrichon que j'avais à l'œil. Quand j'évoquai Les Burgraves, j'aurais dû me demander si je n'étais pas soulevé par l'un de ces élans romantiques qui incitent le sang à couler sous de vieilles voûtes. Je crus que je badinais et peut-être badinais-je encore. Je suis même certain que lorsque je m'agitais comme un guignol derrière Madouré je me croyais drôle. J'étais assez ivre pour négliger la menace que contient un revolver quand une balle est engagée dans le canon. Je me rappelle que, soit par mégarde soit sous l'effet du coup de tonnerre lorsque j'avais appuyé sur la détente, je ne visais pas, mais pour la deuxième ou troisième fois mes pitreries avaient approché l'arme de la nuque offerte qui était tentante pour une imagination qui s'emballait.

Quand la pression avait obéi à la pression de mon index, je croyais toujours jouer avec un simulacre.

Je regardais obstinément mon verre vide en formulant, à l'intérieur de moi, la seule version que je jugeais exacte : « Je me suis cru spirituel en vous offrant un spectacle. Il a mal tourné. » Mais j'ai hésité à perdre une occasion peut-être unique, celle d'être considéré par l'Organisation comme un tueur impavide, pareil à ceux qu'on rencontre dans certains romans et certains films. En persuadant les autres je comptais bien réussir à me persuader moi-même. Je deviendrais donc un autre homme. Et si quelqu'un désirait être autre, c'était bien moi. Peut-être mon père avait-il aidé le jeune garçon que j'étais à prendre en dégoût et haine son caractère et jusqu'à son corps. A douze ans, après une angine, j'avais souffert d'une crise de rhumatismes articulaires et entendu presque chaque jour ce père gaillard et actif malgré sa jambe de bois fredonner un vers d'une fable inconnue : « Le vieil âne rhumatisant disait au lion numide... » Ayant reculé au moment de tuer une vipère, j'avais entendu : « Tu es le premier homme de la famille qui ait peur mais tu ne seras jamais un homme. » Contrairement au père qui était court et trapu, je n'avais cessé de croître en sveltesse, ce qui m'avait valu d'être baptisé « Aspergette ». Avec une variante : « Aspergine ». Quand j'entendais la voix de basse meugler « Aspergine ! », moi, le petit Léon, même âgé de vingt ans, j'accourais rageur et docile. Je devais mon emploi chez M. de Grap au fait que celui-ci attendait seulement de sa femme qu'elle le laissât en paix et espérait y parvenir en lui procurant un amant. Le père l'avait compris car cette province provençale dispose d'autant d'informateurs que de regards. Encore n'avait-il pas pu m'apprendre que moi son fils avais passé des nuits les poignets et les chevilles attachés au pied du lit par des bas de soie. Il était bien improbable que mon père ait percé le mystère de ces fantaisies d'alcôve mais il m'arrivait de m'en persuader et de rougir brusquement pendant un déjeuner familial. Maintenant, pensais-je, je peux lui répondre : « Je suis un homme puisque j'en ai tué un. » Dans le même moment je découvrais que j'étais au contraire condamné à dissimuler mon exploit et à veiller constamment sur mes propos. J'enrageai et orientai ma hargne contre mes deux camarades. Rebbia, les yeux baissés, modelait des boulettes de mie de pain. Berrichon essayait de fumer une cigarette qu'il avait encore plus mal roulée que d'habitude. Elle se consumait précipitamment en exhalant une âcre odeur de papier brûlé.

— A la cave, vous m'avez frappé, Capitaine. Un drôle de capitaine en vérité! Vous aviez perdu la tête. Moi seul ai su garder mon sang-froid et exécuter méthodiquement les ordres.

J'aurais imaginé que je fuirais les responsabilités et ne songerais pas à m'enorgueillir d'une maladresse. Sans doute surpris, lui aussi, Berrichon se garda de ne laisser rien paraître. Il écrasa dans le cendrier les débris mouillés et brûlants de son mégot, puis se leva.

— Maintenant, répartissons les tâches.

— C'est ça! Puisque le danger est passé, tu reprends le commandement, Berrichon.

— Il faudrait que tu adoptes un parti. Tu me tutoies ou tu me vouvoies. Ne change pas sans cesse ton fusil d'épaule, c'est fatigant. D'ailleurs je te dispense de me parler sauf pour des motifs de service.

— Oui, la parole, tu préfères la garder pour ton usage

personnel. Au Café de l'Eglise tu t'y entendais à nous faire de beaux discours sur la vie, la mort, l'obéissance. Et puis, au moment d'agir, plus personne, sauf moi.

— Toi, tu vas laver la vaisselle, ranger la nappe et les serviettes dans une corbeille de linge sale que tu finiras bien par trouver. Pendant ce temps, Rebbia, nous allons faire la valise de Madouré. Il s'agit de donner à cette maison l'aspect exact qu'elle aurait eu s'il était parti avec nous pour prendre son train. Ensuite nous le sortirons de la cave. Nous lui entortillerons le cou dans un foulard et nous l'installerons à l'arrière de la voiture. A Nice, je m'arrangerai pour le couler dans du béton. Tel est le programme.

— Et si je refusais la plonge? demandai-je d'une voix ironique.

— Je ne te le conseille pas.

Rebbia suivit Berrichon dans l'escalier. Au premier étage le couloir était sombre. Ils allumèrent l'électricité.

— En partant, dit Rebbia, il faudra couper le compteur, je pense que Jules l'aurait fait.

La première chambre dans laquelle ils pénétrèrent était ornée d'un papier bleu à motifs où des chatons jouaient interminablement avec une pelote de laine. Quelques images pieuses. « Je ferai tomber sur vous une pluie de roses », déclarait sainte Thérèse de Lisieux. Une caricature de Charlot tenant sa petite canne d'une main et de l'autre le Kid.

— C'est la chambre d'Emile, dit Rebbia.

La pièce suivante leur sembla le domaine de Raymonde Madouré. Du satin rose. Une gravure où une fillette joufflue se surveillait dans un miroir était intitulée « *Déjà coquette* ». Au-dessus de la coiffeuse pendait une nature morte; le vase bondé de pivoines aussi joufflues que la petite fille était encadré par une mixture de coquillages nacrés.

— Je ne savais pas que Jules et sa femme faisaient chambre à part, déclara Rebbia en pénétrant dans une pièce asexuée qui ne pouvait appartenir qu'à Jules. Un lit de camp. Des photographies de cuirassiers et de croiseurs. Ayant machinalement retourné les photographies, Rebbia découvrit sur leurs dos des femmes nues.

Par la fenêtre le ciel s'éclaircissait de plus en plus.

— Il n'aurait pas pris ce sac de montagne, remarqua Berrichon. Avec ça, on se fait remarquer. Il me semble que cette valise aurait convenu.

C'était une valise faite de toile et de cuir, floue.

— Les caleçons? Combien en prendrait-il? Trois caleçons et deux slips?

— Quatre chemises en tout cas. Deux à manches courtes. Un maillot de corps.

Rebbia sanglota brièvement.

— Nous oublions qu'il voulait vivre. Donc plaire. Il aurait emporté des foulards, des cravates. Regarde cette écharpe orange! Je le vois tellement, son écharpe jetée autour de son cou, séduisant la gent féminine de Bilbao.

— Voilà des souliers de montagne, dit Berrichon, il les aurait emportés pour faire la guerre.

— Il les aurait emportés... Pourquoi dis-tu il aurait?

— Est-ce qu'il emporterait une photo de son fils?

— Il vit.

– Qui ?

– Madouré. Jules Madouré. Notre ami.

– Notre ami est mort.

Leur parvint un fracas bref que suivirent quelques éclaboussures tintantes.

– Il a cassé une assiette, dit Berrichon. Ce n'est pas pour m'étonner.

– D'accord, dit Rebbia, il n'est bon à rien. Mais c'est de naissance.

– Il ne faut pas chercher des excuses à ceux qui n'en méritent pas. Estimes-tu que Madouré aurait emporté un livre ?

– Je n'imagine pas Madouré se chargeant d'un livre. Pas plus que moi.

– Alors pas de livre mais des chaussettes.

– Trois paires, proposa Rebbia. Et deux pantalons. Ses affaires de toilette. Son blaireau est là et son rasoir aussi. Bouclons ! C'est Faydeau que nous aurions dû tuer.

– Et le dessin que ce sale con a fait de la fameuse Ginette, tu crois que Madouré l'aurait emporté ?

– Oui, il l'aurait emporté ou il l'aurait caché.

Rebbia éclata de nouveau en sanglots et Berrichon prouva par son impassibilité qu'il était vraiment le capitaine.

– Le pis, balbutiait Rebbia, c'est qu'on ne trouvera jamais son corps, donc il n'aura pas d'obsèques religieuses ni de sépulture.

– Imbécile ! Quand tu vois « péri en mer » sur une pierre tombale, est-ce que tu te figures que le corps a toujours été retrouvé ? Et à la guerre, les disparus, tu crois qu'on les prive de messes. Prends le soldat inconnu, son corps est sous l'Arc de Triomphe mais il a sûrement

111

un cercueil, vide dans un cimetière de village. C'est drôle qu'à ton âge, pour certaines choses, tu sois aussi ignare qu'un nourrisson.

— En tout cas, moi, je n'aimerais pas me trouver dans un cercueil vide et je suppose que pour Madouré ce ne sera pas gai non plus.

Occupé à enfourner dans une vieille trousse de cuir un coupe-choux, un blaireau et un tronçon de savon à barbe, Berrichon ne se donna pas la peine de répondre et se borna à observer :

— Avec les disparus, le seul hic, c'est l'état civil qui, en l'absence de preuves formelles, prend plusieurs années avant d'admettre la mort.

— Merde!

— Quoi!

— Les yeux...

— Quels œufs?

— On a oublié de lui fermer les yeux.

En les entendant dévaler l'escalier je jaillis de la cuisine, une assiette dans une main, un torchon dans l'autre, l'air indigné :

— Vous venez m'engueuler parce que je n'ai pas fini la vaisselle! Vous ne vous rendez pas compte du chantier.

— Du train où tu casses, tu en auras vite fini. Où est le bougeoir?

Ils s'engagèrent tous les deux dans l'escalier de la cave, me laissant le cœur battant.

Agenouillés, ils virent dans un visage calme luire deux iris. Précipitamment chacun tendit une main vers une paupière.

— On n'aurait pas dû! Les deux yeux auraient dû être fermés par la même main, du pouce et de l'index. Cela

112

ne nous portera certainement pas bonheur, protesta
doucement Rebbia.

— Combien vous dois-je, madame ? cria Faypoul en
refermant son carnet.

Il venait de relire son texte avec une certaine
satisfaction.

IV

Sur Ulm, il neigeait mollement.

– Morne ville, dit Faypoul.

Comme toujours, et depuis des années, il se crut obligé de préciser sa pensée. Il était las de se sentir supérieur en de certains domaines et inférieur en d'autres. Avec une mauvaise humeur qu'il essaya de rendre enjouée, il précisa donc :

– Waterloo, Waterloo, Waterloo, morne plaine, tu sais...

– Oui, répondit Clodandron avec une lassitude égale. Victor Hugo, quand même, je connais. Je crois, ajouta-t-il avec la lenteur de celui qui a longuement pesé un problème ou qui veut en donner l'impression, qu'il est beaucoup plus désagréable de pâtir du Waterloo des autres que du sien propre.

– Tu as l'impression d'être cocu parce que les Allemands perdent la guerre. Tu as joué les économies d'une vie entière sur un mauvais cheval. Tu es le petit-bourgeois qui s'est gouré dans ses placements.

Clodandron s'arrêta devant le poêle auquel il présenta la paume de ses mains. A proximité de ce poêle, c'est-à-dire à moins d'un mètre, la température atteignit 18°, comme il le constata, le regard fixé sur un petit thermomètre qu'il portait en sautoir. Lors des premiers froids, la manie lui était venue de se tenir au courant de la température et il avait acquis un thermomètre dont il ne se séparait plus. S'étant éloigné du poêle, il s'arrêta à une douzaine de pas et de nouveau consulta l'oracle ; la colonne de mercure descendit lentement et se stabilisa à 14°. Le poêle était faible et la salle assez vaste. Elle avait été utilisée comme bibliothèque à l'époque où ce petit bâtiment haut de trois étages abritait un collège technique. Le groupe de miliciens que commandait Clodandron s'y trouvait très mal logé et enviait avec fureur les militants du P.P.F., qui, dans la même rue, occupaient un ancien hôtel touristique. S'étant dirigé vers une des doubles fenêtres, il observa une nouvelle variation de la température qui baissa à 11°.

Une première sirène démarra timidement puis prit de la voix et fut bientôt soutenue par trois ou quatre autres dont la puissance, pendant un moment, occupa la nuit. Celle-ci était tombée sans qu'ils s'en aperçussent car ils avaient allumé l'électricité vers trois heures. Ils baissèrent les stores bleus et tirèrent les rideaux.

– Ce n'est sûrement pas pour nous. Ils vont à Munich, reprit Faypoul d'un ton compétent.

– J'ai considéré comme plus grave que le péril nazi, le péril bolchevik, déclara solennellement Clodandron. Ce n'est pas un crime ?

– Ménage-toi. Garde ton discours pour la cour de justice, à moins que tu ne préfères le placer quand on t'attachera au poteau.

Tous deux s'étaient rassis devant la table, sous la

protection du poêle. Clodandron bourrait la pipe à laquelle il s'était résigné depuis qu'il ne trouvait plus de papier à cigarette.

Faypoul se régala du spectacle de Clodandron, les paupières baissées, tirant sur sa pipe.

— La capitulation d'Ulm! s'exclama-t-il avec un petit rire grinçant.

Criant pour dominer le chant des sirènes de fin d'alerte, Faypoul délirait avec ardeur :

— La capitulation d'Ulm, rien qu'à voir ta mine, on s'y croirait. Dans la salle à manger de mes parents, il y avait une grande gravure qui la représentait, cette capitulation.

Du rez-de-chaussée monta le vacarme qui escortait habituellement l'arrivée de la soupe; sans doute était-elle aussi mauvaise que d'habitude.

— Et eux aussi n'y couperont pas, conclut Faypoul avec satisfaction.

Quelques coups furent frappés à la porte. Les deux miliciens qui entrèrent portaient les mêmes uniformes noirs que leur chef, un noir qui rendait plus blêmes les visages blêmes et plus vineux les visages rougeoyants. Ils étaient jeunes l'un et l'autre et coiffés en brosse. Au ceinturon du premier pendait une grenade.

— Excusez, dit-il, avec l'un de ces accents intermédiaires qui sont produits par Roanne ou Saint-Étienne, mais il y a des P.P.F. qui nous narguent du trottoir d'en face. On sort ?

— Pas d'initiative, répondit Clodandron avec l'autorité mesurée d'un grand chef. Attendez les ordres.

Le milicien s'effaça devant son camarade qui tenait un lambeau de papier à la main.

116

– Il y a un civil français en bas, exposa-t-il. Paraît qu'il vous connaît, que vous connaissez sa famille.

– Comment s'appelle-t-il?

Le milicien qui était grand et rose, d'une telle fraîcheur qu'il semblait imberbe, consulta le bout de papier et lut :

– Amadieu... Alcide.

Tout grand chef qu'il fût, Clodandron broncha; il chercha même un appui dans le regard de Faypoul qui restait flou.

– Descends, lui ordonna Clodandron. Vois-le, examine ce qu'il veut. Remonte pour m'en rendre compte. Exécution.

Avant d'obéir, Faypoul avait souri du mot *exécution*. Les cordes disposées pour l'angoisse existent chez tous les êtres humains et elles se tendent sous l'effet des circonstances. Chez Faypoul elles étaient tendues à rompre et sans doute aussi chez Clodandron mais celui-ci compartimentait docilement les acceptions d'un mot et pouvait prononcer *exécution* sans songer à la sienne bien qu'une mort violente et honteuse lui tînt lieu d'horizon. Faypoul descendait l'escalier avec une certaine allégresse, fier d'avoir maîtrisé un accès d'ironie qui avait échappé à son interlocuteur. Le grand jeune milicien qui marchait devant lui essayait de s'écarter pour laisser la première place à un supérieur.

– Pourquoi es-tu entré dans la milice? demanda Faypoul.

A cette question il avait déjà entendu des réponses diverses. L'un avouait franchement qu'il avait évité une petite peine de prison en s'engageant, un autre, voué par sa mère au culte de Jeanne d'Arc, fils d'un officier de marine tenait à bouter les Anglais; un hégélien lui avait assuré que l'Europe nazie constituait une étape nécessaire dans la dialectique de l'histoire.

— Moi, dit le jeune homme, j'avais été recalé quatre fois au baccalauréat, j'ai trouvé que la société était injuste et qu'il fallait la brusquer.

Au rez-de-chaussée, le tintamarre des miliciens attablés devant des bouteillons de rutabagas importuna Faypoul qui s'arrêta sur l'une des dernières marches de l'escalier.

— Amène-moi ce type.

Il vit venir à lui un maigre garçon de petite taille aux cheveux clairs et bouclés. Dans un visage effilé s'étalaient deux trop grands yeux qui tenaient captifs de blêmes iris pareils à de grosses larmes. Une jolie bouche qui pour exercer son pouvoir aurait dû être placée dans le visage d'une fille et savoir sourire.

Déjà Clodandron s'impatientait. Il marchait de long en large alors qu'il avait toujours désapprouvé que l'on marchât de long en large. A peine pouvait-il l'admettre pour un grand général qui laisse se dessiner en lui le schéma d'une grande bataille. Il errait d'un bout de la pièce à l'autre sans plus se soucier des températures. Le vent s'était brusquement éveillé. Si les fenêtres n'avaient pas été occultées les flocons de neige auraient offert le spectacle d'une chute presque horizontale. La voix de la cathédrale lui parvint. L'heure qu'elle annonçait lui était indifférente. Il s'aperçut qu'il tirait sur une pipe éteinte et s'immobilisa devant un cendrier pour la curer. Armé d'un petit instrument qu'il avait acheté à Ulm, il nettoya le fourneau puis sonda le tuyau. Afin de s'assurer que celui-ci était

118

propre, il aspira et reçut en récompense un jet boueux qui puait la nicotine. Il décida de ne plus tenir compte des convenances, cracha par terre et regarda la porte s'ouvrir. Faypoul entrait avec une mine sombre et excitée, presque joyeuse.

– Oui, chuchota-t-il, c'est bien son fils. Et tu sais ce qu'il veut ? Ne parle pas trop fort, je l'ai laissé sur le palier.

– Alors qu'est-ce qu'il veut ?

– S'engager dans la milice.

– Il est fou ? En février 1945 ?

– Il admire son père et pense que nous avons été ses meilleurs amis, ses camarades de combat. Il veut nous rejoindre pour le dernier baroud. Je n'ai pas su quoi lui répondre.

– D'abord qu'est-ce qu'il fout à Ulm ?

– Il a été requis par le S.T.O. Il est employé dans une cimenterie. Son père étant mort glorieusement, il ne demande qu'à en faire autant. Capitaine, à toi de jouer.

De temps en temps Clodandron retrouvait des manières de chef. Il sut répondre d'un air impassible :

– Fais-le entrer.

Alcide Amadieu referma soigneusement la porte derrière lui, hasarda quelques pas et s'arrêta à une certaine distance de Clodandron qu'il regardait avec dévotion. Jeune, il le tenait pour un vieillard mais, visiblement, il le considérait aussi comme une de ces reliques dont le seul aspect justifie une croisade.

– Tu voudrais être admis dans la milice ?

– Oui, monsieur.

– Petit morveux ! Avec ton cou de poulet, tes jambes

de gazelle, ton museau de pédé, tu voudrais entrer chez nous! Si ton père était là, il serait le premier à en rire. Allez, ajouta-t-il plus doucement, fous le camp, c'est le mieux.

Comme le jeune homme restait interdit, Clodandron le prit par le col, l'entraîna vers la porte qu'il ouvrit, le jeta sur le palier en lui administrant une volée de coups de pied bien dirigés.

La porte claqua. Clodandron revint vers sa pipe et, avec une douceur que Faypoul ne connaissait pas encore, observa :

— On a voulu tuer le père, on sauve le fils.

Faypoul écoutait. Dans l'escalier il entendit décroître un pas incertain qui claquait pourtant parce que les marches étaient en bois de même que les semelles des chaussures d'Alcide. Bientôt ce bruit s'allégea ou plutôt se schématisa, ressembla au grigno-tement d'un rongeur. Il fut alors absorbé par les chants qui montaient du réfectoire en se heurtant, car *Le Père Dupanloup* luttait avec *Lily Marlène*. Puis, de leur étreinte, le même pas émergea ascendant. Alcide remontait.

— Je sais ce que tu souhaites, observa Clodandron avec calme. Tu espères qu'Alcide va entrer revolver au poing et nous abattre. Ce serait la bonne solution pour nous mais pas pour lui.

D'un geste impatient, Faypoul lui signifia de se taire. Le pas de nouveau rétrogradait et s'engloutissait dans un vacarme où, lasse d'attendre sous le lampa-daire de la caserne, *Lily Marlène* montait en ballon et finissait en se laissant chatouiller le derrière par les curés et les vicaires.

Traversant la salle, Faypoul alla s'asseoir sur son lit.

Cette pièce était leur refuge. Elle abritait leur bureau, leur téléphone, leurs cantines et leurs lits de camp qui avaient été placés l'un et l'autre au plus loin, donc à l'extrémité d'une diagonale imaginaire.

Chacun respectait l'aire territoriale de l'autre et Clodandron s'arrêta à deux mètres du lit :

– Alcide retrouvera sa jolie maison sur la côte. Je ne sais pas pourquoi mais je suis sûr qu'il a un bel avenir devant lui. On aurait dû lui demander des nouvelles de sa mère, ç'aurait été plus poli.

– En effet, je t'imagine lui demandant des nouvelles de sa mère tout en lui expédiant des coups de pied.

– J'étais bien obligé. Juste nous avait raconté que c'était un gosse têtu.

– Je ne me rappelle pas.

– Je me rappelle. Il aurait insisté pour s'engager chez nous. Il doit admirer son père, le héros mort chez les franquistes. Il a dû rêver de l'égaler et il en a marre de bosser dans sa cimenterie. Nous n'aurions jamais pu nous en débarrasser. J'ai bien agi et je te dirai même une chose, Faypoul, je suis content comme je n'ai pas été content depuis longtemps. Une chance pareille, il faut la fêter. Secoue-toi un peu... Je te dis que c'est la fête!

Faypoul, toujours assis sur le bord du lit, les mains appuyées sur les cuisses, la tête basse, soupira :

– D'accord, c'est la fête...

– Nous avons du champagne dans nos cantines?

– Exactement une bouteille de champagne et une bouteille de Traminer.

– Nous les boirons. Et à manger?

– Une boîte de foie gras et quatre ou cinq boîtes de choucroute.

— Tu vas descendre pour prévenir le cuistot que nous ne dînerons pas. Tu lui diras que nous mangerons ici, sur nos provisions, parce que nous avons du travail, tu remonteras des assiettes, des verres, tout ce qu'il faut, quoi, et du pain, si on peut appeler ça du pain. Exécution!

Le mot amusa une fois de plus Faypoul qui consentit à se lever. Dix minutes plus tard tous deux étaient attablés. Ils avaient repoussé les vaines paperasses qui encombraient le bureau pour donner sa place au festin. Faypoul tranchait dans un bloc de foie gras dont la roseur évoquait pour lui une bouche féminine. Il avait chauffé la lame du couteau avant d'opérer et les tranches se dégageaient avec une lenteur magistrale. Il découvrait une ressemblance entre le foie gras et le roquefort. Sensible aux différences de couleurs, il se passionnait aussi pour la densité des matières. Dans un bon roquefort comme dans un bon foie gras le couteau pénètre en glissant, mais de légers et précieux imprévus doivent se produire et la section ne peut se prolonger avec une netteté incisive; il faut que de frêles éboulements et émiettements surviennent prouvant qu'un équilibre a été atteint entre le moelleux d'une opacité et l'amorce d'une sécheresse.

— J'augure bien de ce foie, proclama-t-il. Tu veux commencer par le champagne?

— Pour deux raisons, exposa Clodandron tout en dégageant savamment la résille de fil de fer qui emprisonnait le bouchon. Primo, parce que je tiens le champagne pour meilleur que le Traminer et qu'une bombe pouvant toujours nous tomber sur la tête, il est plus prudent de commencer par le meilleur. Deusio, parce qu'à l'intérieur de la cantine la température était de onze degrés alors que près du poêle elle atteint dix-huit degrés et qu'un champagne ne gagne pas à être chambré.

La détonation fut discrète et une caresse piquante parcourut chacun des deux gros verres.

– Troisio, le champagne et le foie gras s'entendent. Quand ils sont réunis, la fête commence.

– Oui, dit Faypoul, c'est entendu.

Ils admirent ensemble que ce foie gras était fameux, mais Clodandron en coupait des morceaux qu'il portait directement à sa bouche du bout de son couteau alors que Faypoul confectionnait des tartines.

– Tu as tort, disait Clodandron, tu gâches ton foie gras comme à plaisir avec ce pain qui sent la semelle.

– C'est toi qui as tort. Le foie gras a besoin d'être supporté par une matière neutre qui lui donne du corps et si elle pue elle n'en exalte que mieux la saveur de la substance précieuse.

– Tu m'emmerdes. Fais comme tu veux.

– Pour ça tu peux compter sur moi. Quand j'étais petit ma mère m'obligeait à manger, mais c'est fini, ce temps-là. Et mon père, parlons-en! Mon père, ce héros au sourire si doux qui faisait sonner sa jambe de bois... En quarante, pendant ma deuxième permission, j'ai déjeuné à la maison. Il y avait un invité. Un vieux camarade de guerre que papa prenait à témoin de ses exploits. « Tu te rappelles, j'ai enjambé le parapet, j'ai couru en avant, je suis tombé dans les barbelés, la jambe fauchée. » Après le café, je me suis esquivé pour faire un tour dans le jardin et en passant derrière un rideau de lauriers, j'ai entendu la voix de l'invité. Je l'ai entendue de mes oreilles. En descendant d'un camion à plusieurs kilomètres des tranchées, mon père avait reçu un éclat d'obus dû à un 75 mal réglé et l'invité s'émerveillait d'avoir été amené à attester un exploit imaginaire. Il répétait : « D'abord j'ai cru que c'était une farce, maintenant je vois que tu as fini par y croire. Ne t'inquiète pas, ça reste entre nous. » J'avais l'impression que mon père tombait en petits bouts. Il essayait de se débattre, il invoquait sa croix de guerre. « En échange de ta jambe, répliquait l'autre, il fallait bien qu'ils te donnent quelque chose. Mais si j'avais su que tu y croyais pour de bon, à ton histoire de tranchée, je te jure bien que je l'aurais bouclée. Maintenant j'ai peur que ça te dérange dans tes souvenirs. » Je suis sûr que dès le lendemain mon père avait oublié la descente du camion et qu'il revoyait ses chers fils de fer barbelés. Et le pigeon, c'était moi! Je ne me serais pas laissé traiter d'Aspergine et de poule mouillée. Et surtout je n'aurais pas cherché à devenir un héros comme papa. Je n'en serais pas là.

– L'arrangement des souvenirs fait partie des plaisirs de la guerre. Rappelle-toi juin quarante, le lendemain de la mort de Zilia. Nous avons décroché la médaille militaire pour avoir incendié un char. Or le char flambait quand nous sommes arrivés et les deux survivants se sauvaient à travers un champ de colza. Nous les avons eus à la mitrailleuse. Je suis sûr que déjà tu te vois, insouciant du danger, monter à l'assaut de la redoutable machine. Et ce que je t'en dis vaut également pour moi. En revanche, nous sommes en train d'oublier ce que nous avons réellement fait sous l'occupation. Nous serons sincères quand nous soutiendrons devant un tribunal que nous étions gentils comme des cœurs.

Le déclic familier à Clodandron s'était produit : il contemplait la projection de leur repas et se voyait attablé, un coude posé près de son assiette en face de Faypoul qui, la tête rejetée en arrière, considérait le plafond; entre eux, luisaient les vertes ténèbres de la bouteille de champagne. Clodandron se souvint que le phénomène avait eu lieu deux semaines plus tôt, sur les bords du Danube où des bombes tombaient qui projetaient des gerbes et des bouquets de boue. Que cette hallucination se manifestât de plus en plus souvent donnait à penser. Mais à penser quoi ? Au moment où l'image commençait de s'effacer, Faypoul demanda :

— Est-ce que je mets la boîte de choucroute à réchauffer ?

— Tu l'as ouverte ?

— Pas encore.

— Il nous reste la moitié du foie gras, ça pourrait suffire, sauf si tu as très faim.

— Non, c'est d'ailleurs curieux, l'appétit. Ce besoin d'assimiler, de rendre semblables à soi les végétaux et les animaux dont on a pu se saisir. En ce moment le foie d'une oie est en train de se transformer en miliciens.

— Qu'est-ce que tu attends pour couper d'autres tranches ? Pas question d'en laisser une bouchée, ordonna Clodandron en remplissant de champagne les verres.

Ils trinquèrent puis s'appliquèrent à manger. Entre leur langue et leur palais, ils appréciaient la qualité mystérieuse d'une matière et d'une saveur mais il leur fallait lutter contre l'écœurement. Parfois ils cessaient de mâcher pour serrer les dents; ou bien ils demandaient une ardeur tranchante et artificiellement joyeuse à une lampée de champagne.

— Tu ne penses jamais à te suicider? demanda Faypoul.

— Ne fais surtout pas ça!

— Pourquoi?

— Parce que c'est trop dangereux.

Perplexe, Faypoul vida dans les verres ce qui restait de la bouteille puis proposa le Traminer.

— Non, assez de vin! Passons aux alcools.

Il y avait le choix, Faypoul ayant trouvé dans les cantines du kirsch, du schnaps et de la Marie Brizard.

— Ah non, pas de Marie Brizard! On s'est déjà tapé une Veuve Clicquot, j'en ai marre de toutes ces gouines.

— Elles étaient lesbiennes? demanda Faypoul intéressé.

— Toi, on te ferait croire n'importe quoi. Peut-être qu'elles n'ont pas plus existé que la Mère Michel qui a perdu son chat. Mais je préfère le kirsch. J'en buvais en dix-sept. C'est le premier alcool qui m'ait plu.

— Les souvenirs de guerre, ça va comme ça. Tu veux du kirsch, tu en auras.

Il le servit généreusement. Tous deux se taisaient. Enfin Faypoul observa:

— Dans une fête il y a de la musique. Veux-tu que je mette le phonographe?

Un disque enroué émit une musique cadencée qui inquiéta Clodandron.

— C'est un truc américain. Du jazz?

— Un slow. Les slows, j'en ai raffolé, j'aurais pu danser toute la nuit.

Il s'était levé et se déplaçait à pas brefs, les bras légèrement ouverts, décrivant des demi-cercles, extasié, tout à coup de bonne humeur.

— Moi, dit Clodandron, j'en suis resté à la valse et au tango.

— Viens, je vais t'apprendre.

L'invitation fut acceptée et le plus surpris fut celui qui l'avait lancée. Faypoul se retrouva guidant un gros homme noir à travers une pièce neutre au rythme d'une chanson lente. Leurs corps évitaient de se toucher mais n'y parvenaient pas toujours. Enfin le phonographe se tut.

Ils ne se regardèrent pas. Chacun revint vers son verre et le vida.

— C'est vrai, dit Clodandron, j'aurais pu avoir une autre vie.

— Et même trente-six autres. C'est curieux que tu t'en aperçoives puisque tu es dépourvu d'imagination. Tu aurais pu te faire tuer pendant la guerre de quatorze, ta mère, ta grand-mère, tes tantes auraient fleuri ta tombe pendant un certain temps et aussi facilement tu aurais pu tomber à la place de Zilia et les Niçois t'auraient peut-être dédié une impasse. Ou bien encore suppose que Zilia et nous terminions la retraite intacts. Qu'est-ce qui ce passe ? Zilia aurait été un résistant. Ça, j'en suis sûr : il était persuadé que les Allemands étaient entrés en France pour violer sa fille. Il nous aurait entraînés. Aujourd'hui tu plastronnerais dans l'armée Leclerc ou bien tu présiderais un comité d'épuration. Ça n'empêche pas que tu serais toujours un Clodandron prisonnier d'un Clodandron.

— Tandis que toi...

– Moi, j'aurais pu devenir l'un des premiers écrivains de mon époque. D'accord, j'ai tâtonné, je me suis égaré, mais ma voie maintenant, je l'ai trouvée. Et parce que je me suis fourvoyé dans une connerie, je ne peux pas suivre ma destinée jusqu'au bout. Quand on me tuera, on détruira un être qui porte une œuvre en lui. Sous la Terreur, on n'exécutait pas les femmes enceintes.

– Si tu pouvais te taire un peu! Ça fait des années que je t'entends et j'en ai ma dose. Il reste deux tranches de foie gras, j'en prends une, mange l'autre.

Faypoul regarda son camarade s'asseoir, s'emparer d'une des deux tranches, en couper un morceau et il songea que dans les seuls romans que le malheureux avait bien pu lire, le rituel voulait que l'auteur écrivît : « Il joignit l'action à la parole. » A Nice, dans la chambre de Clodandron, il avait été frappé par la présence sur un cosy-corner d'une vingtaine de petits bouquins aux couvertures illustrées. Cela s'appelait *Elle n'avait que son amour*, *Le baiser qui tue*, etc. Pour occuper son attente il les avait feuilletés en ricanant, enchanté de tomber sur des expressions toutes faites qui constituaient un univers où la servante était accorte, où le chauffeur, glabre, faisait décrire un demi-tour impeccable à la limousine pendant que la grand-mère montait l'escalier avec une vigueur qu'on n'aurait pas attendue de son âge. Clodandron n'avait fait aucune difficulté pour admettre qu'il aimait pratiquer cette sorte de petits bouquins en chemin de fer et qu'il les reprenait volontiers avant de s'endormir ou pendant une insomnie. A cette époque, le mépris qu'il avait éprouvé pour un homme qui réduisait la lecture à des fins aussi niaises, était encore nuancé d'admiration. Au combat, pendant la retraite de quarante, cette admiration s'était accrue, nourrie par une confiance presque superstitieuse. Faypoul, qui avait peur, ne redoutait plus rien quand il était près de Clodandron. Celui-ci s'exprimait avec une efficacité qui donnait du stable aux événements. S'il ordonnait « hausse 2000 » la preuve était administrée que la certitude existait. Quand Zilia avait été tué, Clodandron avait trouvé la phrase qui convenait : « Ce sont des choses qui arrivent. » En cet instant il n'était plus qu'un glouton. Ayant fini d'ingurgiter sa tranche, il s'en prenait à la graisse qui auréolait le plat, une graisse lourde d'un jaune vif dont il enduisait son couteau avant de le lécher. Le haut-le-cœur.

– Mange ma tranche, lui cria Faypoul.

– C'est toi qui la mangeras.

– Imagine que tu sois exécuté, et tu vas bien finir par l'être, c'est ta dernière tranche de foie gras ici-bas. Régale-toi!

Après avoir à peine hésité, Clodandron se saisit de la tranche destinée à Faypoul pendant que celui-ci traversait la pièce. Il osa s'approcher du lit de son compagnon et décrocha un ceinturon qui était appendu au mur, alourdi par l'étui du revolver. Il dégaina l'arme et revint en l'agitant dans sa main.

– Bon appétit. Savoure-le bien, ton foie d'oie gavée.

Il était revenu devant la table et braquait le revolver sur le dégustateur.

– A Nancy, tu t'es campé devant une glace pour te raser. Tu n'avais pas encore badigeonné ton visage, tu faisais mousser le savon avec ton blaireau, je ne voyais pas directement ta gueule, je la voyais dans le miroir et tu sais ce que tu te faisais?

– Va remettre cet engin où tu l'as pris. Et bois.

– Tu faisais des grimaces. Tantôt tu mettais ta langue sous ta lèvre inférieure pour ressembler à un singe, tantôt tu la poussais contre l'une ou l'autre de tes joues pour ressembler à un clown et fermais alternativement chacun de tes yeux en plissant tes narines comme un lapin. Si je tire, je me demande quelle grimace tu vas trouver. Ou plutôt je pense que tu mettras ton point d'honneur à conserver un visage immuable de sorte que tu auras l'air aussi con en mourant qu'en naissant ou en passant ton certificat d'études.

D'une main il braquait le revolver sur Clodandron, ou sur le plafond, jouant, de l'autre il se servit un verre de kirsch dont il but d'emblée la moitié.

– Arrête..., proposa Clodandron. Tu as toujours été maladroit et tu le sais. Il est probable que si je te donnais l'ordre de me tuer tu n'en serais même pas capable. Alors sers-moi plutôt à boire.

– Non. Je n'ai plus d'ordre à recevoir de toi. Tu en as trop donné.

– Pourquoi hausses-tu la voix? Tu te figures que ça fera une belle jambe à ton père?

– Là, tu abuses d'une confidence que je t'ai faite. Tu en profites pour te moquer de mon père.

Clodandron, qui s'était levé, empoigna l'arme pour l'arracher à Faypoul.

– Pas de ton père tout entier. Juste de sa jambe de bois.

La détonation avait occupé l'espace pendant que le mot *bois* était prononcé.

Tournant dans la pièce, Faypoul retarda un examen qui s'imposait. La tête de Clodandron s'était abattue dans l'assiette. La graisse du foie gras enflammait ses cheveux. Il devenait un saint vu dans un vitrail. Il lui fallut exercer un effort sur lui-même pour s'obliger à soulever le corps inerte dont la face était copieusement ensanglantée. Le résultat de l'examen était clair : plus de Clodandron. Fini. Il avait dit à propos de Zilia : « Ce sont des choses qui arrivent. » Faypoul essaya de prononcer la phrase, mais il la manqua.

Pendant quelques minutes il fut soulagé par l'obligation d'agir mécaniquement. Il téléphona. Il annonça au chef des chefs que Clodandron s'était suicidé. Le chef des chefs, comme prévu, jugea ce suicide inopportun. Il préférait que Clodandron, visitant son arme, se fût tué par maladresse. Il assura qu'il faisait son affaire de la police allemande. Elle serait d'accord pour décider qu'un milicien ne pouvait pas s'infliger la mort par regret de son engagement. Obéissant aux injonctions, Faypoul traîna Clodandron sur son lit, lui joignit les mains sur la poitrine, alluma une cigarette. Il fut surpris de se voir solitaire en un lieu où il était habitué à vivre avec un ami.

Il s'assit à la place de Clodandron, écarta son assiette, posa le manuscrit sur la table puis il s'étonna. Il prononça :

– Je m'étonne.

Il était déconcerté par son calme. Posées sur le manuscrit, deux mains fermes dont aucun doigt n'était tenté de trembler. Clodandron s'est trompé quand il a prétendu qu'au front j'avais peur. Je n'étais pas à mon aise parce que je ne me sentais pas absolument concerné. Je suis écrivain parce que j'aime me heurter aux difficultés de l'écriture. Bref, il était assez fier de son insensibilité. Il goûta comme preuve de son génie l'inquiétude qui le taquinait au moment où son regard parcourait les premières lignes de son œuvre. Il lui arrivait de se relire à haute voix mais le plus souvent il utilisait une voix intérieure dont il recevait toutes les nuances bien qu'elle fût muette. Ainsi il lui arrivait de chanter *in petto* et, bien qu'il n'émît aucun son, il distinguait les moments où son ton était faux. Silencieusement il laissa retentir dans sa tête le titre du livre : *Le Vide-château*. Son impression était favorable. Encouragé, il lança le premier paragraphe : *Je connus la Cour lorsque M. de Cédan, mon mari, jusque-là Gouverneur de province, fut nommé Grand Référendaire auprès du Roi. J'arrivai avec mes femmes quelques jours après lui et le retrouvai aux Thermes où se tenait la Cour durant l'été. Cela me donna lieu de visiter les Cirques de Féerie récemment édifiés dans la campagne environnante.*

Deux coups bien secs avaient été frappés à la porte qui presque dans le même instant s'ouvrait. Ayant reconnu Alcide, Faypoul le détailla du regard. Il retrouva les yeux navrés, le menton fuyant et les épaules également fuyantes que calfeutrait une trop vaste canadienne.

– Où est-il ? demanda Alcide.

– Selon les religions et les philosophies, il est ici ou là, ou nulle part.

– Je ne me paierai pas de cette réponse.

La voix du jeune homme, grave et sonore, était celle de son père, exactement. Jaillissant d'un thorax étroit et d'un cou fluet où la pomme d'Adam s'agitait comme une souris, elle surprenait.

– J'ai été frappé, poursuivit-il, insulté. Je ne peux pas rester là-dessus. Impossible. Où est-il?

– Il nous a quittés.

– Pour aller où?

– Demandez-lui.

D'un geste désinvolte il désigna la forme sombre qui gisait sur le lit de camp. Alcide machinalement approcha, s'arrêta net et se mit à respirer très vite et très fort, comme s'il courait.

– Quelle horreur!

– Vous avez tout à fait raison, reconnut Faypoul, qui s'était à son tour arrêté devant le lit. Il s'est mis à saigner avec excès. Je vais y remédier.

Dans une des cantines, il trouva de l'ouate et une bande Velpeau et avec une dextérité de professionnel parvint à camoufler le haut du visage du capitaine. Celui-ci cessa de paraître pathétique pour devenir un père Noël dont la barbe aurait remonté sur les yeux. Du moins la comparaison vint-elle à l'esprit de Faypoul qui voulut bien en sourire tant il se sentait de complaisance avec soi.

– Mon petit, dit-il à Alcide, si je suis aussi habitué au sang qu'une fille de seize ans qui a eu ses premières règles à treize, je n'en comprends pas moins votre émotion. Une goutte de kirsch s'impose.

Il le prit par la main et l'entraîna, remplit les deux verres.

– Je ne sais plus lequel est le mien, l'autre, c'est celui de Clodandron. Je suppose que ça vous est égal.

Alcide était amusant à contempler. Le verre en main, il hésitait.

– Quand je suis descendu, expliqua-t-il, j'ai causé

avec deux miliciens, je leur ai raconté comment M. Clodandron m'avait reçu, ils m'ont offert de la bière, croyez-vous que je puisse boire du kirsch sur de la bière ?

– Votre père ne se serait jamais posé une telle question. Il était capable de mélanger le kirsch à la bière. Il faudrait que vous vous dégourdissiez un peu.

– Il faudrait aussi que je comprenne. Pourquoi est-il mort ?

– Buvez d'abord. Et d'une rasade.

Élevant ensemble leurs verres, ils burent mais Alcide n'avala que deux brèves gorgées.

– Vous ne connaissez pas le français, dit Faypoul dont l'assurance croissait de minute en minute. Le mot rasade signifie...

– Je connais le sens des mots. J'ai été recalé à l'École Normale mais je suis resté quelques années en khâgne. Si je n'ai pas vidé mon verre, aucune défaillance de mon vocabulaire ne saurait être mise en cause. J'ai eu peur d'abandonner les rênes à l'alcool alors que je me sentais troublé par l'incertitude.

– Vous parlez comme une traduction mais d'où provient-elle, votre incertitude ?

– Comment est-il mort ?

– Comme vous voudrez. Peut-être s'est-il suicidé, peut-être a-t-il commis une imprudence en maniant son revolver. *As you like it.* Vous parlez anglais ?

– Non, mais j'ai lu Shakespeare.

– Vous ne correspondez pas à l'idée que j'avais de vous.

– On vous avait parlé de moi ?

– Non, mais je vous voyais à travers votre père.

Vous savez, ajouta Faypoul avec émotion, que je suis le dernier homme à l'avoir vu.

— Comment! En Espagne?

— Oui, répondit-il, mais n'en parlez surtout à personne, ma présence chez Franco était secrète et je ne peux pas mesurer les conséquences de la moindre indiscrétion sur ce sujet. Un jour peut-être... Il nous reste, ajouta-t-il sur un ton plus enjoué, une boîte de choucroute. Avez-vous faim?

— Oui, un peu! lança le jeune Alcide avec audace.

Ayant allumé le réchaud, Faypoul entreprit d'ouvrir la boîte tout en invitant Alcide à ranimer le poêle.

— Il reste encore un seau de charbon. Vide-le, demain on verra bien.

La casserole était à demi pleine d'eau, il y plongea sa choucroute. Pendant qu'Alcide triturait le poêle, Faypoul alluma une cigarette et se mit à déambuler, charmé par l'élasticité de sa démarche. Jamais il ne s'était plu autant qu'en cette longue nuit.

— Moi non plus je ne vous imaginais pas comme vous êtes, dit Alcide.

Sur un bref regard interrogateur il poursuivit :

— Je savais que vous étiez un homme d'action mais j'ai l'impression maintenant que...

— Tu as raison. J'ai été partagé entre deux vocations. Partagé est le mot car l'artiste et le reître ne font pas bon ménage. Peut-être n'ai-je pas cherché à savoir ce qui me convenait. Et toi non plus. Tu aimes la littérature puisque tu as fait khâgne et tu veux t'engager dans la milice. Il est vrai que s'engager dans la milice aujourd'hui ressemble fort à de la littérature.

– Vous aussi vous avez été poursuivi par la littérature ?

– Moi aussi. Si j'avais été doué, comme un Radiguet, pour entraîner la jeunesse et le génie à fraterniser, sans doute n'aurais-je jamais tiré un coup de feu.

– Je ne suis pas génial et je n'ai même pas tiré un coup de feu. Alors vous voyez...

Il ajouta :

– J'avais juste tenu un journal. J'ai fini par le brûler. Quand j'habitais avec une amie. J'avais peur qu'elle le lise et qu'elle rie. Mais j'ai beaucoup lu. Quand j'étais petit je regardais sans mot dire et sans poser une question.

– Moi aussi.

La succession des *moi aussi* rappelait à Faypoul des débuts de flirts pendant un entracte au cinéma, ou sur le cours Mirabeau à Aix ou encore dans un recoin protégé du Café des Deux Garçons. « J'aime l'automne, et vous ? – Moi aussi, et j'adore *Le Grand Meaulnes*. – Et Katharine Hepburn ? – Moi aussi, moi aussi, et cætera. » Ces souvenirs dataient d'une époque où Faypoul ne s'était pas embarqué. Il considérait avec douceur un jeune homme qui était debout et libre encore sur la rive.

– Tends-moi ton assiette.

Celle-ci fut aussitôt submergée de choucroute, de saucisses et de lardons.

– Merci ! C'est beaucoup trop. Et vous ?

– Avec Clodandron nous nous sommes tapé un foie gras, répondit Faypoul en s'asseyant. Tu peux y aller de bon cœur.

Alcide y alla de bon cœur. Dès qu'il commença de manger, il changea d'attitude. Il devenait son père, dévorant, savourant et se réjouissant. Comme Faypoul, à peine choqué, lui demandait s'il n'avait pas été habitué par son père à une meilleure cuisine, le fils répondit :

— La cuisine, c'était surtout maman qui s'en occupait.

Il dit *maman* comme une fille, nota Faypoul. Face à cette nymphe aux ongles sales qui bâfrait, Faypoul se demanda s'il avait affaire ou non à un pédé mais se garda de pousser plus loin la question puisqu'il avait toujours évité d'éclaircir les doutes qui le concernaient. Il se borna à ajouter du kirsch dans le verre du convive. Puis il se leva brusquement. Les trois chefs miliciens qui venaient d'entrer, il les connaissait et se savait connu d'eux. Il salua, à la fois en se raidissant et en s'inclinant. L'énorme Chapuseau qui, de tous, était le plus grand chef annonça :

— Nous venons nous recueillir devant la dépouille de notre héroïque camarade.

Ils se campèrent tous les trois devant le lit, claquèrent des talons puis ne bougèrent plus. Ce qu'ils respectaient était probablement une minute de silence. A tout hasard Faypoul s'était mis au garde-à-vous et le petit Alcide l'avait imité, pris entre la chaise et la table, la bouche pleine et tentant de mâchonner avec discrétion ce qui lui restait de choucroute à avaler. Il fut toisé par Chapuseau dès que la minute fut finie.

— Qu'est-ce que c'est que ça ?

— Je vous présente Alcide Amadieu, le fils d'un de nos vieux camarades que Clodandron tenait pour son frère. Notre jeune ami a tenu à partager avec moi cette veillée funèbre.

— Bon. Mais c'est bien entendu, hein ! Il s'est tué

accidentellement en réglant son arme. Pas d'histoire. Et la levée du corps aura lieu demain matin. Une délégation de la milice assistera à la messe dont l'heure est déjà prévue. Huit heures. Heure militaire.

D'une apparition, on peut simplement rapporter qu'elle apparut et quand elle disparaît qu'elle se dissipe. La porte était à peine refermée que le petit Amadieu, qui avait enfin absorbé sa bouchée, déclara tout net :

— M. Clodandron ne s'est pas blessé accidentellement. On vous oblige à le prétendre. Peut-être ne suis-je pas aussi niais que j'en ai l'air. En tout cas j'ai compris que ma présence était gênante. Et j'en ai marre... ma présence a toujours été gênante. Est-ce qu'on va me reprocher perpétuellement d'exister ?

— Alcide, tu as raison sur un seul point. Clodandron n'est pas victime d'un accident, c'est moi qui l'ai tué.

— Par ordre...

— Tu es tout prêt à accepter qu'on tue par ordre parce que tu es un peu con et que c'est le fond de l'air qui veut ça. La vérité est que j'ai tué Clodandron pour lui faire plaisir. Finis cette choucroute, elle est en train de refroidir.

« Comme Clodandron », avait-il failli ajouter. De justesse, il avait retenu les mots sur le seuil de la parole. Il avait jugé décent de s'interdire cette plaisanterie mais elle l'amusait bien et il souriait tout en déambulant de long en large derrière Alcide qui mangeait avec emportement.

— Vous n'avez pas tué M. Clodandron, affirma-t-il la bouche pleine, pourquoi vous moquez-vous de moi ?

138

Deux voies s'offraient à Faypoul. Revenir sur son propos et apaiser Alcide ou construire un système.

– Clodandron ne rêvait que de se suicider, affirmat-il en s'engageant résolument dans la deuxième voie. Mais il n'osait pas.

– Mais pourquoi voulait-il se suicider, M. Clodandron?

– Il se voyait promis à un procès déshonorant et au poteau. Il préférait en finir. Mais malgré son courage, il ne pouvait se décider à agir. Il précisa :

– Tout à l'heure Clodandron t'a jeté dehors, tu es descendu puis nous avons entendu ton pas remonter.

– Oui, c'est vrai.

– Bien sûr. Clodandron a espéré que tu surgirais revolver au poing et que tu l'abattrais.

Comment ne pas se laisser enchanter par une version des faits où la vérité s'entendait avec le fictif? La thèse était parfaitement satisfaisante et Faypoul la reprit plusieurs fois avec des mots différents, également efficaces.

– Cet après-midi encore il est revenu sur ce sujet. Il m'a dit textuellement : c'est très dangereux de se suicider.

Faypoul était bien content. En rapportant cette phrase avec exactitude, il consolidait sa thèse à ses propres yeux. Il reprit :

– Qu'entendait-il par là? Il songeait peut-être à son salut éternel. Je ne saurais l'affirmer. Dieu sait que nous nous connaissions étroitement et depuis fort longtemps, mais Dieu sait aussi que nous n'avons jamais parlé de Lui.

Le regard d'Alcide avait changé; la curiosité et

l'admiration l'illuminaient et le durcissaient. Une entente s'établissait entre eux qui tenait à une communauté de langage et de références. Elle était étayée par un double plaisir, celui que l'un, Alcide, éprouvait à admirer et l'autre à être admiré.

— Tu aimes fumer ?

— Quelquefois. Juste un peu.

— Dans la cantine j'ai vu des cigares, alsaciens ou hollandais. J'ai envie d'en prendre un, et toi ?

— S'il est trop fort, je ne le finirai pas. Il ne faudrait pas que vous m'en vouliez.

Les cigares allumés, Faypoul demanda avec douceur :

— Pourquoi ne te décides-tu pas à me tutoyer ? Je ne sais plus bien ton âge ni le mien, mais entre ton père et moi il y avait sûrement un écart plus grand et pourtant nous nous tutoyions.

— Je ne peux pas. Vous avez tant fait et moi rien.

Tout en versant du kirsch dans les verres, Faypoul se rassasia de ce nouveau compliment dont il avait besoin.

— Nous nous ressemblons plus que tu crois. Tu as tenu un journal. Tu veux toujours écrire ? Et moi aussi j'écris.

— Moi, j'ai détruit ce que j'avais fait.

— Tu m'as dit. A cause de la fille. Il m'est arrivé de déchirer et de jeter au feu, sous l'effet d'une humeur ou d'une circonstance, des textes dont quelques parcelles valaient sans doute d'être conservées.

— Oui, mais vous, vous avez agi.

— Et ce n'est pas ce que j'ai fait de mieux. A cette réserve près : mes actes, si contestables qu'ils soient, ont peut-être entraîné mon écriture. En cet instant ma vie se réduit à ce manuscrit.

Il saisit le dossier, le brandit en attendant qu'Alcide sollicitât l'honneur de le lire. Celui-ci n'était retenu que par sa timidité.

– Quand me permettrez-vous de connaître ce livre ?

– Il faudrait d'abord que tu saches comment je l'ai écrit. Il y avait dans la bibliothèque de mon père des mémoires du XVIIe et du XVIIIe, et même du XIXe, dont je raffolais parce que leur logique et leur incohérence m'aidaient à saisir l'absurdité de mon époque et de mon propre caractère. A travers ces livres j'ai choisi les morceaux que j'ai disposés et transformés à ma façon... pour composer, ajouta-t-il en enlaçant la pudeur et l'emphase, pour composer un ragoût lucide et désespéré. En khâgne, tu as fait connaissance avec Hegel ?

Trop intimidé pour parler, Alcide acquiesça de la tête.

– Mon livre est un anti-Hegel. Celui-ci avait prétendu, comme Bossuet, éliminer le hasard et les contingences et, comme Platon, transformer l'histoire en un reflet des idées, or mon expérience et peut-être mon tempérament m'ont entraîné à considérer comme essentiels les accidents de parcours et à substituer le délire à la raison.

Fou de lui-même, ravi d'être écouté, il se fit pontife pour conclure :

– Notre présence en ce lieu, auprès d'un cadavre et des débris d'une choucroute, alors que la neige tombe et que nous entendons sonner une cathédrale étrangère, confirme ma thèse. Qu'y a-t-il dans les tripes du cadavre ? une bouillie de foie gras. C'était imprévisible mais c'est ainsi. Veux-tu que je te lise mon livre ? Mon écriture est difficile; ou bien je te le lis, ou bien nous n'en parlons plus. Et quand tu as soif, tu te sers. Le kirsch fini, il restera du schnaps.

— C'est que je ne suis pas tellement habitué à boire.

Balayant sa confidence d'un geste, Faypoul plongea dans son manuscrit. Il contemplait la première page, cherchant une harmonie évidente ou du moins apparente entre les densités des paragraphes.

— Le titre, annonça-t-il : *Le Vide-château*. Pour tout te dire, Alcide, ce livre s'appela d'abord *La Vie de château*. Une œuvre se forme comme un lac, elle est le produit de multiples ruissellements. Comme je me répétais mon titre en m'endormant et que sans chercher vraiment je jouais avec lui en l'altérant, je tombais sur *Vide-château*. Ce terme comparable à vide-poches et à vide-ordures était à la fois l'effet du hasard et de l'intérêt que je portais à cette génération spontanée du langage.

— Oui, oui, oui, lança Alcide, je vois ça tellement bien. C'est le cadavre exquis des surréalistes.

— Exact. Mais je ne suis pas de ceux qui se satisfont trop aisément de la gratuité. *Le Vide-château* m'a conquis parce que, en quelques syllabes, il m'avait rendu présent un spectacle que je croyais avoir oublié. Celui d'un château situé dans le sud de la Belgique. Nous battions en retraite...

— Mais c'était quand? Ces temps derniers ou en quarante?

— En quarante. Dans ce château les gens s'étaient entêtés. Ils étaient restés. Nous y avions campé pendant la nuit. Au lever du jour quelques avions allemands sont passés en abandonnant négligemment à leur pesanteur des bombes qui ont soufflé une tour et provoqué un raz de marée dans l'étang. Puis l'artillerie s'en est mêlée. C'était du gros calibre. Des cygnes qui s'enfuyaient ont été balayés par une rafale de mitrailleuse. Les mitrailleuses, preuve que l'ennemi était proche. Ce château de malheur fascinait les Allemands. Le plus sûr était de décamper, ce que nous faisions. Je courais, mais je me retournais. Je me retournais et je voyais. Il faut te dire que j'étais dans une région du parc où avaient convergé les ambitions et les caprices. Il y avait une forcerie dépeuplée par le printemps et poursuivie par une volière où l'agitation des oiseaux était entretenue par l'inquiétude. La forcerie et la volière communiquaient-elles ? C'est probable puisque je garde le souvenir de perruches voletant parmi les orchidées. Cet agencement d'ailes et de palmes prisonnières de vitres que l'aurore rosissait se prolongeait jusqu'à un pavillon circulaire aux colonnes doriques qui devait dater du XVIIIᵉ. Un obus l'avait éventré, me révélant que cet édifice était une bibliothèque ; des balcons de fer forgé tournaient autour des étagements de livres dont les dos luisaient, teintés par ce que je pris d'abord pour le soleil levant et qui était l'incendie. Des volutes bleues caressaient les cuirs et les ors. Qu'est-ce que tu fais ?

Ayant ouvert un calepin auprès de son assiette, le petit Alcide écrivait avec précipitation, mouillant régulièrement sur le bout de sa langue la pointe de son crayon encre.

– Je prends des notes. C'est beau ce que vous dites, vous savez ?

Faypoul faillit répondre qu'en effet il le savait, s'en abstint de justesse de sorte qu'Alcide craignit de l'avoir contrarié, et, rougissant, annonça en balbutiant qu'il allait fermer son carnet.

– Non, non. C'est une bonne idée de prendre des notes. Je me demande même si mon texte ne devrait pas être escorté par un appareil critique qui éclairerait les sources de mon inspiration. Mais j'étais en train de te décrire la région du parc où je m'enfonçais, en négligeant le spectacle capital qui se déroulait devant la façade du château. Le maître des lieux, un vieux comte dont j'ai oublié le nom, galopait vers les écuries qui servaient de garage, le visage badigeonné de savon à barbe. Et il continuait de se raser! Sans miroir et courant, il s'administrait des coups de rasoir dont il ne voyait pas le résultat : le sang se glissait dans la blancheur crémeuse du savon, inventant un rose nouveau, bien différent de celui qui égayait les vitres de la serre et de la volière, comme de celui qui baignait les livres. Différent aussi de la pluie rouge qui trempait le plumage d'un cygne agonisant. La horde des domestiques est alors apparue, du maître d'hôtel en queue de pie aux jardiniers en blouse. Tous ivres et chantant *La Brabançonne*. Le châtelain, pendant la nuit, leur avait livré la cave en leur confiant le soin de la vider. « Ce serait toujours ça que les boches n'auraient pas. » Et puis une nurse a jailli, vêtue de cette toile blanche rayée de bleu qui est également traditionnelle chez les bouchers. Elle poussait un landau vide. Sur le perron, une femme nue se tenait immobile. Non entièrement nue car elle était juchée sur des escarpins que j'entendis claquer sur les marches quand elle se décida à fuir. Bref, c'était un vide-château. D'où mon titre. Quant au sous-titre, *D'après les mémoires du Temps*, avec un grand T à Temps qui constitue à la fois un hommage aux textes que j'ai maquillés et à une dimension de notre univers dont la démence est irréversible. Bon. Je commence :

Je connus la Cour lorsque M. de Cédan, mon mari, jusque-là Gouverneur de Province fut nommé Grand Référendaire auprès du Roi. J'arrivai avec mes femmes quelques jours après lui et le retrouvai aux Thermes où se tenait la Cour durant l'été. Cela me donna lieu de visiter les Cirques de Féerie récemment édifiés dans la campagne environnante.

Je veux parler surtout du plus incroyable : La Manie. On ne le voit point en arrivant; on entre en un petit bois taillis savamment inculte qui est entouré d'une simple claie. Lorsque je m'y rendis on travaillait encore à la rendre plus sauvage en accumulant des rochers voués au sombre et à la tristesse. Après avoir suivi un chemin tortueux on parvient enfin au château dont le fronton porte cette devise : Parva sed apta. *Six statues placées dans l'entrée circulaire cartactérisent plus précisément sa vocation : le Silence, la Collection, la Désinvolture, le Mauvais Souvenir, la Rage et la Part du Feu. Je ne me hasarderais pas à décrire toutes ces statues dont l'audace exquise charmait chaque visiteur. Qu'il me suffise de donner un aperçu de la première qui représente deux gisants où l'on hésite à distinguer l'homme et la femme parce que la bouche de chacun enveloppe le sexe de l'autre. Je ne compris tout à fait le symbole que quand sur le socle je lus le chiffre 69. Alors je rougis et souris ainsi que le veut l'usage quand on est femme; les hommes doivent se borner à sourire. En ce qui concerne l'appréciation d'une œuvre d'art ils ne disposent pas d'un registre aussi étendu que le nôtre. La signification de ces* deux corps et de ces deux nombres me convenait par sa clarté; l'éducation que j'avais reçue m'avait appris à croire en l'exactitude des paraboles, en la vertu des règles, en l'harmonie des sphères. J'espère que tu l'as compris, Alcide, Mme de Cédan, sans le savoir, est hégélienne.

Le jeune homme hésitait à répondre; il promenait sur ses lèvres l'extrémité d'une langue qui sous l'effet du crayon encre était devenue violette comme celle d'un chow-chow.

– Oui, oui, dit enfin Alcide. D'ailleurs la fille avec laquelle j'habitais à Paris est plutôt hégélienne.

Visiblement irrité, Faypoul l'avait interrompu :

– Qu'elle soit hégélienne ou vaginienne, peu importe. Je continue :

La poursuite de ma visite me confirma dans la certitude que je pénétrais dans un séjour voué à la raison. Tout y était calculé jusqu'aux bornes de marbre d'un fini précieux qui, comme la façade, respectaient l'empire du Nombre d'Or. Le rez-de-chaussée s'annonçait par un vestibule où triomphait l'Hercule testiculaire en bronze dont on sait qu'il fut conçu sur le modèle du système de Copernic. Puis une salle à manger, un salon, un boudoir et bien entendu un billard automatique. Dans le boudoir un canapé de roses encastré dans des glaces bien décidées à se répéter les unes aux autres les moindres gestes amoureux. Dans le salon toutes sortes de peintures voluptueuses dues à nos peintres modernes, Taté, Dupont de Menat, Hugre, Saladan, mais ce qui frappait le plus les amateurs était une vue ménagée avec tout l'art possible : des tapis de verdure la reposent jusqu'à la rivière sur laquelle le pont du Lieu ne semble avoir été jeté que pour la perspective.

*L'escalier en bois d'acajou est d'une singularité rare,
d'une hardiesse à étonner les connaisseurs : il est si étroit
qu'on n'y saurait donner la main à une dame! C'est
pourtant dans cet escalier que vingt-cinq ans plus tôt
trois princes du sang, bien jeunes il est vrai, furent
égorgés, mais j'ai peine à croire à cette légende. Au
premier étage la chambre du prince Glorieux, qui n'a
jamais été habitée, me sembla vraiment remarquable.
Elle était en forme de tente et tout y désignait un logis
militaire; les pilastres étaient figurés en faisceaux d'armes surmontés d'un casque, les jambages du chambranle
de cheminée étaient deux canons sur leurs culasses, les
chenets étaient emboullés en bombes et en grenades, les
bras de cheminée en cors de chasse et en engins de
transmission. Quant au jardin, petit et secret, on ne doit
point troubler sa paix et l'habitude veut qu'on le
considère avec des jumelles de théâtre; il contient
pourtant des oiseaux inconnus et des plantes lointaines
(iris de la Volga, roses du Daghestan, edelweiss de
Circacie) que, munis d'autorisations particulières, physiciens, chimistes, botanistes, décorateurs peuvent approcher pour exercer leur science ou leur art.*

*Je fus enfin présentée au Roi qui ne me regarda pas, ce
dont M. de Cédan m'invita à ne point avoir chagrin, le
Roi vivant dans des dispositions d'esprit que chaque jour
rendait plus alarmantes. La retraite que Tibur V s'imposait, les excès auxquels il s'abandonnait avec la Reine
l'avaient fait tomber dans un état que par respect on
attribuait encore aux vapeurs. Découvrir l'existence de
la déraison me peina, mais je comptais sur la raison
pour triompher. D'autant que l'état du monarque ne se
révélait pas rebelle à l'analyse.*

Né avec un caractère doux et paresseux, il avait été

147

élevé dans la soumission à l'égard d'un frère aîné à qui il était destiné à obéir et en avait contracté toutes les dispositions à se laisser conduire. Une âme dévote et timorée cohabitait en lui avec un tempérament tropical qui, dès avant sa puberté, rendit nécessaires, cela de l'avis des médecins, certaines complaisances. Son frère aîné étant mort de la Maladie, Tibur se trouva appelé au pouvoir dont il partagea les secrets avec sa femme Marceligne. Le Cardinal Malyavin, Premier ministre, disait volontiers d'elle : « Si la Reine, qui a le diable au corps, trouve un bon général, elle troublera les Europes. Il lui sera toujours facile de gouverner un mari qui n'a besoin que d'un prie-Dieu et des cuisses de sa femme. » Car, si le tempérament du Roi lui rendait une femme nécessaire, sa dévotion lui interdisait toute infidélité. La Reine était laide, bien qu'elle eût l'air assez spirituel et le port noble; le Roi, de par sa nature exceptionnelle, se trouvait toujours et partout dans des dispositions qui l'inclinaient à la juger savoureuse et à la traiter comme telle. De plus elle ne manquait jamais de le louer publiquement et en face sur sa beauté.

Or, il parvenait à un tel état de délabrement que si les princes n'avaient pas été faits invulnérables aux louanges, il n'eût pu manquer de prendre celles de la Reine pour une dérision. Sains ou malades, ils n'eurent jamais que le même lit. Les couches de la Reine n'obligèrent même pas le Roi à se lever. La Reine par politique, le Roi par concupiscence étaient d'accord pour repousser furieusement toute occasion de s'éloigner l'un de l'autre, de jour comme de nuit. Chaque matin, après la prière, ils écoutaient ensemble le rapport du Cardinal Malyavin à qui les autres secrétaires d'État remettaient les affaires de leurs départements. Malyavin congédié, le Roi et la

Reine passaient dans une garde-robe pour se faire frictionner et habiller. Puis ils se confessaient de sorte que chacun pût entendre les péchés de l'autre. Après une brève récréation où tous deux se donnaient l'illusion de poursuivre un règne aimable dont les lumières étaient appréciées jusqu'à Paris, conversant avec des familiers auxquels se mêlaient des visiteurs de marque, traitant d'agriculture, de mécanique, d'astronomie, la réception des personnalités civiles et militaires commençait. La Reine affectait de se retirer dans l'embrasure de la fenêtre, mais qui parlait au Roi n'ignorait pas que ce prince rendrait le tout à sa femme et que celle-ci serait mécontente du secret qu'on aurait voulu tenir et préviendrait le Roi défavorablement; on ne manquait donc pas de la supplier d'approcher, ou bien on parlait assez haut pour être entendu si elle persistait dans sa fausse discrétion. Entre chaque visite, le Roi et la Reine restaient seuls. Il ne s'agissait pas, comme on eût pu le croire, de débattre ensemble des affaires du royaume, mais de faire ce qu'une femme consentante et un homme dévoré constamment par le désir peuvent accomplir dans un boudoir.

Chaque jour, depuis mon arrivée à la Cour, je pouvais constater par moi-même la rapide aggravation de la santé royale. Nous appelâmes bientôt mélancolie ce que nous nommions vapeurs ou humeurs, n'osant pas employer un mot plus fort, le seul qui eût convenu. Tibur resta un trimestre sans vouloir quitter le lit, se faire raser et se faire couper les ongles. Lorsque sa chemise tomba de pourriture, il en accepta une nouvelle à condition que la Reine l'eût portée au préalable, tant il craignait les tissus empoisonnés. Il mangeait et dormait à des heures qui changeaient sans cesse, et toujours à contretemps. Il fallait lui souhaiter une bonne nuit en plein midi et une joyeuse matinée au coucher du soleil. Il obligeait son entourage à suivre son exemple, nous imposant une vie déconcertante qui nous harassait. Le Cardinal Malyavin qui en était le premier marri invita l'aumônier à rappeler le souverain à ses devoirs de chrétien. C'était Dieu qui avait fixé les lois de la nature et l'ordre dans lequel le jour succédait à la nuit et si grands que fussent les rois il n'était pas en leur pouvoir de s'opposer à la volonté du ciel. Tibur s'inclina mais toute cette théologie traça un chemin imprévu dans un cerveau débile.

Pendant une insomnie, il lui fut révélé que quand Dieu envoyait maladies et infirmités, il manifestait le désir de rappeler à lui certaines de ses créatures. Aussitôt il ordonna à la cavalerie légère d'investir l'hôpital des Seins-de-Glace qui abritait quelques milliers de patients. Médecins, barbiers, apothicaires, infirmiers reçurent la permission de se retirer. Le génie creusa tout autour de l'édifice des tranchées brevetées Vauban S.G.D.G. que l'infanterie s'empressa d'occuper. Sans doute l'hôpital contenait-il des vivres en quantité car les captifs prirent leur temps pour mourir. Le Roi, qui n'était pas inaccessible à la pitié, envoya très souvent des escouades qui au bout de piques tendaient à ces misérables, dont les visages s'écrasaient aux fenêtres comme grains de raisin en grappes, des ballots contenant des ouvrages religieux, des lunettes pour les malvoyants, des bouteilles de parfum et même des jeux de cartes car, plus tolérant que Pascal, il ne voulait pas priver ces moribonds de distractions. Il fit mieux. Il composa un orchestre et même obtint du pape que celui-ci lui prêtât le plus célèbre de ses castrats pour chanter les Leçons de Ténèbres du fameux Couperin. Nous nous transportions tous les jours devant les Seins-

de-Glace. Les divertissements que nous offrions aux condamnés étaient souvent profanes et des menuets dansés sur l'herbe ravissaient, du moins je le suppose, le regard de nos spectateurs. Quand tout fut mort dans l'hôpital, la troupe y pénétra chargée d'incendier une puanteur qui risquait de contaminer les sites environnants. On ne trouva qu'un seul être vivant, une femme qui dévorait des rats crus. Sa Majesté fit enfermer cette fille jeune et belle dans une cage avec une centaine de rats affamés, en partant du principe qu'elle ne pouvait avoir fait à autrui que ce qu'elle souhaitait qu'on lui fît.

– Tibur, c'est Hitler ?

La phrase avait été prononcée à voix douce et basse. Faypoul répliqua rudement :

– Tu as peut-être raison mais tu as sûrement tort de réduire mon œuvre aux anecdotes de l'actualité. Veux-tu ou non que je continue à lire ?

Ayant reçu en réponse un regard implorant, il se pencha de nouveau sur le manuscrit et retrouva le paragraphe sur lequel il avait été arrêté. Ayant avalé une gorgée de kirsch, il poursuivit sa lecture.

Ces spectacles si attrayants qu'ils fussent n'empêchaient pas le Roi de souffrir. Persuadé que ses ongles poussaient pour obéir à la volonté du Seigneur, il respectait leur croissance et nous enjoignait de l'imiter. Dès qu'il mettait des chaussures la douleur freinait sa marche, l'obligeant à s'appuyer sur des épaules, des béquilles et même de s'enfermer dans une chaise à porteur pour aller de sa chambre au boudoir. Avec ses ongles longs, tranchants et très durs, il déchiquetait ses draps dans son sommeil, il se déchirait lui-même pour prétendre ensuite qu'on avait profité de ce qu'il dormait pour le blesser, mettant même en cause des scorpions qui auraient niché sous les oreillers. A de certains moments, il se croyait mort et s'étonnait qu'on ne l'enterrât point. « Qu'attendez-vous ? C'est la moindre des politesses. » Parfois il se mordait les bras en hurlant. Il tenta, une veille de Pâques, de dévorer son pied gauche. On lui demanda ce qu'il sentait. « Rien », répondit-il et un moment après il chantait la berceuse de sa nourrice : « Dormez, dormez mon petit prince. N'ayez pas peur du vent qui grince/N'écoutez pas le loup-garou/Les saints de toutes nos provinces/Veillent sur vous, veillent sur vous. » Néanmoins Tibur s'obstinait à vouloir conduire la chose publique et, malgré ses égarements, il conservait pour les affaires un sens droit et une mémoire sûre. Il refusa un jour un traité qu'on lui proposait : « Il y a un an, dit-il, je l'ai rejeté. » Cependant sa mélancolie lui faisait souvent prendre le pouvoir en horreur; elle l'amena à signer son abdication et à convoquer le Conseil des Grands pour en prendre acte. La Reine lui arracha le document des mains et avec l'aide du Capitaine des Gardes, des chirurgiens, d'un molosse entreprit de séquestrer ce dangereux mari, ne lui laissant ni plume ni encre mais lui fournissant de petits pinceaux de papier roulé et des lumignons de bougies délayés dans de l'eau, au moyen de quoi il s'amusait à peindre des animaux et des plantes que Notre-Seigneur n'avait pas encore inventés.

Dans son ambition de ne laisser le Roi sous aucune autre influence, la Reine avait peu à peu fait le vide autour de sa personne, portant ombrage à beaucoup de grands et plus singulièrement au Cardinal Malyavin qui se voyait tenu de ne recevoir des avis du Roi que de la bouche de Marceligne. Il fit répandre par des gens à lui toutes sortes de libelles où il était soutenu que le Roi était gardé au secret par sa femme et que celle-ci méditait la ruine du royaume, projet qui n'était pas incroyable pour le peuple puisqu'elle était de race étrangère. Ces ciconstances conduisirent la Reine à ne chercher autre voie de salut que dans la formation d'un parti unique qui fût résolu à soutenir sa cause. Elle s'ouvrit de ce dessein à l'Admiral de la Mer et lui donna mandat de réunir les forces et les gens nécessaires au succès. M. de Cédan, mon mari, qui devait beaucoup à l'Admiral de la Mer, entra, parmi les premiers, dans le Parti où son énergie rusée et ses goûts entreprenants briguèrent pour lui un poste bientôt des plus hauts. J'acceptai de m'employer à élaborer des pamphlets et des caricatures destinés à défendre la Reine dans l'esprit public et accabler le Cardinal que nous dénoncions comme le grand coupable, lui attribuant, par sa mère, une origine gitane et l'accusant tantôt de sodomie, tantôt de prévarication, tantôt de trafic sur les indulgences, autant de crimes contre lesquels la noirceur de son âme le défendait peu. En même temps, l'Admiral avait gagné à notre cause suffisamment d'hommes d'épée, d'église, de robe, de plume et de venin pour que les intrigues du Malyavin tournassent court.

C'est alors qu'un fait extraordinaire et qui, à plus d'un titre, mérite d'être retenu se produisit, tel que nous n'aurions su le prévoir et si malencontreux qu'il jeta le néfaste dans nos travaux. Tu écoutes bien ?

– Oui...

Pris à l'improviste, Alcide avait failli répondre « Oui, monsieur. » Décontenancé, il vida ce qui restait de kirsch dans les verres, ralluma son cigare, quêta un regard approbateur du maître.

– Je te demande toute ton attention, Alcide. Tu vas constater que mon héroïne est assez conne pour rester hégélienne contre l'évidence. Je poursuis, écoute : *L'Histoire est tout emplie de nez de Cléopâtre et de graviers de Cromwell mais cela tient à ce que l'on n'a pas suffisamment examiné, derrière les causes apparentes, les pulsions profondes. Faute de temps, je me bornerai à admettre qu'une bagatelle détermina un épouvantable bouleversement. La Reine reçut avis qu'un fils était né à la maison de Danemark. Or, au moment où elle avait quitté le Roi, il l'avait frappée par sa mine soucieuse. Elle espéra donc le divertir en lui communiquant cette heureuse nouvelle. Elle produisit sur l'esprit du Roi un effet foudroyant qui n'entrait pas du tout dans les calculs de la Reine. Son visage changea de couleur, il se répandit en expressions de joie et réclama, avec un emportement dans la bonne humeur qui excédait de beaucoup l'événement, ses plus beaux vêtements afin, disait-il, de célébrer une pareille journée. Avant de se laisser vêtir, le Roi se fit laver, raser, masser, il permit qu'on lui coupât les ongles et les cheveux. Force fut à la Reine de passer par la volonté de Tibur, d'autant qu'elle ne voyait rien de menaçant dans cette allégresse excessive qu'elle supposait devoir être de courte durée. L'apparition du Roi dans la salle des réceptions causa une émotion sincère. Sa bonne mine, lorsqu'il prit place à table, surprit les grands qui se mirent au diapason de son humeur joviale. Durant tout le repas, la Reine avait réussi à tenir la conversation dans les bornes de l'héraldique et de la vénerie. Mais lorsque le Roi, après avoir congratulé une dernière fois l'Ambassadeur du Dane-*

mark, s'apprêta avec la mine la plus ouverte et le teint le plus coloré à accompagner sa femme dans son boudoir, le Cardinal Malyavin vint s'agenouiller devant lui. Le Roi interrompit son geste en lui demandant à l'abrupt quelle pouvait en être la cause. « La vôtre, Sire, répondit Malyavin, et c'est pour sa défense que je vous demande une audience secrète. » Dès lors, le cours des événements se précipita.

Comme à mon habitude, je m'étais retirée dans mes appartements à l'heure de la sieste. M. de Cédan, mon mari, vint me rejoindre, fort alarmé. Il me demanda de congédier mes femmes et bien que je fusse nue (car elles ont coutume, pour mon délassement, de m'oindre, de me masser, de me caresser, et à la faveur du Carême, de me fustiger), il me conta que le Cardinal avait profité de l'étonnant rétablissement du Roi pour avancer auprès de lui de formidables accusations contre la Reine et que Tibur, non entièrement guéri de ses humeurs noires, avait eu la faiblesse d'y ajouter crédit et de les répéter sur le ton le plus vif à Marceligne. Devant la fureur du Roi, celle-ci crut plus sage de remettre la discussion; elle se retira après s'être assurée que le Cardinal avait quitté le Prosodial. Elle s'entretint alors avec l'Admiral et M. de Cédan, mon mari, pour juger de la situation. Ayant écouté la Reine, l'Admiral se borna à lui répondre qu'elle n'était pas seulement la souveraine d'un peuple mais celle d'un cœur. Les larmes vinrent aux yeux de Marceligne qui avoua que son empire avait été diminué par l'état de faiblesse du Roi, aussi froid aujourd'hui qu'il avait été ardent naguère. L'Admiral rétorqua que si la nature ne la servait plus si bien, elle ne devait point tarder à user de quelque médecine excitante qui ne manquerait point de ranimer les feux incertains du Roi. Claudel, son clown préféré, lui apporta des pigeons cuits au moment où ils étaient éclos, c'est-à-dire avant que les os fussent formés; on les nommait pigeons à la cuillère parce que c'était en effet dans des cuillères d'or ou de vermeil qu'on les servait; ils étaient réputés pour fournir la nourriture la plus substantielle et la plus digeste; mais Claudel les avait humectés d'un suc tiré des mouches de cantharide dont les effets, selon l'Admiral, passaient pour excellents. Comme la Reine, peu après, pénétrait chez Tibur, celui-ci, au lieu de l'accueillir avec effusion, l'accabla d'injures et, soit que le subterfuge ait été trahi par une certaine saveur, soit que le secret de la manœuvre ait été mal celé, la traita de malheureuse qui, non contente d'avoir ruiné son royaume, voulait attaquer son honneur et sa gloire. Puis, pour se persuader qu'il avait raison dans ses violences, après l'avoir battue, il l'obligea à lui demander pardon.

Comme on le devine, ces nouvelles m'affectèrent. M. de Cédan, mon mari, m'assura cependant que la Reine s'employait à ressaisir un peu du pouvoir qu'elle avait perdu. Il tenait cet espoir du Capitaine des Gardes qui, dévoué à notre cause, suivait le déroulement des événements en utilisant, comme sa charge lui en donnait le privilège, les fameuses « rétinières ». Ainsi appelions-nous à la Cour les œilletons propres à observer, à travers une porte ou même un paravent. Mes femmes me rhabillèrent en hâte; je refusai le corset, le panier et même le cul mais pour plus de sûreté je fis dédoubler mes jarretières, bref je m'équipai en guerre avant d'accompagner M. de Cédan, mon mari, jusqu'à l'antichambre des appartements royaux où nous eûmes la bonne fortune de rencontrer le Capitaine qui nous rendit exactement compte de ce qui se tramait. Soit que le breuvage eût tardivement agi, soit que les violences auxquelles s'était complu le souverain eussent échauffé son désir, Tibur faisait de Marceligne l'objet d'une sollicitation fiévreuse qu'elle repoussait avec hauteur, répétant qu'elle n'appartiendrait pas à qui venait de l'insulter et de la meurtrir tant que le grand coupable n'aurait pas été châtié. Malgré la sincérité de ses transports le Roi refusait à la Reine l'arrestation de Malyavin. L'avis du Capitaine des Gardes était que le Cardinal perdrait la partie si Marceligne réussissait à stimuler encore les désirs du Roi sans les assouvir. M. de Cédan, mon mari, et moi-même entrâmes dans le Jardin d'Automne afin de dissimuler l'excès de notre émotion. Près d'une heure s'était écoulée lorsqu'un enseigne accourut vers nous, porteur d'un message griffonné à la hâte par le Capitaine : « Tout est perdu : le Roi a forcé la Reine. »

Nous quittâmes précipitamment la serre pour regagner nos appartements. Devant l'escalier d'honneur, nous trouvâmes l'Admiral de la Mer qui nous conseilla de nous enfermer avec nos gens et de veiller nous-mêmes à notre sécurité. Je m'en fus dans mon cabinet où je me mis à prier Dieu qu'il lui plût de me prendre en sa protection et qu'il me gardât, sans savoir très exactement de quoi ni de qui. M. de Cédan qui s'était mis au lit, la paresse lui tenant lieu de vertu, me demanda que je vienne me coucher auprès de lui. Je trouvai son lit entouré de trente ou quarante hommes d'armes que je ne connaissais pas tous, encore que je me rappelasse avoir eu des bontés pour deux ou trois d'entre eux. La nuit entière ils ne firent que commenter l'accident qui avait rompu la puissance de la Reine et les effets horribles qui en résultaient. A chaque moment nous apprenions les excès auxquels se livraient les gens du Cardinal sur ceux du

Parti. Le tocsin sonnant, des chaînes avaient été tendues par les rues et jusque dans la Cour du Prosodial; selon l'ordre donné par Malyavin et contresigné par le Roi, les Cardinalistes couraient sus tant aux gens de l'Admiral qu'à toutes les personnes honnêtes.

Au point du jour, M. de Cédan, mon mari, revigoré par quelques heures de sommeil, décida d'aller attendre le réveil du Roi pour lui demander justice. Il sortit de la chambre et tous ses gentilshommes avec lui. Moi, voyant que le jour pointait et croyant le danger passé, je me rendis dans mon appartement et m'abandonnai au sommeil. Je venais de m'endormir, un homme frappe des pieds et des poings à la porte criant : « Cédan! » Ma nourrice, croyant que ce peut être mon mari, court vivement à la porte et lui ouvre. C'était un gentilhomme nommé Van Yourth, qui avait un coup d'épée dans le coude et était encore poursuivi par quatre gens de police qui entrèrent tous après lui dans ma chambre. Lui, voulant se garantir, se jeta dans mon lit. Moi, sentant cet homme qui me tenait, je me jette à la ruelle et lui après moi, me tenant toujours au travers du corps. Je ne connaissais point cet homme et ne savais s'il venait pour m'offenser ni si les gens de police en voulaient à lui ou à moi. Nous criions tous deux et nous étions aussi effrayés l'un que l'autre.

Enfin Dieu voulut que le Capitaine des Gardes arrivât qui, nous trouvant dans cet état, et encore qu'il eût de la compassion pour moi, ne put se tenir de rire. Blâmant l'indiscrétion des gens de police, il les chassa, profitant du prestige de sa charge qui ne lui avait pas été ôtée, car ses sentiments étaient peu connus. Ainsi fut sauvée la vie du pauvre homme qui me tenait toujours à plein corps et que je fis coucher dans le cabinet de mes femmes en leur recommandant de le panser et de satisfaire à tous ses désirs. Comme je changeais de chemise, parce que la mienne était toute trempée par le sang du malheureux, les rideaux de mon lit furent brutalement tirés par un commissaire de la milice irlandaise. Il interrompit les protestations que la pudeur me dictait et m'enjoignit de le suivre sur-le-champ par ordre du Cardinal. Il apaisa mon effroi en me félicitant d'avoir, ainsi que mon mari et mes gens, échappé au massacre de la nuit. Il n'avait été décidé contre la maison de Cédan qu'un seul châtiment : l'exil. A peine habillée, il me fallut traverser notre cour pleine de gens qui avaient accoutumé d'accourir pour me saluer et faire compliment. La fortune me tournant le visage, ils détournèrent les leurs. Mes équipages m'attendaient sur l'esplanade. M. de Cédan, mon mari, me salua et m'apprit que nous étions exilés dans les Côtes-Basses.

A peine étions-nous arrivés à Péguy, port qui sert de capitale aux Côtes-Basses, que M. de Cédan, mon mari, reçut l'ordre de prendre ses quartiers en l'île du Grand-Écart, affectation qui enchérissait sur la disgrâce dont nous étions les objets et l'éloignement qui nous était imposé. En dépit de mes prières, mon mari ne me permit point de l'accompagner et je dus demeurer à Péguy dans le seul commerce de mes femmes. Très vite je me liai d'amitié avec quelques dames séparées de leurs maris comme je l'étais du mien, et pour les mêmes causes. Je me plus dans leur société qui était animée par le président du Portail, bel homme assez empâté au sourire vif et aux yeux aigus. Son oisiveté et son opulence en avaient fait le chevalier servant des riches oisives de ce pays-là, pourvu qu'elles fussent plaisantes à regarder. Il me devint vite très attaché, partageant son attention entre mon amie Galnacée, la Princesse du Louve et moi.

Et voici qu'un beau soir il prétendit avoir été averti que des corsaires qui nous avaient vues de la mer, Mme du Louve et moi, avaient formé dessein de nous enlever pour nous conduire dans le sérail du Grand Seigneur. Nous demandâmes en riant au Président comment nous nous pourrions garantir d'un si affreux péril. Il nous répondit qu'il ne voyait d'autre moyen que de nous faire recevoir vestales du temple du Bois-Léger. C'était une charmante fabrique que le Président avait dissimulée derrière un amphithéâtre de cèdres. Un parterre adroitement fleuri suffisait pour égayer l'ombre austère des arbres; un muret, construit à la paysan, enserrait le parterre. A mon arrivée je trouvai le temple très orné et toutes les dames de la société habillées ou plutôt déshabillées en vestales. Le Président costumé en grand prêtre était le seul homme dans cette enceinte car nous n'étions servies que par des fillettes.

Tout à coup nous entendîmes une musique turque plutôt bruyante et on accourut pour nous mander que le Grand Seigneur en personne, suivi d'une nombreuse escorte, survenait pour enlever les vestales. Le Président, notre grand prêtre, déclara tout net qu'il n'ouvrirait pas la porte; la terrible musique redoubla; bientôt les Turcs frappèrent à coups redoublés et je fus d'avis, pour éviter une scène qui me déplaisait d'avance, qu'on ouvrît et de nous rendre de bonne grâce. Mais déjà les Turcs franchissaient les murs avec intrépidité. Plus de trois cents, bientôt, emplissent le jardin, la plupart d'entre eux étant des domestiques et des paysans qui portaient des torches, les autres des gentilshommes qui se précipitèrent sur nous. Je craignais que quelqu'un se cassât la jambe,

cette escalade me déplaisait mortellement, bref je trou-
vais cette invention détestable. Dans cette méchante
disposition, j'aperçus à la lueur des flambeaux le Prési-
dent qui, changeant de camp et de vêture, s'était
transformé en Grand Turc. Il était étincelant d'ors et de
pierreries, son turban d'ailleurs ne l'embellissait point; il
vint à moi d'un petit air vainqueur qui acheva de me
mettre en colère. Il me saisit; je me débats, je le pince, je
l'égratigne, je lui envoie force coups dans les parties; il se
fâche et m'emporte bien véritablement malgré moi. On
me place sur un superbe palanquin qu'il suit à pied en
m'adressant des reproches amers dont le ridicule sentait
fort la province. Je pensais pourtant qu'il ne fallait pas
gâter la fête en désolant celui qui la donnait et ne s'en
était fait le Grand Seigneur que pour m'en déclarer la
Reine. Je m'employai donc à l'apaiser en prenant le ton
de la plaisanterie et de la complaisance. Les autres
dames, dont les voiles, comme les miens, trahissaient un
désordre parfois étudié, d'autres fois insolemment pro-
duit par le hasard, semblaient s'entendre aussi bien avec
leurs palanquins qu'avec leurs soupirants. Cette prome-
nade accompagnée d'une musique qui de turque s'était
faite italienne, galante et même gaillarde, fut, et je dus
l'avouer, ravissante. Au bout du parc nous trouvâmes
une salle de bal remplie d'orangers, de guirlandes de
roses, de rafraîchissements; mon chiffre, enlacé à celui
du Président du Portail, m'annonçait un outrage que je
me résignai à subir de bonne grâce. On m'a donné
maintes fêtes dans ma vie mais je n'en ai point vu de
plus ingénieuse que celle-là, aussi pourquoi faut-il que
son souvenir m'en soit gâté par les contes fâcheux qu'on
en a faits, propres à ternir ma réputation même aux
yeux de M. de Cédan, mon mari ?

Si je tins peu compte des représentations que le Grand-Écart m'envoya, je plaignis la Princesse du Louve compromise elle aussi par cette nuit et d'autant plus cruellement que la jalousie de son mari était maladive. Frère cadet de Tibur V, Erard avait été exilé par lui dans son plus jeune âge et, soit que le ressentiment de cette disgrâce eût troublé son jugement, soit que le sang de cette famille fût chargé d'une âpreté qui devait conduire les deux frères aux plus excessifs emportements, il ne se départit jamais, auprès de sa femme, de l'humeur la plus froidement cruelle. Elle ne l'avait pas épousé de bon gré mais elle se dévoua ensuite à son mari en victime empressée. Il repoussait les soins qu'elle lui voulait rendre et prenait pour de la coquetterie les attentions câlines de la Princesse. « Elle s'exerce sur moi d'abord, disait-il, pour mieux apprendre à plaire aux autres. »

Le Prince du Louve avait une fort mauvaise santé, comme son frère le Roi. Il était rongé par un mal inconnu qui avait si bien affaibli ses mains et ses jambes qu'il marchait avec difficulté et qu'il était gêné dans toutes les jointures. Infructueusement, la médecine épuisait pour lui toutes ses ressources. Ossian, grand Médicastre de la famille royale, vint à Péguy et conseilla de tenter un essai, quelque dégoûtant qu'il fût. Il supposa qu'une forte irruption appelée à la peau dégagerait l'humeur vicieuse qui échappait à tant de remèdes. On se détermina donc à étendre sous le dais brodé qui couronnait le lit du Prince les draps d'un galeux. Le Prince exigea que sa femme partageât avec lui la couche et l'épreuve; elle se soumit et garda le silence sur ce nouvel abus du devoir conjugal. D'un enfant qui leur était né, on eût pu penser que la présence apporterait un adoucissement aux dispositions du Prince. Mais ce garçon, dont il doutait parfois d'être le père et auquel il s'était néanmoins attaché, fut emporté en peu de jours par la maladie qu'on appelle la Douillette. On ne peut se représenter le désespoir où tomba la Princesse du Louve. Il fallut l'arracher de force du cadavre de son fils. Également affligé de cette mort et tout à coup épouvanté du délabrement de sa femme, le Prince la soigna avec gentillesse et ce malheur amena entre eux un rapprochement sincère qui ne fut que momentané. Fidèle à son caractère soupçonneux, le Prince promit à sa femme qu'il s'appliquerait désormais à consoler sa vie si, en échange, elle lui faisait confidence des torts qu'il lui supposait : « Confiez-moi vos faiblesses, je vous les pardonne toutes; nous allons recommencer par un nouvel arrangement; un avenir nous attend qui effacera pour jamais le passé. » Avec la solennité de la douleur et l'espoir qu'elle avait de mourir, la Princesse lui répondit que, sur le point de rendre son âme à Dieu, elle n'aurait pas à lui apporter l'ombre même d'une pensée coupable. Incrédule par principe et par plaisir, il lui demanda d'en proférer le serment et, l'ayant obtenu, mais ne voulant se déterminer à en attacher crédit, il recommença ses instances avec une telle importunité que, se sentant s'évanouir, sa femme lui dit : « Donnez-moi du repos par grâce, je ne vous échapperai point. Demain nous reprendrons l'entretien, s'il vous plaît. » En prononçant ces mots, comme elle me le raconta elle perdit connaissance.

Les malheureux que le despotisme de Tibur V avait exilés à Péguy étaient trop nombreux pour que je me hasarde à les peindre l'un après l'autre. Pourtant je dirai un mot de l'Archiduchesse Sophie, la jeune épouse du boyard Toman, cousin du Roi. Après plusieurs galanteries de passage, elle s'était fixée au *Chevalier Aymon*, Cadet de la maison de *Graves*. Il avait peu d'esprit, une manière assez commune, un visage bourgeonné qui aurait répugné à bien des femmes. Venu de sa province pour tâcher d'obtenir une compagnie, il inspira à l'Archiduchesse une passion immédiate. Elle la rendit publique sans garder aucune mesure. Il fut logé somptueusement au *Prosodial*, entouré des profusions du luxe. On allait lui faire la cour et l'on était toujours reçu avec une extrême politesse. Mais il n'en usait pas ainsi avec sa maîtresse; il n'y a pas de caprice qu'il ne lui fît essuyer. Quelquefois étant prête à sortir, il la faisait rester. Qu'il lui marquât du dégoût pour l'habit qu'elle avait pris, elle en changeait docilement. Il l'obligeait à lui envoyer quérir ses ordres pour sa parure comme pour l'arrangement de sa journée. Les ayant donnés il les changeait brusquement, la réduisant aux larmes et à venir lui demander pardon des avanies qu'il lui avait faites. Le boyard *Toman*, dont la complaisance avait permis que cette situation s'établît, finit par s'en indigner, mais sa femme lui imposait silence, lui rendant les traitements qu'elle recevait de son amant et cet homme de peu de consistance s'abaissait à faire à la malheureuse les soumissions qu'*Aymon* obtenait de celle-ci. Les cours étrangères jasaient et *Tibur*, dans un accès de lucidité, se résolut à exiler l'Archiduc et sa femme et à faire défenestrer *Aymon*. Quand j'eus l'occasion de fréquenter presque quotidiennement ce couple, il avait recouvré un équilibre; chaque soir *Sophie* ordonnait à ses femmes de fustiger longuement son mari et chaque matin celui-ci partait combattre les ours; il n'avait pas son pareil pour les assaillir à coups de hache ou de couteau et même les vaincre au corps à corps par la seule vertu de ses muscles

164

et de ses mâchoires qui étaient immenses. Dès l'après-midi, ce prince dont je n'ai pas vraiment percé le caractère reprenait la dictée d'une constitution républicaine dédiée à Montesquieu.

Les événements ne tardèrent pas à m'arracher au séjour oisif qui ne s'était que trop prolongé dans les Côtes-Basses et que seule, quoi qu'on en ait publié, l'affection de la Princesse du Louve me rendit supportable. Une nuit, M. de Cédan, mon mari, survint. Il avait quitté précipitamment l'île du Grand-Écart, l'Admiral de la Mer lui ayant mandé que Tibur V accédait à l'article de la mort et qu'un mouvement populaire était probable. Lorsque nous arrivâmes au Prosodial, le Roi venait de mourir. Selon les uns la mort était naturelle et due à un cancer des cheveux, selon d'autres le Cardinal Malyavin, réconcilié avec la Reine, aurait prêté main-forte à la nature.

L'Admiral de la Mer ne cacha pas à M. de Cédan que, loin de pouvoir espérer que Marceligne, reconnaissant ses services passés, le dédommageât de son exil, il devait craindre le pis de la toute-puissance de Malyavin. Aussi mon mari et l'Admiral se rendirent-ils devant les portes de la salle d'Outre-Mort. Une délibération officieuse réunit les Grands; la succession était l'unique objet de leur propos. Le Capitaine des Gardes, le Chevalier d'Arôme, le Colonel de Brigue, M. Edmond de Lasne de Maucon de Saint-Gehenne, chef du protocole, le Feld-Maréchal des Condottieri Von Wagram, le Baron Proust, directeur de la Sûreté et des Postes ordonnèrent, avec l'accord de l'Admiral de la Mer et de M. de Cédan, mon mari, la mobilisation des forces de Terre, de Lac, de l'Air et de la Police. Puis ils pénétrèrent dans la salle d'Outre-Mort où le Cardinal s'apprêtait tout bonnement

*à déférer le pouvoir à la Reine. M. de Cédan, s'appuyant
sur d'anciennes archives, s'opposa à cette succession et
mit en cause la loyauté de la Reine dont il rappela
l'origine étrangère et sans doute gitane. Malyavin, qui
avait dépensé le trésor de l'État pour gagner le peuple,
offrit de s'en rapporter à lui, et, comme il était rassemblé
sur la place du Prosodial, se mit en devoir d'ouvrir les
fenêtres à cet effet. Mais M. de Cédan, qui sentait le prix
du moment, dit qu'il faisait trop froid pour ouvrir les
fenêtres et l'interdit. Le Feld-Maréchal, le Capitaine des
Gardes livrèrent la salle à leurs troupes. M. de Cédan
proposa alors que la couronne fût remise au Prince du
Louve qui devenait Erard III. Mon mari ne lui portait
pas une sympathie excessive mais n'importe quel monarque lui semblait préférable à la tyrannie de Malyavin
que la Reine eût consacrée. Ne se possédant plus, le
Cardinal sortit et dès lors l'unanimité se fit autour de la
proposition de M. de Cédan.*

*Malyavin quitta le Prosodial dans le plus brillant de
ses équipages, suivi de sa maison et emportant ses effets
les plus précieux. Il n'était pas à deux lieues qu'un
officier de nos amis que mon mari n'avait nullement
chargé de cette mission le rejoignit à la tête d'un
détachement, le fit descendre de son carrosse et monter
dans un chariot avec ses nièces et une gouvernante dont
il était public qu'il avait fait sa concubine. A mesure que
le cortège avançait, le peuple rassemblé et retourné contre
son ancien maître ajoutait une humiliation à la disgrâce. On les dépouilla, lui et sa suite, des habits qu'ils
portaient pour leur en donner de bure. Sur l'ordre
d'Erard III, ils furent envoyés à l'extrémité de l'Algie. Il
paraît que dans les souffrances de sa nouvelle condition,
Malyavin ne laissa paraître que le plus ferme courage et*

que, reconnaissant le verdict par lequel le ciel le punissait de ses crimes, il vécut dans le repentir, prisonnier d'une petite cellule de boue édifiée par lui au milieu du désert. Ainsi finit ce prélat dont les richesses, le luxe et les licences avaient publié le faste à travers toutes les Europes.

Le règne d'Erard restera fameux par les horreurs qui le marquèrent. Un sinistre présage en frappa les débuts. La Princesse du Louve, devenue Reine et qui m'avait choisie comme Dame du Miroir, accoucha peu après le Couronnement d'un enfant mâle. Or, à l'âge d'un mois, sous les futaies du Prosodial il fut tué par la foudre dans les bras de sa nourrice. M. de Cédan, mon mari, eut l'habileté de rendre Marceligne responsable de cette céleste violence. Elle fut extraite du couvent où après l'avoir tondue on l'avait enfermée et le col lui fut solennellement tranché. Cette exécution fut favorablement accueillie par le peuple mais le peu de raison qui restait dans l'esprit d'Erard ne survécut pas à la mort de son fils et sa jalousie que pouvoir et paternité avaient un instant apaisée, revint plus furieuse encore que par le passé.

Le Roi crut remarquer entre Galnacée et le Colonel de Brigue, devenu chambellan, des familiarités trop vives. L'amitié qui, depuis l'enfance, unissait M. de Brigue à la Reine aurait suffi, pour un mari sensé, à justifier le plaisir qu'ils tiraient d'un commerce mutuel. Le Roi, tout au moins, eût pu interroger sa femme ou encore le prétendu coupable. Son devoir était de découvrir des présomptions manifestes pour servir d'étai à ses soupçons. Mais au lieu de prescrire une enquête, soit qu'il n'osât manifester sa défiance, soit qu'il craignît la publicité d'une infortune supposée, il employa pour faire

167

périr M. de Brigue un prétexte qui ne serait une loi que sous un prince juste. Il n'est que trop ordinaire dans des cours de rencontrer de ces gens qui vendent leur crédit à ceux qui le réclament. Erard avait défendu, sous peine de la mort, à tout homme en place de recevoir aucune épice. Mais il n'était pas difficile de trouver autant de coupables que de ministres, de secrétaires, d'officiers et de dignitaires, car la loi était restée sans exécution. Or le Roi jugea à propos de l'appliquer au seul chambellan bien que celui-ci n'eût point failli plus que les autres. Le chambellan fut décapité et sa tête condamnée à demeurer sur une pique jusqu'à la mort du Roi régnant, qui quelques jours après mena Galnacée en calèche découverte et la fit passer, à plusieurs reprises, devant la tête de M. de Brigue, observant d'un regard attentif et cruel l'impression que cet objet faisait sur le visage de la Reine qui tint les yeux baissés.

Certaines personnes ont prétendu qu'en cette occasion le Roi Erard n'avait point agi en jaloux mais en politique et qu'il n'avait poursuivi d'autre but que d'exterminer en M. de Brigue un diplomate qui, ambassadeur à Ravenne, avait été gagné en ce lieu par les jésuites. Ceux qui prétendent que le Roi se serait comporté non en homme mais en souverain appuient leurs dires sur le fait que ce Roi dont la jalousie était connue pouvait à l'occasion se comporter en mari compréhensif et peu pointilleux.

Ils en donnent pour exemple l'aventure qui arriva à M. Duval, émigré français. Peu de temps après son couronnement, le Roi l'envoya à La Manie, maison de plaisance dont j'ai déjà parlé et où se trouvait la souveraine, déjà grosse, pour lui communiquer une affaire privée dont elle seule devait avoir connaissance.

168

Le commissionnaire aimait à boire, l'ivresse le rendait violent; le froid était si vif que pour lui résister il but en chemin quantité d'eau-de-vie. Quand il arriva, Galnacée était au lit; devant un poêle il attendit qu'on l'annonçât. Le passage subit du froid au chaud développa et souleva les fumées de l'alcool, de sorte qu'il était à peu près ivre quand on l'introduisit. A la vue d'une femme jeune et belle, dans un état plus que négligé, les idées de Duval se brouillent. Il oublie le sujet du message, le lieu, le rang de la personne en question et se précipite franchement sur elle. Gênée, elle songea à crier au secours; avant qu'il ne fût arrivé, tout ce qu'on eût pu empêcher était consommé. Aussitôt après Duval est saisi et jeté dans un cachot où il s'endort tranquillement. Informé, le Roi arrive et, après avoir consolé sa femme que les efforts de Duval avaient blessée, il fit comparaître le coupable qui, à demi ivre, à demi endormi, assura qu'il avait exécuté les ordres et qu'il ne se rappelait plus quand ni comment. Le Roi en rit longuement. Pour les convenances il se borna à ordonner que désormais Duval fût vêtu en femme afin, précisa-t-il, que l'affront subi par la Reine se dissipât dans une agréable perversité. Je persiste à considérer que si pour de simples soupçons le Roi a fait périr le Colonel de Brigue, alors qu'une certitude, dans le cas de Duval, n'avait provoqué que son rire indulgent, la cause en est simplement dans la maladive défiance d'un mari qui ne prêtait intérêt qu'aux sentiments de sa femme et non à l'acte lui-même. Ce genre de raisons plaît mal aux historiens, dont la connaissance des cœurs est sommaire; ils n'aiment trouver aux actions des princes que des ressorts.

Je ne décrirai pas le règne d'Erard III. Voltaire lui rendit visite mais on sait combien les libéraux raffolent des tyrans. Après quelques années pendant lesquelles se succédèrent les actes les plus fantasques, de redoutables difficultés financières opposèrent à Erard des obstacles que la terreur était incapable de résoudre. Il accorda leurs grâces aux nièces de Malyavin pour profiter des sommes immenses que le Cardinal avait placées à la banque de Venise et des Pays-Bas. Le souverain laissa aux deux jeunes filles la moitié de ce legs fabuleux, s'empara du reste, se borna à les bannir après les avoir fait sodomiser par des laquais libyens. Toujours est-il que l'appétit de vengeance poussa ces deux filles, dont l'hymen était intact, à utiliser leur richesse au renversement d'Erard III. L'Archiduchesse Sophie devint leur instrument et, pendant la fameuse nuit du 5 au 6 novembre, elle en appela au clergé, fit acclamer son portrait dans les casernes et maudire celui du Roi, accusé de nier la Présence réelle. Profitant de ce que le conclave se devait réunir à la petite aurore pour la bénédiction des eaux, Sophie, après avoir obtenu l'arrestation du Roi et de la Reine, coupables du meurtre de Tibur V, obtint une couronne qu'elle n'avait jamais cessé de désirer secrètement. Sophie était une princesse aimable et lascive dont je ne demandais qu'à apprécier la compagnie. D'abord elle se montra indulgente, se bornant à faire émasculer le Roi Erard et à enfermer Galnacée dans le couvent des Passereaux. Elle aimait le plaisir. Les fêtes qui se donnèrent alors dépassèrent en magnificence et en liesse tout ce que les cours d'Europe avaient pu imaginer jusque-là quant aux jeux, aux délices et aux voluptés. La réunion la plus réussie se prolongea entre La Manie et le pont du Lieu, au plus fort de l'été. Des tentes avaient été dressées et les festins se renouvelaient sur de simples toiles étalées dans l'herbe. La Reine s'étant éprise des idées du philosophe Tambertin, nous gardions les pieds nus, grimpions dans les arbres pour y récolter des fruits et marchions plus volontiers à quatre pattes que debout. Pour sceller le pacte d'amitié entre les mammifères nous obligions de jeunes campagnardes à négliger leurs nouveau-nés pour allaiter chevreaux et brebis; il arrivait même, au milieu des éclats de rire, qu'un page se substituât adroitement à l'un de ces animaux. Feux d'artifice, danses, profusion de toutes les délicatesses imaginables concoururent à faire de ce spectacle agreste le plus enivrant comme le plus singulier. Mais soit que la doctrine de Tambertin tendît précisément à cet effet, soit que, par suite des mœurs de la Cour, ce qui n'aurait dû être que liberté devînt fatalement licence, l'enjouement se changea en frénésie, l'emportement dans les plaisirs dénatura ceux-ci, le pur commerce de l'estime et de l'amitié dont les doux noms devaient régner sur les clairières fut gâté par des égarements qui rendirent les convives trop sensibles à leurs attraits mutuels et aux invitations de ces nuits brûlantes. Toujours est-il que la renommée, s'emparant de ces réjouissances, en vint sous l'aiguillon de l'envie à les utiliser comme une arme. La Gazette d'Helvétie *publia des comptes rendus malicieux où les transports de la Cour furent dénoncés comme autant d'offenses à la vertu. De ce que la Reine m'avait consenti le titre d'Ordonnatrice des Plaisirs, cette feuille se permit de me traiter de Matrone des Orgies. Le fiel de ces attaques n'était point naturel; il était tentant d'en rechercher la cause. Je la trouvai dans les sourdes menées de Lord Llewelyn Pontchartrain, ambassadeur de Nouvelle-Bretagne à Genève. Il s'inquiétait du débarquement de notre corps expéditionnaire dans l'île de Candy. Ce projet était vague et son exécution malaisée* puisque nous ne disposions d'aucune flotte. La Reine ne l'avait lancé que pour distraire son mari à qui les ours manquaient. M. de Cédan qui avait été nommé Lieutenant Général des Forces d'Intervention, passionné par ce titre et par un parfum de guerre qu'il humait en frisant ses moustaches, n'était pas des moins agités et, lorsque la campagne fut abandonnée pour apaiser la tempête de calomnies qui nous submergeait, il me tint pour responsable de sa déception et obtint de la Reine qu'elle obtînt de Rome la dissolution de notre mariage. Puis les choses allèrent bon train, si vite que le ciel me laisse à peine le temps de résumer leur cours. La Reine ayant exilé son mari dans une montagne pleine d'ours prit M. de Cédan comme mentor; du moins employait-elle ce mot alors que sigisbée eût mieux convenu. Tous deux résolurent ma perte. Ils décidèrent que j'étais apparentée à Marceligne donc gitane. Quelques centaines de gitans furent brûlés pour préluder à mon exécution. Le Grand Prévôt qui, ancien giton du Cardinal, était homme à se sortir de toutes les situations, prouva que j'avais conspiré contre la dynastie, ayant pour complice le Président du Portail, mon amant. On s'en alla le tirer de la douce vie qu'il menait à Péguy, on le menaça de torture dont l'exposé seul suffisait à déchirer les nerfs. Que voulez-vous qu'il fît? Il avoua. Et moi aussi.

La Reine, tout comme M. de Cédan mon ancien mari, vivait dans l'inquiétude de tout faux pas idéologique. Bref elle ne savait pas si la Mode (à laquelle un gracieux temple allait être consacré) soufflait en faveur de Tambertin ou des Encyclopédistes. Tous deux décidèrent de donner un coup de barre du côté de la raison, de la civilisation donc de la mécanique. Il fut interdit de se promener pieds nus, ce qui permit de mettre au feu un supplément de gitans et le Grand Prévôt, toujours prêt à tout, décida que nous serions détruits, le Président et moi, grâce au travail d'une machine savamment élaborée. Elle avait été conçue selon les idées très modernes de Denis Papin et baptisée la Papine. Au moment où j'écris je la vois car elle a été montée sous mes fenêtres. Un vaste foyer tubulaire produit une chaleur qui met en ébullition une certaine quantité d'eau contenue par un bassin conique. De ce bassin une vapeur s'échappe qui est douée d'une vertu apte à pousser, à soulever et même à rompre. Grâce à l'intermédiaire d'un piston la force est canalisée de manière à intervenir toujours à bon escient. Les structures les plus élevées de cet édifice fait de bois et de métal comportent deux couchettes où deux patients peuvent s'allonger à leur aise, bras et jambes en croix. A leurs chevilles et à leurs poignets des cordes de chanvre seront assujetties qui les relieront aux parties de la machine soumises aux effets de la vapeur. Autrefois on était écartelé par quatre chevaux. J'espère que le Président est aussi sensible que moi à la nouveauté de notre supplice qui donne beaucoup à attendre du génie humain. Déjà l'aurore s'est levée sur cet appareil aussi imposant qu'un vaisseau de guerre et aussi noble qu'une forge. J'espère que, comme moi, le Président est en train de l'admirer, au lieu de dormir. J'ai toujours préféré aux choses la représentation des choses. Aimablement, Sophie, qui connaît mes prédilections et sait que dans la querelle des Anciens et des Modernes j'ai milité pour ces derniers, m'a adressé une gravure où la Papine triomphe dans tous ses détails. Elle doit être envoyée à M. Diderot et si j'ai à formuler un dernier souhait sur cette terre, c'est qu'elle figure bientôt dans son Encyclopédie.

Faypoul savait que pendant son siècle et pendant ceux qui l'avaient précédé, nombreux avaient été les écrivains qui, dans des bureaux ou des salons d'esprit, avaient infligé à leurs amis la lecture de leurs écrits. Néanmoins il considérait son cas comme plus géhennant, parce qu'il avait persécuté un seul auditeur et que, l'atmosphère ne se prêtant pas à de mondaines dérobades, l'auditeur en question n'avait le choix qu'entre adorer sincèrement ou feindre l'adoration. Cette alternative, quelques secondes s'étant écoulées, se révéla parfaitement exaspérante et Faypoul, honteux d'être tombé dans le piège où succombe tout écrivain qui souhaite être entendu, donc louangé, fut vaincu par une émotion rageuse qui déferla entre ses cils. Il en eut les larmes aux yeux. A y regarder de plus près il ne s'écoulait pas de lui des larmes mais une nappe humide qui revêtait l'iris et le lustrait. Quand il découvrit que des paupières d'Alcide coulaient de lourdes larmes, nacrées comme des perles, Faypoul détourna la tête, effaça d'un revers de poignet l'humidité qui troublait son regard et osa attendre le verdict :

– Que c'est beau! chuchota le petit Alcide.

Pendant un instant Faypoul fut encore tenté de minauder en insistant au moyen d'une phrase de ce genre : « Alors vraiment tu as aimé ? » Il eut assez d'esprit pour juger toute insistance oiseuse et accepter, argent comptant, l'enthousiasme de son compagnon.

– Tu seras sans doute le seul lecteur de ces lignes, lui déclara-t-il en essayant, sans y réussir, d'éviter un ton solennel. Plus tard, peut-être, tu te diras qu'un écrivain a vécu dont aucune trace ne subsiste.

Tant il se sentait admirable, Faypoul avait manqué

pleurer de nouveau sur son propre cas. Mais son souci de la mise en scène lui ordonnait de rester flegmatique et de laisser les pleurs à Alcide Amadieu. Celui-ci balbutiait :

– Pourquoi ces pages disparaîtraient-elles ?

– Parce que je n'ai plus rien d'autre à faire que de disparaître, répondit Faypoul, enivré par la beauté de la situation. Peut-être accepterais-tu de te charger de ce texte et d'un autre, *Le Ramasse-miettes,* qui n'est pas terminé, ajouta-t-il en cherchant à donner l'impression qu'il avait été saisi par une brusque inspiration. Je ne te demande pas de le faire publier. Je te considère comme un ami, et les plus vieux amis sont souvent les plus récents, et comme un dépositaire. Ces pages, tu les transmettras ou tu les détruiras. Tu agiras au mieux, je le sais. Prends ces manuscrits et embrasse-moi.

Leur étreinte ne présenta d'inconvénient que pour Faypoul dont le visage fut trempé par les larmes d'Alcide. Il se rappela l'épreuve la plus déplaisante qui marquait ses relations avec Mme de Gerb. Celle-ci, après avoir joué sa comédie masculine, entrouvrait juste assez les cuisses pour permettre à son jeune amant de mouiller son visage.

Ayant reculé de quelques pas, Faypoul, qui décidément était fasciné par le regard d'Alcide, le considéra de nouveau. Il avait la couleur du zinc. Les toits de Paris vêtus de zinc avaient d'emblée frappé Faypoul, surtout lorsqu'ils étaient éclairés par la lune ou encore à la fin d'une averse, parce que la pluie déferlait en rigoles sur le métal. Tel était le tableau que lui offraient les yeux d'Alcide.

– Alcide, j'ai une sacrée bouteille de Marie Brizard,

tu ne me refuseras pas le plaisir de t'en offrir une goutte.

— C'est que je ne bois jamais...

— Raison de plus.

Il y avait longtemps que Faypoul était ivre mais il ne l'admit qu'en cet instant. *Raison de plus* lui parut un titre génial qu'il convenait de déposer au plus vite, avant que Valéry ou Cocteau ne s'en empare. Grâce à un retour sur lui-même il décida que *Raison de plus* ne présentait aucune valeur et n'avait fait illusion qu'à la faveur du kirsch. Il ne faut plus que je boive, pensa-t-il en apportant la bouteille de Marie Brizard, en emplissant les deux verres et en avalant la moitié du sien.

— Moi, dit le petit, j'ai vraiment assez bu.

— Et moi trop bu, donc buvons. Savais-tu que la Marie Brizard s'était mise avec la Veuve Clicquot. Elles ont inspiré à Baudelaire *Les Femmes damnées*. L'une a trompé l'autre, mais je ne sais plus qui était l'une et qui était l'autre, avec *La Marseillaise*. Il est résulté de toutes ces amours la petite *Victoire de la Marne*, tu sais, cette fille qui a écrit *La Madelon*. Il faut que tu saches, Alcide, que si j'ai intitulé mon livre *Le Vide-château*, c'est parce que je me suis rappelé la phrase que tu as apprise au lycée : « La nature a horreur du vide. » Mais je l'ai complétée : « La nature a horreur du vide, mais le vide le lui rend bien. »

— Je croyais que vous aviez trouvé cette expression au hasard!

— Oui, mais ce n'est pas par hasard que je lui trouve une origine qui me plaît. Il y a à Paris une rue Vide-Gousset, on peut la juger drôlette mais si on décide que ce qu'elle déverse va s'enfoncer dans la rue de la Fosse-aux-Astres, également parisienne, on envisage un abîme où quelques éléments s'éparpillent à une vitesse déraisonnable. Bref mon livre. Tu t'es remis à prendre des notes!... Mais tu as raison, tu as mille fois raison! C'est à toi d'écrire la préface et non à moi. Tu vas partir avec mon manuscrit et avec tes notes. Tu emportes l'essentiel. Je ne présente plus aucune importance. Laissons aux événements le soin de me vider dans la Fosse-aux-Astres.

Cet accès d'emphase troubla les relations de Faypoul avec le monde extérieur et, voulant verser un peu de Marie Brizard à Alcide, il ne s'aperçut pas que le verre de celui-ci était plein et continua de laisser couler la liqueur qui forma un petit étang mou sur la table. Le jeune homme feignit de ne pas avoir remarqué l'incident et poussa la politesse jusqu'à lever le verre pour tremper ses lèvres en essayant de se protéger contre la lente chute des gouttes sirupeuses.

— Il y a une chose, dit-il, que je voudrais vous demander.

— Vas-y, vas-y, soupira Faypoul dont le regard était vide et la pensée lointaine.

— En Belgique vous avez vu ce châtelain se raser en courant. Son sang se mêlait à la blancheur de la mousse. Ce souvenir ne vous a-t-il pas inspiré, quand, dans un épisode du *Vide-château*, vous avez montré des paysannes dont le lait était ensanglanté?

Il attendait la réponse en humectant son crayon encre.

— J'ai vu, en Belgique, j'ai vu un paysan blessé qui s'effondrait dans une baratte pleine de lait. Possible que la scène du château, je l'aie inventée, tout comme la Belgique d'ailleurs. J'ai dit que c'est possible dans la mesure où il y a des pages de mon livre que je me rappelle comme des souvenirs personnels alors que je sais ne les avoir pas vécus. Gardons-nous d'accorder trop d'importance à la vérité. Suppose que ton père au lieu d'avoir été tué en Espagne l'ait été par moi, qu'est-ce que ça changerait ?

— Ça changerait, murmura Alcide d'une voix tremblante, que je vous tuerais. Je m'occuperais de votre livre ensuite mais je vous tuerais d'abord.

Le regard de Faypoul avait pris la fuite. Il revint enfin vers Alcide mais sans l'atteindre dans les yeux, en dérapant sur son épaule.

— Admettons que ce soit Zilia qui ait tué ton père, qu'y peux-tu puisque Zilia est mort ? Buvons ! Va chercher le revolver, il est toujours là.

Obéissant, Alcide s'exécuta mais par surcroît de précaution il ne toucha pas à son verre qui était toujours presque plein et dont les parois étaient revêtues d'un enduit liquoreux ; il pencha la tête et approcha du liquide incolore ses lèvres violettes. Il se redressa pour demander :

— Pascal Zilia ? Oui ? Vous saviez qu'il avait une fille ?

— L'enlèvement des Sabines, je me le rappelle.

— Nos mères se connaissaient et, veuves toutes les deux, elles avaient trouvé des sujets de conversation. Voilà comment j'ai rencontré Sabine. Nous avons fini par habiter rue des Plantes le même atelier, c'était vraiment un atelier où il y avait eu un vrai peintre que les Allemands avaient arrêté. Si je me suis laissé embarquer par le S.T.O., c'est que je ne pouvais plus supporter de vivre avec une fille qui tenait à sa virginité. Mais si vous me dites, poursuivit-il en élevant pour la première fois la voix, que Zilia a assassiné papa, je rentrerai à Paris pour la violer comme dans un mélodrame.

– Tu vois comme la vie est bien faite. Nul besoin de violer quiconque ni de vociférer dans une pièce où repose une dépouille. Prends mon manuscrit et retourne à ta cimenterie.

Faypoul dut baisser la tête pour embrasser Alcide sur le front puis il ouvrit la porte, et comme Alcide hésitait à sortir, le manuscrit sous son bras, il murmura avec une assurance qui donnait de la force à la douceur de sa voix :

– La nature a horreur du vide mais ma nature aime la solitude.

Il poussa la porte et s'allongea sur son lit.

V

Les rues de Paris méritent rarement leur nom.
Mauvaise chance à qui cherchera des lilas porte des
Lilas. La rue Blanche n'est jamais blanche; elle est
blafarde le matin alors que la nuit la lumière y souffre
de toutes ses couleurs extrêmes. Aucun petit champ
rue des Petits-Champs, nul pré à Saint-Germain-
des-Prés, nulle caille à la Butte-aux-Cailles et pitié
pour les chercheurs d'or qui en chercheraient porte
Dorée. Mais rue des Plantes les frondaisons s'éta-
geaient, nombreuses, des buissons s'ordonnaient,
beaucoup de vert se répandait, mêlé au gris des
immeubles et Faypoul qui du haut d'un sixième étage
contemplait le brasillement de l'été pouvait estimer
que la rue où il avait trouvé refuge méritait bien son
nom. Grâce à Alcide, il s'était lancé dans le flot des
S.T.O., avait franchi les contrôles et, toujours grâce à
Alcide dont le petit atelier était discret, il avait réussi à
se reclure entre des murs rassurants. Souvent celui qui
est menacé par la prison se choisit lui-même une
prison où il se boucle à double tour. Alcide et Sabine
Zilia se chargeaient des courses. Pour leurs vacances
ils se relayèrent comme s'ils avaient la garde d'un

animal. Sabine avait passé une semaine auprès de sa mère et de ses oncles dans les environs de Marseille; chaque jour elle prenait sa bicyclette pour aller se baigner à Cassis; ce n'était pas désagréable mais à son retour elle assura que si elle avait abrégé son séjour, c'est qu'elle avait peur de retomber dans les rets d'une famille abusivement unie. Toutefois elle n'avait pas refusé une aide financière assez généreuse qui lui permettait de louer, dans un beau quartier, rue Singer, un petit appartement bizarrement constitué où elle pouvait établir son cabinet d'avocat. Un gérant d'immeuble, cousin d'un de ses cousins, lui avait permis de sauter sur une occasion qui lui ouvrait une carrière. Cette séparation signifiait-elle un changement de ses relations avec Alcide? Elles étaient trop indéfinissables, ces relations, pour que l'un ou l'autre osât poser la question et Alcide partit à son tour pour le Midi. Plus docile, il avait accepté de passer un mois avec sa mère, huit jours dans la maison familiale et vingt et un à Amélie-les-Bains.

Sabine était une jeune fille de haute taille. Sa grande bouche semblait prête à éclater de rire mais ne riait pas et ne souriait que par politesse. Elle suivait la mode mais avec une réticence qui, d'emblée, avait troublé Léon Faypoul. Il était difficile de savoir si elle était foncièrement austère ou si elle s'efforçait de le paraître. Avait-elle de l'esprit? Par l'entrebâillement de la porte, il l'entendit répondre à la concierge qui annonçait la mort de sa mère : « Et naturellement vous y teniez, j'en suis sûre! C'est la malice des choses. » Humour ou indifférence? Que cette juriste raffolât de la littérature constituait la seule certitude. Elle avait tapé à la machine *Le Vide-château* et obtenu des corrections, des modifications qui prouvaient autant que ses éloges l'intérêt qu'elle portait à l'œuvre. Sabine avait également tapé les notes prises par Alcide et *Le Vide-château* se trouvait nanti d'une introduction. Bref, elle admirait Faypoul et lorsque, après le départ d'Alcide, ils se trouvèrent en tête à tête, leurs regards s'embarrassèrent.

Il convient de préciser que les jambes de Sabine étaient longues, minces et d'un dessin un peu sec alors que sa poitrine se devinait opulente. Souvent Faypoul se taisait, n'écoutait pas, oubliait de répondre à une question : il regardait la créature féminine qui partageait sa vie. Sabine passait une partie de sa journée à veiller sur les travaux qu'elle avait entrepris rue Singer. Un bricoleur corse, Grossetto, s'était chargé de donner une fière apparence à un bout d'appartement qui était inoccupé depuis cinq ans. Elle se querellait avec lui puis courait chercher des meubles chez d'autres Corses qui auraient peut-être trompé un client mais respectaient une compatriote dont le père était mort glorieusement. Le matin tous deux s'éveillaient ensemble et dès six heures du soir ils entreprenaient des conversations qui se poursuivaient fort avant dans la nuit.

L'atelier était composé d'une pièce de trente mètres carrés que surmontait une mezzanine où dormait Faypoul. Le lit de Sabine était situé dans l'atelier, près du lit désert d'Alcide. Une cuisine-salle de bains était accolée à l'atelier qui était séparé du monde extérieur par une étroite terrasse feuillue. Une cohabitation entre deux êtres qui ne savaient pas s'ils se désiraient, ni s'ils en avaient le droit, présentait des difficultés que chacun feignait d'ignorer, et cela dès le réveil ou dès le coucher, comme on voudra.

L'absence d'Alcide les incitait à parler de lui; ils avaient besoin d'un tiers pour se défendre contre la crainte de former un couple. Faypoul se levait le premier, se chargeait de filtrer le café et d'enduire de miel quelque restant de pain. Le pot de miel était un don de la mère de Sabine, qui lui avait également offert une boîte de vrai café apportée du Sénégal par le parrain de Sabine, un Corse bien évidemment. Faypoul déposait le plateau sur le lit entre elle et lui. Il s'asseyait en amazone, elle se soulevait, s'adossant à l'oreiller. Elle s'obstinait à se coiffer comme Madeleine Sologne, sa chevelure rousse répandue sur ses épaules.

– Quand le Kid et moi habitions seuls ici, disait-elle, je préparais le petit déjeuner et je le lui servais. Je ne sais pas comment interpréter ces sortes de situations : je n'étais pas plus son esclave que vous n'êtes le mien. On peut même considérer que votre aide laisse entendre que vous me supposez paresseuse et fragile et peut-être ai-je gâté le Kid comme on gâte un bébé.

Elle portait toujours des chemises de nuit de gros lin écru qui dataient de l'époque où elle avait été pensionnaire chez les sœurs. Le numéro de sa classe était brodé à la hauteur de ses seins. Quand elle ne parlait pas d'Alcide, elle en revenait à son père.

– Il aimait la guerre parce qu'elle se passait entre hommes. Il n'a jamais pu admettre que les femmes existent. Ça le dérangeait.

– On pourrait imaginer un monde asexué, répondait Faypoul. La reproduction serait due à des envols de pollen. On naîtrait vraiment dans des choux et dans des roses. L'amitié et l'estime existeraient mais ni l'amour ni le désir.

– Écrivez donc sur ce thème!

– Ou encore, la différence physique continuant d'exister, nous serions mâle une année et femelle une autre. J'imagine un couple amoureux où l'homme et la femme changeraient de sexe à la même date. Ils se seraient trahis de temps à autre et l'homme devenu femme en profiterait pour coucher avec l'un de ses anciens rivaux. Idem pour la femme devenue homme. C'est une discussion que j'ai déjà eue avec votre père.

Sabine rêvait; elle retenait le drap sur sa poitrine et, de sa main libre, elle maniait sa tasse ou sa tartine.

– Je crains que vous ne soyez pas enclin à écrire un roman. Parce que votre vie en est un. *Le Vide-château*, comme l'a observé Alcide, est une méditation sur notre époque vue à la jumelle par une narratrice du XVIIIe. Le Kid vous admire mais je vous admire encore plus que lui. Je veux dire : encore plus qu'il ne vous admire. Je l'aime bien, lui. Dommage que nous ne soyons pas du même sexe tous les deux. Nous nous serions donné des tapes sur le dos alors que nous n'avons jamais osé nous toucher.

– Et nous? Avez-vous remarqué que nous ne nous sommes jamais serré la main?

– Ne dites pas de bêtises et allez ouvrir les rideaux.

Elle aimait parfois lui donner des ordres un peu rudes soit qu'elle tînt un caprice impérieux pour une prérogative féminine, soit qu'il lui plût de dominer fugitivement celui qu'elle tenait pour un maître. Et, ces ordres, il aimait les exécuter, soit parce que le tyran qui avait été sa première amante l'avait habitué à l'obéissance, ou que, tenant Sabine pour faible, il trouvât plaisir à mettre sa force aux pieds d'Omphale.

Il écartait les rideaux de lustrine qui occultaient la verrière et protégeaient le sommeil d'une fille qui n'admettait le retour franc de la lumière qu'après avoir bu une première tasse de café.

Des rais solaires où tourbillonnait de la poussière frappaient le plancher et illuminaient les dos des livres qui bastionnaient une des cloisons. Sans être directement éclairé, le lit de Sabine sortait de l'ombre en même temps qu'elle sortait des draps pour boire sa deuxième tasse de café, assise sur le bout de son lit et enfermée dans sa chemise. Un rituel qui s'était imposé d'emblée voulait que dès lors, et jusqu'au retour du soir, toute conversation personnelle cessât. Cette réserve n'excluait pas un trouble qu'entretenaient leurs apprêts matinaux. Ils faisaient leur toilette à tour de rôle. Tacitement, il avait été établi que Léon Faypoul passait le premier dans l'étroite salle de bains-cuisine. N'étant vêtu que d'une veste de pyjama, il se glissait d'abord dans un placard où trônait la lunette de cet endroit secret, un peu fantastique qu'il appelait, quand il était enfant, « le petit coin » et que son père nommait gravement « les lieux ». Il tirait une première fois la chasse d'eau pour dominer tout bruit intempestif, puis s'attardait pendant que la citerne s'emplissait en sanglotant avec la même voix que ces ruisseaux du Vaucluse qui s'étranglent avant de s'égoutter dans des vasques de mousse. Après avoir tiré une seconde fois et déchaîné de nouveau le tumulte d'une cascade, il s'extrayait du placard, se rasait et se douchait dans la baignoire sabot puis se séchait lentement tout en se déplaçant et en s'arrangeant pour passer et repasser devant la porte de pitchpin qui était éclairée par une vitre d'un verre dépoli aussi transparent qu'opaque. Il effectuait sa sortie avec art et précipitation, une précipitation à demi feinte et à demi sincère. Puis de la mezzanine, il entendait les mules de Sabine claquer sur le plancher et se refermer la porte de la salle de bains. Alors s'étant vêtu en hâte il redescendait, s'asseyait sur le bord du lit de Sabine et la guettait à travers la vitre. Tout à l'heure elle savait que j'étais nu, maintenant elle sait que je sais qu'elle l'est. Il surveillait les passages de la jeune fille dont il distinguait la silhouette embuée dont la claire couleur était celle de la chair. Il se demandait s'il lui avait offert le même spectacle, le souhaitant car il préférait l'émouvoir qu'être ému par elle. Quand elle réapparaissait, son visage était impénétrable. Un léger sourire signifiait seulement : soyez assez bon pour vous esquiver comme d'habitude. Et comme d'habitude il poussait l'un des pans de la verrière, se glissait sur la terrasse et se penchait pour, apparemment, s'intéresser à l'étagement des feuilles, au passage des voitures et des bicyclettes, au vol des hirondelles. Il n'était jamais tenté de hasarder un regard derrière lui pour surprendre Sabine occupée à se vêtir. Il voulait que l'intérêt qu'ils se portaient mutuellement restât un secret pour chacun.

Dès que Sabine était habillée, elle survenait, un arrosoir à la main. Il s'écrasait contre la balustrade pour lui livrer passage tout en observant qu'il était fâcheux d'arroser des plantes au moment où elles étaient exposées au soleil : « Je sais, répondait Sabine, mon père répétait volontiers cet adage. En tout cas le soleil est encore léger à cette heure-ci. » Elle plongeait sa tête dans le vert désordre où se combinaient les feuillages du petit charme, du géranium lierre et des impatiens. Il écoutait la chute de l'eau absorbée et étouffée par la terre ou claquante et grelottante sur les feuilles. Ce moment calme ressemblait à du bonheur. Il regardait le corps infléchi en notant chaque matin une différence dans la toilette. Si le plus souvent ses cheveux tombaient sur ses épaules, il lui arrivait aussi de les tendre en chignon ou de les emprisonner dans une résille. Elle changeait souvent de jupes mais celles-ci se ressemblaient par leurs couleurs toujours neutres.

Jusqu'à la fin de l'après-midi il restait seul avec lui-même. Le temps ne s'écoulait pas uniformément. Il était sujet à des accélérations quand Faypoul lisait ou écrivait, et reprenait un cours traînant quand il rêvassait en marchant de long en large, quand il regardait le mouvement monotone de la rue, quand il s'allongeait sur son lit. Pendant ces siestes il ne s'endormait jamais, il s'évertuait à ne pas penser, c'est-à-dire à oublier le présent pour se libérer d'un avenir qui lui faisait peur et chagrin. Il s'exerçait à ignorer le lieu où il se trouvait, commençant par lui en substituer un autre qui était le plus souvent une cabine à bord d'un bateau. D'ailleurs il ne se passait jamais rien à bord de ce bateau. Il faisait le vide dans sa pensée, il se sentait exister comme une absence qui était un mélange incolore d'eau et d'air, plutôt tiède mais fade comme de la glace. Cet état le délivrait pendant une heure ou deux de toute angoisse et même de toute inquiétude.

Si l'admiration d'Alcide lui avait plu, du moins avait-il gardé assez de modestie pour douter du jugement de ce « petit garçon ». L'enthousiasme de Sabine avait balayé ce doute, d'autant qu'un troisième lecteur,

« ma copine Blanche » comme disait Sabine, avait apporté son tribut d'éloge. Blanche qui venait d'être reçue à l'agrégation de lettres avait prouvé le culte qu'elle portait au *Vide-château* et aux notes éparses en rédigeant une analyse critique de style universitaire qui avait donné à Faypoul l'illusion d'être un célèbre écrivain mort, gravement étudié en faculté. Il aurait aimé rencontrer cette admiratrice mais la prudence en soulevant des obstacles exigeait des ménagements qui ne manquaient pas de charme, loin de là, mais coûtaient du temps. Pour que Blanche continuât d'ignorer le passé de Faypoul et qu'il vivait caché, il fallait que, quand elle viendrait rue des Plantes, le merveilleux écrivain passât pour un visiteur. Or, chaque fois qu'elle était venue dîner, elle s'était attardée au-delà du dernier métro et avait couché avec Sabine. Si le cas se reproduisait, celle-ci était d'accord pour que Faypoul prétendît habiter très loin lui aussi et obtînt de dormir dans son poulailler comme si cette procédure était exceptionnelle. Oui, mais le lendemain matin ? Puisque à aucun prix Faypoul ne devait sortir, quel prétexte trouver pour qu'il demeurât après le départ de Blanche ? Donc, il ne connaissait toujours pas Blanche. Assez souvent il rêvait d'elle pendant qu'il était seul ou, dînant avec Sabine, frayait un chemin qui orientât la conversation vers « la copine ».

Les lectures de Léon Faypoul constituaient des devoirs qu'il s'imposait pour se soulever à l'altitude de sa réputation. Un exemple : Sabine, Alcide, Blanche étaient tombés d'accord pour déceler dans *Le Vide-château* une influence surréaliste. A tout hasard il l'avait admise. Maintenant il s'appliquait à combler ses lacunes et tirait de la bibliothèque des livres de Breton et de Crevel, le second le fascinant parce qu'il s'était suicidé. Mais le plaisir de lire est gâché par l'application. Faypoul repoussait les bouquins et de nouveau s'embarquait sur son transatlantique. Une commode venue du Midi, du Louis XVI rustique, contenait une partie des effets de Sabine. Toute la journée, sauf lorsque, allongé sur son lit, il parvenait à s'extraire de son aventure et de son époque, il vivait dans la crainte d'un coup de sonnette. Des coups de sonnette s'étaient déjà produits et l'avaient immobilisé pendant près d'une heure. Mais il redoutait encore plus, lorsqu'il jouait à s'habiller en femme en utilisant la garde-robe de Sabine, le crissement bref que sa clef déclencherait dans la serrure. Sa taille étant plus large que celle de la jeune fille, il utilisait une épingle de nourrice pour allonger la ceinture du porte-jarretelles. Mais chaque fois qu'elle rentra, elle le trouva rhabillé et assis devant du papier un stylo à la main. Il se levait pour l'aider à déballer les provisions qu'elle tenait sur son cœur. Il l'aidait aussi à faire la cuisine. Ils étendaient une toile cirée sur la table, mettaient le couvert et quelquefois ouvraient la radio. Mais Sabine l'interrompait très vite. Elle craignait qu'il n'apprît la condamnation d'un de ses camarades et surtout que son époque l'écartât de son génie.

– J'ai vu Blanche cet après-midi. Elle pense comme moi que vous ne devez pas être soumis à votre siècle mais bien vous imposer à lui.

Il faisait admettre à Sabine un plat de sa composition qui consistait à jeter dans la poêle un peu de margarine, beaucoup de poudre d'œufs et tout ce qui vous tombait sous la main, un quartier de pomme, une

tranche de saucisson, un bout de fromage sans graisse.
En revanche elle avait obtenu qu'il aimât les carottes
crues coupées en lamelles.

– Si l'homme avait été végétarien, disait Faypoul,
l'histoire en aurait été changée. Peut-être même la
guerre n'aurait-elle pas existé. Nous aurions brouté,
nous serions montés dans des arbres pour grignoter
des feuilles. Peut-être la querelle aurait-elle pourtant
éclaté à propos des fruits.

– Mais nous n'aurions pas inventé la bombe atomique!

Un samedi elle prit le train pour rendre visite près
de Gonesse à une Corse cousine dont le jardinet et le
potager étaient orientés au nord de sorte que malgré
l'été Sabine revint chargée non seulement d'artichauts
mais de pivoines. Elle avait coupé les artichauts
elle-même en leur conservant de longues queues.
Faypoul, qui était d'humeur heureuse, en fit un
bouquet qu'il plongea dans un vase. Puis il proposa
une salade de pivoines.

– D'accord, dit Sabine, ces artichauts floraux et ces
pivoines nourrissantes s'intégreraient dans le festin
rituel au cours duquel, selon votre idée, l'homme
deviendrait femme et la femme homme. Je vous en
prie, écrivez! J'ai rendu sa machine à écrire à Blanche
mais elle ne demande qu'à taper vos notes ou votre
roman si vous en faites un avec les pivoines, les
artichauts, les changements de sexe. Est-ce que vous
avez trouvé un titre pour vos notes?

– Oui. *Variétudes.* C'est un peu précieux, non?

– Dommage qu'on ne puisse pas demander son avis
à Alcide. Voudriez-vous que je pose la question à
Blanche? Elle passera demain en fin de matinée pour

me confier ses deux canaris. Elle va quelques jours en Bretagne.

– Mais alors elle me trouvera ici..., murmura Faypoul, inquiet comme un lièvre et pourtant désireux de connaître Blanche.

– Et alors ? Vous êtes venu me voir, quoi de plus naturel. Je vous assure que la dernière idée qui lui viendrait serait de vous considérer comme un dangereux traître en fuite. Au pis, elle se demandera peut-être si, profitant de l'absence d'Alcide, vous ne me faites pas un peu la cour.

Ce soir-là, elle avait trouvé du vin rosé sans tickets. Faypoul en avait bu deux verres. Le vol des hirondelles était strident. Il eut l'audace de poser une question aiguë :

– Estimez-vous, Sabine, que je vous fais la cour ?

Elle lui sourit poliment avant de répondre :

– Non.

Une bonne odeur chaude venait de la cuisine. Faypoul était assez content d'une réponse qui le rassurait ; il préférait songer au corps de Sabine plutôt qu'agir.

Mais le « non » prononcé par Sabine pouvait signifier aussi bien un regret qu'une ruse. Au moment où il se demandait s'il ne serait pas obligé un jour ou l'autre de faire l'amour avec cette vierge, la vierge poussa un cri :

– Où avez-vous trouvé ça ?

Le plat qui mijotait dans la cuisine devait comporter des tomates et de l'oignon dont l'acidité sucrée répandait un parfum confortable. Faypoul ne se hâta pas d'examiner les deux documents que brandissait Sabine. Les voyant, il frémit. Pendant l'après-midi, alors qu'il n'était vêtu que d'un porte-jarretelles, il avait découvert par hasard, sur le rayon de la bibliothèque qui était consacré à la philosophie une photographie et un dessin. Sur la photo Juste Amadieu souriait les bras croisés et son trèfle à quatre feuilles triomphant sur le biceps droit. Le dessin représentait Huguette.

— Alcide m'avait dit qu'il les avait déchirés.

Pour une fois Sabine se montra volubile :

— Sur la photo je suppose que vous reconnaissez le père d'Alcide, puisque vous étiez amis, Dieu sait pourquoi. Mais le dessin, cette fille en robe transparente, vous ne pouvez pas savoir qui elle est. Alcide l'a reconnue parce que le visage est très ressemblant. Elle s'appelait Huguette Guesclin et tout le monde savait qu'elle était la maîtresse de M. Amadieu. Regardez le visage : elle était très belle.

Il ne réussit pas à résister au délicieux élan de sa vanité.

— Elle était très belle et je ne dessine pas mal.

La physionomie de Sabine refléta plusieurs étonnements qui s'additionnèrent en se mêlant. Elle admirait un talent de dessinateur qu'elle n'avait pas soupçonné chez son grand écrivain, elle se demandait comment Huguette avait pu poser dans cette robe transparente et si la perversion pouvait seule expliquer le soin avec lequel Alcide avait conservé cette image. Pour aller aux champs elle avait revêtu une robe de percale grise qui lui laissait les bras nus. Un coude appuyé sur la table, le menton dans la main, ses yeux rêveurs qui feignaient de se perdre dans la contemplation du verre à demi plein de rosé, ses lèvres entrouvertes qui retenaient des questions, exprimaient autant de curiosité que d'admiration.

– Vous êtes capable de tout, y compris de dessiner comme Watteau.

– J'ai renoncé au dessin pour l'écriture. Peut-être un jour m'expliquerai-je sur ce choix.

– C'est-à-dire que vous ne voulez pas me répondre. Bon. Mais pour ce qui regarde le père du Kid, Huguette et vous, vous pourriez me dire!

Il raconta qu'Huguette avait été surprise par lui nue dans le jardin d'Amadieu. Comme il avait emporté son bloc et son crayon, dans l'intention de dessiner des arbres, il avait fini par prendre Huguette comme modèle. Amadieu était survenu. Il avait interrompu l'œuvre en exigeant seulement que le corps fût vaguement entouré par une robe, étant pudique et voluptueux comme certains papes.

– En tout cas, il n'a pas plus montré de jalousie qu'elle de crainte en le voyant apparaître. Et quand Clodandron et votre père sont arrivés, il leur a montré le dessin qu'il avait détaché du bloc pour s'en faire cadeau. La senteur est délicieuse mais elle annonce que notre festin ne va pas tarder à brûler.

D'un bond Sabine s'était levée. Elle avait couru vers la cuisine. Elle en revint avec la casserole et une louche. Ayant rempli les assiettes, elle se rassit et se mit à manger avec entrain, les yeux baissés.

– C'est très bon.

– Vous êtes un merveilleux dessinateur, répliqua-t-elle, qui utilise ses dons quand ça lui chante. Moi, vous n'avez jamais eu envie de faire mon portrait.

– Si.

Il se remit à manger. Elle fut bien obligée de l'imiter. Suivirent des fraises qui avaient également poussé à Gonesse. Enfin Sabine n'y tint plus et revint à la charge.

– Si je vous avais donné envie de dessiner, vous m'auriez demandé de poser pour vous.

– Je craignais un refus. Vous avez fait vœu de chasteté et la nudité vous fait horreur.

– Mais je pourrais poser habillée.

– En cagoule et en cape.

– En chemise de nuit, si vous voulez.

Le lendemain, la journée débuta comme à l'accoutumée. Accroupi au pied du lit de Sabine, il tendait à celle-ci la deuxième tartine traditionnelle quand la sonnerie de la porte grelotta. Ils restèrent tous les deux interdits. L'appel se renouvela et une voix chaleureuse, grave lança :

– C'est Blanche!

Sabine sauta du lit.

– C'est tout simple, chuchota-t-elle, nous avons passé la soirée ensemble. Vous avez raté le dernier métro, je vous ai gardé dans le poulailler.

Elle courait déjà vers la porte. Il les entendit s'embrasser.

Il s'était relevé, laissant à Sabine le soin de raconter sa petite histoire qui se termina par :

– Le hasard fait bien les choses, tu voulais connaître Léon – Léon, le voici.

Par prudence, Alcide et Sabine, lorsqu'ils évoquaient Faypoul, se gardaient de l'appeler par son nom et lui-même s'était trouvé ce pseudonyme.

– C'est vous, s'exclama Blanche. Vous m'en direz tant! Je vous ai lu et relu. C'est vraiment bien de vous rencontrer.

Elle était très petite et très brune. Une bouche ronde adoucissait le visage aigu aux yeux sombres et brillants. Elle portait une robe rose assez courte et des sandales à semelles de liège. Sa poitrine était à peine marquée et sa chevelure bouclée presque aussi courte que celle d'un garçon. Elle enleva le fichu noir qui enveloppait la cage et les deux canaris illuminèrent la pièce de leur jaune aveuglant. Ils s'agitaient, traversant leur cage en tous sens comme des éclairs. Blanche, après les avoir fait admirer, la porta sur la terrasse où elle la suspendit, à l'ombre du charme.

– Je vais vous prouver, dit-elle, que je connais mes auteurs. A quoi vous fait penser le spectacle que nous offrent l'atelier et la terrasse ? Vous ne répondez pas... C'est un passage du *Vide-château*. Deux passages même puisque Alcide dans son introduction avait rapporté l'impression reçue par l'auteur devant le château belge. Une volière mêlait ses plumes aux palmes d'un jardin d'hiver et aux dos luisants des livres. Regardez! Voici des palmes, des plumes et des livres.

– Il reste du café, du pain, du miel, qu'est-ce que tu veux, Blanche ?

– Je veux retrouver ces deux passages du *Vide-château.*

Sabine lui tendit le dossier bleu intitulé Léon-Léon.

– Votre nom est le cri du paon, observa-t-elle en feuilletant.

– Figurez-vous, dit Faypoul qui subissait en toute satisfaction l'intérêt que lui portaient les deux filles, que j'ai été frappé par la ressemblance du paon et de l'aurore boréale. Si j'apprenais qu'une aurore boréale a crié Léon-Léon, je n'en serais pas surpris.

– C'est un truc littéraire ou vous le sentez vraiment ?

– Un peu les deux.

– Et l'idée vous en est venue à quelle époque de votre vie ?

– Si l'on ne note pas quotidiennement, il est impossible de dater l'origine d'une idée. Sauf quand on se souvient des circonstances pendant lesquelles on l'a communiquée à un autre. Mais c'est la première fois que je confie mon aurore à autrui.

– Cela vous irait comme un gant d'ouvrir une enquête sur la genèse de cet attelage. Est-ce que ces deux mots vous procurent des images ?

– Je vois un paon dessiné par Benjamin Rabier pour les *Fables* de La Fontaine. Il est en couleurs alors que mon aurore boréale est en noir et blanc, tirée d'une page du *Petit Larousse* où elle voisine avec la trombe et l'éclair.

– Vous voici donc obligé de remonter vers votre enfance. C'est un sujet qui est fait pour vous.

Elle est vive et profonde, se disait Faypoul. J'ai peur désormais de m'ennuyer avec Sabine.

– Ça y est, j'ai trouvé ! proclama Blanche en s'asseyant sur le plancher, adossée à la bibliothèque, le manuscrit épanoui sur ses genoux. Dans l'entretien rapporté par Alcide, vous êtes frappé par le voisinage d'une forcerie et d'une volière qui communiquent certainement puisque les perruches bousculent les orchidées. Et, derrière cette organisation d'ailes et de feuilles, un pavillon éventré par un obus révèle une bibliothèque promise à l'incendie. Et voici ce que vous avez écrit dans *Le Vide-château* : « Quant au jardin, petit et secret, on ne doit point troubler sa paix et l'habitude veut qu'on le considère avec des jumelles de théâtre ; il contient pourtant dans une chapelle de verre les œuvres de Saint-Evremond et de Montes-quieu, des oiseaux inconnus et des plantes lointaines (iris de la Volga, rose du Daghestan, edelweiss de Circacie) que, munis d'autorisations particulières, physiciens, chimistes, botanistes, décorateurs peuvent approcher pour exercer leur science ou leur art. » Visiblement vous avez voulu protéger ce lieu de délice et faire en sorte qu'il ne soit pas incendié par l'artillerie comme le premier. Vous écriviez pour sauver un paradis déjà perdu.

— Et déjà retrouvé, prononça Faypoul en faisant donner les ressources graves de sa voix.

Il marchait de long en large, à lents pas nus. Il accomplissait une orbite qui le rapprochait de Sabine assise sur le bord du lit puis l'emportait vers la verrière de sorte que, pendant quelques secondes, il passait dans l'axe de Blanche toujours accroupie et feuilletant le manuscrit. Il ne cherchait pas à cacher qu'il ralentis-sait sa marche pendant le temps où il posait son regard sur l'ouverture que baignait le reflet rose de la robe. Il savait que, feignant de lire, la mine attentive et surtout intelligente, elle savait qu'il fixait au passage la région la plus intime d'elle-même puis levait les yeux vers un visage qui abritait un intellect. En poursuivant son mouvement périodique, il se persuadait que Blanche tenait à lui offrir ensemble le spectacle de sa féminité et de son esprit. Il ne souhaitait pas devenir elle et c'était la première fois qu'il n'éprouvait pas le besoin de se confondre avec l'objet de son désir.

— Ce paradis, reprit-il, est maintenant compliqué par la présence d'une femme.

Il s'aperçut avec effroi qu'il avait commis un impair et, comme Sabine venait de se relever, il ajouta en maîtrisant sa précision :

– D'une femme assise et d'une femme debout.

– De la pensée, de la femme, de l'oiseau, de la végétation, soupira Blanche, vous êtes gâté.

Elle referma ses cuisses et le manuscrit en même temps puis d'un coup de reins se dressa. Debout, vaguement railleuse, elle planta son regard dans celui de Faypoul qui baissa les yeux. Elle ne le lâcha pas pour autant et le récupéra au passage comme un acrobate saisit au vol les mains de son partenaire. De nouveau leurs regards se mélangèrent mais la physionomie de Blanche n'était plus moqueuse, elle devenait accueillante. Il maudissait Sabine; sans la présence de cette niaise en chemise de nuit, il aurait pu saisir l'occasion qui lui était offerte de se comporter enfin comme un homme. La niaise passa entre eux pour atteindre la terrasse et admirer les canaris qui, commençant de se rassurer, esquissaient des trilles. Elle revint, passa de nouveau entre eux mais sentit cette fois qu'elle traversait un champ magnétique. Elle s'arrêta pour demander à Blanche à quelle heure était son train.

– C'est mon oncle qui m'emmène, répondit Blanche. Il est camionneur, tu sais. Il apporte des primeurs et il retourne chez nous. J'ai rendez-vous avec lui dans une demi-heure au coin de l'avenue du Maine.

– Je fais ma toilette, je m'habille et je t'accompagne.

Sabine s'étant enfoncée dans la salle de bains où la lumière électrique avait jailli, Faypoul se trouva fort dépourvu de prétextes pour éviter de sauter sur Blanche.

– Blanche!

– Sabine?

– J'ai mis une serviette à sécher sur la terrasse, tu peux me l'apporter...

Faypoul entendit une douce voix lui chuchoter dans l'oreille :

– Excusez-moi, monsieur.

Il suivit Blanche sur la terrasse où pendait en effet la serviette.

– Nous nous retrouverons, dit-elle. Ne vous inquiétez pas plus que je ne m'inquiète. En vous lisant, ajouta-t-elle, j'ai cru sentir que vous n'étiez pas insensible aux soins caressants que peuvent échanger les femmes. Me serais-je trompée ?

Il fit non de la tête, étonné de devoir exprimer une approbation par un signe négatif. D'autant plus étonné que son sexe continuait d'approuver avec enthousiasme la proximité de Blanche. Il n'était qu'étonnements : pour la première fois il avait été sur le point de mener à bien une action virile, et ses relations avec lui-même en étaient changées, mais, d'autre part, il ne lui déplaisait pas de redevenir spectateur, et il imaginait déjà l'émotion que lui procurerait l'intimité des deux jeunes filles enfermées dans la salle de bains lorsque la porte de celle-ci s'entrouvrit. Le visage de Sabine apparut, ainsi qu'une épaule et un bras nu.

– Alors tu me l'apportes, cette serviette!

Sabine avait terminé la phrase parce qu'elle était inscrite en elle, mais les derniers mots s'évaporèrent. Elle vérifiait entre ces deux êtres une connivence trop évidente. Ils se tenaient à un mètre l'un de l'autre mais Léon Faypoul rabattait les pans de sa veste de pyjama avec une brusquerie maladroite et Blanche s'éloignait de lui trop hâtivement. Elle brandissait pourtant la serviette.

— La voilà, je te l'apporte. Et puis j'ai beau habiter métro Château-d'Eau, tu sais que je n'ai pas de douche, je vais profiter de la tienne.

Elle ouvrit si largement la porte de la salle de bains que Sabine dut s'esquiver d'un bond et se heurta à l'angle du lavabo en poussant un cri. La porte s'était refermée. Il garda les yeux fixés sur la vitre. Le bruissement de la douche qui, mal réglée, s'étranglait avec violence ou vagissait, étouffait les paroles mais laissait passer quelques mouvements de voix dont la fragilité féminine était troublante car même les tonalités graves de Blanche offraient des accents enfantins. Par rapport à la vitre, il s'était placé de biais pour distinguer les deux corps dressés dans l'étroite baignoire sabot. Il s'intéressait à la diversité des courants qui le visitaient. Il retrouvait la baignoire du meurtre de Marat peinte par David; ébloui par le souvenir d'un tableau où la certitude sertissait corps et objets, il se demandait pourquoi ce peintre avait eu le droit de changer de camp idéologique, alors que ce droit m'est refusé, se disait-il, c'est scandaleux. En même temps, il constatait qu'il était scandalisé pour la première fois : jusqu'alors il avait tenu pour normal qu'on payât ses conneries. Ce changement signifiait peut-être que tout à coup la vie lui plaisait. Il recevait simultanément un ensemble de couleurs ocre qui lui rappelaient l'automne passé à Florence en compagnie de Mme de Gerb. L'ocre était lié d'une part aux tableaux de Botticelli, d'autre part à une jupe que Mme de Gerb lui avait fait acheter dans une boutique de mode proche du Ponte Vecchio, une jupe dont l'ocre se rapprochait de celui qui revêtait les façades de nombreuses maisons. Mme de Gerb l'avait obligé à prétendre qu'il destinait cette jupe à sa sœur qui avait la même taille que lui de sorte qu'il l'avait essayée. Cet ocre était le débris d'une période infâme alors que la couleur qu'il distinguait sous la douche était bienheureuse. Elle n'était pas vraiment ocre; les deux corps remuaient des tons différents. Celui de Blanche évoquait la chair foncée de l'abricot, celui de Sabine s'apparentait à celle d'un fruit plus lisse et plus clair, la reine-claude. Quand les corps se rapprochaient, les grumeaux de la vitre inventaient des pseudopodes qui reliaient les peaux en mêlant l'orangé au jaune pâli et presque verdi. Faypoul n'avait qu'à tourner la tête pour distinguer sur la terrasse l'or des canaris et la roseur des géraniums, et le bleu déjà accablant du ciel, et, grâce au passage d'un petit nuage, une pénombre douce. Il se défendait : il ne voulait pas faire connaissance avec le bonheur. Si tardivement, pensait-il. Enfant, il s'était promené au bord de la mer auprès d'une petite fille âgée comme lui de six ou sept ans. Les détails du paysage lui avaient échappé mais il se rappelait la qualité de la lumière qui indiquait un début d'après-midi en été. Le ciel était uni et assez pâle. A l'horizon la mer tendait un bandeau dont le bleu était très sombre, plus près elle brasillait et, sur le sable, elle répandait des vagues légères et transparentes. Heureux, il n'avait pas supporté son état et avait demandé à la petite fille de lui donner son bonnet de bain qu'il avait aussitôt jeté dans l'eau. D'abord la petite fille avait ri parce qu'elle croyait à un jeu et qu'il allait courir pour reprendre le bonnet à la mer. Mais celle-ci, tantôt le repoussant tantôt l'avalant, s'amusait avec le morceau de caoutchouc blanc qui peu à peu s'était éloigné de sorte que la fillette, en larmes, avait couru vers la tente où se trouvaient les parents pour dénoncer le crime. La question exaspérante avait fusé : « Pourquoi lui as-tu jeté son bonnet à la mer ? » Les questions ne demandent qu'à pulluler en formant des grappes. « Pourquoi t'es-tu engagé dans la milice ? » Les questions sans réponses sont les plus intéressantes, se dit-il en envisageant un essai consacré à ce thème. Car il était homme de lettres, chaque jour davantage.

De la salle de bains, Blanche avait jailli pieds nus et rabattu sa robe sur ses genoux.

— Vous êtes génial, c'est entendu, lui dit-elle sans le regarder mais vous êtes dégueulasse. Sabine m'a raconté.

Sabine, qui avait remis sa chemise de nuit, apparut derrière Blanche qu'elle dominait d'une tête. Elle baissait les yeux. Quand elle parla, elle donna l'impression de lire un texte qui aurait été scellé à l'intérieur d'elle-même.

— Vous vous entendiez si bien tous les deux que je me suis dit : il vaut mieux qu'elle sache tout.

Blanche lui coupa la parole :

— Mon beau-père a été arrêté par la milice qui l'a livré à la Gestapo. Il a été fusillé.

— Cela ne m'étonne pas, dit Faypoul avec une nonchalance qu'il jugea admirable, notre époque, en ce qui concerne les morts violentes, a battu tous les records.

— Peut-être, mais alors défendez-vous! Soit par les armes, soit par la parole et l'écriture. Ne restez pas terré comme un rat.

— Pourquoi m'embêtez-vous! Il se trouve que ce matin j'étais justement de bonne humeur.

– Je m'en vais, soyez tranquille, répondit Blanche en passant ses chaussures et en se décidant à le regarder. Ne torturez pas mes canaris, c'est tout ce que je vous demande.

– Il n'aura pas le temps de torturer tes canaris : il fera mon portrait, décréta Sabine qui ajouta : et j'espère qu'il écrira.

Blanche admit qu'elle l'espérait aussi et même elle s'excusa de partir si vite. Son oncle l'attendait.

La porte claqua.

– Elle est fâchée, dit Sabine.

– C'est son droit, dit Faypoul.

– Vous m'en voulez de lui avoir révélé votre situation ?

– Ça m'est bien égal.

– Ne regardez pas, je m'habille.

Il fut trop obéissant. Indifférent, il avait retiré sa veste de pyjama et s'était habillé dans la pénombre.

– Je n'ai pas envie de me raser. Ça vous est égal ?

– Ça m'est bien égal, répondit Sabine.

Les canaris chantaient avec exaltation.

– Nous n'avons rien à nous dire, observa Sabine. Heureusement que Blanche nous a laissé deux oiseaux que nous aurons la ressource d'écouter.

– Vous voyez, je retrouve l'état qui m'est habituel. Je suis oppressé. Je paie une brève bouffée de bonheur.

– Laquelle ?

– Je ne me rappelle déjà plus. J'ai été heureux. J'ai jugé que cet accident devait se payer. Je le paie en étant très mal à mon aise.

– Parce que Blanche s'en est allée ?

– Je ne sais pas.

– Vous faites partie des gens qui ne veulent rien savoir. Alors je vous pose une question : avez-vous envie de faire mon portrait ?

Une voix molle répondit :

– Bien sûr.

Entre eux il y eut plus qu'un silence. Un malaise.

– Voulez-vous, demanda-t-elle, que j'aille regarder dans la boîte aux lettres, en bas ?

– Si vous voulez.

Ce « voulez-vous » et ce « si vous voulez » s'étreignaient tristement. Léon Faypoul s'allongea sur le lit, celui de Sabine. D'abord il baisa Blanche, mais c'était trop simple, il avait envie d'elle, elle de lui. Quel intérêt ?

Ce même va-et-vient lui parut, quand il le prolongea dans le ventre de Sabine, plus intéressant, non à cause de Sabine mais parce que le père Zilia apparaissait brutalement. Il eut le temps de se rajuster et d'offrir à Sabine un visage calme. Elle tenait dans ses mains plusieurs lettres et un chèque.

Elle s'assit devant le bureau et déploya la lettre avec brusquerie.

– C'est d'Alcide. Je vais vous en lire quelques passages : « Je me suis rendu chez le père de Léon-Léon. Sans doute aurais-je dû annoncer ma visite. J'ai été accueilli avec une certaine défiance puis l'atmosphère s'est éclaircie. J'ai même été obligé de boire, pour la première fois de ma vie, du sirop d'orgeat. Il m'a dit textuellement en parlant de L-L : " Ce garçon accumule les bêtises parce qu'il ne sait pas quoi faire de son corps. Il se sent toujours de trop. Et pourtant il n'est pas bête du tout. Mais quand il était petit, sa mère a été trop faible avec lui. Voilà le fin mot de l'histoire. " J'avais l'impression d'entendre le général Haupicq parler de Baudelaire. L'entretien a duré un bon moment. La maison, entourée d'un jardin, est bien meublée mais il y a du linoléum partout comme dans une salle de bains. J'ai compris qu'à la Libération le père avait eu des ennuis à cause de son fils. La mère a failli être tondue. Enfin, bref, il souhaite que Léon-Léon se réfugie à l'étranger. Il lui envoie un premier chèque que j'ai fait libeller à ton nom afin que tu puisses le toucher rapidement et en remettre le montant à notre ami...

– Un chèque de combien ? demanda Faypoul.

– Cent mille. Le reste de la lettre ne vous intéresserait pas. Il parle un tout petit peu de votre mère qui avait le bord des paupières roses comme si elle avait pleuré. Puis il passe à la sienne et Amélie-les-Bains où l'occupation et la Libération se sont associées pour détériorer les hôtels. Il s'ennuierait plutôt, ce me semble. A part ça rien : il me somme de céder à ses instances parce qu'il est plus hardi en écrivant qu'en agissant.

Cette dernière phrase avait été prononcée par Sabine dans l'attente d'un commentaire. Déçue par le silence de Faypoul, elle leva les yeux vers lui. En même temps elle avait tiré sur sa jupe pour cacher ses genoux. Cet acte de pudeur était inspiré par une coquetterie superflue : le regard de Faypoul était braqué, à travers la vitre, sur les canaris, citrons empennés qui poussaient l'artifice jusqu'à feindre de se poursuivre. En tournant la tête il fut frappé par la haine que, de même qu'une onde lumineuse porte un corpuscule, les yeux de la fille projetaient vers les oiseaux. Bien sûr : c'étaient les oiseaux de Blanche. Il s'étonna d'avoir compris, d'un seul coup, qu'elle l'aimait et qu'ayant saisi quelque chose entre Blanche et lui elle haïssait celle-ci et ses pompes et ses œuvres, y compris ses canaris. Il était presque scandalisé d'avoir réussi sans effort à élucider une énigme, découvrant en même temps qu'il avait pris l'habitude de ne comprendre qu'imparfaitement ce qui se passait autour de lui et, seconde découverte, de se satisfaire volontiers du brouillard où il avait passé sa vie, un brouillard qui noyait les autres sans l'empêcher de recevoir des messages très nets venus de ses profondeurs et ne concernant qu'elles.

— Il y a un long post-scriptum, reprit Sabine d'une voix enrouée. Alcide me conseille de poursuivre des entretiens avec vous et de prendre des notes. Est-ce qu'un modèle a le droit de parler ?

— Je suppose que Delacroix ne devait pas réussir à faire taire George Sand pendant la séance.

— Donc je pourrais vous poser des questions, vous écouter répondre...

— Pour écouter, pas de problèmes. L'attention fait bouger l'oreille des chats mais pas celles des humains. Remarquez que George Sand se jugeait peut-être plus intéressante en rêvant qu'en parlant. Delacroix en aurait été réduit à monologuer.

— Très bien! Pendant la pose, *po*, vous monologuerez et je vous relancerai par quelques questions. Puis pendant la pause, *pau*, je noterai vos propos. Ma mémoire est atroce, j'entends par là qu'elle ne laisse rien perdre, ou plutôt rien se perdre. Ensuite vous relirez, vous corrigerez.

206

– Même si vous êtes nue?

Elle était toujours assise, les jambes croisées et il marchait de long en large. Il s'arrêta après avoir posé sa question et s'adossa à la falaise des livres.

– Je n'ai jamais encore été nue devant un homme. Aucun. Si, mon père. J'étais debout dans la baignoire. Il avait entrouvert la porte de la salle de bains par mégarde. Peut-être n'était-ce pas la première fois.

– J'ai tout lieu de supposer que ce n'était pas votre père qui vous voyait mais un affreux mec. Il imaginait que ce mec était à sa place et vous regardait salement par l'entrebâillement de la porte. Il était prêt à tuer son double imaginaire, vous comprenez?

– Bien sûr, c'est facile à comprendre.

– Alors notez. Ce sera le préambule de notre entretien.

– Mais il n'est question que de moi!

– Ma curiosité est révélatrice. Notez vite.

Elle s'empara d'un cahier et d'un stylo et se mit à écrire précipitamment, s'arrêtant parfois pour réfléchir en laissant pointer sa langue entre ses lèvres comme un enfant. Il fixait avec des pinces une vaste feuille de papier sur le carton à dessins et ouvrait la boîte de sanguines, tout en continuant à jeter de brefs regards vers la jeune fille qui s'était remise à écrire. Entre eux, le temps s'était immobilisé. Léon Faypoul se demandait s'il ne s'intéressait pas trop à Sabine, alors que c'était Blanche qu'il désirait. Comme il avait désiré Huguette.

– Ça y est, dit-elle. Voulez-vous relire tout de suite?

– Déshabillez-vous.

Elle n'hésita que pendant deux ou trois secondes

avant de s'exécuter à toute vitesse. Elle jeta successivement ses vêtements sur le lit sans ménagement. Sabine se tenait devant lui, haute, les épaules larges, le pubis très fourni en poils flamboyants, une tignasse.

— Je m'en fiche, dit-elle.

— Notez cette réplique qui terminera le préambule et allongez-vous le long des livres.

Il lui apporta un oreiller où elle appuya son coude. Il respirait plus légèrement. Blanche restait la seule à détenir le pouvoir de le faire homme. Du moins il l'espérait, alors qu'il attendait de Sabine qu'elle l'aidât à laisser s'écouler le temps et peut-être qu'elle contribuât à la naissance de sa célébrité car il commençait à s'imaginer célèbre. Il suffisait qu'Alcide, Blanche et Sabine fussent multipliés par dix mille pour que cette célébrité s'imposât. Il se sentit assez certain de lui pour oser la mépriser, cette si improbable célébrité. Bref, il était las de la gloire.

Avec une lenteur où il croyait percevoir de l'autorité, il cueillit sur le lit l'oreiller d'Alcide qu'il disposa sur le premier, Sabine ayant soulevé son coude. La position du buste s'étant modifiée, les cuisses bougèrent, s'entrouvrirent pour se refermer aussitôt avec vivacité.

— Non, dit-il, en dissimulant sous un ton sec le tremblement de sa voix, ouvrez un peu les jambes au lieu de vous blinder comme un coffre-fort. Abandonnez-vous un peu.

— A qui?

— A vous-même.

Déçue jusqu'à l'évidence, et presque furieuse elle articula, avec l'emphase flegmatique d'une speakerine de la radio :

– Hier ont été prononcées, pour crime de collaboration, cinq condamnations à mort, à Paris, Marseille et Lyon. Deux exécutions ont eu lieu à Toulouse.

– Il est intéressant que vous me haïssiez en gardant les jambes ouvertes. Vous noterez cette phrase. Et celle-ci également : il est intéressant que, tous les hommes étant condamnés à mort dès leur naissance, certains osent prononcer cette condamnation sans craindre le ridicule pléonastique. Ce n'est pas du Pascal, c'est du Faypoul.

– Vous voulez dire que dans les cours de justice, ce sont des mourants qui condamnent des mourants à mort ?

– Ne parlez plus.

Il dessinait.

Le soleil avait cessé de rayonner dans la pièce; il poursuivait sa course à l'écart; les meubles se détachaient solidement, baignés par une clarté voilée et stable. Faypoul arracha la feuille de papier, en épingla une autre et annonça :

– Il faut que vous changiez de pose. Au lieu de vous accouder, adossez-vous aux oreillers et croisez haut les jambes.

Elle obéit sans rechigner et il la considéra avec satisfaction. Il traçait l'esquisse au crayon, gommant peu, entraîné par un élan heureux.

– La pointe d'une mine de plomb caresse en ce moment la région la plus secrète de votre corps. Vous ne sentez rien ?

– L'idée m'est agréable. Je suis moins prude que je ne le craignais et que vous ne l'espériez.

Il était passé aux sanguines. Les seins lourds de Sabine se gonflèrent triomphalement et, du bout des doigts, il estompa la légère toison dorée qui fuyait entre les cuisses.

— J'ai autant de plaisir à dessiner qu'à écrire et c'est idiot. Peut-être qu'on me considérera un jour comme un véritable auteur mais je ne passerai jamais pour un artiste. Je renouvelle les erreurs de Jean-Jacques Rousseau avec une docilité qui ferait croire à une réincarnation.

— Ah! mais c'est intéressant! Expliquez.

— Rousseau a perdu son temps à graver; à apprendre à jouer de la musique, à inventer des solfèges. Mais, ajouta-t-il en interrompant un mouvement de Sabine, si ce n'était que cela! Toutes les décisions importantes, je les ai prises comme lui sans les examiner donc sans les comprendre. Parce que s'étant mis en retard il craint d'être tancé et d'être battu par le maître dont il est l'apprenti, il préfère s'enfuir au hasard sans argent et sans projet en s'abandonnant comme il le dit à la fatalité de sa destinée. Un peu plus tard, avec la même négligence, il se convertit au catholicisme. Je me rappelle la phrase par cœur : « Je ne pris pas précisément la résolution de me faire catholique; mais, voyant le terme encore éloigné, je pris le temps de m'apprivoiser à cette idée, et en attendant je me figurais quelque événement imprévu qui me tirerait d'embarras. »

— Si je comprends bien ce que vous cherchez à démontrer, c'est comme ça que vous seriez entré à la milice?

— Bien sûr, et le phénomène s'est répété pour moi comme pour Rousseau. A Turin, il est si enchanté par la société d'un nouvel ami nommé Bacle, qu'il abandonne un protecteur chaleureux et une situation prometteuse pour courir les routes en compagnie de sa nouvelle idole dont il se séparera aussi brusquement. Quand j'ai tué, j'ai toujours suivi une inspiration passagère, déraisonnable et irraisonnée. Rousseau pourrait me comprendre. Il serait bien le seul. Encore que je vienne de dire une sottise : c'est quand on se sent inexplicable, donc solitaire, qu'on ressemble le plus à une quantité d'êtres humains dont les secrets ont été bien gardés.

Sabine s'était dépliée et dressée.

— Je ne peux pas jouer les objets si vous vous adressez à mon intelligence. Laissez vos crayons et notez vous-même le mécanisme des décisions qui ont marqué votre vie. Moi, pendant ce temps, je ferai la cuisine.

Elle eut l'air étonné d'être obéie. Il s'était assis devant le bureau, il avait pris le stylo qu'elle lui tendait, toujours nue et semblant l'ignorer.

— J'avais déjà remarqué, reprit-elle, à ma troisième lecture du *Vide-château*, que cette œuvre était caractérisée par l'absurde des décisions. Tout s'y passe comme si l'auteur vivait dans un monde où l'action est sans but. Mais, dans vos entretiens avec Alcide, vous sembliez attribuer cette incohérence à l'Histoire, alors qu'à l'instant vous venez d'en rendre responsable votre nature, comparable, dites-vous, à celle de Rousseau.

Il tenait toujours son stylo en l'air, au-dessus du cahier, et élaborait une réponse où il rendait à l'époque ce qui était à l'époque et à Faypoul ce qui était à Faypoul, la tête tournée vers Sabine qui se tenait devant la porte de la cuisine-salle de bains, les jambes jointes, une main sur la hanche, très gymnaste mais bougeant l'autre main et pointant l'index comme un conférencier.

– Ne pensez-vous pas, demanda-t-elle, le regard vigilant, que vous ayez pu être influencé par Camus et son mythe de Sisyphe?

Il se rappelait aussi que, considérant la première fois une photographie du *Penseur* de Rodin, il avait été contrarié par l'association de la nudité et de la pensée. Cette fille aux seins volumineux, au pubis crépu, qui argumentait doctoralement le gênait mais l'amusait; il sourit. Aimablement, de sa trop grande bouche, elle lui rendit son sourire avant de pousser la porte et de disparaître.

Il travailla sagement comme un collégien et ne s'interrompit que lorsqu'elle survint pour repousser les papiers et les livres et dresser un rapide couvert. Elle avait ceint un tablier de toile bleue qui ne la vêtait qu'à moitié. Elle était plus troublante ainsi, et quand elle se pencha pour déplacer le croquis qui la représentait de face, elle s'attarda pour offrir comme un spectacle la chute de ses reins que la toile du tablier escortait comme un rideau de théâtre entrouvert.

Ils mangèrent l'omelette à la poudre d'œufs en finissant la bouteille de vin rosé à peine vinaigré.

– Cet après-midi, vous allez travailler sur votre appartement?

– C'est dimanche, le menuisier ne vient pas. Peut-être irai-je bricoler mais en tout cas je ne suis pas pressée.

– Moi, je compte poursuivre l'examen de mes relations avec Rousseau... Je comprends mieux ma sexualité à travers la sienne.

– Il reste un bout de camembert rigoureusement dépourvu de matières grasses, partageons-le en frères, ensuite je me rhabillerai pour écouter votre exposé.

J'aurai beaucoup à apprendre car j'ai oublié Rousseau et je ne vous connais guère.

Dans le ton de la voix il essaya sans succès de distinguer la vanité blessée du chagrin véritable et peut-être haineux.

— Allez-y, dit Sabine.

— Avez-vous lu *Les Confessions*?

— A seize ans, oui. Peut-être n'ai-je pas tout compris.

— Il est d'abord un petit garçon qui, d'une fille de trente ans, n'attend rien de plus délicieux qu'une fessée. L'âge ne fait rien à l'affaire. Quelques années plus tard, il reçoit le même agréable châtiment d'une fillette vaguement adolescente, cette Mlle Goton qui se vante des privautés qu'il lui permet, de sorte que de petites Genevoises, sur le passage de Jean-Jacques, crient « Goton tic-tac Rousseau ». Il ne pourra plus jamais aimer sans espérer de sa partenaire les mêmes douces violences.

— Vous voudriez que je vous batte?

— Ne simplifiez surtout pas. On n'élucide pas en simplifiant mais en compliquant. Il ne faut pas oublier que Rousseau était exhibitionniste.

Elle essaya de se lever en rassemblant derrière elle les pans du tablier.

— J'ai cru, cria-t-elle, que nous jouions franc jeu et si exhibitionniste il y a, ce n'est pas moi mais Blanche.

Elle était retombée sur sa chaise. Il prit un air étonné.

— Ni l'une ni l'autre. Une femme ne peut pas être exhibitionniste, pas plus que masochiste. Il est dans sa nature de provoquer le désir et de s'amuser à subir les manifestations de la force, fussent-elles illusoires.

Rousseau et moi aurons passé notre vie à regretter de ne pas être des femmes. Je voudrais jouer comme vous avec un tablier trop échancré.

– Admettez-vous que la situation que vous avez créée entre nous deux est impossible ? D'autant que vous pensez à Blanche. Je n'aurais jamais pu imaginer, poursuivit-elle à voix basse, le malaise où vous m'avez réduite.

– Écoutez-moi. C'est la première fois que j'essaie de m'expliquer sur certaines choses.

– Vous êtes si impatient, vous ne pouvez pas attendre le retour de Blanche ?

– Écoutez-moi juste un peu.

– Vous n'avez pas envie de moi et je n'ai pas envie de vous écouter. Écrivez.

Elle desservit à une telle vitesse qu'il n'eut pas le temps de l'aider. Il entendit la vaisselle tinter dans l'évier. Quand elle revint, elle s'intéressa à une combinaison et une jupe plissée qu'elle enfila, boutonna et fit légèrement virer. Il la regardait comme un chat qui suit des gestes avec les yeux sans en comprendre le sens. Quand elle fut habillée, elle prit son sac et se dirigea vers la porte qui sitôt après claqua derrière elle. Tout de suite le chant des canaris envahit le silence. Il se demandait si le brusque départ de Sabine les inspirait ou si, et c'était plus probable, les deux oiseaux n'avaient jamais cessé d'enlacer des trilles qu'il n'entendait pas. Il se demandait aussi à quelle heure Sabine reviendrait. Peut-être prolongerait-elle son absence pendant plusieurs jours. Ses inquiétudes étaient celles d'un enfant perdu.

D'un pas traînant il gagna le balcon sous prétexte de vérifier l'état des canaris. Ceux-ci ne manquaient ni d'eau ni de graines; ils voletaient frénétiquement, se frôlaient, se balançaient, prisonniers d'une agitation vaine qui très vite donna la nausée à Faypoul. Il revint s'asseoir devant le bureau. Il saisit le stylo avec une ardeur sombre. Plusieurs heures il écrivit sans se relire, content de lui et vaguement heureux. Il ne satisfaisait pas seulement un amour-propre d'auteur, il écrivait à l'usage de Sabine. A ce point qu'il lui arrivait de barrer une phrase avant d'avoir fini de la tracer. Par exemple : *Ah, si vous aviez été un homme et si j'avais été une femme!* ou : *J'ai remarqué que vous aviez négligé de passer votre culotte et je me promène en vous cependant que la tiédeur de l'après-midi me câline sous ma jupe plissée. Cela, n'est-ce pas aimer? Ne soyez pas jalouse de Blanche.* Il ne se bornait pas à biffer d'un trait, il ensevelissait les lignes devant être détruites sous une de ces haies épaisses qui tout en faisant couiner la plume du stylo lui rappelait un paysage breton où il avait passé des vacances enfantines en cueillant des mûres défendues par des ronces. En revanche, il souligna le passage suivant : *Quand je m'ennuie, comprenez que c'est par moi que je suis ennuyé parce que je me supporte de plus en plus difficilement. J'ai eu tort de confondre « vivre » et « être ». J'ai tué des hommes à la guerre pour me donner l'illusion d'en être un, alors que j'aurais dû me tuer moi puisque c'est ma vie qui me dérange.*

Il se rappela le temps où il apprenait à peindre. Sur le souvenir de sa palette, avec la pointe du couteau, il diluait une trace de bleu dans un mélange de blanc de zinc et de carmin, à peine additionné de jaune et il obtenait ainsi un brun vaseux. Le phénomène était en train de se produire dans la pièce qui s'éteignait, s'enfonçant dans une pénombre imprévue qu'expliquait le battement de la pluie sur le balcon. Les fins d'après-midi étaient d'habitude glorieuses; un soleil invisible enflammait les fenêtres des immeubles de l'autre côté de la rue. Faypoul était disposé à considérer comme une menace ou du moins un affront personnel le deuil qui ensevelissait la pièce quand il sursauta en entendant une impatiente sonnerie. Il la localisa d'abord dans sa tête, puis deux brefs coups de poing ébranlèrent la porte d'entrée et une voix cria :

— C'est Blanche!

Elle entra en courant dès qu'il eut entrouvert la porte. Sur sa courte chevelure obscure les gouttes de pluie s'étaient rassemblées en essaim comme au flanc d'un buisson. Ses bras nus étaient mouillés, sa robe aussi et elle passa sa langue sur ses lèvres comme pour les essuyer. Puis elle courut vers le balcon.

— Mes canaris!

Ayant fait demi-tour, toujours un peu essoufflée, elle conclut :

— Ça va. Ils sont à l'abri. Mais moi, ajouta-t-elle, je suis trempée.

Elle poursuivit sur un ton uni :

— Puisque Sabine est sortie, aidez-moi à retirer ma robe et à me sécher, voulez-vous?

Elle était plantée devant lui, toute petite, obligée de lever la tête; sa joliesse n'était pas dans ses traits qui étaient anodins mais dans sa physionomie. Avec un sourire biseauté, elle insista :

— Vous ne voulez pas?

Il s'était courbé et avait commencé de relever la robe.

– Vous m'épluchez comme une banane ? Défaites les boutons-pression d'abord.

Dès qu'il eut exécuté sa mission, elle lui en confia une autre.

– Allez chercher le gant de crin dans la salle de bains.

Depuis son enfance il souffrait à chaque fois qu'on le chargeait d'aller chercher quelque chose parce que, malgré ses efforts, il trouvait rarement l'objet souhaité et revenait le plus souvent les mains vides ou porteur d'un cendrier alors qu'on lui avait demandé des allumettes. Il commença par chercher le gant de crin dans les recoins de la cuisine et mit un certain temps à orienter sa quête vers le lavabo et la douche. Cette chasse désespérée l'impressionnait assez pour qu'il lui arrivât d'oublier quel gibier il poursuivait, il lui fallait revenir sur ses pas et essayer de sourire en annonçant que décidément il avait la tête percée, etc. Mais le gant de crin s'associait trop intimement au corps de Blanche pour qu'il risquât de l'oublier. Il le découvrit suspendu parmi les serviettes. Le brandissant, il la retrouva qui étalait sa robe sur la planche et branchait le fer.

– Le fer pour elle, le gant pour moi. Qu'est-ce que vous attendez pour le passer ?

Il n'avait pas envie d'être cette créature si petite dont la poitrine était celle d'un garçonnet bien que les épaules fussent rondes et dodues, mais il avait envie de cette femelle qui, quand il la souleva sous son bras, parut s'envoler comme un oiseau. Sous sa paume cuirassée, il regardait rosir les bras menus, les hanches étroites, les cuisses qu'elle jouait à serrer très fort l'une contre l'autre. Profitant d'un instant où elle avait repris pied sur le parquet, elle courut vers le lit de Sabine, s'allongea en offrant ses reins aux caresses brûlantes du crin. N'ayant plus peur d'érafler un téton, il se laissa emporter par un plaisir neuf et, sous le gant, le petit corps, des épaules aux mollets, s'enflamma. Elle encourageait l'incendie par des geignements approbateurs. A l'improviste elle lui fit face, l'attira, l'entraîna en elle. Il la considérait comme une adversaire sexuelle qu'il posséderait triomphalement, il n'en revenait pas. Le ferraillement d'une clef dans la serrure lui rappela le jugement de Clodandron qu'il avait souvent entendu à Ulm : « La vie est une tartine de merde. »

Sabine, qui portait avec dévotion un petit carton de pâtissier noué par une faveur, s'immobilisa, posa sur eux un regard qui ne voulait pas voir, un regard de myope, esquissa un sourire de bonne compagnie et observa :

— Je crains de vous avoir dérangés.

— Pour la deuxième fois dans la journée, répondit Blanche en souriant aussi et en s'asseyant sur le bord du lit. Mais, après tout, on ne peut pas t'en vouloir, tu es chez toi ici.

— Le fer! hurla Sabine.

Elle s'était hâtée de le débrancher. L'ayant approché de sa joue, elle fronça les sourcils puis le déposa dans sa nacelle avec précaution, comme si elle tenait par le cou un serpent venimeux. Sur ce point de détail matériel seulement, Blanche consentit à se reconnaître coupable.

— J'ai allumé le fer pour sécher ma robe qui était trempée. J'avais pris toute l'averse.

— Ne t'inquiète pas, chérie, je le laisse tiédir un peu

et puis, ta robe, je te la repasse. Le seul problème, c'est qu'on m'a dit aux « Délices » qu'il y avait de vrais gâteaux aujourd'hui et je n'en ai acheté que deux... Évidemment puisque je te croyais sur la route avec ton oncle. J'aurais dû, conclut-elle en répandant beaucoup de douceur sur son visage, me rappeler que tu n'es jamais à un mensonge près, et acheter trois religieuses. Nous en serons quittes à en partager une et à donner l'autre à Léon.

— Pourquoi l'appelles-tu Léon ? Au début tu disais Léon-Léon. J'admettrais Léon Faypoul ou Faypoul, mais Léon tout cru, ça ne lui va pas.

— Tu me permettras de rester seul juge de la manière qui me convient le mieux pour désigner Léon.

Il s'était levé pour prendre du recul et considérer deux filles, l'une vierge et l'autre non, l'une vêtue et debout, l'autre nue et assise. Pour le moment ce spectacle le contentait.

Il savait qu'un conflit couvait entre ces deux créatures dont le sexe était différent du sien. Elles avaient effectué leur mobilisation générale mais la guerre n'était peut-être pas encore déclarée. Des ambassadeurs demeuraient sur place, rédigeaient encore des notes et tout en ordonnant qu'on préparât leurs bagages restaient disposés, pour peu qu'un télégramme les y conviât, à tenter encore une visite protocolaire. En renversant Blanche, il avait découvert qu'il appartenait au genre masculin et il en trouvait confirmation dans l'étonnement un peu bête auquel le duel Sabine-Blanche le réduisait. Car c'était un duel et trop doux pour ne pas être vrai. Sabine, après avoir éprouvé auprès de son visage la chaleur du fer, repassait la robe de Blanche, qui, encore humide, fumait et exhalait avec indiscrétion le parfum de celle qui y avait été enfermée, et son odeur. Blanche n'avait guère bougé; elle était toujours assise sur le bord du lit les jambes serrées, les mains croisées sur le pubis, le cou droit et les paupières insolemment baissées.

— Blanche, tu sais à quoi tu ressembles? Question idiote puisque tu ne peux pas le savoir.

— Question idiote puisque tu es la première à en convenir. Alors je ressemble à quoi, Sabine?

— A Adélaïde. La poupée en porcelaine qu'une vieille dame m'avait offerte parce qu'elle estimait mes parents. Elle se tenait assise bien roide comme toi, tantôt habillée, tantôt...

— Tantôt comme moi, et comme toi tout à l'heure, si je me fie aux dessins qui traînent entre le bureau et les livres. J'en sais pas plus, moi, puisque je n'ai pas débouché en cours de trajet.

— Tu n'aurais interrompu qu'une séance de pose, ma belle. Tiens, voilà ta robe. Elle est sèche comme une archiduchesse.

Il arrive que des trains de nuages circulent à des vitesses et à des altitudes différentes et que, sans jamais se heurter, ils poursuivent leur course en toute indépendance. Faypoul comparait son esprit à ce ciel actif, et ciel de conscience lui paraissait une expression plus juste que champ de conscience. Il se promettait de noter qu'au même moment on peut répartir sa pensée sur plusieurs thèmes. Il faudrait se souvenir que, sur un laps de quelques secondes, il avait pensé 1) qu'il pensait en même temps à diverses choses; 2) qu'entre la robe rose actuelle et la robe rose d'Huguette, toutes deux caressées par un fer, huit années s'étaient écoulées; 3) que leur tumulte assourdissant n'avait pas le pouvoir de modifier le geste d'une repasseuse ni la docilité d'un tissu.

– Tu me conseilles de me rhabiller, demanda Blanche, sous peine de devenir ridicule?

– Une poupée ne peut jamais être tout à fait ridicule, parce qu'elle est une poupée.

– Tu sais très bien que je suis une...

– Poupée pensante! Comme le roseau...

– Tu as raison, une mignonne nudité est beaucoup plus érotique quand elle s'associe à l'intelligence, je n'y songeais pas. Je voulais tout juste te faire remarquer que j'étais une poupée velue.

Comme si ne suffisait pas la toison qu'elle maintenait rigoureusement triangulaire en serrant les jambes, Blanche leva un bras et offrit le spectacle d'une aisselle sombre et bouclée, l'offrant davantage à Faypoul qu'à Sabine.

– Une petite fille, reprit-elle, passe son temps à déshabiller et à rhabiller sa poupée, alors rhabille-moi! Cette saynette, assez XVIIIᵉ, ne manquera pas de ravir notre compagnon, du moins pouvons-nous l'espérer, ma chérie, tout en sachant que nous avons affaire à un juge difficile.

Le juge se laissa enchanter, tout en luttant contre un regret : pourquoi ces plaisirs forts et rassurants m'arrivent-ils si tard et peut-être trop tard?

– Nous avons à parler, dit enfin Sabine.

Il se sentit délicieusement banni du gynécée et les regarda s'éloigner vers la terrasse. Elles s'assirent l'une en face de l'autre, à quelques pas des vitres. Le ciel était en train de se dégager et toutes deux se profilaient sur l'ardeur qui annonce le crépuscule. Le visage de Blanche se présentait de trois quarts, creusé par les ténèbres des orbites où brillaient deux poissons exotiques qui reflétaient un incendie imaginaire. De profil, la bouche de Sabine boudait d'une façon adolescente et l'on pouvait s'attendre à ce qu'elle tirât la langue avant de lancer un sourire ou un reproche, le reste de sa physionomie semblant signifier : je sais bien ce que je sais, ma fille, et tu te doutes que je ne t'ai pas dit l'essentiel. Faypoul, qui était resté dans l'ombre intérieure, se résigna à attendre et s'assit, bien décidé à éviter d'entendre la moindre bribe de leurs propos. Elles parlaient bas mais on pouvait considérer que ce ton était celui de la confidence et qu'il ne visait pas à exclure Faypoul, alors qu'il revenait à celui-ci des souvenirs d'enfance où tout à coup les adultes baissaient la voix parce que le sujet qu'ils traitaient, fût-ce tout simplement une grossesse, n'était pas fait pour de petites oreilles. C'était vainement qu'il essayait de souffrir en supposant qu'elles ne faisaient pas plus cas de lui que d'un bambin, car il savait bien qu'il était l'enjeu d'une querelle brûlante.

S'évadait un charme tout juste vénéneux de la rencontre de ces deux femmes; il n'était sécrété ni par Blanche ni par Sabine. C'était le jeu de leurs regards qui le produisait, soit qu'ils se pénétrassent ou qu'ils s'ignorassent. Les moments les plus saisissants étaient sans doute ceux où leurs visages se fuyaient tout en continuant de parler ou d'écouter. Elles étaient assises sur des chaises d'osier et leurs genoux que découvraient leurs robes se frôlaient presque et parfois se frôlaient vraiment de sorte que chacune pouvait goûter la douceur de peau de sa rivale. Il avait la certitude d'être sacré homme, tout comme on est sacré roi à Reims.

Elles cherchaient plus à se séduire qu'à se convaincre. Sans cesser de combattre, elles goûtaient la joie excitante de se plaire. Sans doute imaginaient-elles le regard de l'homme et mesuraient-elles la force des armes dont elles disposaient mais une tendresse amicale subsistait entre leurs corps et leurs physionomies et se manifestait parfois dans un geste; Blanche, d'un doigt léger et compétent, relevait une mèche qui s'égarait sur le visage de Sabine, et celle-ci, aussi doucement, et comme machinalement, remontait la bretelle du soutien-gorge de Blanche qui avait glissé sur son épaule. La bande de ciel bleu s'élargissait triomphalement et leurs peaux se laissaient vernir par une réverbération qui rendait plus soyeux leurs profils et adoucissait leurs genoux comme des galets. Elles se levèrent et il les regarda se diriger vers lui, attendant avec indifférence qu'elles énoncent leur verdict. Indifférence mais curiosité.

Elles se consultèrent du regard avant que Sabine se décidât à prendre la parole.

— Nous considérons que vous êtes plus en sécurité ici qu'ailleurs. Mais vous êtes trop sensible à la proximité des femmes pour ne pas avoir besoin de faire l'amour. Prolongée, la chasteté nuirait à votre œuvre. Il se trouve que je suis tentée de faire l'amour avec vous mais que je n'y suis pas encore prête...

— A cause d'Alcide, précisa Blanche. Il faut qu'elle réfléchisse encore.

— Tandis que toi, Blanche, tu es toute prête, lança Sabine avec hargne.

— Ah, oui!

— Donc le plus raisonnable est qu'il te raccompagne tout de suite avec les canaris et qu'il revienne demain matin. Ensuite nous verrons.

Il accepta les quelques billets qu'elle lui remit, en avance sur le chèque du père. Il accepta aussi de nouer autour de son cou une des cravates d'Alcide. Il fut surpris par l'aisance avec laquelle Sabine lui serra la main en lui disant à demain. L'escalier l'étonna; il l'avait entrevu une seule fois, deux mois plus tôt et la nuit tombée. Il ne reconnut pas davantage la rue. Il tenait la cage bruissante d'ailes que le fichu noir enveloppait. Il entrevoyait les passants comme des énigmes. Pour se rassurer, il penchait la tête vers les épaules de Blanche qui levait souvent les yeux vers lui et souriait à moitié. Au moment de quitter Sabine, elle l'avait embrassée; toutes deux avaient échangé des baisers qui semblaient sincères. Mais il savait qu'entre les femmes les contacts physiques sont aisés. Habituées à se dire « ma chérie », elles pouvaient en arriver à se haïr tout en conservant les mêmes caresses.

Comme si elle avait suivi sa pensée, Blanche assura :

— Elle est très contente, vous savez. Ça l'effrayait un peu de payer de sa personne. Elle m'a déléguée auprès de vous. Je suis un cadeau qu'elle vous fait. Elle a besoin de tenir les rênes et moi j'aime être un cadeau.

Elle s'était arrêtée et se pressait contre lui. Tout en continuant de tenir la cage avec sa main droite, il lui prit la taille et se pencha vers la bouche intelligente et docile qu'on lui offrait. Au pas lent du dimanche après-midi, les promeneurs défilaient autour d'eux. Ce couple amoureux, qu'escortaient des oiseaux, donnait toutes les apparences d'un bonheur sans mélange; il affirmait que la guerre était finie. Pourtant Faypoul ne se sentit rassuré qu'en descendant l'escalier du métro qui pénétrait les entrailles de la ville.

Le wagon où ils montèrent était presque plein. Il y avait une dizaine de soldats américains, une très vieille femme gaie qui portait précieusement un pot de fleurs et des gens médiocrement vêtus et abîmés dans leurs pensées. Faypoul, réduit à l'immobilité, se demandait s'il n'était pas devenu une cible pour la soixantaine d'yeux qui fonctionnaient autour de lui. Il avait quitté son nid et il l'aurait regretté si Blanche ne l'avait pas distrait en lui parlant et en le touchant. Entre Denfert-Rochereau et Raspail, elle lui demanda si elle ne l'avait pas déçu par la petitesse de ses seins. Le grondement de la rame couvrait l'audace des propos.

— C'est curieux, insistait-elle, on m'avait dit que les caresses des hommes aidaient une fille à s'épanouir, et pourtant vous avez vu les seins copieux de Sabine et vous avez vu les miens. Je pourrais me passer d'un soutien-gorge. J'aurais beau faire, peut-être resterais-je toujours une puella. Vous savez le latin, bien sûr ?

— Je l'ai su.

Comme disparaissait la longue caverne de porcelaine nommée Raspail, Blanche demanda :

— Est-ce que ça vous choque l'idée que...

Elle s'était tue et, la croyant embarrassée, il voulut lui venir en aide et reprit avec un sourire encourageant :

— Quelle idée ?

— Que j'ai appartenu à pas mal d'hommes, pas des centaines, rassurez-vous... mais à quinze ou vingt, sur lesquels quatre ou cinq seulement ont compté, vous voyez ?

— Oui.

— Ça vous excite, ça vous dégoûte ou ça vous indigne ? Ou ça vous est indifférent ?

Pendant qu'il examinait la question, ils parvinrent à la station Montparnasse qui aspira un flot de voyageurs aussitôt remplacé par un autre flot dont les giclées changèrent le paysage du wagon. Il y eut brusquement beaucoup de valises et une autre odeur plus chaude et peut-être campagnarde. En face d'eux s'assit un scout, culotte courte, longues jambes féminines, visage taché de son – comme les adolescents chers à la littérature anglaise, pensa Faypoul. Le garçon tassa contre la banquette son sac qui était couronné de feuillages où, dans l'écrin sourd des bruyères, rayonnaient les pétales des genêts. Son genou ayant effleuré celui de Blanche, il demanda pardon en se servant d'une voix qui venait de muer et rougit pendant que Blanche souriait.

– Voilà un petit garçon bien élevé, observa-t-elle entre haut et bas, plus attendrie que moqueuse et sans doute occupée par une arrière-pensée qui éclairait son regard.

Presque aussitôt après, elle reprit leur conversation dans la ligne où celle-ci s'était suspendue. Mais elle sauta un propos intermédiaire pour énoncer :

– Il y aurait à développer une dialectique, celle de la vierge et de l'amateur de virginité. En obtenant ce qu'il a désiré, il le détruit.

Parce qu'il craignait que leur conversation ne fût suivie par le jeune garçon strict et fleuri, Faypoul se taisait et détournait la tête. Mais, à Saint-Sulpice, le scout descendit et un soldat américain s'assit en face d'eux.

– Léon-Léon, est-ce que ça vous ennuierait si je vous tutoyais ? Il ne s'agit pas d'une familiarité mais du tutoiement antique dont le moindre gladiateur usait en face de César. D'ailleurs les Anglais tutoient Dieu. Mais le mieux serait que nous attendions de faire l'amour pour cesser de nous voussoyer. Qu'en pensez-vous ?

Il acquiesça, un peu irrité par une conversation où les points étaient trop fortement appuyés sur les i. Blanche était trop bavarde pour se laisser freiner par un silence ; à Saint-Germain-des-Prés, infatigable, elle l'entreprit sur Mme de Cédan.

— Mme de Cédan ? répéta-t-il.

— Vous avez déjà oublié *Le Vide-château*! J'étais en train de me demander si vous ne l'aviez pas créée à votre ressemblance. Elle se soumet aux caprices du hasard et ne sait que douter. Il lui arrive de faire semblant d'admirer mais elle n'admire vraiment que la Papine que l'on dresse sous sa fenêtre. Vous devriez mettre en épigraphe la phrase de Pline « *solum certum nihil esse certi, et homine nihil miserius aut superbius* ». Qu'en dites-vous ?

— C'est du latin...

— En quelle langue auriez-vous voulu que Pline écrivît ?

— Oui, bien sûr, mais mon latin, je l'ai un peu perdu. C'est vous qui êtes agrégée de lettres, pas moi.

— Bon, alors je joue la pédante et je traduis : « Il n'y a rien de certain sauf l'incertitude, il n'est rien de plus misérable et de plus fier que l'être humain. »

Faypoul appréciait toujours les formules qui le dépassaient sans l'écraser et le confortaient dans l'amitié un peu simplette qu'il portait au néant. Il apprécia donc. Pour nourrir un vague à l'esprit qui lui convenait, il espéra qu'elle lui jetterait en pâture d'autres citations, mais elle se taisait en regardant l'Américain.

Quand le métro passa sous la Seine, Faypoul se troubla, écrasé par le poids du fleuve dont les bras s'écoulaient silencieusement au-dessus du terrier que la rame emplissait de sa rumeur fugitive. Entre le Châtelet et Les Halles, Blanche lui donna un coup de coude pour attirer son attention. Il lui fallut un peu de temps pour comprendre qu'offrant ses mollets, ses genoux et même la naissance de ses cuisses aux regards épais de son vis-à-vis, elle cherchait à savoir si cette manœuvre plaisait ou non à son voisin.

– Oui, dit Faypoul, j'aime bien.

– Il va sûrement courir les putes, vous verrez qu'il descendra à Strasbourg-Saint-Denis.

L'Américain descendit en effet à Strasbourg-Saint-Denis après avoir jeté un dernier regard aux jambes et à la robe de Blanche.

– Je lui aurai servi d'inspiratrice. Je parie qu'il choisira une mademoiselle habillée en rose.

Leur tour était venu de se lever. Un courant les emporta le long des escaliers. Au-delà des sombres marches pailletées, ils retrouvèrent le ciel dont le bleu doux rappela à Faypoul la matière molle de la gouache que le pinceau pousse sur le papier. Il tenait la cage avec précaution, attentif aux mouvements des passants qui risquaient de la heurter. Sa main libre errait sur les reins et les épaules de Blanche. Leur silence servait de préface à l'acte auquel ils se préparaient. La porte cochère à double battant était entrouverte. Le vaste escalier aux dalles sonores à l'épais tapis cherchait à impressionner. L'ascenseur, dont la nacelle de bois sculpté se balançait en frémissant, s'éleva avec une extraordinaire lenteur. De nouveau Blanche parlait. Elle tint à exposer qu'elle louait depuis trois ans une très grande pièce dans l'appartement d'une veuve qui avait fui Paris pour la durée de la guerre. La veuve s'apprêtait à revenir mais Blanche s'en fichait puisque, nommée au lycée de Versailles, elle aurait les moyens de trouver vite un nouvel appartement. Elle pesta en cherchant ses clefs puis le poussa dans une antichambre obscure dont les cloisons étaient surchargées de trophées. Il croisa le regard agressif d'un sanglier, passa sous les bois d'un cerf et parvint enfin dans le royaume de Blanche. Cette pièce était en effet immense mais la propriétaire l'ayant utilisée comme cabinet de débarras, elle était à ce point encombrée que la circulation y était malaisée. Deux clavecins, trois lutrins, cinq ou six pendules, une fausse cheminée Renaissance, une commode Régence qui datait sans doute de 1900, une armoire à glace Louis-Philippe, etc. Par les deux portes-fenêtres ouvertes sur des balconnets de fer forgé, une grande lumière tiède planait. Les livres de Blanche étaient entassés dans des cantines de bois laqué et des panières. L'ample lit à baldaquin étalait un désordre de draps et d'oreillers.

— Toujours deux oreillers, dit-elle, je suis prévoyante... Mais pas assez puisque je n'ai pas songé à faire le lit en votre honneur. Il m'a manqué le sens de la divination.

Ayant suspendu la cage et l'ayant découverte, elle s'apprêtait encore à parler mais il sut avec certitude que s'il lui permettait de le distraire davantage de son désir il était perdu. Il l'empoigna, la jeta sur le lit. Nue, elle annonça :

— Me voici redevenue poupée. Mais cette fois personne ne risque de nous déranger. Notre amie doit être en train de digérer ses deux religieuses. Ma poupée préférée à moi fermait les yeux quand on la couchait. Je sais le faire, pousse-moi.

Cet enfantillage l'irrita, pourtant il s'y soumit avec l'espoir d'en profiter. A peine Blanche fut-elle allongée, les paupières closes, qu'il s'écroula sur elle. Mais le lit était assez vaste pour permettre des feintes et des fuites et Blanche parvenait à s'échapper, ne se laissant capturer que pour aussitôt réussir une nouvelle esquive, joueuse au regard sévère, à la bouche plus savante que mignonne, mais mignonne aussi.

Il craignait qu'en retardant son assaut elle le privât de sa force, mais il appréciait la malicieuse intelligence du petit corps tendre et il en venait à admettre qu'il était intéressant d'enfiler un cerveau. Pourtant il s'impatientait, demandant grâce. Enfiler un cerveau, c'est enfiler un vagin sans oublier l'importance du cerveau avec lequel il communique secrètement. Pour la première fois de sa vie, il remarquait qu'un acte pouvait passer le bonheur qu'on en avait attendu. D'abord il avait demandé à ses doigts de concourir au plaisir de Blanche mais elle écarta cette pression en criant :

– Tu vois bien!

Elle répéta ce « tu vois bien », de sorte que la phrase perdit ses articulations et devint un gémissement qui se termina par des soupirs. Il n'osait en croire ni son sexe ni ses oreilles; son sexe décida pour lui. Après quelques instants immobiles, elle se leva d'un bond, écarta le paravent qui séparait les deux clavecins. L'eau coula. Elle réapparut en proclamant :

– Voici une fille propre.

Elle réussit à se faire encore plus menue que nature quand elle se blottit contre lui.

– N'est-ce pas merveilleux, demanda-t-elle, qu'il y ait le masculin et le féminin ?

Faypoul, agréablement engourdi, l'écoutait.

– Etre une poupée intelligente, reprit-elle, et même intellectuelle comporte une charge érotique suffisante. Les poils sont de trop. Tu me rases ? J'ai ce qu'il faut, le savon à barbe, le blaireau, et bien entendu le rasoir. C'est l'héritage de Jérôme. Il est parti parce qu'il avait raté l'agrégation au moment où j'ai été reçue. Je trouvais que cette situation était sexuellement intéressante mais tel n'était point son avis. Tu me raseras ?

– Tout à l'heure. Cette nuit...

Il n'osait lui avouer qu'elle l'avait (d'une certaine manière) dévirginisé. Il n'osait pas la couvrir de baisers tendres. Il posa néanmoins ses lèvres sur l'épaule de la poupée pensante et d'une voix paisible annonça :

– Pour le moment le mieux est d'aller dîner.

Elle avait envie de changer de vêture mais il s'y opposa :

– Je te veux pareille.

– Dans la robe repassée par Sabine...

Il pensa : « Dans la robe que portait Huguette. »

Dans l'escalier, elle lui prit la main. Elle parlait à voix basse, sur le ton du secret, alors qu'elle lui avouait seulement que l'emploi de l'ascenseur était interdit pour la descente et que la première fois qu'elle avait vu l'avis qui soulignait les dangers qu'on encourait en enfreignant cette règle elle avait cru que c'était à cause de sa signification éthymologique qu'un ascenseur ne pouvait servir qu'à monter. Elle dégagea sa main brutalement et se tut. Sur le palier du deuxième étage, il distingua, dans une lumière parcimonieuse, un vieil homme, grand et sec, vêtu d'un complet magistralement coupé dont le tweed datait de l'avant-guerre. Les poches du vieillard cliquetèrent, il en sortit un trousseau de clefs au moment où son regard rencontra celui de Blanche.

— Chère petite, je vous croyais aux champs.

Il nota la présence de Faypoul et, avec une politesse à peine compassée, prononça :

— Bonjour, monsieur.

— Je suis rentrée parce que Paris me manquait.

— Et vous lui manquiez. Voilà ce que j'appellerai des relations harmonieuses.

— Vous êtes trop indulgent pour moi, dit-elle, la voix souriante.

D'un mouvement doux et vif de la main, elle s'empara du trousseau et introduisit une clef dans la serrure.

— Merci. C'est vrai que l'âge s'entend mal avec les rapports trop étroits qui unissent une clef et une serrure.

La petite main potelée avait effleuré la large main tachetée et ligotée par la tuyauterie bleue des veines. Tous trois se saluèrent encore et ce fut seulement en franchissant la porte cochère que Blanche reprit la parole :

— C'est un adorable vieux monsieur.

Il se rappela qu'elle avait montré la même physionomie secrète quand, après avoir regardé le petit scout, elle avait dit : « Voilà un petit garçon bien élevé. » Il lui semblait que depuis toujours il avait su

232

que les femmes entretenaient des relations privilégiées avec les jeunes garçons et les vieillards. Il se promit de tirer un chapitre de cette observation qui ne demandait qu'à devenir une idée.

– Quelquefois, reprit-elle, il monte chez moi et nous faisons du latin.

Le ciel s'éteignait mais la première étoile ne pointait pas encore.

– Est-ce que tu crois en Dieu?

Elle le dispensa de répondre en ajoutant :

– Il y a un restaurant qui n'est pas bien loin et qui comporte une salle au premier étage où l'on mange à sa guise. Avec l'argent de Sabine, tu vas me régaler. Ça, mon vieux, c'est normal qu'on gâte sa petite garce.

Il y a des souvenirs légers qui égaient, mettent en belle humeur, elle se sourit tout en continuant de marcher sagement auprès de celui qui était devenu son amant sans qu'elle ressentît le poids d'un changement parce que, se disait-elle, les femmes bien baisées sont vite oublieuses et même ingrates. Elle oubliait déjà, intéressée par le spectacle de deux agents cyclistes qui descendaient la rue à pied, les mains sur leurs guidons.

Ils étaient tout naturellement vêtus de bleu, le bleu administratif des tampons encreurs. Cette couleur lui offrit une piste qui la menait vers le smoking bleu nuit de ce représentant en vin de champagne qui l'avait invitée dans les salons de l'hôtel *George-V* à une éblouissante soirée. La veille, elle avait fêté ses dix-huit ans. Le représentant en champagne était un ami de sa mère. L'élégance outrée de sa vêture le rendait prestigieux. Pour la première fois elle portait une robe du soir, un fourreau de soie fuchsia que lui avait prêté sa sœur aînée. Le fourreau fuchsia et le smoking bleu, vers une heure du matin, s'étaient répandus sur le tapis d'une chambre d'hôtel où Blanche ne tarda pas à perdre sa virginité. Elle croyait que son représentant ressemblait à Clark Gable et elle était assez sotte pour, malgré un premier accessit en philosophie au concours général encore tout frais, accorder de l'esprit à ce dévirginisateur parce qu'il lui disait : « Merci d'exister » ou que, si elle lui demandait comment il allait, il répondait : « Très bien puisque je vous vois. » Quelques mois, durant lesquels, accessoirement, furent signés les accords de Munich, avaient suffi pour que les yeux de Blanche se dessillassent. Elle avait été tentée de se juger sévèrement puis elle avait essayé de justifier un abandon qui la débarrassait d'un encombrant pucelage en se répétant : toujours est-il que c'est une bonne chose de faite. Mais malgré qu'elle en eût, elle ne supportait pas ce souvenir. Quand un souvenir survenait pour la déranger, elle avait coutume de dire n'importe quoi de manière à l'écarter. En sixième, elle avait reçu une gifle d'une grande et ne s'était pas pardonné d'avoir laissé cet outrage sans réplique. Lorsque cette scène remontait de sa mémoire, elle la chassait par un propos issu d'une génération spontanée; ainsi, pour balayer le visage de la grande bringue qui non seulement l'avait claquée mais lui avait tiré les cheveux, en plein déjeuner elle avait annoncé à sa famille : « Le roi d'Angleterre est mort. » A quinze ans, elle s'était approprié un paragraphe de Paul Valéry qu'elle avait introduit avec assez d'adresse dans une dissertation et, plusieurs années plus tard, assaillie par la honte qui l'avait submergée lorsqu'elle avait été prise en flagrant délit de plagiat par un professeur qui ne l'aimait pas, elle avait crié à un poinçonneur du métro : « La guerre est déclarée. » A trois mois près elle ne se trompait d'ailleurs pas. Tout en marchant d'un pas égal auprès de Faypoul, elle luttait contre le visage de l'ignoble représentant en vin de champagne ; elle essayait d'en venir à bout toute seule, sans recourir à son expédient naturel mais, n'y parvenant pas, poursuivie par le bleu des flics, elle lança :

– Je vais te dénoncer.

Il s'arrêta et se pencha vers elle.

– Qu'est-ce que tu as dit ?

Si la présence lancinante du représentant, de son abominable prénom (Aimé), de son pénis s'était enfin évanouie, Blanche aurait ri. Elle ne rit pas, elle répéta la phrase. Il s'éloigna en marchant d'un pas régulier vers les deux cyclistes armés de revolvers blottis dans de paisibles écrins. Blanche avait beaucoup entendu parler de somnambules encore qu'elle n'en eût jamais rencontré. Faypoul s'avançait avec une rectitude sereine. Elle avait appris qu'on devait se garder de troubler un somnambule en action. Peut-être la phonétique l'entraînait-elle aussi à considérer ce somnambule comme un funambule, tant sa marche était droite. Il ne s'arrêta qu'à la hauteur des deux gardiens de la paix, qui, après une négociation assez longue, consentirent à devenir ses gardiens. Elle les regarda faire demi-tour tous les trois.

Le métro toujours recommencé n'avait pas changé. Le wagon où elle s'assit était semblable à celui dans lequel elle était venue. Une différence pourtant : elle n'était plus accompagnée. En outre, l'ordre des stations était inversé et Strasbourg-Saint-Denis précédait

Réaumur-Sébastopol au lieu de lui succéder. Entre Châtelet et Saint-Michel, elle se rappela qu'à l'aller elle avait songé au dédoublement du fleuve qui se déployait au-dessus de leurs têtes et qu'elle s'était récité quelques vers d'un poème grivois de Fontenelle, intitulé *Élégie du ruisseau à une prairie*. Ils vinrent de nouveau chuchoter à l'intérieur de sa gorge :

Je sens, je sens mes yeux qui bouillonnent de joie
De les tant retenir à la fin je suis las;
Elles vont se répandre et se faire une voie;
Il n'est plus temps à vous de n'y consentir pas.
Déjà même en deux bras je m'apprête à me fendre
      Pour tacher de vous embrasser.

Faypoul avait été la promesse des bras ouverts et du flot impétueux, alors que, se rappelant que la Seine étreint le Palais de Justice, Blanche imaginait le jeune homme, menottes au poing, trébuchant sur des dalles. Au-dessus de la rumeur de la rame, elle entendait les pas sonores des gardes, des juges, du captif. Un regard masculin lui ayant caressé les genoux, elle tira sur sa robe en se demandant combien de temps elle réussirait à lui rester fidèle, à ce captif.

Rue des Plantes, elle reprit sa respiration. Dans l'escalier, elle comprit pourquoi les Anciens exécutaient volontiers les porteurs de mauvaises nouvelles. Ils châtiaient ces messagers du plaisir que ceux-ci avaient savouré. Incontestablement, elle se savait triomphalement importante au moment de crier « C'est Blanche! » et d'entrer pour murmurer « il a été arrêté ». Elle cria :

— C'est Blanche!

236

La porte s'ouvrit. Sabine, vêtue de sa chemise de nuit, tenait à la main une religieuse entamée. Blanche la saisit et ce fut en la mangeant, donc la bouche pleine, qu'elle annonça :

– Il a été arrêté.

Sabine demanda :

– Qu'est-ce que tu dis?

Ayant pris le temps d'avaler sa bouchée, Blanche articula sur le ton de l'agacement :

– Léon-Léon Faypoul a été arrêté.

Puis elle finit d'avaler la religieuse tout en se dirigeant vers la terrasse qui était la source de lumière, une lumière mêlée de nuit.

– Tu te moques de moi! s'écria Sabine.

Elle avait empoigné Blanche par les épaules. Elle la fit pirouetter, l'emprisonna dans un regard haineux et suppliant.

– Réponds!

Blanche eut peur. Ses lèvres tremblèrent quand elle tenta de résumer l'événement :

– Il s'est livré à deux hirondelles qui l'ont embarqué.

– Tu es devenue folle ou tu fais semblant? Quel rapport entre lui et les hirondelles?

– C'est comme ça qu'on appelle les agents cyclistes. Ça ne se dit peut-être pas à Marseille, excuse-moi.

Accablée de questions, elle mobilisa sa mémoire pour construire une version cohérente. Ils avaient plaisanté en apercevant les deux flics puis, brusquement, il avait hâté le pas, s'était dirigé vers eux, leur avait parlé.

– Mais qu'est-ce qu'il leur disait?

– J'étais trop loin, je n'ai pas entendu.

– Parce que tu n'as même pas cherché à le retenir?

L'image du somnambule-funambule lui parut si peu recevable que Blanche préféra soutenir que jusqu'au bout elle avait cru que Faypoul jouait une comédie. Elle se mit à inventer avec beaucoup de facilité.

– Même quand il leur parlait, je pensais au début qu'il leur demandait simplement un renseignement dans l'intention de me faire peur, pour me taquiner, tu comprends. Et puis je les ai vus partir. Qu'est-ce que je pouvais faire?

– Vous vous étiez querellés?

– Pas du tout. Je l'avais amené chez moi. Ensuite nous étions sortis pour dîner au restaurant. Nous causions gaiement.

Elle crut habile de naviguer au plus près de la vérité et ajouta:

– Même, pour rire, je lui avais demandé quelle tête il ferait si les deux agents se précipitaient sur lui.

– Et c'est alors qu'il a couru vers eux! Salope!

La grande bouche de Sabine s'était amincie, son visage devenait pâle. Blanche amorça une phrase pour plaider sa cause, mais une gifle la fit taire et une autre l'envoya sur le plancher. Sabine se jeta sur elle, plus robuste, plus lourde et animée par une colère qui augmentait sa force. Elle ne frappait pas avec les poings comme un homme mais assenait des claques retentissantes sur tout le corps de Blanche. Incapable de répliquer, celle-ci retrouva sa respiration pour haleter:

– En tout cas, il baise joliment bien, ton chéri.

Calme tout à coup, parfaitement maîtresse d'elle,

238

Sabine avait lâché prise et s'était relevée. Elle tendit même la main à Blanche pour l'aider à se remettre sur ses jambes.

Un instant elles demeurèrent immobiles et embarrassées l'une en face de l'autre puis Sabine se décida à allumer l'électricité et à tirer les rideaux en soupirant :

– Pourquoi étais-tu rentrée! Pourquoi n'étais-tu pas en Bretagne!

– Parce que mon oncle...

– Je m'en fous. Je ne te posais pas une question, je me bornais à déplorer.

Sabine ouvrit un tiroir, en sortit une boîte à ouvrage, cligna des yeux pour glisser un morceau de fil dans le chas d'une aiguille, s'assit et ordonna à Blanche :

– Approche!

L'ourlet de la robe rose s'était défait sous les coups de Sabine. Celle-ci la releva et commença à coudre. Blanche se laissait faire, les jambes écartées; elle se permettait une mine narquoise parce que son visage échappait au regard de la couseuse.

– Tu me hais, reprit-elle doucement, donc ça t'excite de me rendre service.

A peine libérée, sur le ton d'un enfant bien élevé, elle murmura :

– Merci, Sabine. Je vois, ajouta-t-elle avec une hardiesse également enfantine, que tu as laissé un artichaut. Puis-je le manger? Je meurs de faim.

Après avoir acquiescé, Sabine se mit à marcher de long en large tout en jetant de brefs regards sur les petits doigts aux ongles plus courts que ceux d'un garçon qui effeuillaient l'artichaut avachi et éteint par le pouvoir émollient de la cuisson. Sous les grosses feuilles dont le liseré gris éléphant était précipitamment rongé apparut un kiosque mauve de style persan fait de feuilles minces et aiguës que Blanche dégagea vivement avant de s'en prendre au foin qu'elle arracha avec une certaine hostilité. Elle utilisa la fourchette de Sabine pour découper le fond dont la consistance était à la fois tendre et ligneuse. Cessant de déambuler et d'entre-regarder, Sabine décida d'exposer la situation.

— Ou bien il me désigne comme défenseur et c'est simple. Ou bien il essaie de recourir à un ténor du barreau mais ça, je ne le crois pas. Le plus probable est qu'il ne dira rien du tout et qu'un avocat sera désigné d'office. Un stagiaire comme moi. Mon patron, M. Luciani, rentre demain d'Annecy. Il est bien avec le bâtonnier, il pourra me faire désigner.

— Mais lui, où est-il en ce moment? Au Palais de Justice?

— Non, au commissariat. Puis ce sera le dépôt et de là ou bien un centre d'internement ou bien Fresnes. Fresnes plutôt. Il sera présenté au juge d'instruction et inculpé. Dès lors je pourrai le voir.

— Et qu'est-ce qu'il risque?

— Comment le saurais-je puisque je ne sais rien de ce qu'il a fait?

— Tu es ravie de le défendre. Tu biches.

— Nous avons chacune choisi notre rôle.

— Est-ce que tu me permets de dormir ici?

— Non.

Comme Blanche se dirigeait vers la porte, Sabine corrigea sa réponse:

— Oui, si tu y tiens vraiment.

240

– Et est-ce que je peux reprendre une douche?

– En vitesse. Et après tu éteins et tu te couches, moi, je tombe de sommeil, répondit Sabine en se glissant dans ses draps.

Elle écouta le crépitement de la douche qui lui rappela les matinées heureuses où elle suivait en imagination, à quelques mètres d'elle, la toilette de Léon Faypoul. Elle ferma les yeux et ne les ouvrit qu'après le retour de Blanche qui, tenant ses vêtements sur un bras, éteignait l'électricité en fille obéissante, puis se dirigea dans l'obscurité vers le lit.

– On dort ensemble comme autrefois?

– Ah non, par exemple! Monte dans la loggia, tu pourras te vautrer dans ses draps et te servir de sa veste de pyjama.

– Je préfère dormir nue. On ne s'embrasse pas?

Leurs visages et leurs torses s'effleurèrent, puis Blanche disparut par le petit escalier. Le lit craqua plus doucement que sous le poids de Faypoul.

Sabine s'obligea même à lancer un gentil bonsoir à Blanche étonnée. Elle croyait devoir se montrer charitable et généreuse parce que, émerveillée par sa chance, elle s'offrait les plaisirs supplémentaires de l'indulgence. Si elle se sentait bonne, c'était qu'elle était comblée par le sort qui lui confiait le destin d'un grand homme auquel elle chuchotait des promesses avec un enthousiasme lyrique qui impliquait le tutoiement : « Je t'arracherai à la mort, je te rendrai ta liberté. » Elle se rappela qu'au lycée elle avait étudié quelque chose qui devait s'intituler *Le Roman de la Rose* où tous les personnages étaient allégoriques et elle s'installa confortablement dans une allégorie où elle représentait à la fois la Bonté, la Force, la Subtilité; Faypoul incarnait le Génie persécuté et Blanche l'Étourderie perverse. Elle se souvint à temps d'Alcide qui reçut en partage Fidélité et Serviabilité. Seule, elle aurait couru à travers la pièce les mains en mouvement et, sur la terrasse, aurait demandé aux premières fraîcheurs de la nuit de s'entendre avec le feu qui la brûlait. Elle préféra feindre la respiration d'une dormeuse en établissant l'emploi du temps de la journée qui l'attendait, tout entière consacrée à la défense du cher prisonnier. Ses projets la charmaient, donc elle avait envie de prolonger sa délectation, mais elle avait si grande hâte de se trouver au lendemain matin qu'elle souhaitait le sommeil, comme on consent à une formalité indispensable. Il lui fallait remonter haut dans son enfance pour ramener vers elle le souvenir (à la veille d'un matin de Noël ou d'une partie de pêche) de nuits dont la durée, tant on attendait que la promesse devînt accomplissement, paraissait longue comme une route.

VI

Pendant les semaines qui suivirent, le programme de Sabine s'exécuta. Inculpé au bout de quatre jours, Faypoul ne s'était pas résolu à choisir un défenseur, indifférent à cette question comme à toutes celles qu'on lui avait posées. Quand, au parloir de Fresnes, il reconnut Sabine, l'étonnement l'emporta sur la joie encore qu'il fût visiblement très content.

— J'avais oublié que vous étiez avocate, je n'ai pas songé un instant à vous citer.

Et il admira le hasard qui avait voulu qu'elle fût désignée pour le défendre. Sabine se rappelait qu'elle avait tanné Me Luciani qui était heureusement membre du Conseil de l'Ordre, pour obtenir d'être commise d'office, mais elle se garda de préciser ces détails, préférant de beaucoup qu'il crût en son étoile. Il lui paraissait plus grand que d'habitude, plus décontracté même, flottant dans le complet de flanelle grise filigranée de vert qu'il avait acheté d'occasion à Ulm. Elle portait des souliers plats comme toujours quand elle montait à bicyclette. Or elle avait fait le trajet de Paris à Fresnes sur un tandem que conduisait Alcide. Revenu à Paris après avoir reçu le télégramme, celui-ci attendait devant la porte de la prison.

Le dossier ne s'épaissit que lentement. Il fallut les commissions rogatoires pour vérifier l'indolence de Faypoul. Il était entré à la milice en décembre 1943, s'était occupé pendant quatre mois de l'aménagement d'un centre dans un immeuble vétuste où les rénovations languissaient. Au moment où il aurait eu l'occasion de participer à des offensives contre le maquis, il s'était installé dans une clinique où il avait subi l'ablation de l'appendice. Il avait rejoint Clodandron à Paris et s'était vu confier de menues besognes d'intendance. Quand la milice avait fui vers l'est, il s'était borné à suivre Clodandron « parce que, disait-il, je ne voyais pas de raison de le laisser tomber dans un pareil cirque, il était déjà assez embêté comme ça ».

Sabine travaillait le matin chez Me Luciani et, l'après-midi, parachevait l'aménagement de son appartement qu'Alcide appelait le « mensonge ». L'entrée qui servait de salon d'attente avait été ornée de fausses portes à battant double qui donnaient à croire en l'existence adjacente de nombreuses pièces. Le cabinet de l'avocate était petit mais on pouvait tenir pour une volontaire recherche de concentration l'exiguïté de ce lieu qui comportait deux portes réelles. L'une donnait sur une salle de bains rudimentaire, l'autre sur une remise à balais où Sabine projetait de nicher un phonographe qui, à l'arrivée d'un client, diffuserait le crépitement d'une machine à écrire enregistré par Orlando, un vieil ami de Pascal Zilia. Le cas où un client éprouverait l'envie de faire pipi avait été également prévu : il passerait dans le cabinet de toilette où une échelle, une truelle, un seau de plâtre confirmeraient les travaux imaginaires. La circonstance ne s'était pas encore produite car si, le matin, Sabine maniait de nombreux dossiers chez Me Luciani, elle ne possédait encore qu'un seul client personnel, Faypoul, qui suffisait d'ailleurs à accaparer sa pensée.

« Le mensonge » servit de théâtre à deux spectacles dont le premier fut offert par Faypoul père qui avait rendu visite à son fils le matin même et prétendait l'avoir trouvé résigné à son sort et décidé à mourir en chrétien.

– Mais c'est compter sans moi, ajouta-t-il en prenant un air fin.

C'était un gros homme court aussi dissemblable que possible de son fils. Vêtu d'un pantalon rayé et d'une veste noire au revers de laquelle triomphaient les touches vert pomme et vermillon d'un ruban de la croix de guerre, il n'avait pas consenti à s'asseoir.

– C'est compter sans moi, reprit-il, parce que j'espère à l'audience réussir un de ces morceaux de bravoure qui emportent le morceau. Regardez, Maître, regardez et entendez.

La tête levée et les paupières baissées, comme certains aveugles il traversa d'un pas lent l'étroit bureau et s'arrêta devant la porte du cabinet de toilette. Sur le parquet le choc alterné de sa canne d'ébène au manche d'ivoire et de son pilon scandait, du moins pour Sabine, une cadence de jazz.

– Messieurs de la Cour, Messieurs les Jurés, déclara-t-il en fixant la porte, j'ai donné ma jambe à la France, rendez-moi mon fils en échange.

Puis, virant de bord, il s'adressa à Sabine :

– Il est question de me poser une jambe articulée, mais j'attends le jugement. Mon pilon est plus décoratif.

Il recula, reprit sa position de départ et proposa :

– Je vais vous le refaire mais dans un autre registre. Vous me direz ce que vous préférez.

Cette fois, il avança d'un pas plus rapide qui accentuait son boitement, s'arrêta plus sec à proximité de la porte, baissa la tête, parut réfléchir et lança sur un ton plus bas et plus timide :

– Messieurs de la Cour, Messieurs les Jurés... alors il me semble que... Puisque j'ai donné ma jambe à la France... Vous devriez peut-être... vous devriez peut-être me rendre mon fils pour que je puisse appuyer ma vieillesse sur son épaule.

Elle fut dispensée de répondre.

– Tout compte fait, reprit-il, Léon se tient très bien. Il est calme et ferme comme un vieux troupier. Je le jugeais par trop fantaisiste et je me suis souvent dit qu'il avait un grain, hérité de sa mère bien entendu. Mais quand on est fils d'un poilu, tôt ou tard on se le rappelle. Bon sang ne saurait mentir...

Quand il se tut pour reprendre souffle, Sabine crut courtois de lui demander comment sa femme supportait l'incarcération de Léon.

– Mon épouse est atteinte de la maladie de Basdow. C'est une affection de la thyroïde qui assombrit le caractère, l'incline à l'angoisse et pousse à dramatiser. Mais, comme en toute chose, il y a le pour et le contre. Bien sûr, quand elle a appris l'arrestation, elle a pleuré comme une fontaine et tremblé comme une feuille mais pas plus que si le lavabo s'était bouché. Passons au nerf de la guerre.

Ayant sorti son stylo, il libella un chèque qu'il tendit à Sabine. En vain, elle protesta qu'elle ne défendait Léon que par amitié et voulut restituer le chèque.

– J'ai versé une provision à l'avoué, annonça-t-il

avec autorité, je vous verse la vôtre, j'aime que les choses se passent régulièrement.

— De toute façon, cette somme est beaucoup trop élevée.

— Je ne suis pas Crésus, loin de là, mais j'ai les moyens de subvenir à la défense de mon sacré petit bonhomme. Je lui avais même écrit pour lui demander de choisir Me Isorni ou Me Tixier-Vignancourt. J'avais de quoi assumer leurs honoraires. Il n'en a fait qu'à sa tête comme d'habitude. Je le regrette et je ne le regrette pas. Ainsi que je vous le disais, il y a en toute chose du bon et du mauvais. Vous êtes une femme, vous n'avez ni le talent ni l'expérience d'un maître du barreau, mais puisque vous débutez, vous n'êtes pas encombrée par la clientèle et vous pourrez consacrer davantage de temps à mon gamin. Et comme vous l'aimez bien, vous mettrez le paquet. En outre, vos visites amicales contribueront à lui remonter le moral si jamais celui-ci venait à faiblir.

L'ayant reconduit jusque sur le palier, elle regagna son bureau, songeuse. De nouveau, elle entendit le pilon résonner dans l'escalier, la sonnette tinta. Sabine se retrouva en face de M. Faypoul qui lui sourit d'un air gêné.

— Juste un dernier conseil. Le jour de l'audience, vaut-il mieux que je me présente comme aujourd'hui en portant simplement le ruban ou est-ce que j'arbore carrément la croix qui se voit mieux ?

Elle promit d'y réfléchir, il se décida à disparaître. Elle fut visitée par une hypothèse qui était presque une certitude : il devait la prendre pour la maîtresse de son fils. Elle avait accepté le lendemain de déjeuner avec le père de son « amant » dans une brasserie située en face de la gare de Lyon. Vierge, elle goûta le regard d'un vieil homme qui croyait qu'elle s'était abandonnée aux désirs mâles. Elle profita de la moindre occasion pour confirmer le père dans son erreur. Comme celui-ci insistait sur la fragilité corporelle de Léon adolescent, elle osa répliquer :

— Il est construit en longueur, c'est vrai, mais maintenant il a des muscles, son abdomen, ses cuisses sont fermes.

Trois mois plus tard, le « mensonge » accueillit un second spectacle qui fut exécuté par Mme de Gerb. Cette grande femme était certaine qu'elle avait raison d'exister. D'emblée elle avait intimidé Sabine. Elle était arrivée à sept heures du soir en excusant sa tenue (robe longue en taffetas, cape de zibeline) par le « grand dîner » auquel il lui fallait se rendre. C'était elle qui, par l'inflexion de sa voix, avait semé des guillemets autour du grand dîner, signifiant par là qu'elle n'était pas dupe de cette sorte de soirée qu'elle connaissait trop bien, tout en laissant entendre que néanmoins cette réunion était d'une distinction assez suprême. Elle laissa glisser la cape dont la chute révéla de belles épaules, larges et pleines, qui ressemblent aux miennes, se dit Sabine, donc les miennes sont sans doute belles aussi, bien que construites en dépit des canons féminins.

— Ma petite Corinne...

— Mais, madame, je...

— Vous voulez bien que je ne vous appelle pas Maître. Au diable les relations amidonnées. Donc, Corinne...

— Je m'appelle Sabine, dit Sabine.

Mme de Gerb, qui avait déjà sorti d'un vaste cabas

Hermès une liasse de feuillets qu'elle examinait, leva les yeux et considéra son interlocutrice avec perplexité. Puis son visage s'éclaira.

– Ah oui! Vous voulez dire qu'en fait votre prénom est Sabine.

Elle ne poursuivit pas la phrase mais le sens de ce qu'elle avait censuré était évident : « Corinne ou Sabine, la différence est légère mais puisqu'elle vous importe, je la respecterai, ne demandant qu'à vous faire plaisir. »

– Prenez connaissance de ces documents, Sabine, ils vous montreront que je n'ai pas chômé. Bref, notre ami est sauvé.

Bien que la mode exigeât un maquillage discret dont les tons s'inspirassent de la nature, le visage de Mme de Gerb était si violemment fardé que la seule couleur vraie, le mauve des iris, était adoucie et même grisée par la proximité de cils très sombres que le rimmel durcissait comme des griffes. Quand elle parlait, quand elle aspirait ou rejetait la fumée de sa cigarette, le mouvement de ses muscles épaississait ses mâchoires. Elle rappelait à Sabine les plantes carnivores qu'elle avait entrevues dans la transparence des calanques.

– Comme vous pouvez le constater, quand nous nous lançons, nous autres, nous ne faisons point les choses à demi, nous mettons le paquet.

La voix de Mme de Gerb était rauque mais par instants elle se brisait sur une note cristalline. Ce détail, lors de trois communications téléphoniques, avait déjà frappé Sabine. De même, elle avait remarqué que la formule « nous autres » revenait souvent dans les propos de cette femme sans qu'on pût savoir si ce pluriel s'appliquait à elle ou au clan dont elle aurait fait partie. En tout cas, les feuillets qui se répandaient sur le bureau prouvaient que, bon gré ou mal gré, l'entourage de Mme de Gerb avait en effet mis le paquet. Un nouveau son de cloche sur les occupations de Faypoul sous l'occupation laissait Sabine perplexe.

Y apparaissait un homme jeune et vaillant qui « après une belle guerre » était revenu à Marseille, animé d'une haine vigilante de l'ennemi. Il avait repris ses activités de décorateur, mais, au début 42, était entré dans le réseau Pythéas à la fondation duquel M. et Mme de Gerb avaient participé. Comme dans un de ces après-midi d'été où la rengaine d'une batteuse se mêle aux chants des coqs, Sabine entendait Mme de Gerb discourir sur Pythéas : celui-ci n'était pas seulement l'illustre navigateur et géographe marseillais du IVe siècle avant J.-C., puisque sous la Révolution son nom avait été donné à la rue Sainte au moment où la France se dressait contre les envahisseurs. L'avocate, d'un regard qu'elle voulait professionnel, jaugeait l'attestation d'un colonel de réserve, chef du réseau Constance, officier de la Légion d'honneur, rosette de la Résistance, qui certifiait que Faypoul avait mené avec succès une mission délicate qui consistait à retrouver un dépôt d'armes aux environs de Périgueux. Un avoué d'Aix-en-Provence, Me Desanto-Dusseige, proclamait sa reconnaissance pour Léon Faypoul qui, en intervenant auprès de la milice, avait obtenu sa libération sans interrogatoire préalable.

— Ici, observa Mme de Gerb, l'accusation sera évidemment tentée de reprocher à notre ami l'autorité qu'il exerçait sur la milice...

– J'allais le dire.

– Mais nous tenons la parade. C'est grâce à ses relations personnelles avec le sieur Clodandron dans le corps franc duquel il avait fait la guerre qu'il a sauvé la liberté et peut-être la vie à Desanto-Dusseige et qu'il a préservé le réseau en évitant des perquisitions qui auraient été dangereuses. Mieux : si par la suite il a adhéré à la milice, c'est à notre demande, comme l'atteste la lettre manuscrite sur papier mauve... oui, celle-ci, celle qui est sous votre nez. Non seulement, devenu milicien sur notre ordre, Faypoul n'a commis aucun acte blâmable, mais encore il nous a fourni, toujours grâce à la confiance que lui faisait Clodandron, des renseignements précieux concernant les arrestations probables, les visites domiciliaires, les filatures. C'est notamment grâce à lui que nous avons appris que notre boîte aux lettres était brûlée. Tous les détails concernant cette affaire sont rassemblés dans la grande enveloppe jaune. Reste à expliquer son départ pour l'Allemagne. Là, mon témoignage sera décisif ; je l'ai gardé pour la bonne bouche. En août 1944, je me suis rendue à Paris, j'ai vu Léon, je lui ai remis un poste émetteur, je lui ai demandé de suivre les miliciens en route vers l'Alsace et l'Allemagne et de transmettre des informations de tous ordres. L'émetteur s'est détraqué, ce pauvre garçon n'a pas su le réparer mais on ne va tout de même pas le retenir en prison parce qu'il n'est pas bricoleur ! Alors, ma petite, qu'est-ce que vous en dites ?

La petite, parce qu'une amie invitée à dîner apportait des fleurs ou un gâteau, avait souvent entendu sa mère s'exclamer : « Mais c'est beaucoup trop, ma chère, vous avez fait des folies ! » Elle faillit recourir à cette formule pour à la fois remercier la donatrice et lui indiquer qu'il serait maladroit d'exagérer et qu'entre innocenter Faypoul et le transformer en héros une marge s'imposait dont le franchissement présomptueux risquait de passer pour une provocation aux yeux des jurés. Elle se promit de consulter à ce sujet son oracle (Me Luciani), tout en se demandant si elle n'avait pas tout simplement peur d'une libération de Faypoul qui la priverait d'un privilège dont elle tirait son bonheur. En dehors de vieux parents qui venaient rarement à Paris, elle était seule à détenir le pouvoir de rendre visite au prisonnier et de bavarder librement avec lui et sans témoins. Il n'était pas un prisonnier de Fresnes, il était le prisonnier de Sabine qui se refusait à imaginer que tout à coup, des portes s'étant ouvertes, Léon Faypoul, le nez au vent, s'en aille baguenauder à droite et à gauche, dîner et converser avec n'importe qui, retrouver des gens qu'il avait connus, en rencontrer d'autres, bref vivre. Presque aussitôt un nouveau coup l'atteignit.

— Ce matin quand je l'ai vu, poursuivit Mme de Gerb, il m'a écoutée distraitement et...

— Vous l'avez vu! Mais les permis de visite sont réservés aux parents...

— Il y a certaines formalités qui, pour nous autres, nous sont faciles à tourner ou à contourner. Je ne l'ai pas vu...

— Ah, vous voyez bien que vous ne l'avez pas vu!

— Laissez-moi finir mes phrases, Corinne. Je vous disais que je ne l'avais pas vu aussi longtemps et aussi commodément que je l'aurais souhaité mais que notre entretien m'avait suffi pour constater d'abord qu'il avait blanchi. Sa chevelure est toujours aussi fournie

252

mais elle est d'argent. Et il n'a que trente-cinq ans.

Ses parents avaient toujours attendu de Sabine qu'elle fût raisonnable. Elle essayait de se raisonner. Mme de Gerb avait bien mérité de rencontrer Faypoul et la brève apparition d'une vieille amie n'avait pu que réconforter l'accusé. Imposant silence à sa jalousie, elle se contraignit à traiter le sujet qui lui était proposé en observant que lorsqu'elle l'avait connu, à son retour d'Allemagne, elle avait remarqué que ses tempes blanchissaient puis, que le rencontrant plusieurs fois par semaine, elle n'avait pas prêté attention au développement progressif du phénomène.

– Ça lui va bien, ajouta-t-elle.

– Très bien. Il y a des visages jeunes qui s'harmonisent avec le givre. Mais ce qui m'a frappée, c'est son indifférence. Elle n'est pas nouvelle. Il a toujours eu l'air de penser à autre chose. Parfois il m'arrivait de lui donner des gifles tant il m'agaçait. C'est à vous que revient cette tâche. Il faut le secouer. Il faut lui mettre dans la tête qu'il n'assiste pas au procès de quelqu'un d'autre, mais au sien. Au péril de sa vie, il a rendu de tels services à la Résistance qu'il devrait être indigné du traitement qu'on lui fait subir. Ce n'est pas son genre de crier, mais qu'il soupire. On ne lui en demande pas plus.

Croyant qu'il était de son devoir de le défendre systématiquement, Sabine assura que Faypoul n'était pas nonchalant dès qu'il s'agissait d'écrire et que son œuvre commençait à se constituer. Après *Le Vide-château* terminé sous l'occupation, il avait mené à bien, malgré la promiscuité dont il souffrait dans sa cellule, *Cerveau brûlé*, où il avait réglé ses comptes avec des surréalistes imaginaires et il était en train de reprendre *Conversation d'un modèle avec un écrivain dessinant.*

— Il en est même venu à bout, observa Mme de Gerb avec une douceur qui trahissait un secret plaisir, celui d'apporter une information qui était neuve parce qu'elle avait été sans doute cachée volontairement.

Sabine ne connaissait pas Mme de Gerb mais commençait de la connaître. Elle attendit qu'un nouveau coup lui fût porté avec la même sûreté.

— Je ne l'ai pas lu, poursuivit Mme de Gerb, mais Blanche Magoar me l'a résumé.

— Vous avez vu Blanche!

— Oui, bien sûr.

— Mais comment Léon a-t-il pu lui faire parvenir ce manuscrit?

— Je n'en sais rien, mais c'est l'histoire d'un jeune dessinateur qui habite rue des Plantes et qui se rend au Palais de Glace pour exécuter des croquis qu'on lui a demandés.

— Rue des Plantes, c'est un croquis de moi qu'il a fait.

Elle avait parlé d'une voix aiguë, comme si elle criait : « Moi aussi j'existe! » Dans le même souffle elle ajouta :

— Un nu.

— C'est bien possible mais dans le texte le dessinateur s'égare dans le métro, débarque à Château-d'Eau, rencontre dans la rue une jeune fille qui converse avec un vieillard et un jeune garçon. Résumé, cela ressemble à un conte nordique mais c'est tout à fait autre chose. Le dessinateur monte chez la jeune fille dans une pièce pleine de clavecins. Elle se dévêt. Il dessine. Ils se dévirginisent mutuellement.

254

– Mais Blanche n'était pas vierge!

– Moi, c'est l'histoire que je vous raconte, Corinne! Le récit est suivi d'un post-scriptum divisé en deux parties. La première concerne l'acte sexuel et conclut à son inutilité en se fondant sur une théorie qui est, paraît-il, cathare et sur une histoire drôle, celle de la lady qui dit au lord : « Entrez ou sortez mais cessez ce va-et-vient fastidieux. » L'autre partie traite du rapport du modèle et de l'œuvre. Il paraît que c'est néoplatonicien. L'artiste transforme son modèle comme Dieu sous l'influence du démon a permis à son projet initial de se métamorphoser. Il faut absolument que vous lisiez ça. Ce soir vous demanderez à Blanche de vous le prêter.

Recevant autant de dards que d'informations, Sabine était avant tout surprise; un passé insoupçonné se révélait. Elle fut frappée par l'irruption d'un futur, et soulagée parce qu'elle se savait le droit de le refuser.

– Ce soir, articula-t-elle soigneusement, je n'ai ni le projet ni l'intention de voir Blanche.

– J'ai oublié de vous dire que la première partie du post-scriptum s'intitule *A un père outragé*.

– Au vôtre ou au mien?

– Mon père n'a jamais été évoqué devant Léon, ni même invoqué quand nous tournions les tables. Le père de Blanche alors?

– Elle avait trois ans quand il a quitté le domicile conjugal.

– Ce serait donc M. Zilia que notre ami a bien connu. Ne vous en étonnez pas. Dans son texte il vous a peut-être mêlées, Blanche et vous. C'est le droit d'un écrivain.

— Peu importe, répondit Sabine dont les lèvres se desséchaient, y compris celles de son sexe. Ce que je crois certain, c'est que je ne verrai pas Blanche ce soir à moins que le hasard ne la pousse dans la salle de cinéma où je compte me rendre avec Alcide. Alcide Amadieu.

— Alcide, comme Blanche, viennent à cette fameuse soirée qui est malheureusement inévitable. Pour vous comme pour moi.

Sans courber la tête, elle abaissa brièvement un regard d'aigle sur la montre minuscule qui brillait à son poignet, puis ajouta avec une indulgence sévère :

— Il faudrait vous préparer, Corinne. J'ai horreur d'être en retard, cela se fait maintenant, oui, oui, je sais, mais je désapprouve.

S'étant dressée, Sabine crut écraser celle qui avait réussi à devenir son adversaire en déclarant d'une voix perçante qu'elle n'avait jamais été invitée à cette soirée et qu'elle n'avait rien à y foutre.

— Vous êtes, lui répondit Mme de Gerb, une enfant trop protocolaire. Cette soirée, je viens de vous inviter à l'embellir par votre présence. Vous irez au cinéma un autre jour. N'essayez pas de vous faire regretter. C'est un jeu où on perd souvent.

Elle réduisit Sabine à soulever pour sa défense des problèmes vestimentaires mais refusa d'en tenir compte.

— Vous avez sûrement une robe, sinon, peu importe, vous viendrez en tailleur.

Sabine avait une robe longue mais se demandait si celle-ci n'était pas restée rue des Plantes. Ayant perdu le contrôle des événements, elle se questionnait à haute voix. Dans son désarroi, elle apostropha sa visiteuse :

– Et puis comment avez-vous pu joindre Alcide?

– Par téléphone. Et je lui ai assuré que je vous préviendrais.

– S'il y a le téléphone, c'est grâce à moi qui ai fait agir le filleul de mon cousin.

– C'est très gentil à vous mais préparez-vous en vitesse ou venez comme vous êtes. Vous savez, c'est une soirée où les contraires voisinent volontiers. En arrivant ensemble nous sommes sûres de ne pas être ridicules.

Environnée de trahisons, Sabine se trouva nez à nez avec un courage dont elle avait toujours soupçonné la vigueur dans son tréfonds. Elle décida de faire front, d'accepter l'invitation mais de s'y rendre bien armée.

– J'avais peur que ma robe de cocktail soit restée chez Alcide, mais je crois me rappeler qu'elle est ici.

– Espérons-le car nous n'avons plus de temps à perdre.

Dans la rue, Sabine se demandait encore si, des deux paires de chaussures, elle avait choisi la bonne. Quant à la veste de mouton doré, elle se l'était imposée non comme la meilleure solution mais comme la seule. La bise mordait ses jambes qui donnaient l'impression d'être nues, mais dès le sommet des cuisses, la fourrure épandait sa protection maternelle. Toute proche, la voiture attendait. L'édifice de chrome et d'acier, arrondi comme un museau de grand poisson, étincelait; c'était la région qui était destinée à affronter l'air, à l'écarter grâce au pouvoir de la vitesse, et derrière elle la carrosserie allongeait sa robe de moire.

– Est-ce une Rolls?

– Non, répondit Mme de Gerb, c'est un cabriolet Buick. Je l'avais acheté en 39, mais il est resté sur cale près de cinq ans. A peine est-il rôdé.

Au-dessus de ce merveilleux monument, un ciel surchargé d'étoiles était tendu. En s'asseyant sur le cuir craquant du siège, Sabine vit le tableau de bord s'illuminer, sut que la grande soirée – anodine ou atroce, peu importe – commençait. Le moteur ronronna d'abord, grand félin rêveur, puis, le pied ayant effleuré l'accélérateur, une colère courtoise se leva sous le capot, aussitôt suivie par le murmure d'un cantique qui, après chaque passage de vitesse, se modifiait, comme si des chanteurs se succédaient sur le même thème. Avenue de Messine, quand la voiture se rangea en poussant quelques puissants soupirs, un bout de lune communiquait aux ramilles des arbres un éclat polaire.

Pendant le trajet en voiture, Mme de Gerb lui avait raconté dans quelles circonstances elle avait fait la connaissance de Faypoul « il y a longtemps vous étiez encore une fillette ». Résumé du récit : Mme de Gerb avait reçu un petit chat dont elle ne savait que faire. Il lui vint le projet de l'élever comme un chien. Elle le dressa. Chaque matin et chaque soir, elle le promenait dans la rue pour l'habituer à satisfaire de la sorte ses besoins. Au cours d'une de ces expéditions, le chat avait bondi sur le tronc d'un arbre et s'était juché sur une branche. « Mais oui, bien sûr, il était en laisse, Corinne, mais je n'osais tirer, craignant de lui rompre le col, car tel n'était pas le but. Passe un grand échalas, je le hèle, vous devinez la suite. » Ayant amené

Faypoul chez elle, Mme de Gerb avait renoncé à dresser le petit chat pour consacrer tous ses soins à ce jeune homme. Celui-ci avait été apprécié par M. de Gerb dont il était devenu l'acolyte « j'avoue que j'ai été très contente de lui! ».

La suite de cette conversation eut lieu sur un trottoir verglacé, alors qu'elles étaient sorties de la voiture et que, se tenant par le bras, elles remontaient l'avenue sous les voussures de platine que les arbres dispensaient. Selon Mme de Gerb, il allait de soi que Faypoul avait négligé sa sensibilité au profit d'un intellect fragile. « Je ne suis pas philosophe, ma chérie, mais il était facile de l'embarrasser sur tout sujet abstrait. Par exemple, Monsieur prenant l'air de penser, j'interrogeais en feignant un intérêt sincère. Avec précaution, comme s'il maniait des explosifs dont la fréquentation était hors de ma portée, il m'expliquait qu'il était en train de creuser la grande question des universaux qui avaient angoissé le Moyen Age. J'apprenais que les philosophes scolastiques s'étaient querellés sur le point de savoir si l'espèce et les genres étaient des réalités ou seulement des noms. Une seconde me suffit pour saisir que ceux qui croyaient en la réalité des idées, les réalistes, étaient en fait des idéalistes. Il fouillait en vain dans ses livres. Sans le moindre effort je lui avais foutu sa philosophie en l'air. » Elles avaient franchi la porte cochère, des piliers corinthiens défilaient autour d'elles. Mme de Gerb s'appliquait à atténuer son jugement. Il ne fallait surtout pas tenir Faypoul pour un sot; s'il n'était pas doué pour les secs travaux de l'esprit, c'est qu'il avait été fait pour être un créateur des plus insolites. Au moment où un domestique chinois ouvrait la porte,

Mme de Gerb conclut : « Je n'y connais rien, je n'ai pas fait khâgne comme vous, mais mon mari prétend que Gérard de Nerval, par exemple, ce n'était pas un intellectuel et pourtant il a créé un monde, mineur d'accord, mais décisif et durable, non ? » Pendant que le Chinois les débarrassait de leurs manteaux qu'il confiait avec une aisance rituelle à une très jeune et jolie femme de chambre aux yeux vifs dont la brève chevelure claire était couronnée d'une blancheur tuyautée, Sabine récapitulait ses dernières découvertes : 1) il était possible que Faypoul fût génial sans être intelligent ; 2) il était certain, Mme de Gerb en était la preuve, qu'une femme du monde pouvait avoir de l'esprit, non pas seulement de cet esprit qui facilite la repartie, mais de celui qui nourrit la réflexion universitaire ; 3) elle constatait qu'il lui était impossible de ne pas accorder à Mme de Gerb ce grade de femme du monde que, dans un premier mouvement, elle n'aurait jamais songé à attribuer à une provinciale, et méridionale de surcroît. Une de ses pareilles.

Il est vrai que, petite, elle avait été très sensible aux particules et que, chez la marchande de journaux qui vendait de minces romans pour jeunes filles, elle accordait sa préférence à des auteurs qui s'étaient munis d'un pseudonyme aristocratique, Hector de Vallombreuse ou Gaëtan de Montvillier. Puis, en atteignant quinze ans, elle avait viré de bord et, sous l'effet d'un préjugé inverse, elle avait mis en doute le talent de tout aristocrate et elle avait dû exercer un effort sur elle-même pour apprécier le duc de La Rochefoucauld ou le comte de Montherlant.

Il lui était donc resté une sévérité systématique pour les goûts littéraires ou artistiques des gens riches. Elle avait accepté que son appartement fût baptisé le mensonge mais se demandait s'il n'était pas plus vrai que la réalité du luxe arrogant qui la cernait. Sur le plateau de galuchat d'une longue table, un missel médiéval se tenait ouvert pour montrer ses somptueuses enluminures. Des portes à double battant béaient sur des lointains que des tapisseries chargeaient de feuillages, de chairs nues, de griffes, d'écailles, de cornes et de licornes. Les tableaux qui occupaient toute une galerie ajoutaient des toits enneigés, des baigneuses d'eau douce, des blés, des brocs, des bouches et des yeux. Ce missel ment, se disait Sabine, car je gagerais que le maître de maison ne croit pas plus en un Dieu qu'en une licorne. Elle s'exerçait à ricaner intérieurement quand la vue d'un téléphone blanc l'arrêta. Elle avait déjà contemplé plusieurs téléphones blancs mais seulement au cinéma, et croyait qu'ils n'appartenaient pas à la vie quotidienne.

Presque au même instant, elle fut confirmée dans la crainte émerveillée d'avoir déserté le siècle pour gravir l'Olympe : près d'elle, à quelques pas du téléphone blanc, Bella Corland allumait une cigarette. C'était la première fois que Sabine voyait une vedette autrement que dans l'univers à deux dimensions de la photographie et du cinéma. Cette déesse, Sabine l'avait admirée dans *Un château en Espagne;* elle tirait sur son mari à la fin de la partie de chasse; dans *Escale à Shanghai,* elle brandissait un drapeau sur le tender d'une locomotive; au début du *Déserteur,* un soldat la renversait sur un lit, au fond d'une chambre sordide, et lui ôtait ses bas, alors que dans *La Passagère pour Tanger* elle les détachait d'elle-même sous la menace d'un revolver. Ce définitif visage dont le dessin demeurait infaillible quel que fût le mouvement de la physionomie avait empli toute l'étendue d'un écran et dominé des milliers de spectateurs à travers la fumée des cigarettes.

En entrant dans le champ, Alcide scandalisa Sabine comme s'il avait pénétré dans un film. Aussitôt après, elle fut terrifiée par l'accoutrement du malheureux, complet bleu marine croisé, nœud papillon mauve, chaussures bordeaux à triple semelle. Et l'air très fier de lui. Sa main droite engagée dans la poche de la veste ne laissait dépasser qu'un pouce triomphant. Un diplomate qui venait d'être présenté à Sabine souriait, moqueusement pensa-t-elle, et elle enragea comme si c'était elle qu'on raillait. Elle sursauta en recevant sur la joue un léger baiser de Blanche. Celle-ci n'avait pas sacrifié aux circonstances, elle portait un petit pull noir, une petite jupe noire, ses cheveux qu'elle avait laissé pousser traînaient, orphéliens, sur ses épaules. L'uniforme des caves où une jeunesse se cachait pour danser comme si la danse était toujours interdite.

— Mais tu me détestes! chuchota Blanche. J'ai eu l'impression que tu détestais aussi Alcide. Il t'a dit? J'en étais sûre : il est trop faible pour tenir sa langue.

Presque sans parler, Sabine reçut en une minute ou deux une rafale d'informations. Elle apprit que pendant les fêtes de la Toussaint, Blanche, à la suite d'une lettre de Faypoul, était partie pour Marseille où elle avait rendu visite à Mme de Gerb. Par hasard elle avait rencontré Alcide, et avait partagé avec lui une nuit dont il ne fallait pas faire une montagne.

— Une montagne, non, répondit Sabine, une colline, oui.

— Tu as mis ta belle robe.

– Oui, c'est amusant de s'endimancher.

Elle était éblouie par son calme et par la netteté d'une décision qu'elle venait de prendre. Le reste de la grande soirée, malgré le caviar, devait s'effacer de sa mémoire. Elle ne remarqua même pas que le visage du maître de céans, le docteur Alcipian, était orné d'une ample barbe sombre qui pour l'époque était insolite.

Blanche n'avait été sensible à cette barbe qu'en la voyant disparaître derrière un masque lorsque, dans la salle d'opération, quelques jours après la Toussaint, le médecin, sur les instances de Mme de Gerb, avait entrepris de la délivrer d'un souvenir que Faypoul lui avait laissé sans faire exprès. En revanche, elle fut frappée par l'obscurité du caviar que le diplomate souriant avait apporté de Moscou. Jusqu'alors elle avait prêté à cette nourriture précieuse une couleur ivoirine. Mais elle se garda de laisser percer son étonnement et gronda Alcide qui répétait à tout venant que c'était bien la première fois qu'il buvait du whisky ailleurs que dans les romans policiers fraîchement arrivés d'Amérique. Pour en finir, elle lui apporta un verre de vodka en précisant, comme si ces détails lui étaient familiers, qu'on ne buvait pas du whisky avec du caviar.

Elle fulminait. Il y avait autour d'elle, sans compter le fameux gynécologue, un conseiller d'ambassade, un procureur de la République, deux députés M.R.P., une grande vedette, la duchesse d'Albassoudun (dont, si elle avait été aussi pataude qu'Alcide, elle aurait pu clamer que c'était bien la première duchesse qu'elle rencontrait depuis Mme de Guermantes). Il y avait encore bien d'autres gens, armés de robes de Paquin ou de rosettes. Si Blanche fulminait, c'est que pour la première fois de sa vie elle exécutait une percée dans un milieu dont un héros de Balzac aurait aussitôt tiré parti pour faire carrière. Professeur de lycée, elle n'avait rien à attendre des forces dont les représentants se croisaient près d'elle. Le docteur Alcipian ne demandait pas mieux que de l'inviter à dîner chez Maxim's (ou de préférence chez Prunier-Traktir car le poisson lui inspirait un passion réelle) mais en acceptant elle ne serait jamais devenue qu'une petite amie parmi d'autres, pour finir dans l'une des partouzes que Mme de Gerb organisait volontiers pour son vieux copain. Toute réflexion faite, elle n'avait rien à attendre de ces gens et le seul plaisir qu'elle pût tirer d'Alcipian se limitait à la découverte qu'elle avait faite au début de la soirée lorsque le médecin lui avait demandé, libéré par l'absence de sa femme partie pour les sports d'hiver, de passer la nuit auprès de lui. Sa pensée l'isolait des autres convives et pour mieux la suivre elle s'était éloignée le long de la galerie jusqu'au point de parvenir aux derniers tableaux qui étaient abstraits. Quand Alcipian lui avait rendu le service demandé par Mme de Gerb, il avait précisé, en riant ou plutôt en souriant, qu'elle ne saurait le remercier qu'en nature et après une hésitation qui était moins due à la pudeur qu'à la réflexion elle avait accepté en souriant elle aussi, et tenu parole. Donc, en quémandant une nouvelle nuit, il ne pouvait pas s'appuyer sur un droit, c'était une requête qu'il formulait, une requête assez ardente; bref, elle avait appris que l'on vexe plus profondément un homme en déclinant ses seconds hommages que les premiers. Ce moment solitaire fut brisé par la voix d'Alcide.

– Ce tableau, dit-il, semble avoir été découpé dans le linoléum qui tapisse la maison du père Faypoul.

– Ce Mondrian, comme les autres d'ailleurs, nasilla le chroniqueur du *Figaro,* peut être considéré comme un fragment de linoléum mais a-t-on le droit de le dire ?

Sans se départir d'un sourire qu'il avait reçu d'une fée à sa naissance ou qu'il avait acquis à Sciences Po, le diplomate qui fascinait Blanche parce que, vu de profil, il ressemblait à la Parisienne de l'île de Crête, chuchota comme s'il cherchait à obtenir une confidence :

– N'en aurait-on pas le droit juridiquement ou moralement, qu'entendez-vous au juste ?

– En fait, j'avais dans l'esprit une notation de Cocteau. Devant une cathédrale de Monet, une dame s'exclame : « On dirait une glace en train de fondre » et Jean d'ajouter : « Cette dame avait raison mais elle n'avait pas le droit de le dire. »

– Ah, je vois, soupira le diplomate, c'est un mot.

– Vous faites des mots ! claironna Mme de Gerb.

La solitude de Blanche avait attiré un mouvement de foule. La soirée atteignait la phase où s'établissent des dénivellations entre les absorptions d'alcool et aussi les pouvoirs d'absorption. Plus le temps passait, plus Mme de Gerb haussait son verbe, plus le diplomate abaissait le sien, et peut-être dans la même intention, l'une pensant qu'on se fait mieux entendre en criant, l'autre en ne laissant glisser qu'un chuchotement qui oblige les auditeurs à l'attention et au silence. Et si le chroniqueur du *Figaro* semblait nasiller, c'est qu'il exagérait l'accent oxfonien qu'il s'était constitué à grand-peine.

— Moi faire des mots! souffla doucement le diplomate, je ne m'y essaierais pas. Ce n'est plus la mode chez nous depuis la mort de Berthelot. Peut-être que M. Alexis Léger en réussit encore mais il les enrobe d'une poésie qui les rend hermétiques. Jean Giraudoux savait rapporter les traits des autres mais il nous a quittés pour un monde meilleur. M. Paul Morand nous a quittés pour un monde encore meilleur car imaginez mieux que la Suisse, fût-ce seulement pour les cigares!

Blanche écoutait; elle apprenait l'existence d'un vif qui n'est pas enseigné à l'université. Ce vif, songeait-elle, pouvait être remplacé par le flou où Léon Faypoul naviguait avec sûreté.

A mesure qu'elle continuait d'avancer, les voix se diluaient en s'assourdissant comme celles d'un film lorsqu'on sort de la salle avant la fin. Dans le même mouvement les sujets et les manières des tableaux remontaient le temps. Ayant franchi un des habituels Sacré-Cœur d'Utrillo, elle dépassa en quelques enjambées, que l'étroitesse de sa jupe freinait à peine, les clapotis blêmes que Sisley tordait sous la résignation des façades riveraines.

D'un salon latéral parvenait le rythme régulier d'un slow qui attirait vers lui quelques groupes auxquels la duchesse d'Albassoudun opposait son immobilité rêveuse.

— Les guerres se suivent mais ne se ressemblent pas, confia-t-elle à Blanche sans la regarder de sorte que celle-ci craignît d'être le témoin involontaire d'un monologue. J'avais passé la première à Venise, j'ai passé celle-ci à Boston. De quoi parlions-nous?

— De Boston.

– Si j'ai bien compris, vous seriez professeur, made-moiselle ?

Elle ne se décidait toujours pas à regarder son interlocutrice; il en profitait pour examiner un visage qui avait été beau. Les yeux avaient sans doute perdu de leur éclat mais l'architecture demeurait comme celle d'un arc de triomphe victime de l'érosion plus que du vandalisme.

– Aux États-Unis, poursuivit la duchesse, les professeurs sont en passe de prendre le pouvoir. Pourquoi pas en France ? Ça commence. Voyez Sartre et consorts. Vous me répondrez : Bergson. Il est bien vrai que, jeune fille, j'envoyais une femme de chambre occuper mon siège à temps pour écouter Bergson au Collège de France. Mais il ne traitait que du rire ou de l'évolution. Les professeurs d'aujourd'hui sont aptes à régner dans tous les domaines : justice, politique, littérature, tout ce que vous voudrez, l'amour, le cinéma, la révolution. L'un de mes plus chers amis qui était universitaire fut ministre plusieurs fois, sous cette chère Troisième, mais pour exercer le pouvoir, il lui avait fallu quitter l'université et même faire oublier qu'il était agrégé. Tandis qu'aujourd'hui vous ne sauriez gagner la partie qu'en rappelant, à tout bout de champ, que vous êtes universitaire. Mon vieil ami Jean Bondy, l'auteur de *La Bête belle* qui faillit avoir le Goncourt en vingt-neuf, écrivit plusieurs livres sur Stendhal, notamment *Mélanie l'Oiselle*, eh bien, ma chère, quand je l'ai retrouvé, il m'a déclaré textuellement : « Stendhal est foutu pour nous, les universitaires s'en emparent. » Au moins profitez-en.

Par principe, Blanche tenait pour inutile cette duchesse mais l'écoutait et en prenait de la graine. Son plan n'était pas d'annexer Stendhal mais elle mesurait les chances que ce discours lui donnait de faire de Faypoul son bien propre. Tout en réfléchissant, elle regardait Alcide errer l'air perplexe et un peu inquiet; il ressemblait à un chien qui, amené par son maître au café, se serait hasardé parmi les clients en se demandant s'il devait faire ami, ou continuer une déambulation solitaire avec une mine affairée qui sous-entendait un rendez-vous important. Il se décida à harponner un aiglon mal nourri qui, après avoir obtenu pendant un moment une attention presque générale, se trouvait maintenant isolé comme il arrive dans ces sortes de réunions qui sont agitées par l'imprévisibilité des mouvements browniens. L'aiglon, qui avait été présenté comme un futur grand metteur en scène italien, Umberto Grossinari, ou Grossiniani, voulut bien exposer, sinon le sujet de son prochain film, du moins sa méthode. Il n'entendait pas raconter une histoire. Des histoires, l'humanité en avait trop entendu. Il décrirait scrupuleusement une situation. Une situation dramatique? Non. Quotidienne. Il montrerait un homme comme les autres, pris dans une affaire banale. Noël approche, on a réduit son salaire de 45 %. Pourra-t-il offrir une montre à sa femme et quelque chose à son fils?

— Ce quelque chose, je ne sais pas encore che cosa è. Il dépendra de l'âge de l'enfant. Bien sûr, je n'utiliserai pas d'acteurs professionnels. Uniquement des gens. J'ai trouvé le père, la mère, je cherche le fils. Les fresques mussoliniennes, finies. L'avenir est à la vérité.

Alcide surprit Blanche par la vivacité de sa réplique.

– Les êtres apparemment les plus anodins ont tous leurs singularités et c'est par elles qu'ils existent. Pourquoi voudriez-vous que seul le quelconque soit significatif ?

Elle supposa qu'il se fâchait parce qu'il croyait défendre l'œuvre de Léon Faypoul contre un théoricien de la littérature populiste; elle aurait suivi le débat avec intérêt si la duchesse n'avait pas élevé la voix pour terminer son réquisitoire :

– La meilleure preuve, c'est qu'Henry de Montherlant, que j'ai croisé hier chez nos cousins Jarnac, me disait : « Ma bonne, c'est pis que ce que vous croyez et j'en suis à attendre de la moindre péronnelle qu'elle daigne s'incliner jusqu'à moi dans sa thèse, tant il est vrai que nous sommes tombés au pouvoir des professeurs. » Vous m'objecterez qu'Henry a eu des ennuis à la Libération et qu'il est encore sur le fil en train de sécher. Oh, pardon, mademoiselle! s'exclama-t-elle comme si elle avait marché sur les pieds de la grande vedette, ce propos ne vous visait pas.

– Il m'aurait ratée, de toute façon, répondit Bella Corland avec un calme à peine tremblant. Les malentendus se sont vite dissipés et je dois pour Noël dire des poèmes d'Aragon à la radio.

D'un sourire, Blanche avait remercié le diplomate qui l'avait invitée à danser et le couple qu'ils improvisèrent en une seconde s'engagea sur la vaste étendue de parquet que les domestiques avaient libérée en roulant les tapis. Mme de Gerb les croisa, enlacée par le docteur Alcipian. Il ne déplaisait pas à Blanche d'entretenir la jalousie de ce médecin fat et elle ne résistait pas à l'intérêt que provoquait en elle la proximité d'un corps inconnu, constatant avec émotion que malgré l'étranglement de la jupe elle pouvait laisser assez de jeu à ses cuisses pour se modeler aux formes de son partenaire. Elle constatait aussi que la fascinait le spectacle d'Alcide qui dansait avec Bella Corland; il l'effleurait comme un mirage qui, soumis à une trop brusque vérification d'identité, risquerait de s'évanouir. Blanche déplaça son regard vers Sabine et la duchesse, qui, pareille à un iceberg, prenait un air innocent avec l'espoir de dissimuler l'essentiel : le plaisir que lui offrait la hargne de son avocaillonne de voisine. Toutes deux ne perdaient pas de vue le couple formé par la star et le nigaud. Du coup, Blanche fut secouée par un rire : le ridicule, Alcide l'incarnait, Sabine aussi, et moi-même, se dit-elle. Elle rendit hommage au courage de Mme de Gerb qui avait osé inviter les Marx Brothers chez le plus célèbre gynécologue de Paris. Pour un photographe imaginaire, Alcide se cambrait, sans espérer atteindre la taille de Bella, trop heureux de serrer dans ses bras une ombre de la caverne platonicienne qui s'était réalisée pour lui. Car maintenant il osait emprisonner contre le sien le corps adverse et parce qu'il se rappelait la bête à deux dos de Rabelais et considérait qu'il en formait une avec Bella. A un détail près.

Le disque s'était arrêté. Bientôt Alcide fut obligé d'admettre que cette nuit dont il avait vu la splendeur se terminait. Le maître de maison avait prévu, le dernier métro ayant depuis longtemps grogné son dernier souffle, un thème d'évacuation pour ses invités, qui se résumait ainsi : ceux qui avaient des voitures se chargeaient de ramener ceux qui n'en avaient pas. Dans l'avenue où le froid avait perdu de son tranchant, de larges gouttes de pluie très espacées, lourdes, tombaient d'un ciel bas et étale qui étouffait aussi bien la lumière que la nuit. Alcide vit Blanche monter dans un cabriolet surchargé et s'asseoir sur les genoux du diplomate. Il se laissait entraîner par Sabine qui le poussa dans une traction conduite par un banquier qu'il n'avait pas remarqué jusqu'alors. Justement le banquier avait fait khâgne dans sa jeunesse, ce qui confirma Alcide dans la croyance qu'il est certaines études qui vous conduisent vers tous les azimuts, selon votre convenance, comme une lampe d'Aladin. La femme du banquier avait fait elle aussi une école, celle du Louvre, et elle s'entretint avec Sabine d'une exposition de peinture italienne. Sabine avait gardé sa main dans celle d'Alcide, qui fut assez étonné quand le banquier et la banquière les déposèrent tous les deux rue des Plantes.

Sur le trottoir, il balbutia :

— Tu ne rentres pas chez toi ?

— Je ne dormirais pas ici pour la première fois, que je sache.

Il aurait voulu lui répondre : c'est vrai, mais il y a des mois que tu n'as pas dormi chez moi et si tu avais réintégré le mensonge, j'aurais eu le plaisir, l'exaltation de me coucher en compagnie du souvenir que Bella Corland a laissé sur la paume de mes mains, sur ma poitrine, un peu partout.

Il savait que certaines personnes découvrent des pagodes ou des batailles médiévales dans le mouvement des flammes, des orgies dans les spasmes des tisons, des profils de seins et de croupes dans la manœuvre des nuages, des galopades de djinns dans le flux sonore d'une rivière, mais il avait toujours été inspiré par les métaphores que lui proposaient les surfaces ligneuses. Sur les cloisons de bois blanc que son père avait dressées entre la cuisine et l'office, il distinguait, quand il était enfant, des dieux marins appuyés sur leurs tridents et des yeux qui regardaient Caïn. Montant l'escalier derrière les talons bruyants de Sabine, il retrouvait sur presque toutes les marches les écorchures, les gerçures sombres du sapin encaustiqué où il s'était habitué à découvrir des crocodiles, des frégates et jusqu'à une tour de télégraphe Chappe. Il doutait beaucoup trop de ses talents pour espérer qu'un jour il tirerait un parti littéraire de cette magie quotidienne mais il brûlait d'offrir ce thème à Faypoul et n'était retenu que par la modestie.

La pièce était glacée. Emmitouflé dans sa canadienne, il regardait Sabine et se demandait pourquoi elle se déshabillait. Il poussa au maximum le cadran du radiateur électrique pendant qu'elle peinait pour se délivrer de sa gaine. Pour la première fois elle se montrait dévêtue à lui qui ne savait que penser de ce haut corps, pâle et roux. Les seins lourds et serrés lui rappelèrent ceux d'une statue, celle de la Seine ou de l'Instruction publique dont il avait aperçu récemment la photographie. Elle s'enfonça dans les draps en prenant soin de ménager une place pour son compagnon. Il avait espéré que comme par le passé il dormirait dans le lit voisin ou, ce qu'il aurait encore préféré, qu'elle lui permettrait de monter occuper l'ancienne couche de Faypoul. Il prouva qu'il se résignait à l'inévitable en se déshabillant à son tour. Il imaginait une discussion qui était inutile puisqu'il l'aurait perdue. C'était vrai qu'il avait voulu faire l'amour avec elle, l'avait même demandée en mariage, ce n'était que trop vrai et la force lui manquait de répliquer que le temps ayant passé il avait changé d'idée. Les draps étaient froids et les deux corps ne trouvèrent d'autre recours que d'associer leur chaleur. Pendant un moment il craignit de ne pas bénéficier d'une de ces érections qu'à Ulm une ouvrière allemande lui prodiguait aisément. Il n'aurait plus manqué que ça. Les yeux fermés il reçut l'assistance de Bella Corland. Il manquait d'imagination, c'était entendu, mais il n'en avait pas besoin pour substituer au corps de Sabine celui de Bella qu'il voyait courant sur le bord du cratère, presque dénudée par les déchirures de la robe et embrumée par les vapeurs de soufre. Il n'imaginait pas, il transposait. Le lit froid ne demandait qu'à devenir l'herbe tiède du volcan sur laquelle il renversait l'espionne désirée. Il lui revint en tête un détail qui ne s'entendait pas avec le film : Sabine, selon toute vraisemblance, était vierge. Il balaya cet inconvénient. Bella Corland, autrefois, avait forcément été vierge, tout le monde l'a été, les espionnes et les putains aussi lors de leur adolescence. Bientôt l'obstacle eut disparu complètement. Sabine avait jeté un cri bref qu'Alcide n'avait pas entendu, trop occupé à poursuivre un chant intérieur où le nom de Bella s'enlaçait avec des mots crus et tendres. Pendant que l'événement se prolongeait, Sabine ne trouvait qu'un adjectif pour le qualifier : « important ». Ce qui se passait était important. Quand ils s'éveillèrent, la pièce où, dès les premiers gels, les plantes avaient été abritées, verdoyait. Derrière les vitres il faisait beau.

Il se rasait auprès d'elle qui prenait sa douche, se savonnant avec emphase. C'était lui qui voyait de l'emphase, un enthousiasme voulu, une gloire artificielle dans l'ardeur avec laquelle Sabine tenait son corps à deux mains, deux mains fortes et rapides qui tressaient des boucles d'écume le long d'une chair brandie comme une offrande victorieuse. Je n'ai pas montré plus de malice qu'un nourrisson, se disait-il en lançant rageusement son rasoir à l'assaut de son menton, elle m'a eu, je suis embarqué dans sa galère, coincé, et le pire, c'est qu'elle est de bonne foi et qu'elle pense avoir droit à ma reconnaissance pour le beau cadeau qu'elle me fait. Une larme rouge coula jusqu'à un îlot de savon à barbe où elle rosit.

— Oh, malagauche, il s'est coupé! Attends, ne bouge pas, laisse-moi faire.

Tout en finissant de se sécher, elle avait ouvert le petit placard situé sous le lavabo et fouillait avec assurance.

— Toi, tu ne trouverais pas l'eau à la rivière. Pourtant c'est simple, tends un peu ton museau... Voilà. Ça picote à peine, avoue-le. Inutile de faire la grimace! J'ai horreur des garçons douillets.

Pendant qu'ils s'habillaient, elle reprit la conversation exactement sur le même ton. Comme s'il s'agissait toujours de rassurer un benêt dont le bobo doit être aseptisé.

— A Faypoul nous devons la vérité, toute la vérité...

Sans espoir il tenta d'écarter la foudre par une plaisanterie.

— Levez la main droite et dites je le jure.

— Ne fais pas le pitre, essaie d'être simple et naturel comme moi. Cet après-midi quand je verrai Faypoul, je lui dirai que je t'ai cédé, que nous avons décidé de faire notre vie ensemble mais que cela ne change en rien nos relations avec lui. Comme par le passé, nous restons au service de sa vie et de son œuvre. Tu es bien d'accord là-dessus ?

Il entrevit une brèche ultime grâce à laquelle il pouvait en hasardant ses dernières troupes pénétrer la forteresse mais il lança son attaque sans conviction :

— Il ne faudrait tout de même pas exagérer et tenir pour définitif un engagement qui après tout...

— Tu voudrais que nous abandonnions Faypoul ! Est-ce même pensable ? Nous sommes engagés envers lui, et ne le serions-nous pas que rien ne pourrait nous empêcher de considérer comme un honneur l'aide que nous pouvons lui apporter.

Il résolut d'abandonner momentanément le combat. Il trouva même moyen d'admirer l'habileté stratégique de sa retraite. Pendant des années la lecture des communiqués militaires l'avait habitué à une manière rassurante de s'exprimer qui permettait à une débâcle d'apparaître comme un repli élastique sur des positions préparées à l'avance. Il prétexta un cours à la Sorbonne et s'enfuit en tenant pour une victoire le brio avec lequel il mettait fin à l'entretien.

Sabine, qui avait laissé chez Alcide une partie de sa garde-robe, finit de s'habiller, assez contente d'elle mais songeuse. L'autobus qu'elle emprunterait pour aller travailler chez Me Luciani étant direct, elle s'offrit une demi-heure pour monologuer. Depuis le début de sa puberté, elle restait fascinée par les monologues qui scandent les tragédies de Corneille. Un homme fait le point; il examine ses actes et ses projets et mesure ce qu'il hasarde à ce qu'il poursuit. Il juge tantôt en moraliste, tantôt en politique. Pour parvenir à faire le point, il alterne le rapport objectif, le plaidoyer et le réquisitoire. Cette fillette qui connaissait par cœur des centaines de vers de Corneille avait pris l'habitude de déambuler dans sa chambre, déclamant avec passion et changeant de voix chaque fois que le discours changeait d'angle. Elle faisait son régal du monologue d'Auguste, dans *Cinna*, qui lui permettait de prendre d'abord le ton d'un homme vertueux que ses amis ont trahi, de s'interrompre pour rentrer en soi et s'accuser de crimes dont la cruauté justifie les conjurés, de retrouver la colère pour maudire leur ingratitude et décider de leur châtiment. « Mais quoi, toujours du sang et toujours des supplices... » Grâce à un nouveau virage, le monologue s'oriente vers une clémence qui est autant le produit d'un calcul. Ordonner des arguments et des émotions lui paraissant le plus beau jeu du monde, elle s'était faite avocate mais le palais ne lui avait pas encore offert un théâtre à la mesure de sa propre ambition et elle était encore obligée de chercher dans les petits événements de sa vie des thèmes que son éloquence travaillait à sérier et à éclairer. Tantôt circulant à grandes enjambées entre le lit et les plantes vertes, tantôt s'arrêtant pour marquer un virage de la pensée, elle analysait l'état où elle se trouvait, disséquait une alternative, étayait une décision. D'emblée elle s'appuyait sur un principe : Blanche était l'ennemi. Elle nourrissait cette accusation de points précis. Parce qu'elle admirait le talent de Léon Faypoul, Blanche, vorace, avait voulu s'approprier l'homme, l'avait entraîné dans son lit puis, pour l'empêcher de revenir rue des Plantes auprès de Sabine, l'avait poussé à se livrer aux flics. Elle était comparable aux plus odieuses des magiciennes qui rôdent dans *L'Odyssée* et dans les contes des *Mille et Une Nuits*. Puis, secrètement, elle avait brigué et obtenu la confiance de Mme de Gerb et en même temps elle avait exploité son corps pour enchanter Alcide et isoler davantage Sabine. Et c'était pour affaiblir celle-ci et la réduire à abdiquer que, la veille, elle avait avoué ou plutôt proclamé cette trahison.

Mais tout comme Auguste, Sabine, changeant de registre, se mettait tout à coup en accusation. Si, pendant la fatale journée qui avait abouti à l'arrestation, elle avait été tentée d'abord de se donner à Faypoul puis avait préféré le prêter à Blanche, c'était tout simplement parce que, timide, incertaine, lâche, elle avait craint de ne pas savoir ensuite retenir son grand homme et d'avoir perdu Alcide pour rien.

Elle marqua une pause devant le dessin de Faypoul qui l'esquissait, nue et allongée. Alcide avait fait encadrer l'ébauche qu'il avait appendue face à la table sur l'une des rares portions du mur que les livres n'occupaient pas. Il lui vint une voix plus naturelle pour observer :

– Alcide a-t-il fait un sort à ce dessin parce qu'il me représente ou parce que Faypoul en est l'auteur ? Sans doute y a-t-il un peu des deux. Il aurait été très flatté que son idole me déflore et peut-être ai-je fait une boulette dont Blanche a su doublement profiter. Blanche delenda est.

Ces monologues lui en apprenaient souvent sur sa nature et sur sa situation mais toujours ils la rassuraient, possédant le pouvoir de conférer une unité logique à des incidents boiteux. Trépignante d'activité, elle donna un coup de balai, refit le lit en changeant les draps, jeta le linge sale d'Alcide dans une bassine où elle le laissa tremper sous un nuage de lessive et dévala l'escalier. Inquiète de son retard, elle courait vers son autobus, le froid s'engouffrant sous sa jupe. Pour la première fois, hors d'haleine, elle concevait qu'elle était différente puisqu'une parcelle de son corps avait été supprimée.

Avant de se rendre à Fresnes, elle donna à Mme de Gerb un coup de téléphone dont le résultat lui convint tout à fait. L'ami procureur estimait lui aussi qu'il valait mieux gagner du temps, donc faire traîner l'instruction. Plutôt que d'assener en bloc les attestations qui glorifiaient Faypoul, il était préférable de demander l'envoi de commissions rogatoires et laisser l'innocence de l'accusé caresser doucement et lentement l'horizon avant de resplendir. Dès qu'elle se trouva en présence de Faypoul, elle lui administra un cours sur la méthode qu'elle comptait employer. Elle ne put s'empêcher d'ajouter :

— Avant six mois vous serez libre.

Il hocha la tête sans enthousiasme.

— Vous souhaiteriez sortir plus vite ?

— Il fait à peine zéro dans ma cellule mais c'est un inconvénient passager, dû à la saison. Quant à la liberté, je n'en ai jamais été assoiffé. Je ne la considère pas comme un bien en soi.

Son flegme irritait Sabine qui, pour se débonder, lui reprocha de ne lui avoir jamais fourni aucune information sur ses activités résistantes. Il se borna à répondre :

— Mme de Gerb s'est donné un mal fou. Je n'aurais jamais attendu cela d'elle. Je tenais même pour certain que son égoïsme autoritaire faisait partie de son charme. Je ne dirais pas que je suis déçu mais c'est un fait qu'elle m'a déconcerté. C'est d'ailleurs très aimable à elle, ajouta-t-il sur le ton de la politesse protocolaire.

A l'instant où elle s'était trouvée en face de lui, Sabine avait souffert de son corps qu'elle accusait de trahison. Mais exaspérée par une indifférence aussi têtue et par l'application de Faypoul à ne se laisser posséder ni par les choses ni par les êtres, elle lui jeta au visage ce que pendant un instant elle avait été tentée de lui cacher.

— Cette fois je suis fiancée avec Alcide et cette nuit nous avons couché ensemble.

— Vous avez choisi une solution qui était prévisible depuis très longtemps, et la plus raisonnable. D'un certain point de vue, c'est très bien.

— De quel point de vue ?

Il fit de la main et même du bras un geste si vague qu'elle enragea.

— S'il vous déplaît que je continue d'assurer votre défense, dites-le-moi carrément et Mme de Gerb vous trouvera un autre avocat.

— Mais pourquoi ? Qu'est-ce qui vous prend ?

Sa mine était celle d'un chien malheureux qui se sait accusé injustement. Avec une douceur désarmante il demanda :

— En quoi ai-je pu vous déplaire ?

Elle chercha un argument et le trouva aussitôt.

— Vous vous êtes débrouillé, je ne veux pas savoir comment, pour faire parvenir à Blanche votre *Conversation d'un modèle avec un écrivain dessinant*. Si vous n'avez pas confiance en moi pour gérer votre œuvre, pourquoi me confieriez-vous votre défense ?

— Oh, la, la! Dans une lettre adressée à Blanche

j'avais cité ce texte; elle me l'a demandé, je le lui ai envoyé, mais il est bien entendu dans mon esprit que je confie mon œuvre dans son ensemble à vous trois.

Un instant elle se demanda qui était le troisième puis se rappela l'existence du fiancé.

Le fiancé était en train de souffrir. Parce qu'il avait menti en prétextant un cours à la Sorbonne, il avait dirigé ses pas vers Saint-Michel. Le froid lui avait poussé les mains jusqu'au fond des poches et le col de sa canadienne, qu'il avait relevé jusqu'à ses oreilles, lui donnait en les câlinant la seule preuve de sympathie qu'il pût attendre du monde extérieur. L'image de son père, lourde et sombre, s'interposait entre le flot jeune des passants et lui. Le tatouage de Juste Amadieu dilatait les feuilles du trèfle sur la puissance du biceps. Cet homme aurait su saisir sa chance si celle-ci l'avait mis en face de Bella Corland; il était aussi courageux que méfiant alors que son fils avait manqué de courage en présence de la star et de méfiance à l'égard de Sabine. Il revoyait Bella non pas en couleur comme la veille, lorsque leurs yeux étaient à quelques centimètres les uns des autres mais en noir et blanc, le front alourdi par les pierreries d'un diadème, debout sur la proue de la jonque à la fin de *L'Impossible Croisière*.

— Ave, Amadieu, que les dieux te soient propices, et ils le sont puisque tu me rencontres.

Il lui fallut, pour serrer celle de Mourel, extraire sa main de la tiède niche où elle hibernait. Ce camarade qui avait, lui aussi, renoncé à se présenter à l'École Normale et qui préparait, lui aussi, l'agrégation sans espoir ne lui déplaisait pas parce que pendant des années tous deux avaient partagé une initiation paisible à des rites qui les séparaient du commun des mortels. Ils savaient traiter avec la légèreté qui convenait un problème grave et donner du poids à une futilité. Tous deux avaient appris à n'avancer jamais rien sans le dérober en même temps et à faire déraper tout mouvement d'enthousiasme sur une raillerie tacite qui n'excluait d'ailleurs pas une admiration érudite. Il leur arrivait de glisser des citations dans leurs propos mais leurs voix, en changeant de ton, savaient les emprisonner dans d'invisibles et ironiques guillemets. Ils n'auraient pas admis que l'on comparât leurs manies à celles des étudiants de Science Po qui détaillaient chaque syllabe et qui pour prononcer un mot d'une langue étrangère vivante imposaient un changement de registre à leurs cordes vocales, qu'il s'agît, en haussant le ton, d'évoquer Gladstone ou les Nazis qui dans leurs bouches devenaient des Nadzis. Pour des étudiants en Lettres il semblait bien ridicule d'adopter des phonétiques locales alors que la tradition française voulait qu'on préférât Tite à Titus. De même, ils laissaient le poker et le golf à Science Po, le bridge à l'École de Droit, les échecs à Centrale et tentaient, alors que le billard déclinait, de lui rendre son ancien prestige. Dans le même temps, ils avaient décidé d'inviter le mot *terrible* à une escapade que justifiaient dans le passé la tentative des Précieux et dans le présent le succès que *formidable* avait obtenu en cessant de signifier *effrayant* pour signifier *sensationnel*. Donc Mourel ayant proposé à Amadieu d'aller jouer au billard et Amadieu ayant refusé, Mourel insista en ces termes :

— Obtempère sans rechigner plus avant. Tu es en

forme et moi aussi, une partie terrible nous attend.

– La forme, justement, je ne la tiens pas, ayant forniqué toute la nuit et même après qu'Iris aux doigts de roses eut ouvert les portes de l'Orient. Il faut avouer qu'elle est fraîche comme Nausicaa et avertie comme Athéna.

– Je la connais? demanda Mourel avec un zeste d'ironie.

– De nom. Bella Corland.

Déjà il regrettait cette confidence non parce qu'elle était mensongère, il ne s'en avisait pas encore, mais parce qu'il risquait de passer pour indiscret. Mourel qui battait la semelle montrait des signes d'impatience et non d'admiration.

– Tu ne crois pas? demanda Amadieu.

– Non, mais décide-toi.

Ils dévisagèrent en silence la façade de la Sorbonne et descendirent la rue jusqu'au lieu où plutôt que de fumer de l'opium on jouait au billard. Une table était libre.

– Attends une seconde, je téléphone.

La cabine était libre elle aussi. Avec des doigts tremblants, Alcide retrouva dans son carnet le numéro de téléphone du docteur Alcipian. Une voix de femme. Il obtient le docteur et, grâce à lui, le numéro de téléphone de Bella. Le deuxième jeton est jeté à l'assaut. Une voix de femme encore. Il avait imaginé les murailles dont les chutes successives lui permettraient de parvenir au cœur de la citadelle. Or, d'emblée ce fut la voix de Bella qui au allô d'Alcide répondit:

– C'est toi, Georges?

– Non, c'est Alcide.

– Alcide? Qu'entendez-vous par là?

– Alcide Amadieu. Nous avons dansé ensemble hier chez...

– Ah oui, je vois, bonjour, et qu'est-ce que vous voulez?

– Vous voir. C'est très important.

En réponse, il reçut la cascade d'un rire sincère.

– Important pour vous ou pour moi? reprit la voix encore essoufflée par les spasmes du rire, parce que, poursuivit-elle, j'ai remarqué que lorsqu'on m'annonce qu'une affaire est importante ou urgente ou très grave c'est pour l'autre qu'elle l'est et non pour moi.

– D'accord, répondit Alcide après deux secondes de méditation, c'est pour moi que c'est grave.

Quand il revint vers Mourel, les anges le portaient. D'habitude il commande un demi panaché où la limonade adoucit la morsure de la bière mais il lui faut la boire pure parce que Mourel l'a commandée ainsi. Il en avale plusieurs gorgées qui passent comme des caresses; son corps est ailleurs. Il accomplit les gestes rituels. Il prend l'air concentré de qui prépare un coup savant, il remet du blanc sur la queue qui n'en a pas besoin. Comme à l'accoutumée il lui arrive de se pencher sur le tapis au point de s'allonger presque, mais s'il donne parfaitement le change grâce à l'exactitude traditionnelle de ses gestes et de sa physionomie, il perd avec constance et s'en fiche. Quand Mourel qui tient la marque annonce glorieusement qu'ils en sont à 15-6, Alcide polit la phrase qu'il lancera tout à l'heure à Bella. « Grâce à vous, j'ai perdu cet après-midi une partie de billard. – Grâce à moi, pourquoi? demandera Bella. – Parce que la perspective d'un rendez-vous enchanteur m'a permis de découvrir qu'il était vain de promener des boules sur un tapis vert. » Mais sans le faire exprès il réussit coup sur coup deux séries dont le résultat le remit à égalité avec Mourel. Dès lors l'ambition de gagner la partie le posséda tout entier. Il accepta comme une évidence la certitude que s'il l'emportait, il l'emporterait aussi dans quelques heures à l'issue d'une entrevue insensée où il croyait jouer sa vie. Il gagna. Une deuxième partie s'engagea. La fumée des cigarettes et des pipes épaississait l'atmosphère avec une douceur étouffante et protectrice. Ce lieu était enfermé dans une parenthèse qui le défendait contre les mouvements du monde extérieur.

A la longue il fallut bien le quitter. Le rendez-vous étant fixé pour dix heures du soir, il redouta de devoir résister seul à la lenteur de l'écoulement du temps. Il était riche puisqu'il venait de toucher le mandat que sa mère lui avait envoyé pour le mois, il pouvait donc inviter Mourel à dîner pour en faire son jeune homme de compagnie. Ils retrouvèrent le froid et descendirent dans la nuit jusqu'à un petit restaurant de la rue de la Huchette. Avant de s'asseoir, Mourel, avec un embarras qui alluma deux confettis rouges sur ses joues, annonça qu'il lui fallait téléphoner à ses vieux pour les prévenir qu'il ne rentrerait pas « manger ».

– Ce n'est pas que j'y sois obligé... mais les pauvres... ça vaut mieux et ne me prendra que quelques secondes.

L'appareil étant posé sur le comptoir, Alcide, malgré le bourdonnement des voix et le soin que prenait Mourel de parler le plus bas possible, écouta celui-ci s'empêtrer dans de timides explications (une séance de révision avec deux copains, etc.) et esquissa une comparaison entre un garçon (lui) qui avait téléphoné à une star pour la conquérir et un autre garçon qui mentait à son papa.

Le dîner se prolongea jusqu'à neuf heures et demie. Tantôt Alcide oubliant l'essentiel se satisfaisait du paisible plaisir d'un plat en sauce et d'une conversation d'un camarade, tantôt, comme un coup de poing, il recevait dans les yeux le visage de Bella et, effrayé, essayait d'imaginer quelle physionomie elle prendrait en écoutant un discours qu'il avait imaginé impulsivement et qui ne prenait sa forme définitive qu'à force de retouches.

Dans le métro, il les poursuivit de sorte que ses lèvres bougeaient comme celles de ces vieux buveurs que l'on croise sur un trottoir à la tombée de la nuit. Après avoir été épouvanté par le nombre de minutes qu'il fallait gravir comme un éboulis pour parvenir au rendez-vous, il craignait maintenant d'être en retard et consultait sa montre. Devant le porche du boulevard Murat, avant d'appuyer sur le bouton, quand il la consulta une fois encore, il constata avec soulagement qu'il n'était en retard que de quatre minutes, juste ce qu'il fallait.

L'immeuble de Bella Corland proclamait les certitudes de l'opulence comme celui d'Alcipian. Mais avenue de Messine, la pose résignée des cariatides et la gloriole des piliers éjaculant des feuilles d'acanthe se situaient trois quarts de siècle avant les bas-reliefs du boulevard Murat qui courbaient sur de vastes plaques de pierre de taille des sirènes aux seins menus et aux avant-bras plus volumineux que les épaules. Une trace de cubisme apprivoisé, pensa-t-il. Mais dans l'ascenseur miroitant et muet il imagina la gueule qu'il ferait en retrouvant son visage dans les miroirs de la cabine, après l'échec de son entreprise. En ce cas, se dit-il, je redescendrai à pied.

La petite dame qui lui ouvrit portait un tablier d'un blanc douteux. Elle était sans âge et regardait la moquette. Elle lui désigna une des extrémités de la galerie en marmonnant :

— Entrez, on vous attend.

Il se demanda s'il devait frapper avant d'ouvrir la porte et, toute réflexion faite, l'ouvrit sans frapper. Le studio lui parut immense. Il était conçu sur le même schéma que l'appartement de la rue des Plantes (terrasse, pièce principale, mezzanine), mais lui ressemblait aussi peu que l'Apollon du Belvédère à un primate. Bella Corland, vêtue d'une longue robe étroite et noire, tournait autour d'anneaux, eux-mêmes soutenus par de longs cordages. Elle se laissa enfin retomber sur des pieds qui étaient aussi nus que ses bras et, à peine terrestre, elle rit au nez d'Alcide.

— Bonjour, Christomanos.

Comme il manœuvrait pour lui baiser la main, elle l'embrassa sur les deux joues. Elle s'était haussée sur la pointe des orteils, il s'était penché, découvrant que, sans talons, elle était plus petite que lui. Sa taille lui donnait rarement l'occasion de se ressentir comme un colosse débonnaire. Il se délecta de cette illusion et toute timidité l'abandonna.

— Christomanos ? Pourquoi ?

Si Mourel me voyait..., se disait-il avec exaltation. Dans le même instant cette exaltation s'affaissait : oui, mais il ne me voit pas et jamais il ne me croira.

— Figurez-vous, répondait-elle, que depuis hier les

choses sont allées bon train. Chez Alcipian j'avais fait état de vagues projets mais j'avais tu l'essentiel. Quand cette fille un peu trop charpentée, d'un blond fauve, vous voyez...

– Sabine Zilia.

– Ah oui? J'aurais plutôt cru qu'elle s'appelait Corinne mais vous devez avoir raison. Donc cette Sabine et Mme de Gers...

– Mme de Gerb.

– D'accord. Qu'est-ce que je vous racontais? Ah oui! Toutes les deux ont parlé de vous et de vos études. Il paraît que vous faites du grec ancien. Vous allez me trouver idiote mais j'ai jugé de bon augure de danser avec vous. Pour que vous compreniez, il faut que je vous explique que depuis quatre mois je suis sur un film, au bord de le signer. Et vous parlez d'un rôle! Elisabeth de Bavière, impératrice d'Autriche. Vous la voyez un peu?

Elle courut vers une table qui semblait avoir été conçue par Dali dans une matière où le caoutchouc et la cire auraient collaboré pour enfanter des grappes et des déserts. Ayant ouvert un dossier, elle lut :

– Un confus amas d'horreurs autour d'un trône chancelant! Sa sœur, la duchesse Sophie d'Alençon, brûlée vive au bazar de la Charité; une autre sœur qui perd héroïquement aux murailles de Gaëte un royaume; son beau-frère, l'empereur Maximilien, fusillé à Querétaro; sa belle-sœur, l'impératrice Charlotte, folle de douleur; son cousin préféré, le roi Louis II de Bavière, noyé dans le lac de Starnberg; son beau-frère, le comte Louis de Trani, suicidé à Zurich; l'archiduc Jean de Toscane, renonçant à ses dignités et se perdant en mer; l'archiduc Guillaume, tué par son cheval; sa nièce, l'archiduchesse Mathilde, brûlée vive; l'archiduc Ladislas, fils de l'archiduc Joseph, tué à la chasse; son propre fils enfin, le prince héritier Rodolphe, suicidé ou assassiné...

Elle cessa de lire et ajouta :

– Suicidé ou assassiné à Mayerling. Ça, Mayerling, tu connais. Bon, voilà que je te tutoie à présent! Mais j'ai mes raisons. Cette impératrice qui n'a pas suivi jusqu'au bout le calvaire des Habsbourg puisqu'elle fut assassinée avant Sarajevo, c'est tout simplement ma pomme qui va l'interpréter. Or le film est bâti, à coups de flash-back, sur ses conversations avec un étudiant qui lui enseigne le grec. Je suis superstitieuse. J'ai dansé avec toi cette nuit parce que tu étais étudiant et que tu faisais du grec. Et aujourd'hui je signe le contrat et tu me téléphones. Tu avoueras! Comment ne pas croire au destin?

Elle ne lui donna pas le temps de répondre (de répondre quoi? il se le demandait), elle poursuivit au pas de charge :

– Et le metteur en scène, essaie d'imaginer! Un des plus grands types d'Hollywood. Jean-Peter von San-Bartholomew.

Alcide connaissait le nom de ce cinéaste et avait même lu un assez long article qui le concernait dans une histoire du cinéma. Il acquiesça. Il s'aperçut en même temps que la petite Bella Corland le tenait par la main, comme s'il était un petit frère qu'elle promenait dans un jardin.

– Par exemple, ajouta-t-elle, il faut que je suive un régime pour maigrir! Il paraît que l'année prochaine la minceur sera obligatoire. Bref, carottes râpées.

Il admirait qu'en un temps où les trois quarts de

l'Europe étaient encore affamés on suivît un régime amaigrissant. Tels étaient les grands de ce monde. Il en apprenait. Elle avait retiré brusquement sa main et s'exclamait :

– Mais tu as dîné, toi, j'espère ?

Il ne cherchait pas à dire vrai mais à plaire et se demandait avec une angoisse que condensait la brièveté du temps imparti à la réponse comment il séduirait le mieux. A jeun ou rassasié ? Il opta.

– A l'idée de te rencontrer, je n'ai même plus songé à dîner.

– Pauvre chou ! lança-t-elle avec l'aigu d'une personne dont le doigt vient d'être coincé par une porte. Je cours au frigidaire pour te ravitailler. Pendant ce temps, pour saisir mieux le climat de mon film, lis ce texte que la production m'a donné. C'est du Barrès. Tu connais ?

– Oui. Un peu démodé. Mais pas mal.

Elle s'était enfuie et parce qu'il n'avait rien de mieux à faire, il parcourait des yeux le feuillet ronéotypé : « Dans sa maison le Meurtre, le Suicide, la Démence et le Crime semblaient errer, comme les Furies d'Hellas sous les portiques du Palais de Mycènes. Enfin une mort tragique vient donner un suprême prestige à cette âme que les coups acharnés du destin avaient travaillée comme une matière rare. » Bien qu'il en admît l'antériorité, Alcide fut révolté par un texte qu'il considérait comme un plagiat du *Vide-château*. Plagiat médiocre. Il se rappelait que l'impératrice avait été assassinée d'un coup de canif par un chômeur italien au bord d'un lac suisse. Qu'était-ce auprès de la Papine ! Il lut pourtant ces lignes abhorrées, inscrivit dans sa mémoire le titre du livre qui figurait en bas de page, *Amori et Dolori Sacrum,* se promit de procurer ces pages à Faypoul.

Alcide enrageait, certain qu'on encensait des écrivains conventionnels pendant que le génie (Faypoul) était méconnu. Son irritation tomba net quand réapparut la grande star qui finalement était toute petite. Il osa lui baiser le bout du nez. Elle l'écarta en riant avec beaucoup de gentillesse. Sur le tapis elle posa un plateau qui ressemblait à ceux de Bernard Palissy que l'on voit au Louvre.

— Allonge-toi comme un animal pour manger, dit-elle avec une douceur qu'il jugea non pas amicale mais suprême.

Il se rappelait l'enjeu de sa visite et se croyait gagnant. Du coup il ressentit un appétit ardent qu'encourageaient les couleurs vives des mets qui étaient disposés sur le plateau.

— Mais retire donc ta canadienne! Tu crèves de chaud...

En effet il transpirait. Il se dépouilla en ajoutant avec ces hésitations autoritaires qui appartiennent à un homme ivre :

— Au téléphone tu m'avais dit de venir comme j'étais. Sans m'habiller.

— J'avais raison. Tu es tout de même mieux qu'hier soir. Mais retire un de tes pulls. Tu en as combien ? Tu veux ressembler à un oignon ?

Il n'en portait qu'un, l'enleva avec une rapidité maladroite et brandit un torse nu. Il constatait que la température de cet appartement permettait sans effort d'exposer sa peau à l'air. Sur son grabat, Faypoul grelottait sans doute en cet instant. Toute l'Europe avait froid. La misère et l'élévation de la latitude se conjuguaient pour accroître la stridence du fléau mais, même à Paris et dans un appartement aussi cossu que chez le docteur Alcipian, la galerie donnait à frissonner sans que la conservation des chefs-d'œuvre exigeât comme celle des fleurs une basse température. Partout on se savait guetté par ce mal qui mordait les os et se substituait aux gens, de sorte qu'il tremblait à leur place, sauf ici où la chaleur régnait comme un luxe si naturel qu'on aurait facilement imaginé Paris écrasé par la touffeur d'une nuit d'été. Revenant à lui, Alcide douta de son thorax et de ses biceps, sachant que, malgré sa maigreur, il possédait des muscles mais que ceux-ci, de style ouvrier manuel, risquaient de décevoir un regard accoutumé aux longs volumes élancés de jeunes premiers sportifs.

— Tu n'as pas vraiment de beaux yeux, dit-elle, mais ils ne ressemblent pas aux autres. Je ne sais pas si j'ai lu cette comparaison quelque part : il me font penser à des lanternes vénitiennes, un soir de givre.

Il apprit qu'il n'était pas difficile d'embrasser une star sur la bouche.

N'osant pas précipiter l'action, il cherchait un dérivatif. Le plateau de victuailles le lui offrait avec d'autant plus d'à-propos que depuis qu'il avait menti en se prétendant à jeun l'appétit lui était revenu. Il tendit la main vers des nourritures qui, lorsqu'il les eut considérées avec attention, le déçurent par leur sévérité. A côté de brindilles de carottes, d'une tomate écartelée, d'un pot de yaourt, la figue sèche aurait été l'appât le plus nourrissant s'il n'avait enfin distingué, au milieu de ces colifichets, l'architecture ébouriffée d'un homard pourpre. Dans le Midi, il avait eu l'occasion de goûter à des langoustes mais le homard, encore inconnu, conservait son prestige. Ses deux pinces étaient allongées contre lui, pareilles aux armes qui escortent les gisants.

– Mange! dit-elle.

Il se jeta sur la carapace, la renversa. Elle était vide. C'était à peine si quelques fétus de chair adhéraient encore aux pâles arceaux de l'édifice qui paraissait assez mort pour devenir éternel. Pourtant Alcide, et tout déçu qu'il fût, avait remarqué que la carcasse décharnée pesait plus lourd qu'il n'était admissible. Les pinces étaient pleines! Il se jeta sur elles. Faute d'un casse-noisette qu'il avait cherché d'un regard égaré, il se confia à sa mâchoire. Les deux pinces se brisèrent, offrant du rose tendre sous du rouge dur. Il avait retenu un cri où l'étonnement l'emportait sur la douleur. D'un doigt preste il cueillit dans sa bouche l'extrémité de la canine qu'il venait de briser. Comme certaines personnes, après s'être mouchées, jettent un rapide regard à leur mouchoir pour s'assurer qu'elles n'ont pas rejeté un têtard ou un fœtus mais une morve honnête, il avait, avant de l'enfouir dans sa poche, vérifié l'innocence de ce menu débris osseux, sans pour autant réussir à apaiser son inquiétude, car rien ne lui prouvait qu'il n'avait pas avalé un autre morceau de dent et il songeait avec une certaine mélancolie aux risques que présente une perforation de l'estomac.

– Mange, répéta la vamp.

Il obéit, dénuda la chair, la dévora sous un sourire maternel qu'il distinguait avec un vague agacement.

– C'est un ami, expliqua-t-elle, qui, en rentrant de Bretagne, m'a apporté avant-hier ce bel animal et des huîtres. Heureusement que nous n'avons pas mangé les pinces! Quant aux huîtres, il n'en reste qu'une.

Elle la découvrit sous un quartier de tomate, la lui offrit avec le sourire content d'une fillette qui, dans un zoo, tend une banane à un petit singe. En l'ingurgitant, il constata que le mollusque puait un peu. Il avait entendu dire par sa mère qu'un coquillage avarié pouvait provoquer de ces intoxications qui parfois conduisent à la mort. Par politesse, il n'osait pas recracher; il continuait d'avaler, au péril de sa vie. Il absorbait cette répugnante substance comme un crachat dont il n'aurait pas été l'auteur.

Elle était lovée sur l'épaisse moquette près de lui. Tout préoccupé qu'il fût par les conséquences que pouvait présenter l'ingestion presque simultanée d'un fragment de dent et d'une viande marine que le temps avait corrompue, il remarqua qu'une étroite lanière ceignait la plante des pieds de son hôtesse, de très petits pieds que les orteils festonnaient comme une guirlande de roses pompon! Son cœur battit. Il en oublia d'imaginer plus avant les maux dont il se croyait menacé.

Elle racontait son bonheur et à combien de maquilleuses elle aurait droit pendant le tournage. Ce bonheur la portait comme une luge. Ils avaient hésité entre plusieurs comédiennes dont elle prononça les noms fameux avec une indifférence familière et à peine hostile. Ils avaient fini par comprendre qu'il leur fallait (« ils », c'était la G.R.A.M.A., une société de production dont Alcide connaissait par cœur l'emblème : une tour Eiffel nantie de deux ailes d'aigle qui battaient trois fois) fixer leur choix sur quelqu'un de connu, dont le métier fût sûr et qui pût, grâce à la souplesse de son physique, incarner l'impératrice aux différentes étapes de sa vie. La diversité de ses rôles constituait en soi un enchantement pour une vraie professionnelle. Elle apparaîtrait froide et immobile, le diadème au front, mais on retrouverait une adolescente en robe blanche qui abandonnait ses jeux pour sauter au cou de François-Joseph et le séduire sans le vouloir. Lasse, endeuillée, elle suivrait une allée, un livre à la main mais elle réapparaîtrait joyeuse, plongeant à travers un massif de mimosas bourdonnant d'abeilles à peine plus foncées que les fleurs pour aussitôt, ayant deviné un regard, effacer son sourire et même son visage grâce à l'écran d'une ombrelle blanche ou d'un éventail noir. Bella Corland ne tarissait pas et Alcide retrouva dans son oreille le grésillement, sûr de lui et léger comme une éternité allègre, de la bicyclette d'Huguette descendant la longue côte qui surplombe le bourg; sa robe pendait sur la résille qui l'isolait de la roue arrière; la résille devenait un vêtement intime qui appartenait autant à la machine glorieuse qu'à la fille confiante, jupon de centaure ou de sirène, comme on voudra.

— Tu ne t'es pas demandé, poursuivit-elle, pourquoi tu m'avais trouvée en train de faire des anneaux? Elle en faisait.

— Qui?

— L'impératrice. Moi. Un ami m'avait offert, pour que je m'entraîne comme elle, cet équipement de gymnaste, mais, par superstition, je l'avoue, je n'osais pas m'en servir avant d'avoir signé. C'est signé. Quand ton petit camarade Christomanos l'a rencontrée pour la première fois, il l'a vue tourner autour de ces anneaux comme tu m'as vue. A peine quelques différences : dans le salon doré se dressaient des azalées hautes comme des arbres et l'impératrice portait une robe aussi longue que la mienne, aussi sombre, mais compliquée par une queue bardée de plumes d'autruche. Dans le film, je les aurai, les plumes d'autruche, bien sûr. Imagine ma garde noire, mes laquais noirs et que parfois je danse avec les petites paysannes de Corfou en chantant : « J'ai perdu mon mouchoir rouge... » Il y a aussi une scène où appuyée sur un cyprès, à l'aube, entourée de marbres antiques, elle... mais il vaudrait mieux que tu regardes le synopsis ou mieux que tu lises le bouquin de ton copain l'helléniste...

Le livre qui avait été bleu ou jaune ou vert au début du siècle était posé sur la table baroque. « Elisabeth de Bavière, impératrice d'Autriche, pages de journal, impressions, conversations et souvenirs par Constantin Christomanos, traduit de l'allemand par Gabriel Syveton. » Alcide tendait une main qu'écarta vite Bella.

— Tes doigts sont pleins de homard. Écoute, c'est un livre rare... Attends.

Elle lui emprisonna la main droite et la lécha. Du coup il se souvint qu'il remplissait une mission ou plutôt qu'il oubliait de la remplir.

— Tu te rappelles qu'au téléphone je t'ai dit que cette rencontre était très importante... pour moi. Tu te rappelles ?

La bouche pleine de doigts, elle ne se hâtait pas de répondre. Enfin elle voulut bien considérer que la toilette était terminée et se redressa pour rire. Mais elle ne retrouvait pas les éclats qui avaient crépité au téléphone.

— Important non pour moi mais pour toi, je m'en rappelle... Non! Ce serait une terrible faute de français. Je m'en souviens, articula-t-elle sévèrement. Sur un « Je m'en rappelle », tu es jugé. Je le sais bien que je n'ai pas poussé loin mes études. Car, vois-tu, je mens quand je dis que j'ai mes bachots, que mon père était pilote de course et ma mère gérante d'immeuble. On m'a envoyée à la laïque, j'ai le brevet, pas plus, mon père était chauffeur de taxi, ma mère concierge. Ne t'avise jamais de répéter ces ragots, poursuivit-elle avec autant de colère que si l'indiscrétion avait été déjà commise, je répliquerais que tu mens et tu en serais pour tes frais, enfant de salaud!

Elle se calma aussi vite que la Méditerranée après un coup de ponant; elle se dérida un instant et se polit. Telle fut du moins la comparaison qui vint à l'esprit d'Alcide qui avait été effrayé d'abord par une sortie qu'il était loin de prévoir.

— Je t'ai interrompu. Dieu sait que pourtant je n'avais aucune envie de parler de moi. J'ai horreur, et ce putain de métier vous y entraîne trop souvent, qu'on parle de soi. Shakespeare a bien raison : le moi est haïssable...

Alcide était trop jeune pour échapper au risque de la cuistrerie. Il broncha.

— Quoi! cria-t-elle, ce n'est pas Shakespeare qui a dit ça? Et ce n'est pas lui non plus qu'a dit : *to be or not to be*. Ce n'est pas lui?

— Si mais...

— Tais-toi, prononça-t-elle avec un sourire apaisant, douce de nouveau. Ou plutôt parle-moi de toi. Les gens, au fond, ne rêvent que de parler d'eux! Alors, qu'est-ce qui ne va pas? Que puis-je?

Il sentit brusquement sur lui le regard de son père et plutôt que le rôle d'un quémandeur préféra celui d'une brute. Il la souleva, l'emporta sans savoir où il l'emportait, étonné d'être assez fort pour tenir, dans ses bras maigres, une vedette assez lourde. Dans la pièce voisine, il la jeta sur un lit qui était savamment préparé, le drap rejeté sur le couvre-pied de fourrure et une chemise de nuit rose épandue, étranglée à la taille entre l'oreiller et la fourrure. Sur sa lancée, il la dévêtit. Une seule fois il l'avait vue nue mais la caméra était loin du corps qui surgissait en profil perdu pendant à peine trois secondes, sous les yeux de Victor Francen dont le silence était poignant, car sur cette plage nocturne de l'Adriatique, elle se dirigeait vers un autre.

– Il faut que je vous explique, je vous en prie, écoutez-moi...

Il avait renoncé aux avantages que son assaut lui avait acquis et jusqu'à la faveur du tutoiement. Il ne pouvait pas concevoir qu'elle lui montrât, contrairement aux règles de la censure, un ventre dont un triangle pileux était visible. La parole devenant son seul recours, il en abusa. Il exposa son cas. La veille, à l'issue de la réception, il s'était retrouvé avec Sabine dans un lit. Elle était vierge. Elle avait décidé de l'épouser. Il n'avait pu réussir à la satisfaire que grâce à un rêve qui avait substitué Bella Corland à l'avocate.

– Merde! Excusez-moi, cria-t-elle en bondissant si précipitamment qu'elle bouscula Alcide. Je me disais aussi... J'avais oublié de rebrancher la prise du téléphone! J'avais coupé parce que la sonnerie qui éclate à l'improviste peut vous faire tomber sur la tête quand on fait des anneaux. Mais je me disais : maintenant tout Paris le sait et pas un appel! Je n'en revenais pas...

Il la suivait. Elle avait cueilli le fil du téléphone et s'accroupissait pour enfoncer la partie mâle de la prise dans la partie femelle plaquée au mur. Cette scène dépassait en érotisme tout ce que, jusqu'alors, le cinéma avait proposé à Alcide. Il l'enregistrait en se promettant de la relater exactement à Faypoul dans sa prochaine lettre.

Ainsi assise sur elle, les cuisses appuyées sur les mollets, le torse soutenu par un bras vertical, et entraîné sur la droite par l'action d'une main qui s'y reprenait à plusieurs fois pour enfiler la prise, cette femme dont les reins cachaient la poitrine devenait un de ces jeunes garçons-hommes de Poussin qui s'agenouillent pour résoudre ou poser des devinettes dans des bosquets. Comparaison à noter pour Faypoul. A noter aussi que je bande, ajouta-t-il à voix basse. Comme elle se redressait maladroitement, le buste encore incliné, ses jambes s'écartant pour chercher un équilibre, elle révéla entre ses cuisses une étroite région bifide qui la prouvait femme avec une insolence que la censure aurait condamnée. Il observait que son émotion croissait quand avec une impatience rageuse la sonnerie du téléphone cria. Elle laissa retomber ses cuisses sur ses mollets, ses fesses sur ses talons, empoigna l'appareil.

– Odette, mon Odette, c'est toi... j'en étais sûre... quand j'ai signé, je savais qu'en apprenant la nouvelle, chérie, tu serais encore plus contente que moi. Mais toi, où en es-tu, ça s'arrange avec Gaumont... Au théâtre? Tu as tellement raison, tu es faite pour la scène, etc.

Elle n'avait pas raccroché que, rappelée à l'ordre, elle décrochait de nouveau.

– Jean-Lou, bonjour. Bonjour, bonjour... J'ai promis de ne pas donner d'interview tant que les noms de mes partenaires ne seraient pas officiels... Si, si, si, je peux vous dire que je tiens ce rôle pour le rôle de ma vie... Trois questions, mais pas plus. Qui je souhaiterais être ? Sarah Bernhardt... Le bleu... L'automne avec déjà des fourrures mais encore des ombrelles et des éventails. Vous voyez que je suis déjà dans mon rôle jusqu'au cou, j'en deviens gâteuse, etc.

Il détacha la prise d'une main et de l'autre traîna Bella par un poignet. De nouveau allongée sur son lit, elle s'indigna.

– Mais qu'est-ce que tu me veux à la fin ?

Il considéra ce retour au tutoiement comme l'amorce d'une victoire.

– Le téléphone me dérangeait, expliqua-t-il posément.

– Qu'as-tu à me dire ? Je sais, tu l'as dépucelée, vous vous êtes fiancés. Félicitations. Elle n'est pas spécialement réussie mais il en faut pour tous les goûts. Bien. Mais qu'ai-je à faire là-dedans ? Oui, pour la déflorer, tu as joué à croire qu'elle était moi. Mais moi, je ne suis pas responsable de vos petites cuisines intimes.

– Si.

Il ajouta qu'en échange du dommage indéniable qu'elle lui avait causé en lui prêtant la force d'approcher Sabine, elle lui devait une petite compensation. Découvrant que « petite » était de trop et qu'au moment de demander à Bella le don de sa personne il était mesquin de le dévaluer, il bafouilla. Elle en profita, suivant le cours de sa pensée, pour jeter :

– Ce journaliste, quand je lui ai confié que j'aurais

aimé être Sarah Bernhardt, pourquoi m'a-t-il répondu : « Malgré sa jambe de bois ? »

– Parce qu'elle avait une jambe de bois.

– Sérieusement ? Une vraie ?

– Oui, une vraie. C'est-à-dire une fausse. Une vraie fausse.

Comme le père de Faypoul, pensa-t-il.

– Et cette infirmité ne l'a pas gênée dans sa carrière ! Tu vois, ce cas confirme ce qu'on m'avait dit. Il y a des hommes qui aiment le moche. Les hommes, on n'arriverait pas à les inventer.

Elle se pencha et lui caressa les cheveux en les ébouriffant, pendant qu'il regrettait d'avoir omis de s'être lavé la tête le matin.

– Et toi, tu ne dépares pas les autres. Toi, c'est les discours. Arrête un peu tes plaidoiries. Ta fiancée est avocate, pas toi. Allez, viens.

Il y avait eu la prostituée, l'ouvrière allemande, Blanche, Sabine ; il caressait et regardait son cinquième corps de femme. A la pensée qu'il allait posséder une image qui se faisait chair pour lui, et chair entrouverte, il se sentit submergé et soulevé par une vague ; au moment où il se libérait de son pantalon, il sut qu'il perdait la partie. Il avait déchargé son arme avant le combat. Pourtant il finit de se dévêtir. Puis il s'allongea contre elle, incapable même de parler. Bientôt, elle lui posa un baiser sur la joue et chuchota :

– Ce sont des choses qui arrivent.

Il ouvrit les yeux, s'apercevant que depuis l'instant où la certitude de la défaite l'avait frappé, il les tenait hermétiquement clos. Il la regarda saisir un tube sur la table de nuit, absorber un cachet, avaler une lampée d'eau.

– Maintenant je vais dormir, mais si tu veux boire un verre ou fumer une cigarette? Tu as encore le temps pour ton métro et mon comprimé n'agit qu'au bout de cinq minutes.

Il secoua la tête. Il refusait de boire, de fumer, mais aussi de partir.

– Ce serait affreux. Je devrais descendre l'escalier à pied.

– Qu'est-ce qui t'empêche de prendre l'ascenseur?

– Je me suis promis de prendre par l'escalier si je n'avais pas réussi à faire l'amour avec toi.

– Écoute, c'est comme si tu l'avais fait.

– Non.

Allongée sur les couvertures et les draps, elle reposait, les paupières bridées par l'approche du sommeil. Son nombril semblait une étoile dessinée par un enfant et les pointes de ses seins étaient d'un rose si profond qu'on les aurait crues fardées. Ainsi remarquait-il de nouveaux détails sur un corps célèbre en faveur duquel son désir ne demandait qu'à renaître. Mais avec l'impatience presque tremblante de qui met en œuvre ses dernières forces, elle avait entrepris de se glisser sous les draps.

– Si tu veux rester, reste, mais à condition de me laisser tranquille. Moi je dors. Avant de te coucher, remonte le réveil de la pendulette sur cinq heures et demie. La femme de chambre descend à six heures, et la masseuse arrivera tout de suite après. Et éteins la lumière.

Elle ne fut plus que de beaux cheveux brillants, répandus sur l'oreiller comme une perruque oubliée. Ayant exécuté les ordres qu'il avait reçus, il s'enfonça dans la douce obscurité du lit. La respiration de Bella était déjà celle d'une dormeuse. Lui-même ne demandait qu'à se désintéresser mais des amorces de rage le ramenaient à la surface. De la paume des mains il osa caresser la croupe et les reins de sa compagne. Il sut que de nouveau il était en état d'agir. Puis il s'endormit.

A peine ses yeux s'étaient-ils ouverts que, brutalisés par l'électricité, ils se refermèrent. Il s'imposa l'effort de regarder. Le plafond était nu. Il formait des angles droits avec les cloisons alors que rue des Plantes et même, la veille, chez le docteur Alcipian des moulures enlaçaient de nonchalantes pâtisseries qui niaient la rectitude en l'enguirlandant. Il se rappela qu'il était chez Bella et la vit debout vêtue d'une robe de chambre noire, passant et repassant une brosse au manche d'ivoire dans ses cheveux.

— Tu n'as pas entendu sonner le réveil, chéri, et il est près de six heures. Habille-toi vite.

Il était le condamné à mort que l'on priait de se vêtir sans histoire. Jugeant son sort trop injuste, il s'emporta.

— Je t'ai déjà dit, lança-t-il, nerveux comme un gamin, que je ne pouvais pas sortir d'ici sans avoir obtenu...

— ... Ce que tu voulais ? Eh bien, tu l'as eu.

Elle avait cessé de se brosser les cheveux et souriait, affectueuse.

— Pour avoir oublié si vite, il faut que tu sois le plus ingrat des hommes. D'ailleurs je ne te crois pas. Tu fais l'âne pour avoir du son.

Comme il en bégayait d'indignation, elle voulut bien s'agenouiller au bord du lit et lui caresser le cou

302

et les épaules avec tendresse. Tout en le cajolant, elle lui rappelait posément qu'en pleine nuit il l'avait réveillée par ses embrassements alors que lui manquait la force pour se débattre. Au début c'était presque un viol.

– Au début seulement, parce que après j'étais très heureuse et tu le sais bien, vilain fripon. Habille-toi vite, tu feras ta toilette chez toi.

Sur le palier, elle lui donna sa bouche en prime avant de refermer la porte. Devant la cage de l'ascenseur il hésita, se demandant s'il avait ou non le droit d'appuyer sur le bouton d'appel. A peine hélé, l'appareil répondit par un souffle feutré qui prouvait son obéissance. Dehors, il trouva la nuit et le froid. Il enfonça de nouveau ses mains dans ses poches. Bruyamment traînée par un cheval aussi résigné qu'un âne, une voiture s'arrêta qui transportait des pains de glace dont deux ou trois pénétrèrent dans un café qui n'était pas encore complètement éclairé. Alcide se demandait pourquoi, quelques heures plus tôt, à l'abri d'un cocon, il avait médité sur le froid.

A propos de cet élément – car c'en était un comme le feu ou l'eau – on avait toujours à apprendre. Sa morsure savait être joyeuse; à bicyclette, sur la route, entre le village et la maison par les ardents après-midi d'hiver qui sur les confins des Alpes et de la côte méditerranéenne cinglent, il avait, sur ses oreilles et ses jambes nues, subi la délicieuse brûlure d'une promesse, celle du chaud au bout du froid : dans cinq minutes, il s'abandonnerait à la protection affectueuse de la flambée. A peine ouverte, la porte de la maison laisserait entrevoir l'enthousiasme de la cheminée où éclateraient les pignes. Il suffirait de s'asseoir, d'offrir les genoux, de tendre les paumes. De même qu'il agissait les pédales sur la route, de même sur le trottoir il pressait ses pas, attiré, comme les autres passants, par le gouffre de tiédeur que le métropolitain avait creusé. Sur le quai où les ombres qui s'étaient hâtées dans les rues s'asseyaient ou flottaient machinalement, attendant Charon, il se décida à aborder la question qu'il avait fuie. Pourquoi, se rappelant les efforts lointains qu'il avait perdus sur une route venteuse, aurait-il oublié une étreinte qui l'aurait émerveillé et ne remontait qu'à quelques heures ? A l'improviste, il lui sembla revoir le visage soumis de Bella et ses épaules quelques centimètres sous son propre visage et ses propres épaules. Mais, sachant avoir éteint la lumière avant de se coucher, il douta de cette image immobile comme une icône jusqu'à l'instant où il se souvint que le bouton électrique était à portée de sa main et que Bella, à l'improviste, avait chuchoté « allume ! ». Or, déjà le son de cette voix sombrait remplacé par le souvenir précis de gestes : Bella avait tendu le bras derrière elle, cherchant à tâtons le bouton électrique, obligée de se cambrer en se dégageant un peu de l'étreinte, ce qui, un instant, avait pu faire craindre qu'elle ne voulût mettre prématurément fin à leur enlacement. Chaque souvenir excluait l'autre. L'un des deux était faux, ou tous les deux puisqu'ils avaient surgi successivement avec la même présence sans doute fallacieuse.

L'arrivée de la rame s'annonça par la croissance d'un ronflement impérieux et mélancolique. A l'intérieur du wagon, Alcide se prélassa dans une sale chaleur bien épaisse. Autour de lui les visages se ressemblaient, également inertes ; les yeux ne voyaient pas, tous les cristallins accommodant à l'infini; les cerveaux prolongeaient le sommeil par une torpeur qui permettait de penser qu'on ne pensait à rien. Le mot rame cessant de signifier un convoi de métro poursuivait Alcide. Ses compagnons devenaient des galériens, enchaînés à leurs bancs de bois et manœuvrant en cadence les lourdes rames. Il s'attachait à ce mythe grâce auquel il feignait d'oublier Bella, mais un double rire, clair comme une eau vive, chassa le bagne au profit de deux filles brunes au nez retroussé, bien emmitouflées, les joues encore rosies par le froid. Elles chuchotaient entre elles, se poussaient, chacune faisant semblant de vouloir faire taire l'autre puis de nouveau pouffant de rire ensemble. Elles descendirent à la station suivante, laissant Alcide se débattre avec le problème qu'il jugeait capital. Pourquoi Bella se serait-elle donné la peine de mentir? Pour se débarrasser de moi en vitesse, marmonnait-il. Pourtant c'était elle qui avait pris l'initiative, qui l'avait obligé de se dépouiller de son chandail, qui l'avait incité à la rejoindre sur le lit et les preuves de son désir avaient été évidentes.

Il travaillait encore sur ce rébus quand rentrant chez lui bien décidé à s'offrir deux ou trois heures de sommeil, donc d'oubli, il trouva la grande Sabine qui s'habillait. Des chemises et des chaussettes égouttaient dans la salle de bains; le ménage avait été fait et même luisait le bois de la grande table sur laquelle des livres et des cahiers avaient été ordonnés comme un jardin à la française.

— Tu as couché ici? demanda-t-il d'une voix contenue à l'intruse qui s'attardait à attacher ses bas comme Bella Corland dans *Place Pigalle*.

– Oui, j'ai mis un peu d'ordre, comme tu vois. Mais cet appartement n'est pas possible, le mien non plus. Aussitôt après notre mariage, nous achèterons quelque chose dans un quartier convenable mais pas trop cher. Avec ce que nos mères nous donneront et le prêt que j'obtiendrai par Me Luciani nous trouverons.

Il avait pris le parti de s'asseoir sur une chaise, devant la table, et d'écouter.

– A propos du mariage, reprit-elle, il serait convenable que tu écrives à ma mère. Mon père avait fait une demande en règle, je ne t'impose pas ça. Une lettre respectueuse suffira. Tu écriras aussi à ta maman bien entendu et je lui enverrai un petit mot ensuite. Quant à Léon Faypoul, je lui ai déjà annoncé la nouvelle. Je voulais qu'il soit le premier à savoir. Il est très heureux et nous félicite.

Il joua sa dernière chance.

– Tu ne t'es pas demandé ce que j'avais fichu dehors toute la nuit.

La question ne la surprit pas et elle répondit d'une voix unie :

– Tu es libre, nous ne sommes pas encore mariés, et le serions-nous que je ne me conduirais pas comme une propriétaire intolérante. Le genre de ces retraités qui tirent des coups de chevrotines sur des gosses maraudant sous leurs cerisiers, ne me ressemble pas. Mon père trompait ma mère, elle le savait, leur ménage n'en a jamais souffert. Mais elle était fidèle, elle, et je le serai, moi aussi.

Cette vertueuse menace porta un dernier coup à Alcide qui rendit les armes. Mais Sabine était intarissable :

– Cet après-midi, je verrai le juge d'instruction.

Maintenant je joue l'acquittement de Faypoul. On a raison de dire que les bonnes nouvelles vont par deux, comme les tourterelles.

Le regard braqué sur le plancher, Alcide ne doutait plus. Il était certain d'avoir fait l'amour avec Bella Corland.

VII

Au début de la nouvelle année Léon Faypoul changea de cellule et de compagnons et se déclara très satisfait de sa nouvelle vie. « Tous les deux, écrivait-il à Alcide, sont bien bêtes et bien braves. Ils cherchent à se convaincre mutuellement de leur innocence comme si chacun constituait un tribunal pour l'autre, mais ils ne parlent pas fort et leur bavardage me dérange d'autant moins que, répétant toujours la même chose, leurs voix peuvent être assimilées au souffle du vent ou au ronflement d'un poêle. Je finis par ne plus les entendre et je travaille avec plaisir. » Ce petit déménagement avait coïncidé avec l'arrivée d'une paire de mitaines tricotées par Sabine. « Mes doigts sont douillettement vêtus sur les trois quarts de leur longueur et nus à leur extrémité. Ainsi le confort s'allie à la liberté et les mots me viennent allègrement. »

Il termina une longue nouvelle (*Un mauvais quart d'heure*), commença un recueil d'aphorismes qu'il intitula *Variétudes*, et poursuivit *Le Ramasse-miettes*. Sa correspondance reflétait une bonne humeur à laquelle il n'avait pas jusqu'alors habitué ses amis. Il s'amusait même à écrire des fables et à inventer des proverbes. L'une de ces fables lorsqu'elle fut publiée en 1957 dans le *Bulletin des amis de Léon Faypoul* devait provoquer une petite querelle. Blanche l'avait assortie d'un commentaire qui donnait à penser qu'à la veille du mariage de Sabine l'auteur avait souhaité la mettre en garde malicieusement contre son goût pour les talons très hauts qui, la surélevant encore, ridiculisaient la petite taille d'Alcide. Sabine protesta. Voici la fable :

> En revenant de la Napoule,
> J'ai rencontré, suivi d'une poule
>   Un nain
> Dont la femme avait un hennin
> Sans hésiter, le lendemain
>   J'ai volé le hennin
>   De la femme du nain
>   En partant du principe
> Que femme de nain, dans ses nippes
> N'a pas à avoir de hennin.

Quant aux proverbes, il s'était entêté à les vouloir vendre et y avait réussi grâce à Mme de Gerb qui avait subventionné la publication dans plusieurs journaux d'une petite annonce ainsi conçue : « Pour prouver votre personnalité, cessez de vous servir des proverbes des autres. Vous en recevrez un tout neuf en échange d'un mandat de 3 000 francs. » Ces mandats devaient être envoyés à M. Mao Lin, le valet de chambre chinois de Mme de Gerb. Contre toute attente il y eut cinq ou six commandes qui comblèrent Faypoul d'aise car pour la première fois il était payé en tant qu'écrivain, donc reconnu tel. Ces proverbes ont été égarés. Il n'en subsiste que quatre : « Chaque chose à sa place et le Bon Dieu est bien gardé », « Il ne faut pas jeter le taureau avant les cornes », « Une main lave l'autre » et « A tout hasard tout honneur ». Il lui arriva de travailler sur mesure; un romancier inconnu lui demanda à quelle formule pourrait bien recourir un vieux capitaine mal embouché que ses subordonnés exaspèrent en s'abritant derrière des conseils ou des consignes qu'on leur aurait donnés. Faypoul trouva « On est un con » et reçut, outre le mandat, une lettre enthousiaste du romancier qui lui assurait que Céline aurait été fier de trouver cette formule. Faypoul ne se tint plus de joie.

Pendant les interrogatoires, il lui arrivait de sourire dans le vide, songeant peut-être à une fable ou à un proverbe. Le juge d'instruction en était exaspéré. Il est vrai que son inculpé lui donnait d'autres sujets d'irritation. L'enquête qui, selon la tactique adoptée par Sabine, se poursuivait avec lenteur, apportait régulièrement de nouveaux témoignages qui innocentaient et même glorifiaient un Faypoul indifférent. Quand la déposition du professeur Pauve, le beau-frère de Mme de Gerb, prouva que l'accusé n'était parti pour l'Allemagne avec la milice que sur l'ordre de la Résistance et muni par elle d'un appareil émetteur, le juge éclata :

– Je ne comprends absolument pas votre attitude. Vous auriez dû vous révolter contre l'accusation dont vous étiez l'objet. Vous avez tout le temps l'air de penser à autre chose alors que vous devriez être fier de ce que vous avez fait.

– Ah, en effet! Il y a vraiment de quoi se vanter! Je

n'ai jamais été fichu de le faire marcher, cet appareil et j'ai fini par le jeter dans le Danube. Du beau travail.

– Mais vous aviez pris un risque énorme...

– Je ne risquais guère d'être fouillé.

Le printemps s'acheminait vers l'été. Depuis plus de deux mois Faypoul se passait de ses mitaines; il écrivait cinq ou six heures par jour avec une facilité contre laquelle il se défendait. « Je suis obligé de me créer des obstacles pour me donner le plaisir de les sauter, de les contourner ou de les niveler », signalait-il dans une sorte de journal intitulé « Carnet de correspondance » où il se jugeait, se commentait, allant jusqu'à se donner des notes : « Hier. Indifférence condescendante envers mes compagnons, 18 – Élan de l'écriture, 15. Réexamen et correction, 17. » Il utilisait un cahier d'écolier au dos duquel s'étalait une table de Pythagore. Pendant les mois de mai et de juin ce cahier montre que jamais il ne s'était senti aussi satisfait de lui, d'où une désinvolture croissante dans ses réponses au magistrat qu'il traitait poliment mais avec naturel, familièrement, comme s'il s'adressait non pas tout à fait à un ami mais à un voisin de compartiment au bout de quelques heures de voyage. Quand, excédé, le malheureux s'exclamait : « Mais enfin, vous avez sauvé deux fois le réseau de Pythéas! » le héros lui répondait :

– C'était facile comme bonjour.

Et rêveur, il ajoutait :

– *Facile comme bonjour*, ça ne ferait pas un mauvais titre.

D'où *Facile comme bonjour* qu'il commença d'écrire, le soir même.

Je n'avais pas prévu la mort de Berrichon. Il lui était facile de fuir à travers l'Italie du Nord et de trouver refuge dans un de ces couvents où pour des motifs que je n'ai jamais éclaircis le nazi était apprécié. Que dans ce couvent Berrichon devînt un saint, tel aurait été mon vœu.

Il aurait bénéficié de la protection particulière du père Umberto. Celui-ci dans sa jeunesse avait été frappé par les Ballets Russes, le Bœuf-sur-le-Toit, s'était converti, était entré en religion et après avoir rencontré Dieu par esthétique et sous l'empire de la mode, une mode qui, peu après, n'allait plus laisser le choix qu'entre Moscou et Berlin, il avait adhéré à la vie religieuse et noué avec Dieu des relations solides encore que la passion les rendît parfois forcenées. Thomiste au départ, il avait assez vite laissé l'Orient l'orienter. Étant entré dans un ordre anastasien (dont le monastère était situé près de Milan), il se sentait fondé à poursuivre la pensée des pères grecs jusque dans ses profondeurs égyptiennes et néoplatoniciennes. Mais son ordre qui, le temps et donc l'histoire aidant, s'était décidément occidentalisé, opposait d'érudites embûches à ses travaux et il dut souvent faire marche arrière pour éviter d'être convaincu d'un gnostisme apparenté à la Cabale. Ces querelles n'étaient pas méchantes. Il serait excessif de les considérer comme seulement formelles mais si elles se poursuivirent, c'est que chacun y trouvait son plaisir. Le père Umberto parvint à maintenir ses positions fondamentales, lors même qu'on le croyait embarrassé en lui objectant la condamnation des gnostiques prononcée par Plotin lui-même. Plotin lui-même, et Dieu sait qu'il sentait le roussi, n'aurait pas admis la défense de la Théoria où Umberto s'était lancé. Celui-ci s'obstina néanmoins à prétendre appliquer la contemplation à l'Écriture et à la présenter comme une action intellectuelle qui, grâce à l'exégèse et à l'allégorie, permettait de parvenir à une pleine possession de la Parole de Dieu. Je ne narrerai pas par le menu les difficultés auxquelles se heurta le père Umberto quand ses adversaires, si courtois qu'ils fussent, et gentils se virent obligés de lui faire observer que, tout comme les Alexandrins et les Cappadociens, il était tombé dans le piège de la typologie. Coincé entre Origène et Grégoire de Nysse, il n'hésita pas, reprenant à son compte l'interprétation du Cantique des Cantiques, à soutenir qu'une dualité s'imposait entre le sens littéral et le sens figuré dont la conjonction, en un éclair, permettait d'aboutir à la contemplation mystique.

Berrichon serait arrivé à point nommé pour permettre au père Umberto de prolonger sa doctrine à travers des exercices pratiques. En quelques jours, Berrichon serait apparu à Umberto non comme le détenteur d'un charisme (Umberto détestait ce mot) mais comme le porteur d'un certain pouvoir qui lui permettait de démêler la malice des choses de leur divinité.

Pour les Pères grecs la contemplation était avant tout intellectuelle mais elle avait besoin d'un concours affectif qui pouvait puiser dans d'obscurs instincts corporels. Dans la partie médiévale du couvent subsistaient, érodés et mutilés, des ornements qu'inspiraient des thèmes végétaux et animaux. Le père Umberto réprouvait l'amitié que le Moyen Age avait portée à la nature qui serrait d'aussi près les moines que les agriculteurs et les bergers. *Il détournait son regard des feuilles, des lianes, de la fourrure bouclée des brebis qui sculptées dans de la pierre gélive portaient heureusement des cicatrices du gel; il montrait davantage de complaisance pour les délires qui enlaçaient les ailes et les trompettes, les griffes et les racines, les cornes et les épis, les épines et les reptiles et unissaient trois lions en une tête commune. Mais ces petites fantaisies oniriques n'apportaient guère et laissaient le père Umberto affamé. La haine qu'il portait au Moyen Age tenait surtout au respect entêté que celui-ci avait voué à l'œuvre d'Aristote. Umberto n'aimait que l'Asie dans la pensée grecque et la philosophie d'Aristote, dépourvue de mythes et de songes, européenne et occidentale avant la lettre l'irritait; un mécanicien se substituait à un nautonier chanteur. Si moi Aspergine, que mon père appelait également « Demoiselle belette, au corps long et fluet », avais su conserver sa vie à Berrichon, ce dernier aurait, dès son arrivée au couvent, obtenu un succès fou. Il aurait confié, par hasard, au père Umberto qu'il lui arrivait de sortir de lui-même et de contempler comme une image la scène à laquelle il participait. Umberto lui aurait demandé si le regard qui lui était prêté n'était pas celui de Dieu et s'il n'impliquait pas un jugement. Ainsi qu'il me l'expliqua au bord du Danube, Berrichon, dans son langage, et je me permets de le traduire, lui aurait répondu, sans avoir exactement compris la question, que les images qu'il voyait étaient immobiles, fixes – « comme des icônes ? », aurait demandé Umberto – « comme des photos », aurait répondu Berrichon. Interrogé avec patience, il aurait fini par admettre qu'une des images dont il gardait le souvenir (1937, Amadieu, Faypoul, Zilia et lui, encadrés par une fenêtre) signifiait peut-être que tous les* quatre intéressaient Dieu et que leurs destins étaient scellés. Très vite Umberto en serait venu à considérer Berrichon comme l'un de ces éons qui, depuis le néoplatonicisme, incarnent des puissances qui, tels le Dieu de la Genèse et le Christ, sont inférieures au principe suprême, mais supérieures à toute vie grenouillante. Heureusement pour lui, il s'était gardé de communiquer cette impression intuitive à son entourage. Pourtant l'image de Berrichon et de ses trois amis sertis par l'ouverture de la fenêtre et vus par un invisible regard avait trop frappé Umberto pour qu'il ne fût pas tenté de la transformer en mythe. Tous les quatre recevaient la révélation d'une guerre dévastatrice décidée par Dieu. Les amis d'Umberto tentèrent d'arrondir cet excès en l'attribuant à l'effet de lectures honnêtes, celles de Bonald et de Maistre.

Un Père qui exerçait sur le couvent un empire certain, et l'exerçait même ailleurs, décida, ne voulant aucun mal à Umberto mais ne lui voulant pas de bien, de faire subir un interrogatoire à Berrichon dont le ton l'aurait très vite dépassé. Il aurait fini par s'abriter derrière son ignorance. Il se serait exclamé : « Dieu sait que je ne sais rien ! » Ce « Dieu sait » qui n'était qu'exclamatif et ne constituait pour le locuteur qu'une tournure banale prit une valeur. On considéra que Berrichon recevait des informations sur Dieu et les transmettait en toute modestie. On ne fut pas insensible à la part d'adresse qui sans doute entrait dans la phrase et l'on se rappela les répliques de Jeanne d'Arc ; du coup, Berrichon réintégrait l'Occident et désamorçait le soupçon d'hérésie qui avait menacé Umberto.

Celui-ci aurait même été autorisé à utiliser, à l'extrémité du préau, une pierre équarrie pour graver la scène

de la fenêtre où l'intérieur et l'extérieur s'assemblent.
Sur les indications de Berrichon, le Père avait hasardé
une esquisse au fusain. Tout en estompant et en repre-
nant, il racontait à Berrichon qu'il avait donné des
leçons de dessin et de peinture à Radiguet. « Radiguet,
répondait Berrichon, j'en ai connu un qui était adjudant
de la Coloniale et à la veille de la retraite. A ses débuts,
il avait fait Madagascar. » « Valentine Hugo et Jean
ont toujours cru que si Radiguet, répondait Umberto, ne
s'était jamais décidé à ouvrir la boîte de peinture qu'ils
lui avaient envoyée, c'est qu'il préférait courir ou faire
des poèmes. Du tout : il préférait peindre avec moi. »
« Le tout, c'est d'attraper la ressemblance. Mon copain
Faypoul y arrivait. Pour lui, c'était facile comme
bonjour. »

Quand ce texte tomba entre les mains du juge,
celui-ci n'en fut pas plus avancé. Ce juge âgé d'une
trentaine d'années était rond de corps, de tête et de
lunettes. Il avait commencé sa carrière sous la Troisième République, l'avait poursuivie sans anicroches
sous Vichy, et la Quatrième lui laissait entrevoir un
avancement rapide grâce aux bonnes relations qu'il
entretenait avec la Chancellerie. Il avait d'abord vu
dans l'affaire Faypoul une cause simple et agréable
qui n'accéderait jamais au sensationnel mais dont on
pouvait attendre sans se donner trop de mal vingt ans
de travaux forcés. Or il était allé de déboire en déboire
et ne pouvait s'empêcher de confier à sa femme : « Ce
garçon ne m'aura causé que des déceptions. » A la fin
il décida de s'entretenir tête à tête avec Sabine à
laquelle il annonça qu'il mettait Faypoul en liberté en
le renvoyant devant une chambre civique.

– Ils lui colleront quelques années d'indignité nationale ou ils l'acquitteront, en tout cas je ne le verrai plus! Vous comprenez, ma femme attend un enfant et j'ai les nerfs à fleur de peau.

Faypoul apprit avec calme la nouvelle de sa libération. Une semaine plus tôt un télégramme lui avait annoncé la mort de sa mère « emportée » par une crise d'urémie. Blanche prétendit qu'il ne savait se résoudre ni au chagrin ni à la joie, pareil à Grandgousier partagé entre la mort de sa chère femme et la naissance du bel enfant à qui elle a donné le jour. Fine mouche, elle avait peut-être déjà deviné que Faypoul ne redoutait rien tant que la liberté. Du moins le prétendit-elle plus tard.

Ils partirent pour Marseille, Alcide, Faypoul, Sabine et Blanche dans un compartiment de première classe dont ils occupaient les quatre couchettes. La mission de Faypoul était double : il devait se rendre auprès de son père pour le réconforter, et participer comme témoin au mariage d'Alcide et de Sabine. Celle-ci transportait dans ses bagages une robe de mariée qui avait été retaillée dans celle de sa mère par Giudicelli, le vieux couturier qui avait autrefois construit les costumes d'arène de Footit et de Chocolat. Elle avait elle-même cousu un brassard autour de la manche de Faypoul bien que celui-ci protestât contre un usage qu'il jugeait désuet. Les ténèbres du deuil et la candeur d'une virginité promise au sacrifice s'associaient donc dans ce compartiment, comme le fit observer Blanche qui pouffait. Elle exigea et elle obtint que Sabine sortît de sa valise la robe, la couronne et le voile. Le train dépassait à peine Charenton; de hautes cheminées d'usines déversaient des volutes d'ombres sur un ciel encore vif.

— Normalement, grogna Sabine, jamais Alcide ne devrait me voir en robe de mariée avant la cérémonie.

— Ça porte malheur? demanda Faypoul avec gourmandise.

— Non, mais ça ne se fait pas.

— Alors faisons-le, conclut Blanche.

Sabine commença à formuler d'autres objections. Elle ne voulait pas se déshabiller devant eux.

— Nous avons une cabine de première pour tous les quatre, autant en profiter, répliqua Blanche. Moi, je vais me mettre en chemise de nuit.

Quand elle se fut dévêtue complètement, elle ajouta :

— Qu'y a-t-il de si extraordinaire? Vous m'avez déjà vue nue tous les trois, et tous les trois nous t'avons vue nue, Sabine!

— Tu crois? demanda Sabine en commençant à se déshabiller sans enthousiasme.

Assise sur sa couchette, une main posée sur le pubis, et l'autre démonstrative, l'index pointé, Blanche poursuivait sa démonstration.

— Oui, je crois! Quand nous étions en khâgne toutes les deux et que nous habitions la même chambre, le matin nous partagions le même tub et nous nous savonnions mutuellement, et même...

— D'accord.

— Et même...

— Tais-toi, Blanche! Mais ça n'empêche pas...

— ... Que quoi? Depuis des mois que tu partages le lit d'Alcide, ça m'étonnerait que tu te sois couchée tous les soirs avec une armure. Quant à Léon-Léon Faypoul-Faypoul, quand il a fait son fameux croquis de toi, tu n'étais pas en crinoline.

– Très juste, dit Faypoul, mais je tiens à faire remarquer que si j'ai vu ainsi Sabine, la réciproque n'est pas vraie. De même je crois être sûr que jamais Alcide et moi nous ne nous sommes vus dans le costume d'Adam.

– C'est intéressant, observa Blanche. Nous avons à nous situer devant un faisceau d'affirmations et de négations. Un schéma s'impose.

Blanche quittait enfin son lycée de Versailles pour entrer au C.N.R.S., institution neuve qui avait déjà des traditions. Son style raffolait du schéma.

– Du papier et un pencil! exigea-t-elle en s'agitant avec une allègre impudence.

Alcide ayant aussitôt procuré le matériel, Blanche se hâta de lancer des lettres et des traits tout en exposant sa méthode.

– Chaque flèche signifie un regard qui est lancé ou qui est reçu selon l'emplacement de la pointe. Tenez! Constatez le désordre de nos relations.

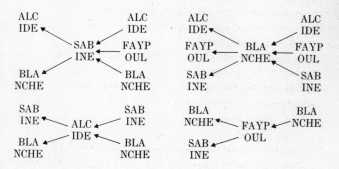

Le bloc-notes circula de main en main. Même Sabine, qui n'était plus vêtue que d'une grosse culotte de coton, l'examina attentivement.

– Je crois, déclara Faypoul, que ces figures peuvent être simplifiées.

– Et moi j'en suis sûr, assena Alcide.

– Et moi je vais le faire, conclut Blanche.

Elle réfléchit un moment, le crayon suspendu au-dessus du papier :

– Eurêka! Attendez juste une seconde... Voici, mademoiselle et messieurs, la structure de nos relations. Mais toi, Sabine, commence par retirer cet affreux dessous car tu dois savoir que l'on ne porte pas impunément un vieux vêtement sous une robe de mariée. Ça vaut vingt ans de malheur même devant un jury indulgent... Bon. Que chacun passe à son voisin ce feuillet significatif.

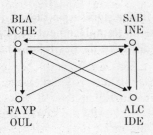

– Dommage que cette figure manque de base, observa Faypoul, elle aurait été plus confortable, nous aurions été enfermés comme nous le sommes ici.

– Ou comme dans une cellule de prison qui...

Précipitamment Blanche avait coupé Alcide :

– Moi je trouve plus piquant qu'il y ait dissymétrie, elle est due pour la plupart à la pudeur dont les hommes font preuve entre eux, jamais nos deux mâles ne se seraient déshabillés l'un devant l'autre, et pour une autre part à l'arrestation de Léon-Léon qui l'a interrompu au moment où il s'apprêtait à s'offrir en spectacle à sa vertueuse compagne.

– Ça, on n'en saura jamais rien, décida Sabine qui, adossée à la vitre, enfilait péniblement la robe nuptiale où ayant déjà engagé ses bras et ses épaules, elle était en train de loger avec effort sa poitrine.

Alcide se leva et lui tendit le papier qu'elle saisit d'une main tandis que de l'autre elle contenait sur son torse la cascade de taffetas et de tulle. Avec une grimace d'impatience qui allongea sa grande bouche, elle protesta tout en examinant le grimoire :

– Ce graphique ne nous apprend rien que nous ne sachions déjà. Je n'en saisis pas l'intérêt.

– Il prouve, s'écria Blanche, que dans tous les domaines nous pouvons dégager des structures. Au C.N.R.S. mon ambition est de travailler à une géométrie de la littérature, des sentiments, des mœurs.

La porte glissa sur sa rainure, poussée par le contrôleur qui fit un pas en avant, un seul. De l'ensemble, insolite d'emblée, il dégagea successivement le corps très mignon d'une brunette aux jambes croisées qui discourait en agitant les mains, puis sur un ciel terne et luisant sourdement comme de l'étain, une mariée nue des orteils au nombril qui brandissait un texte, une lettre ou un discours, enfin deux hommes en complet gris, les spectateurs. Au moment où la mariée qui était la seule à l'avoir aperçu jetait un cri, il refermait la porte et s'éloignait en se gardant de porter un jugement. Il estimait en avoir beaucoup vu au cours d'un long passé ferroviaire, il espérait encore en voir un peu et classait cette scène parmi celles qui, inexplicables par essence, rendaient absurde et inutilement fatigante la recherche de toute hypothèse.

A Marseille, où régnait un superbe temps bleu-gris, Blanche fut la seule à croire que les vacances commençaient. Pour les autres qui retrouvaient leurs familles, c'était la rentrée des classes. Le séjour marseillais mit fin à une période sans en amorcer distinctement une autre.

La cérémonie se déroula comme prévu. Sabine haussée par sa couronne de fleurs d'oranger artificielles, empennée par ses voiles paraissait plus grande que d'habitude et Alcide, dans un smoking loué, plus petit. Jupe noire, chemisier crème, petit collier de fausses perles, Blanche remplit correctement son rôle de témoin et Faypoul aussi. Le déjeuner eut lieu dans un restaurant de banlieue voué aux noces et banquets. Au menu initial étaient venues s'ajouter des offrandes corses, trois cabris, des boîtes et des boîtes de pâté de merle, plusieurs jambons de sanglier qui émurent Mme Amadieu. « Mon pauvre mari en était friand », répétait-elle à ses voisins. Ce propos entendu par Faypoul provoqua son rire. Il riait si rarement que Blanche s'étonna. Mme Zilia avait organisé la table mais la noce en arrivant s'était assise selon son bon plaisir.

— Si je ris, expliqua Faypoul, c'est que le mot friand me fait toujours penser à de petits animaux. Des écureuils friands de noisettes, des oursons friands de miel.

Blanche et lui se comportaient comme des adolescents qui, pour prouver leur supériorité, ne disposent que du dédain et de la raillerie. Elle avait comparé ces « ripailles » à celles de *Madame Bovary*, le jour du mariage. Ils s'étaient rappelé des détails, le cochon de

322

lait flanqué d'andouilles à l'oseille, la pièce montée, les redingotes et les gants neufs. Quand l'oncle Étienne, encore tout fier et rouge d'avoir conduit Sabine à l'autel, saisit un pigeon à pleines mains, et qu'on put entendre craquer les os fragiles et voir ruisseler la sauce épaisse jusque sur les bajoues du vieil homme, Faypoul murmura que si on voulait s'en tenir à Flaubert, il était tentant de passer de la Bovary à la Salammbô et de la fête normande au festin des mercenaires.

La seule surprise fut offerte par Bella Corland. Il est vrai qu'Alcide avait annoncé qu'elle tournait au studio de la Victorine, qu'il l'avait invitée, qu'elle avait promis de venir. Personne n'en avait cru un mot et personne n'en crut ses yeux quand elle surgit. En bout de table des filles soufflèrent :

– Mince ! ce qu'elle peut lui ressembler à Bella Corland !

Des mères en tiraient même une morale :

– Toutes les mêmes ! Au lieu de vous prendre comme vous êtes vous voulez vous faire des binettes de star, et vous voyez le résultat. Ah ! on peut dire qu'elle a l'air fin !

Quand l'identité de Bella Corland fut avérée, un silence consterné s'étendit sur toute la tablée. Les serveuses en robes et coiffes d'Arlésiennes distribuaient des tasses de café, les serveurs dont les habits noirs puaient la benzine offraient les alcools, les convives ne bougeaient plus. C'était trop. Le curé Perlin, qui venait de célébrer la messe de mariage et qui chaque année consacrait un office au repos de l'âme de Pascal Zilia, se tenait debout et les mains jointes devant Bella comme devant une apparition. Il l'avait entrevue au cinéma du patronage dans des versions que la bienséance avait tronquées mais surtout, elle l'avait dominé, riant ou pleurant selon les affiches dont les couleurs bariolaient le mur aveugle d'un immeuble situé en face de la cure.

Sabine, Blanche et Alcide s'étaient précipités, Faypoul distant avait consenti à se lever mais l'étoile écartait ses vieux amis.

— Je t'ai déjà dit, Alcide, que j'aimais me mêler aux fêtes paysannes et sentir battre le pouls de mon peuple. La semaine dernière nous avons tourné la scène où j'entre dans la ronde des vendangeuses, tu te rappelles, je t'en avais parlé... Et à propos la scène des anneaux, aux rushs, sublime, tout le monde était d'accord là-dessus.

Elle s'assit au hasard entre deux dames affolées, sur une chaise que l'abbé Perlin avait poussée de justesse. Tout au long de la table demeuraient les ruines d'une bombance qui avait mis terme à l'ère de restriction. La pièce montée dressait encore des remparts de meringue retenant des lacs suspendus faits de crème et de glace qui fondaient et coulaient, lentes comme la cire d'un cierge. Les fruits dans des nacelles de porcelaine et d'osier dormaient. Pour Bella on voulait recommencer le repas. Deux maîtres d'hôtel fourbus rentrèrent en scène porteurs de chair de cabri et de tranches de sanglier. Bella leur adressa de brefs et infinis sourires qui refusaient avec affection. Elle accepta une poire et, plutôt que d'utiliser ses couverts, crut se mettre à la portée des braves gens qui l'entouraient en élevant le fruit jusqu'à sa bouche et en mordant. L'entourage en apprenait; il découvrait une nouvelle manière de manger qui était la bonne puisque Bella l'employait.

Celle-ci fut fâchée de constater qu'autour d'elle les assiettes étaient vides et elle offrit à ses voisines et voisins ce qui lui tombait sous la main, des mandarines et même des tronçons de pain. Elle avait même envie de leur donner de petites tapes sur la joue à ces braves gens, pour leur montrer qu'elle était une bonne impératrice dont il ne fallait pas avoir peur. Mais l'attention s'était tout à coup portée vers le chanteur. Debout, l'oncle Étienne entonnait son éternel succès :

> Je te teurai comme oune chienne
> Gueuse qui m'a perfidamment
> Trompé avec oune autre amant
> Sans même qu'un remords te vienne

Dès la troisième strophe, on commença d'applaudir et Bella s'écria :

— C'est fou ce que c'est délicieux!

Alcide qui, assez inquiet, venait la soutenir, n'obtint de Bella que cette confidence chuchotée :

— Et dire que cette chienlit, nous la devons à la nuit que tu te rappelles où, sous la neige, nous avons si bien fait l'amour.

Quand elle se leva, elle se heurta à Faypoul :

— Votre Altesse, lui dit-il, a été par trop bonne de donner à cette festivité...

— Pas d'Altesse! Je vous permets de m'appeler Sissi comme tout le monde.

La cohabitation provoqua plus d'incidents et de méditations moroses que la cérémonie. La mère de Sabine, par économie bien entendue, habitait depuis plusieurs années chez son beau-frère, l'oncle Étienne.

L'appartement était immense et vide. Ainsi outre Sabine, furent logés Alcide, sa mère et les cousins qui, ayant pris le bateau, s'en venaient d'Ajaccio, voire de Corte, pour remplir, en vue d'une perspective reproductrice, un devoir qui datait de la préhistoire. D'infimes différenciations sociales prenaient, du fait de la compression, une importance explosive. Chez les Zilia on disait volontiers messieurs-dames et Sabine remarquait que cette tournure incitait Mme Amadieu à sourire. L'oncle Étienne n'aurait jamais quitté quelqu'un sans lui lancer « au plaisir », Sabine en souffrait parce qu'elle voyait bien qu'Alcide faisait un effort pour ne pas entendre et que son horrible mère une fois de plus souriait. Alors se produisit la catastrophe, entendons par là le déferlement imprévu d'une vague. Il avait toujours été question d'un voyage de noces. Mme Amadieu décida que son fils et sa bru passeraient avec elle trois semaines paisibles à Amélie-les-Bains. « J'aime mieux mourir! » cria d'abord Sabine. Blanche fut invitée à participer à cette cure et contre toute attente elle accepta. A Léon Faypoul qui s'étonnait elle répondit que, tout bien réfléchi, elle ne trouvait rien de mieux à faire que d'aller assister aux mines d'Alcide et de Sabine jouant les jeunes mariés dans un hôtel thermal. Elle était la seule à s'amuser mais semblait s'amuser ferme. Le jour de la cérémonie, elle avait réussi à persuader Mme Zilia de prendre à part sa fille pour lui donner les derniers conseils. Elle ricana en racontant l'anecdote en détail à Faypoul rêveur. Celui-ci, par sa lointaine présence, avait donné à ce mariage une consistance gazeuse qui ne pouvait laisser que des souvenirs estompés. Il ne s'intéressait qu'au heurt frontal de la tribu Zilia et de la tribu

Amadieu, cette dernière moins nombreuse puisque outre Alcide qui restait neutre, elle ne comportait que Mme Amadieu et une lointaine cousine pourvue d'une particule et d'un zézaiement pointu et distingué, mais plus virulente. L'épisode du latin le prouva. Faute d'autres sujets de conversation, l'éducation de l'éventuelle progéniture des deux jeunes époux en vint à être examinée et Mme Amadieu ayant assuré que la connaissance du latin était indispensable à la formation d'un esprit sain dans un corps sain, le silence qu'elle obtint lui donna à penser qu'elle tenait un filon.

— Je suis sûre, lança-t-elle, que vous, M. Étienne, ou plutôt mon cher Étienne puisque nous avons décidé de nous appeler tout bonnement par nos prénoms, je gagerais que vous êtes un bon latiniste.

— Moi ? Je parle corse comme quelqu'un qui n'aurait pas quitté son île. Et dans le corse il y a du latin, vu qu'en leur temps les Romains nous ont rendu visite.

— Je préférerais, n'empêche, que mon petit-fils parlât le latin de Cicéron.

— Mais moi, madame... ma mère, du latin, j'en ai fait, cria Sabine. Et vous ?

— De mon temps, une jeune fille comme il faut ne s'initiait pas au latin et ne se maquillait pas non plus.

— Mon père, zézaya la cousine, écrivait des vers latins qui faisaient l'admiration de ses maîtres et mon mari était abonné à une revue où les mots croisés étaient en latin, c'est vous dire.

Pour parachever son triomphe Mme Amadieu déposa ses conclusions :

— Chaque milieu a ses usages mais je m'en tiens à

cette certitude : pour un garçon il faut du latin. Le latin et le martinet sont ses meilleurs maîtres. Tenez, ce gaillard-là, ajouta-t-elle en montrant Alcide. Je crois avoir réussi avec lui. A quatorze ans, il le recevait encore... Attendez donc! Je me rappelle que la dernière fois où il a savouré cet instrument pédagogique, il ne l'avait pas volé : il m'était revenu, à la nuit tombante, tremblant de froid et encore humide parce qu'il était allé se baigner dans la rivière au coucher du soleil. Je lui ai réchauffé les fesses en l'assurant que plus tard il m'en remercierait, et j'en suis certaine qu'il m'en remercie aujourd'hui. N'est-ce pas, Alcide?

La couleur du visage d'Alcide avait viré au cramoisi.

— S'il y avait un trou de souris et s'il pouvait s'y glisser, il se précipiterait, confia Faypoul à Blanche, ce qui prouve que les locutions populaires ont du bon.

— Permettez! vociférait l'oncle Étienne, permettez! Que mes parents m'aient foutu des torgnoles, le fait est acquis, mais le martinet, c'est comme le latin, je le laisse aux... Parisiens!

— Tout comme nous vous laissons votre patois et vos « torgnoles ».

La réplique était souveraine, elle n'aurait pas été relevée si Blanche ne s'était pas offert le plaisir de brouiller les cartes en s'adressant à Sabine :

— N'oublie pas la recette, ma belle! Si tu veux un mari obéissant, achète un martinet.

Descendant l'escalier en compagnie de Blanche, Léon, contrairement à ses habitudes, exultait :

— Moi j'adore, j'adore assister à la rencontre de deux familles que la loi unit en une seule. La conflagration produit des spasmes géologiques. Ainsi entre l'oligocène et le pliocène les heurts de continents à la dérive provoquèrent des convulsions orogéniques auxquelles nous devons l'Himalaya. Grâce au latin nous avons assisté à la naissance de l'Everest.

Blanche rit avec complaisance. Tous deux étaient d'accord pour railler par principe.

Sur le trottoir, dans une lumière crayeuse, Blanche s'arrêta, baissa les yeux, comme une jeune fille pudique et gênée qu'elle était peut-être en cet instant, et murmura :

— Tu sais, Léon-Léon, les vingt et un jours d'Amélie-les-Bains, je préférerais les passer dans ton lit.

Ils se turent parce que, descendues derrière eux, la mère Amadieu et la mère Zilia évoquaient elles aussi Amélie-les-Bains tout en s'orientant vers la rue commerçante où, notant les frais et les partageant, elles couraient, haineuses et bras dessus bras dessous.

— Vous comprenez, ma chère, déclamait Mme Amadieu, que si je tiens à cette escapade à Amélie-les-Bains, c'est qu'elle est une tradition que seul un maréchal félon a interrompue en 44, quand il a envoyé mon fils en esclavage chez les boches.

Elles disparurent. L'air s'allégea. Blanche reprit :

— Alors tu ne veux pas de moi dans ton lit ?

— On verra. Il est à craindre que tu deviennes mon épouse fantasmique. Auparavant j'aimerais que tu me rendes un service, si tu es libre demain. J'emprunterais sa Buick à Mme de Gerb, nous irions quelque part, nous parlerions en revenant.

Au bar de Noailles, il retrouva Mme de Gerb qui était toujours encore assez belle et toujours un peu trop maquillée. En outre elle avait bu avec excès. C'était nouveau. Avant la guerre, elle n'avait pas besoin d'une goutte de vin pour conduire une orgie et se moquait des Nordiques qui demandent à la vertu de l'alcool de vaincre leurs inhibitions. Elle se tenait raide dans un fauteuil, le regard fixe, congestionnée de telle sorte qu'une roseur éthylique prenait la suite du fard au bas de ses joues. Par le docteur Alcipian, elle avait connu des psychanalystes dont l'un officiait à Marseille. Elle était persuadée d'avoir compris et voulait que son cher Léon bénéficiât de la révélation.

— Mon problème est celui de beaucoup de femmes. J'ai un clitoris!

— Oui, mais ne crie pas!

— Enfant, comment ne s'y tromperait-on pas? On prend son clitoris pour un pénis.

— En effet, c'est très possible.

— Et après? Qu'arrive-t-il après?

— Je ne sais pas.

— Il arrive le moment où l'on découvre que ce n'en est pas un. Que le clitoris n'est pas un pénis. D'où impression de frustration, de castration...

— Oui, mais ne crie pas si fort, je t'en prie.

— Ici je suis connue!

— Justement.

— Une Gerb a le droit de gueuler si ça lui chante.

— Au XVIIe siècle l'aristocratie riche parle bruyamment et crache loin, mais aujourd'hui, c'est démodé, ça fait province même en province. Je voulais te demander si tu pourrais pas me...

— Ne détourne pas la conversation. Qu'est-ce que je disais?

— La castration.

– Oui, la nature nous dupe, nous les petites filles, elle nous fait croire que nous sommes des mâles actifs et puis elle nous révèle tardivement un vagin passif.

– Et moi ? La nature m'a donné des tétons qui ne sont pas devenus des seins. Je n'en fais pas toute une histoire. Je n'ai pas de mamelles et je suis pourtant considéré comme un mammifère. L'homme est un mammifère, la douleur est son maître. Je voulais te demander si demain, je pourrais...

Elle héla Charles pour lui enjoindre de « rajeunir » leurs verres. L'alcool lui donnait l'accent slave.

– Ton observation n'est pas si sotte qu'elle en a l'air. Moi, je ne me suis jamais remise d'avoir tout joué sur un clitoris que je prenais pour un phallus et toi, tu es tombé dans la passivité parce que tu avais trop attendu l'opulente poitrine que tes piqûres de moustique t'avaient fait espérer.

– Peut-être bien. Mais je voulais te demander...

– Quoi ?

– Si demain, tu pourrais me prêter...

– Bien sûr. Combien ?

– Non, ta voiture. Pour la journée. J'ai une expédition en tête.

– Si tu conduis toujours aussi mal, je prends un risque pour ma carrosserie. Un de plus. Peu importe.

Elle le déposa devant sa porte. Il rentrait à la maison, comme au temps où il était petit.

Dans cette maison trop grande Léon Faypoul et son père vivaient avec patience, la patience des martyrs. Les éclats, les émotions avaient occupé de leur écume les premières journées.

D'abord l'émotion. La mort de la mère.

– Elle t'a demandé plusieurs fois. Elle t'appelait. Elle gémissait : Léon, Léon...

– Comme le paon.

– Quel paon... Qu'est-ce que tu racontes ?

– Quand j'étais petit, qu'elle me cherchait en clamant Léon, tu la traitais de paonne. Parce que le cri du paon, paraît-il, est Léon, Léon. Je dis *paraît-il* parce que je n'ai jamais vu de paons. Si, j'en ai vu un ou deux en Belgique dans cette volière en flammes, derrière le château, mais je ne suis pas tout à fait sûr de les avoir vus parce que, ce château, je me demande si je ne l'ai pas inventé.

– Il lui arrivait d'émerger de son délire. Pendant un moment elle raisonnait très bien. Elle me demandait de tes nouvelles. Je lui disais : « Mais tu l'as vu tout à l'heure, tu ne te rappelles pas ? Il vient de sortir pour chercher des médicaments. » Elle répondait : « Ah oui, c'est vrai, bien sûr ! » Je lui ai même raconté que l'avant-veille tu lui avais apporté des fleurs. « Ah oui, gazouillait-elle toute contente, j'avais oublié, je me rappelle mais quelles fleurs étaient-ce déjà ? » Bêtement, je réplique : « Des chrysanthèmes. » Elle s'exclame : « En cette saison ? » C'était la double gaffe, tu comprends. Les chrysanthèmes, c'est le cimetière, en plus ce n'était pas la saison ! Bon, elle veut voir les fleurs. Je prétends que le médecin a interdit les fleurs parce qu'elles dégagent du gaz carbonique. Là, elle sourit. Un sourire de jeune fille. Je me la suis rappelée jouant au tennis avec un bandeau autour du front et des bas blancs. « Mais tu peux me les montrer une seconde, un bouquet, ce n'est pas une fuite de gaz, j'en mourrai pas. » Je te passe les détails. La fleuriste était en train de fermer. Des chrysanthèmes, comme disait ta mère, ce n'était pas la saison, je lui ai rapporté des roses en lui expliquant que, Dieu sait pourquoi, je les avais prises pour des chrysanthèmes. En même temps, je craignais de m'enfoncer dans ma gaffe et de lui donner à penser que j'imaginais déjà la visite que je lui rendrais le jour des morts. Mais elle m'a répondu paisiblement : « Tu seras toujours le même. » Elle avait raison, je suis toujours le même, c'est elle qui a changé puisque c'est elle qui est morte.

Ils se regardèrent, assez disposés à pleurer et ne pleurèrent pas. Pour se délivrer de cette tentation, ils se ruèrent dans une nouvelle phase, la querelleuse.

— Je n'arrive toujours pas à comprendre pourquoi ton procès peut se dispenser de ma déposition.

— Parce qu'il est dédramatisé. Tu as peut-être remarqué que j'étais en liberté. Bref, ta jambe de bois serait de trop.

— Charmant ! Tes propos sont d'une délicatesse qui me touche. Autrement dit, je peux me faire poser une jambe mécanique.

— Quand tu veux.

— Et tu ne risques plus ni d'être fusillé ni d'être envoyé au bagne ?

— L'indignité nationale, c'est tout ce que je risque.

— Un fils indigne ! Voilà ma récompense... Ta mère est morte à temps : elle ne verra pas ça.

Ils retombèrent dans l'émotion.

— Tu sais, avec maman, observa Léon, on ne pouvait jamais prévoir. On lui disait quelque chose, elle répondait : « Au fond, c'est vrai ce que tu racontes. » Quelques jours plus tard on reprenait le même propos, elle s'exclamait : « Ne dis pas des choses pareilles. » Alors ?

– Alors, nous avons été très injustes avec elle.

– Je le découvre maintenant mais c'est évident : j'ai eu tort. Jamais je n'ai prêté attention au fait qu'elle existait.

– Tu ne saurais pas avoir autant de remords que moi.

– Mais si... peut-être.

Troublés, ils glissaient vers l'attendrissement quand Marthe entra. A travers ses revers, la famille Faypoul avait réussi à conserver depuis huit ans une domestique d'origine espagnole, ancienne compagne d'un réfugié républicain. Elle mettait un tablier blanc pour ouvrir la porte et servir à table. Elle prouva qu'elle préservait avant tout le rituel par la phrase qu'elle prononça :

– Madame est servie.

Faypoul père l'appelait volontiers « la servante au grand cœur », en attribuant la formule à Victor Hugo. Ils s'assirent tous les deux au bout de la longue table, devant un morceau de toile cirée sur lequel les couverts avaient été disposés à la diable. Car seul le protocole verbal demeurait. Ils se partagèrent un plat de ratatouille, bien décidés, l'un et l'autre, à fuir tout sujet de conflit ou d'émoi.

– Alors, c'était intéressant, le quatre heures chez les jeunes mariés ? De quoi avez-vous parlé ?

– Du latin, répondit Léon Faypoul.

Il avait failli ajouter qu'en compagnie de Mme de Gerb c'était du clitoris qu'il avait été question mais, préférant se taire, il regarda son père s'extasier.

– Ah, le latin! La plus grande injustice sociale dont nous nous soyons rendus coupables, nous autres les possédants, c'est d'avoir interdit le latin aux classes laborieuses. Sans le latin, je n'aurais pas pu franchir les épreuves que la vie m'a imposées. Au front je relisais César...

Le fils regardait le père. Il ne savait pas si l'enchantait ou l'accablait le dédain moqueur qu'il éprouvait pour un homme qui, en un temps, lui avait inspiré le respect. Enfant, quand il avait commencé de traduire l'Épitomé, il avait tout naturellement recouru à un père qui passait pour un latiniste émérite; vite, il s'était aperçu que ce père peinait pour apprendre le latin en même temps que lui. Il lui avait fallu un hasard pour découvrir que ce père n'avait jamais obtenu une licence en droit, qu'il était tout juste capacitaire, mais sans ce hasard il aurait compris tout seul que son latin était aussi imaginaire que ses exploits guerriers, car, si ce malheureux qu'un fils épiait se débrouillait avec le latin juridique, n'étant pas clerc de notaire pour rien, il disait « Manu militaro », « Vade Retrosse » et même « Vice Versailles ». Bref le fils était au bord d'avouer au père « tu sais, je te comprends et je t'aime bien », mais l'autre aborda un sujet qui revenait tous les jours :

– Irons-nous demain nous recueillir devant la tombe de ta mère au cimetière d'Auriol.

– Non, pas demain, cria Léon. Je projette une expédition qui sera décisive pour ma vie.

– Un témoignage? Tu vas chercher un témoignage!

On ne voulait pas du sien. On en cherchait un autre. Il était jaloux comme un enfant.

Ce n'était pas un témoignage que le fils courait quérir mais il n'avait probablement pas menti en précisant que sa vie était suspendue à la journée qui se préparait.

— Bon, bon, dit le père, tu es grand maintenant, tu as le droit d'avoir tes secrets. Tout homme a ses secrets, de même que tout homme est mortel. Je vieillis, tu vois, j'oublie mes humanités, d'où me vient-elle, cette phrase?

— Tout homme est mortel. Socrate est homme. Donc Socrate est mortel.

— C'est un peu idiot dans une certaine mesure. Les hommes ne sont pas les seuls à être mortels. La preuve : ta mère.

— Ici, rétorqua Léon Faypoul un peu pédant, le mot homme désigne aussi bien Socrate que sa femme.

— Oh, je sais, je sais! Les Grecs avaient de drôles de mœurs. Ils étaient un peu olé olé.

Il venait d'employer une expression de la défunte. Le fils en fut bouleversé. Il abrégea la soirée et se coucha inquiet.

Il avait eu tort de s'inquiéter. La voiture de Mme de Gerb à huit heures du matin se trouva devant la porte. Le plein d'essence était fait et les cartes de circulation attendaient comme prévu dans le coffre à gants. Blanche attendait comme prévu sur le trottoir. Et comme il était prévisible, le temps était beau.

Blanche portait une robe blanche. D'abord ils roulèrent dans la nacre, puis le soleil prit de la violence et écrasa. Ils s'arrêtèrent pour baisser la capote. Parfois, ils s'aperçurent dans la vitrine d'un magasin ou dans le regard d'un passant. A leur aise, dans un cabriolet sombre et miroitant, ils étaient le couple heureux. Une bonne publicité pour la Loterie nationale. le vent jouait avec eux. Le mistral avait peuplé la mer de sourires neigeux.

– Où me conduis-tu? demanda-t-elle.

– Tu trouves que je conduis mal? D'accord. Faute de pratique je ne me suis pas amélioré.

– Tu conduis très bien mais...

– Il n'y a que les gens qui ne savent pas conduire pour croire que je conduis bien.

– Pourquoi m'as-tu demandé de t'accompagner aujourd'hui? Je n'ai pas pu dormir de la nuit, je me suis posé trop de questions.

Il promit de s'expliquer un peu plus tard, à la fin du déjeuner puisqu'ils étaient en avance et qu'ils avaient le temps. Pendant une vingtaine de kilomètres, ils se turent, apparemment boudeurs. Puis Blanche observa que s'ils étaient en avance, elle avait le temps de se baigner. La voiture quitta la grand-route et s'arrêta devant des plaques de béton et des rouleaux de fil de fer barbelé abandonnés par l'armée allemande. Au-delà s'allongeait une plage de graviers qui était déserte.

Sortie nue de la mer, ayant couru pour revenir s'asseoir sur sa serviette auprès de Faypoul (cravate, chaussettes, chaussures, etc.) elle fut frappée par l'attention avec laquelle il la regardait.

– Il n'y a personne. Tu ne risques pas d'être poursuivi pour attentat à la pudeur, d'autant que je suis la seule coupable. Alors? Tu trouves que j'ai grossi?

– Je considère ton corps tout simplement. Je me dis que je l'ai eu et je n'en reviens pas.

– Tu peux le ravoir quand tu veux, si tu veux.

Entre une statuette nue que cravachait le mistral et un homme jeune trop vêtu se poursuivit un dialogue sévère.

– J'ai toujours fait ce que tu voulais, Léon-Léon.

– Très juste et c'est aussi intéressant pour toi que pour moi.

– Quand tu as voulu qu'à la Toussaint je couche avec Alcide, j'ai obéi.

Après avoir traversé Hyères, ils s'engagèrent dans une route montueuse et s'arrêtèrent dans un restaurant-sans-tickets dont il avait noté le nom sur un carnet. Ils déjeunèrent avec un appétit qui les surprit. Enfin Faypoul se décida à exposer le but de l'expédition. Avant la guerre, il avait aimé une jeune fille, Huguette. Quand il avait été mobilisé, il s'était arrangé pour courir la voir. Blanche s'étonna.

– Mais après l'armistice? Pourquoi n'es-tu pas retourné la voir?

– Je croyais que la vie était très longue et que le temps était dans mon camp. Je remettais, chaque semaine je remettais. Peut-être craignais-je une déception. En tout cas, aujourd'hui, je suis assez fort pour exiger une certitude. Autrefois ils m'ont dit qu'elle était partie. Est-elle revenue? Si elle est revenue et qu'elle n'a pas disposé de son avenir, serait-elle libre pour moi?

Il souhaitait que Blanche, se présentant comme une amie de Mme Amadieu, vînt demander des nouvelles d'Huguette.

A l'entrée du village, en vue du Café de la Paroisse, la Buick s'arrêta.

– Je t'attends ici. Fais tout pour le mieux.

– Il faut que je prenne une consommation! Je n'ai pas soif.

– Commande un café.

– Nous en avons déjà bu deux.

– Une grenadine, un cognac, ce que tu veux.

– Justement je ne veux rien.

– J'ai envie de te battre!

– Bats-moi!

– Plus tard. Je t'en supplie, Blanche! Ma vie est en jeu. Non, ce n'est pas une question de vie ou de mort mais...

– Ça va, ça va! J'y vais.

Blanche avait oublié son paquet de cigarettes, il en fuma une. Comme il avait fait faire demi-tour à la voiture, ce fut dans le rétroviseur qu'il vit réapparaître la messagère. Elle s'assit à côté de lui sur le cuir brûlant des sièges.

– En 39, dit-elle sournoisement, tu n'avais pas compris ce qu'ils t'avaient dit. Elle est « partie », ça voulait dire qu'elle était morte.

Il médita avant de répondre :

– Avec Huguette, j'aurais pu agir comme si Dieu existait et qu'il était bon.

– Et pas avec moi?

– Non, pas avec toi.

– Alors ramène-moi, j'ai ma valise à faire; je pars demain pour Amélie-les-Bains.

Quand ils arrivèrent à Marseille, le ciel était encore dur et vigilant. Il rangea la voiture le long d'un trottoir.

Le mistral était tombé. La rumeur molle de la ville fut traversée par les coups de sirène d'un invisible navire. Les yeux de Blanche étaient lustrés par une humidité envahissante qui se résolut en petites larmes.

Qu'elle pleurât de rire ou de plaisir, il l'en savait capable, mais ce grave chagrin le surprit.

Pendant les semaines qui suivirent, il passa beaucoup de soirées tête à tête avec son père. Il leur arrivait de remonter le phonographe et d'écouter du Beethoven en souvenir de la défunte qui l'avait tant aimé. Le plus souvent ils jouaient à l'écarté. Il passait ses matinées dans le jardin à corriger et à compliquer *Le Vide-château*; de temps en temps un coup de vent enlevait avec gaieté quelques feuillets derrière lesquels il lui fallait courir. C'était son seul sport. Bien qu'il travaillât au soleil, il restait blême. Cette absence de couleurs lui allait bien selon Mme de Gerb, qui lui fit tailler deux complets anthracite, des chemises blanches aux inflexions roses et lui offrit un jeu de cravates ardoise. L'après-midi, il se rendait chez un collectionneur à qui elle l'avait recommandé. Ce collectionneur possédait une partie de l'*Encyclopédie* de Diderot, illustrée de machines dont il s'inspira pour dessiner avec une attention méticuleuse sa chère Papine. Ayant décidé que les condamnés de deuxième ordre seraient exécutés par un autre appareil, il l'appela la Wattinette pour rendre hommage à l'importance du condensateur, du tiroir et du régulateur à boules. Cette machine tuait plus vite, plus sommairement que la Papine. Quand Mme de Gerb et lui se rendirent à Nice pour déjeuner avec Bella Corland, il apporta ses esquisses religieusement serrées dans un carton à dessin. Bella Corland les admira après le café, soupirant :

— Le malheureux qui m'a tuée s'est servi d'une

arme plus menue. Il croyait exterminer la tyrannie et ne frappait que le dédain.

Les nouvelles qui parvenaient d'Amélie-les-Bains étaient apparemment bonnes. Les événements s'étaient essoufflés. Il ne se passait plus rien.

VIII

Quand Léon Faypoul reprit le train pour Paris, on ne pouvait attendre un rebondissement que du procès qui devait se dérouler le 8 septembre devant le jury d'une chambre civique. Ce procès fut plat. Les journalistes n'étaient pas nombreux. Faypoul somnolait. Sabine, qui avait bronzé à Amélie-les-Bains, était allée la veille chez le coiffeur et, bien charpentée dans sa robe noire, semblait la seule à s'intéresser aux débats. Quelques témoins vinrent vanter les prouesses de l'accusé. On lut des dépositions qui étaient à sa gloire. Les jurés s'ennuyaient. Le Président, qui avait abusé du soleil plus imprudemment encore que Sabine, ressemblait à un Indien, surtout lorsqu'il hochait la tête comme un vieux chef emplumé dans un western. Le substitut accomplit sa tâche avec lassitude. Il proposait une condamnation de principe dont il laissait au jury le soin de décider dans quelle mesure elle pouvait être adoucie. Faypoul fut condamné à cinq ans d'indignité nationale dont il était sur-le-champ relevé pour services rendus à la Résistance.

Le rebondissement se produisit avec la soudaineté d'un typhon. Son procès n'avait valu à Faypoul que

quelques lignes dans quelques quotidiens mais quarante-huit heures plus tard son nom était à la une des
journaux. Quand à la fin du dîner où l'on fêtait sa
réintégration dans la société des honnêtes gens, il
demanda à Sabine comment devait s'y prendre l'un de
ses amis qui souhaitait se constituer prisonnier en
évitant de séjourner dans les locaux de la police, elle
lui avait aussitôt indiqué une procédure : il suffisait
qu'un avocat téléphonât au Parquet et demandât un
rendez-vous sans avoir besoin de préciser aucun nom.
Elle accepta la mission et, le matin qui suivit, elle
annonça à Faypoul que son ami avait rendez-vous
dans le cabinet d'un substitut le lendemain à quinze
heures.

Le lendemain, un peu avant midi, il reçut, dans la
chambre d'hôtel qu'il occupait rue Bonaparte, la visite
de Blanche qu'il avait invitée à déjeuner. Quand elle
toqua à la porte, il lui cria d'entrer. Puis, sans
prononcer un mot, lui offrit une serviette de cuir noir
à multiples compartiments. Elle découvrit au-dessus
de la minuscule serrure le nom d'Hermès. Ses yeux
brillèrent sans le secours des larmes. Elle était contente.

– Quel imprévu! C'est le premier cadeau que me
fait Léon-Léon!

– Un cadeau utile. Il te servira tout d'abord à
emporter mes textes et mes dessins. Je te les confie.

– J'aurai le droit de les lire ?

– Tu les liras, tu noteras les observations et même
les corrections qu'ils t'inspireront. Et tu m'en écriras.

– Et je t'en parlerai.

Il fermait un sac de cuir également noir où elle

aperçut un pyjama, une trousse de toilette, des chandails. Quand il prit le sac et se dirigea vers la porte, elle lui demanda s'il comptait partir en voyage.

— Non, mais je quitte cette chambre, répliqua-t-il en promenant son regard autour de lui. Elle n'était pas désagréable. Il y avait les coups de téléphone nocturnes d'Andrea. C'est un mannequin. Elle a noté les numéros de qui l'intéressait sur le papier mural et elle m'éveille souvent, puisqu'elle a habité ici plus d'un an et qu'elle a beaucoup de relations, pour me demander de chercher à gauche de la fenêtre un numéro qui commence par Passy et qui est situé sous la quatrième rose pourpre, ou un numéro qui commence par Poincaré et qui est situé au-dessus du lit entre deux marguerites. Elle a une mémoire visuelle étonnante.

Il avait laissé à Blanche le choix du restaurant.

— Tu ne sais pas que les femmes préfèrent qu'on choisisse pour elles? Puisque tu m'y obliges, je choisis Lipp, mais il paraît que ce n'est pas facile d'y trouver une table.

— C'est mon jour de chance.

En entrant chez Lipp ils se crurent gâtés parce qu'on les expédia au premier étage. L'église Saint-Germain-des-Prés était bien éclairée; blanchie par le soleil, elle occupait le champ d'une des fenêtres.

— Hier dans l'escalier de l'hôtel j'ai croisé une jeune fille qui m'a dit « Pardon monsieur » et à laquelle j'ai répondu « Pardon mademoiselle ». La rencontre de ce « monsieur » et de cette « mademoiselle » m'a fait bander. C'est un thème intéressant?

— Tout ça, tu devrais l'écrire.

— C'est fait.

A la fin du déjeuner, Faypoul, qui regardait de

temps en temps sa montre, précipita le mouvement. Boulevard Saint-Germain, il la prit par le coude et l'entraîna d'un pas plutôt rapide. L'air était vif et de brefs coups de vent l'aiguisaient mais sur les portions ensoleillées du trottoir il faisait chaud.

– Ce matin quand je me suis mise à ma fenêtre, c'est tout juste si je n'ai pas eu l'onglée. L'automne approche. Mais tu trouves peut-être que je me suis habillée trop sévèrement?

Sans ralentir sa marche, il abaissa son regard sur elle. Jupe noire, pull noir, elle avait repris son uniforme. Pourtant elle avait encore les jambes nues. Après réflexion, il lui assura que l'automne ni le printemps n'existaient; il y avait l'hiver et l'été et entre eux de la bouillie.

– Le prétendu automne et le prétendu printemps sont des noms qui ont été hypocritement inventés pour déguiser deux transitions également répugnantes. De septembre à décembre, mort et pourriture, les allées d'un bois se transforment en un charnier végétal. Le prétendu printemps est peut-être encore plus dégueulasse; il feint de fêter le renouveau alors qu'un froid acide s'éternise et que sur les branches se multiplient des éruptions de pustules et de bubons qui viennent ensuite panser des bouts de compresses froissées d'un vert hôpital.

– Tu devrais l'écrire.

– C'est fait.

Place Saint-Michel, ils furent attirés par un petit attroupement. Un agent de police sommait un bourgeois de retirer ses pieds du bassin où il les faisait tremper, caressés par les remous de la fontaine. Le coupable, dont le pantalon était remonté jusqu'aux genoux, était vêtu d'un gros manteau de velours, un châle de cachemire entourait son cou. Coiffé d'un chapeau melon, il brandissait un profil souriant qui ressemblait à un paraphe tracé avec hâte et audace, le menton n'étant plus fuyant parce qu'il avait fui et un nez cyranesque s'élançant sous un front droit parcouru par des rides aussi agitées que des vagues.

Souriant, il s'expliquait :

— Je prends un bain de pied dans de l'eau vive parce que la température, selon le premier relevé de l'Observatoire de Paris, est tombée à 8 degrés Celsius. M'étant fait une loi d'obéir à la nature j'ai donc supprimé ma pelisse et commencé mes cures de fraîcheur. Je suis médecin, je sais ce que je fais.

— Vous êtes vraiment médecin ? demanda le flic.

— Je le suis, mais ne le serais-je pas que j'aurais bien le droit de tremper les mains dans cette fontaine.

— Les mains oui, mais pas les pieds.

Faypoul intervint :

— Pourquoi pas les pieds ? C'est du racisme.

L'agent commença de s'inquiéter et songea à se défendre. Il s'adressa au groupe des curieux qui restaient encore neutres et tenta de les convaincre. Il n'était plus un représentant de l'autorité mais un candidat qui cherche les suffrages.

— Si j'interpelle ce monsieur, c'est que dans une ville les pieds nus sont inconvenants. Les mains non, les pieds oui.

— Fouillez le code, gardien, criait gaiement le médecin, le Code civil j'entends, car le militaire, partageant entièrement mes vues, précise que les pieds doivent être l'objet de soins attentifs, mais pour en revenir au Code civil, vous n'y trouverez pas un seul article où je sois visé. Qu'ont-ils d'inconvenant, mes pieds ? Ils me paraissent propres et inoffensifs. Sont-ils phalliques ? Si telle est votre pensée, exprimez-la, mais j'aime mieux vous prévenir qu'en ce cas je demanderai des témoignages et me verrai contraint de vous traîner devant la justice.

— Ça va, dit l'agent, mais ne vous éternisez pas et, tout médecin que vous êtes, quand vous aurez ramassé des rhumatismes, vous serez bien avancé.

Un vieillard à barbe blanche qui jusque-là était resté parfaitement immobile se lança :

— Parce qu'il se dit médecin, il a le droit de faire trempette alors que moi, qui suis le plus vieil anarchiste du quartier, tout le monde vous le dira, que j'en fasse autant, on me fout au quart !

— Mais faites-en autant, mon brave ami, lui suggéra aussitôt le « médecin », c'est moi qui vous en prie. Déchaussez-vous et déchaussettez-vous... ou conservez vos chaussettes en respectant l'avis des médecins du XVII⁰ siècle qui considéraient que l'eau perdait sa nocivité quand son contact était amorti par un tissu.

— Ah vous, l'anar ! vous, si vous mettez les pieds dans le bassin, je vous emballe, crie l'agent. Je ne tolérerai pas une manifestation contre l'ordre public.

Après avoir consulté sa montre, Faypoul entraîna Blanche en lui demandant de l'excuser : il était prisonnier d'un rendez-vous.

— Où ça ?

— Tu vas voir.

Il l'arrêta devant les grilles du Palais de Justice et lui tendit la lourde serviette qu'il avait galamment portée durant le parcours.

— Tu dois encore remplir des formalités ?

Il acquiesça et la laissa plus que seule – solitaire. Pendant un moment, elle marcha sans voir les visages, persuadée que Faypoul n'avait rien à faire au Palais de Justice et qu'il avait pris le premier prétexte venu pour se débarrasser d'elle. Puis dans le métro, elle soupesa la serviette de cuir. Rue des Plantes, où elle avait repris le bail d'Alcide et de Sabine qui s'étaient acheté un appartement rue des Petites-Écuries, elle se permit d'ouvrir la serviette, d'épandre ses trésors, se laissant déborder par le bonheur. Une grâce avait voulu qu'elle fût la détentrice d'un chef-d'œuvre. Elle s'arrêtait pour lire, accroupie sur le plancher, puis il lui fallait marcher et elle ne touchait pas terre.

Le lendemain, buvant son thé auprès de son appareil de radio, elle apprit qu'un repris de justice nommé Léon Faypoul s'était accusé de deux meurtres commis avec préméditation et avait été écroué. Elle appela Sabine sans succès. Libre de son temps, car elle n'avait pas encore commencé au C.N.R.S. son étude psycho-sociale du comportement, elle lisait et relisait du Faypoul, elle téléphonait et retéléphonait à Sabine. Finalement, elle partit pour la rue des Petites-Écuries.

Le nouvel appartement ne prétendait pas au prestige du mensonge mais il était assez vaste et s'il ne cherchait pas à en imposer, il inspirait confiance, solide comme le reste du quartier. Les pièces étaient encore encombrées de cartons entrouverts, de paille, de panneaux qui attendaient d'être remontés pour devenir des buffets ou des bibliothèques, de livres dont les uns étaient amoncelés comme si un autodafé était en vue et les autres érigés en menhirs; certains dont les tranches étaient appuyées au mur avaient été disposés en ordre alphabétique, Galsworthy voisinant avec Gide et Gyp. Sabine, pieds nus, drapée dans une robe de chambre sang-de-bœuf, ne demandait qu'à hurler. Quand Blanche lui apprit en toute innocence, du moins apparemment, qu'elle avait escorté Léon-Léon jusqu'au Palais de Justice, le schéma qu'elle proposait à Sabine ressemblait trop à l'ancien. La première fois, elle avait conduit le malheureux vers les flics, la deuxième fois vers les juges. Sabine savait bien qu'elle avait fourni elle-même la bonne recette à celui qui voulait être incarcéré et qu'il ne s'était présenté au Parquet que sur un rendez-vous qu'elle avait pris à la légère. Mais elle trouvait un plaisir fou à refuser de tenir compte du vrai et, se jetant à l'assaut de Blanche, elle lui saisit les poignets.

Blanche avait à peine peur et c'était plutôt par affectation qu'elle protégeait ses tout petits seins de deux mains arrondies en coquilles.

— J'ai raconté à Léon-Léon que la dernière fois tu m'avais battue. Il a paru fort intéressé. N'oublie pas que je suis son épouse fantasmique. Tu devrais t'inspirer de la méthode dont usait la maman d'Alcide et me donner le fouet. Apprendre ce détail l'enchanterait.

Son nom venait à peine d'être prononcé qu'Alcide apparaissait. Sa présence apporta à la discussion une continuité à peu près cohérente. Faypoul avait choisi Sabine comme défenseur mais le fait était qu'il se prétendait le-meurtrier-du-beau-père-défunt-de-son-avocate, qu'il-aurait-assassiné-avec-la-complicité-du-père-de-celle-ci. Quant à l'autre meurtre, il était également gênant puisque Clodandron-avait-été-le-chef-du-corps-franc-où-Pascal-Zilia-avait-trouvé-

une - fin - glorieuse - et - qu'il - aurait - lui - même - partici-
pé-au-meurtre-de-Juste-Amadieu.

– Les Atrides, répétait Alcide, sans qu'on sût s'il
plaisantait ou non.

Mais Blanche se moquait visiblement de Sabine
quand elle observait doucement :

– Après tout, Chimène, à la fin du *Cid*, s'apprête à
épouser l'assassin de son cher petit papa.

Pourtant Sabine recouvra la maîtrise de la situation
et lui rendit sa gravité quand elle invoqua la déonto-
logie. Un professionnel qui s'exprime en professionnel
est pris au sérieux. De l'entretien que lui avait accordé
Me Luciani, il ressortait que si elle refusait de
défendre Faypoul, elle donnait à penser qu'elle le
considérait comme l'assassin de Juste Amadieu. D'un
autre côté, s'il persistait à s'accuser, elle devrait le
défendre contre ses propres allégations, situation émi-
nemment délicate pour un avocat. Vieux radical-
socialiste, Me Luciani proposait une solution de compromis : Sabine acceptait la mission puis, s'il se
révélait que Faypoul était réellement coupable ou si
par son obstination il rendait toute défense inefficace,
elle en serait quitte à se dérober derrière un de ses
confrères que Luciani choisirait dans son cabinet.

Ils furent interrompus par un coup de téléphone de
Mme de Gerb dont la furieuse voix résonnait à travers
la pièce comme si elle se fût trouvée non à Marseille
mais dans l'antichambre. Elle ne pouvait pas admettre
que Faypoul se fût accusé du meurtre « de ces deux
minus » et Sabine, se fâchant, criait aussi fort
qu'elle.

– L'un de ces deux minus, madame, était le père de
mon mari.

Le téléphone raccroché, ils se sentirent plus proches tous les trois et entamèrent un examen de la situation. Alcide déposa le premier :

– Je ne suis pas sûr de ma mémoire. Je crois qu'à Ulm, il m'a tenu des propos qui allaient dans plusieurs sens. Il me semble qu'il m'a d'abord dit que Clodandron s'était suicidé puis qu'il a prétendu avoir tué, à sa demande, un vieux camarade qui était décidé au suicide mais ne parvenait pas à passer à l'acte. Il n'est pas impossible, mais il faut vous dire que j'étais fatigué, jamais je n'avais rencontré autant d'événements en quelques heures, toujours est-il qu'il m'a peut-être confié qu'il avait tué Clodandron parce que celui-ci avait osé me frapper alors qu'il était l'assassin de mon père. Quand nous sommes revenus à Paris, nous en avons reparlé et il m'a dit textuellement : « Je n'ai tué personne, c'est entendu mais si l'occasion s'en était bien présentée, je l'aurais fait, c'est donc comme si je l'avais fait. En quelque sorte, je l'ai fait au conditionnel. »

– Alors je plaide le désordre mental ? C'est plus que déplaisant. Nous avons découvert un grand écrivain et qu'est-ce que nous en faisons ? Un dingue.

– L'un n'empêche pas l'autre, cria Alcide. Nietzsche l'était aussi.

– Et Maupassant itou.

– Et Nerval !

– Et Artaud !

Sabine commençait à prendre des notes, assise sur une caisse. Elle s'interrompait pour penser. Elle avait obtenu leur respectueuse attention.

– Pas conséquent, conclut-elle d'un ton neutre, je dois dans un premier temps démontrer par des témoignages et des recoupements que Faypoul n'est pas l'auteur des crimes dont il s'accuse puis, dans un second temps, demander une expertise psychiatrique.

– Le plus important, laissa tomber Blanche avec lenteur, comme si elle suivait sa pensée, serait qu'il continuât son œuvre en prison. Car j'ai oublié de vous le signaler : avant d'entrer au Palais de Justice, il m'a remis une sacoche Hermès, très belle d'ailleurs, un cadeau adorable, qui contenait deux cents feuillets que j'ai lus et qui constituent une pure merveille inachevée.

– Et c'est à toi qu'il les a remis ?

– Ne te fâche pas. Il a réparti nos rôles. Il t'a placée dans le temporel et moi dans le...

– Alcide, tu dois exiger que Blanche nous communique ces textes.

– Nul besoin qu'il exige ! Quand je les aurai tapés, je vous donnerai un double.

– Pourquoi le double ?

– Si tu veux, je te donnerai un exemplaire où les pages paires seront tirées de l'original et les impaires du double, est-ce que tu comprends ? proposa Blanche qui s'adressait à Sabine comme si elle parlait à une demeurée.

Le nouveau procès se déroula selon un schéma très proche du premier. Les preuves de l'innocence de Faypoul s'accumulèrent. La veuve de Juste Amadieu remit au juge l'entrefilet du journal espagnol qui annonçait la mort de son mari. Un Belge qui s'était engagé chez les franquistes vint à Paris pour déposer; il avait souvent rencontré Juste Amadieu à Santander pendant le mois d'octobre 1937 et pensait qu'il n'était pas tombé au combat et qu'il avait été plutôt victime d'un règlement de comptes que les autorités avaient cherché à déguiser. Il donna le nom d'un Anglais qui avait été secrétaire de Sir Oswald Mosley et envoyé par lui en Espagne. L'Anglais qui fut facilement retrouvé confirma les dires du Belge. Quant à l'affaire Clodandron, elle se délita presque aussi vite. On ne put interroger le chef des miliciens qui était venu constater la mort de son camarade parce qu'il avait été exécuté, mais son adjoint, détenu à Clairvaux, fut formel : Clodandron avait manifesté l'intention de se suicider pour échapper à une condamnation déshonorante et, le matin même de sa mort, il avait demandé qu'on nommât quelqu'un pour le remplacer. Le témoin assura qu'il n'avait été nullement étonné quand il avait reçu le coup de téléphone de Faypoul lui annonçant le suicide de son chef et qu'il s'était borné à lui enjoindre de maquiller ce suicide en accident. Un jeune milicien qui servait en Indochine envoya une déclaration en tout point identique.

Faypoul s'obstinait. Sans passer par Sabine (exaspérée) il envoyait à son juge de longues lettres peuplées de détails. « Vous feriez mieux d'écrire votre livre! protestait Sabine. — L'un n'empêche pas l'autre, répondait-il, mes journées sont longues. » Parce qu'il voulait trop prouver, Faypoul se contredisait souvent. Si l'on regarde de près, on constate que découvrant le meurtre d'Amadieu dans la cave, il prétend que la scène était éclairée tantôt par une bougie, tantôt par une lampe à pétrole, tantôt par l'électricité. Lorsqu'on lui faisait remarquer ses divergences, il se bornait à répondre que sa mémoire était changeante parce qu'elle était créative.

— En tout cas, ajoutait-il, je suis sincère chaque fois. Lorsque je parle de lampe à pétrole, je vois la lampe à pétrole. Un autre jour c'est la chandelle qui s'impose à moi et parfois c'est l'électricité tout bêtement.

Si le premier juge d'instruction avait été irrité par la nonchalance de Faypoul, le second ne tarda pas à sentir monter en lui l'épouvante que l'insolite provoque chez certains esprits pour qui l'habitude constitue une règle philosophique. Ce vieil homme, dont la brève moustache jaune hérissée de touffes blanches, la maigreur, la haute taille auraient mieux convenu à un colonel de cavalerie, était un magistrat de l'autre siècle pour qui la logique de l'instruction se devait de rester rigoureusement euclidienne. La ligne droite était à ses yeux le plus court chemin pour relier deux faits dont l'un devenait *cause* et l'autre *effet*. Pour lui, un homme qui, devant témoins, avait crié à sa femme « il y a des moments où tu es à tuer » puis, sept ans plus tard, au cours d'une querelle, l'avait jetée contre une cheminée où elle s'était fendu le crâne, avait prémédité pendant sept ans son crime. Or, pour la première fois de sa vie, il se trouvait en présence d'un individu qui voulait le persuader de sa culpabilité et non de son innocence. La moindre contradiction, il savait l'exploiter pour enfoncer davantage un inculpé, il continuait d'appliquer la même méthode mais s'apercevait avec un effroi qui lui nouait la gorge qu'elle produisait un résultat inverse dans le cas Faypoul. Des sueurs froides l'éveillaient en pleine nuit et, assis sur son séant, il se surprenait à balbutier dans les ténèbres : « Je fais le travail de l'avocat, quelle horreur... » Il se voyait prisonnier d'une situation hermétiquement close. Pour prouver la culpabilité de Faypoul, il lui aurait fallu renoncer à l'analyse critique du dossier, qu'il tenait pour un devoir sacré, et la poursuite de cette analyse l'entraînait irrésistiblement vers un Faypoul pur comme de l'eau de roche. Si encore les aveux de l'inculpé pouvaient être expliqués par le désir de protéger le ou les auteurs des prétendus crimes! Alors démasquer l'imposture pour parvenir à la manifestation de la vérité serait entré dans la mission traditionnelle d'un magistrat scrupuleux. Mais nul n'était soupçonné et la réalité des deux assassinats était controversée par l'enquête.

Après une nuit ponctuée par les insomnies, Hector de la Hure ne put s'empêcher de lancer :

– Vous ne vous donnez même pas la peine de trouver un seul mobile pour rendre plausibles les gestes que vous assurez avoir commis!

– Permettez, monsieur le juge! J'agis par impulsions, c'est mon caractère. Ainsi je vous raconterai qu'âgé de quinze ou seize ans, je fus un soir saisi d'horreur à la vue – passez-moi l'expression – des crottes de nez qu'avant de m'endormir j'écrasais contre le papier mural qui dominait mon lit. Il était de couleur brune mais tout à coup je réalisai qu'elles se voyaient et, connaissant l'existence d'un bidon d'essence dont mon père se servait pour combattre les moustiques dans la pièce d'eau du jardin, j'aspergeai aussitôt la cloison que je n'eus qu'à enflammer après. Quelques seaux d'eau vinrent à bout de l'incendie qui passa pour accidentel. Je me rappelle que j'étais moi-même étonné de la rapidité avec laquelle j'avais agi. Une impulsion!

Oubliant son rôle, Sabine fit observer à Faypoul qu'il n'y avait aucune pièce d'eau dans le jardin de son père. Il répliqua qu'elle avait été comblée quelques années avant la guerre. Le père Faypoul, qui ne décolérait pas depuis qu'il avait troqué son glorieux pilon pour une jambe mécanique et qu'il se croyait affublé d'un fils assassin, consentit à certifier qu'il n'aurait jamais toléré dans son jardin une pièce d'eau dont la présence aurait infailliblement attiré des insectes et des reptiles. Le juge en vint à confier ses affres à sa belle-sœur.

— Je sens que je deviens fou.

Ce n'était pas un mot en l'air car son frère, le chef de bataillon en retraite, donnait des signes évidents de dérangement mental et l'on sait bien que la folie erre souvent dans le sang de certaines familles. Le commandant de la Hure, justement, tint à intervenir dans la discussion.

— S'il t'embête, ce rombier, fous-le au trou.

— Mais il y est et c'est ça précisément qui m'embête.

— Fous-le au trou et fais-lui pisser du pétrole.

— Ne penseriez-vous pas, suggéra Mme de la Hure, que si fou il y a, ce jeune homme serait tout indiqué pour tenir l'emploi? Ce n'est pas vous, mon cher Hector, qu'il faut soigner, c'est lui.

Depuis quelque temps, le magistrat songeait à recourir aux psychiatres. Il s'y résolut pour la satisfaction de Sabine, qui n'avait pas osé demander elle-même cet examen parce qu'elle avait peur de provoquer l'humeur de son cher Léon. Les deux médecins, l'un commis par l'accusation et l'autre par la défense, conclurent à la paranoïa, mais le premier la voyait escortée d'hallucinations, alors que le second mettait l'accent sur le « délire romanesque ». Pour l'un cet état acheminait Faypoul vers la démence, pour l'autre celle-ci était improbable. L'inculpé bénéficia d'un double non-lieu. Hector de la Hure n'en croyait pas son bonheur; il était débarrassé de son persécuteur, délivré de son dilemme et s'offrait le doux plaisir de la vengeance, car Faypoul, déclaré dangereux pour lui-même et pour les autres, fit l'objet d'un placement d'office à l'hôpital Sainte-Anne que le magistrat imaginait redoutable : isolement rigoureux, camisole de force, douche glacée.

Pendant deux mois le comité de soutien resta sans nouvelles de l'aliéné. Sabine, Alcide, Blanche et Mme de Gerb s'agitaient vainement. Tout à coup la situation s'éclaira avec l'élan d'un arc-en-ciel. Grâce à un neurologue et à un attaché de cabinet, le professeur Élisée Menotte-Biot accorda un rendez-vous à l'avocate et à l'amie de la famille, c'est-à-dire à Sabine et à Mme de Gerb, qui se rendirent à Sainte-Anne où elles se trouvèrent en présence d'un psychiatre fringant et claironnant qui les reçut vêtu d'une blouse blanche et de chaussettes de coton bleu ciel qui donnaient à penser qu'il devait porter des pantalons de golf, ou encore des culottes courtes, ou qu'il ne portait rien du tout. Sur les murs étaient appendus des chromos représentant des chats jouant avec des pelotes de laine ou buvant du lait, des cardinaux jouant aux échecs, une bergère gardant des moutons.

— Mesdames, leur déclara le professeur, permettez-moi de ne pas vous faire languir et de vous annoncer illico presto une bonne nouvelle. Je suis entré en rapport avec la préfecture et, comme suite à mon rapport, la mesure protégeant votre protégé sera levée dans quelques jours et il retrouvera sa liberté. C'est vraiment un charmant garçon. Je le regretterai. Nous avons passé de bons moments ensemble. Il faut vous avouer que j'éprouvai d'emblée un préjugé favorable à l'endroit de notre jeune ami quand je me souvins de l'allégresse vraiment spirituelle avec laquelle il avait pris ma défense contre un gardien de la paix alors que je m'offrais un bain de pieds dans la fontaine Saint-Michel.

Il reprit sa respiration, chaussa ses lunettes, ouvrit un dossier, en parcourut une page d'un regard narquois et hocha la tête en se souriant à lui-même.

— Il ne m'a pas fallu une semaine pour lui dire carrément : mon gaillard, vous êtes un névrotique léger qui veut jouer au psychotique pour se donner de l'importance ou pour s'amuser, peu importe. Vous avez passé votre temps à vous balader sur des terrains conflictuels, il vous est arrivé de vous glisser dans des dépressions dont vous ne vous sortiez que par votre imagination, vous vous êtes forgé des souvenirs en lesquels vous croyez à moitié, votre cas, sans vouloir vous blesser, est vraiment banal.

D'un tiroir il sortit une pipe en écume de mer dont il frappa le fourneau vide contre son bureau en imitant les coups qui précèdent au théâtre le lever du rideau.

— Puisque vous assurerez dorénavant la responsabilité de Léon, il serait opportun que je vous mette au fait de son caractère. N'ayez crainte! Je vous épargnerais notre jargon qui use plus du grec que du français, le grec, vous n'en connaissez pas un iota, donc...

— Permettez, protesta Sabine, j'ai fait du grec en khâgne.

— Je vous en félicite car le grec est en général

testiculaire. Mais pour une juriste il ne présente guère d'utilité alors qu'en pharmacie et en médecine il est en train d'écraser le latin à plate couture. Jusqu'aux oculistes qui se font appeler ophtalmo. Pour en revenir à notre propos, Léon n'est ni un grand ni un petit délirant, c'est un garçon qui gamberge et qui transforme ses rêvasseries en souvenirs auxquels il croit dur comme fer à certains moments, quitte à en douter sous un interrogatoire un peu serré. Mais nous sommes tous pareils. Quand il dit qu'il se voit encore en train de tuer X ou Y, il me rappelle irrésistiblement un grand nombre de gens dont je fais partie qui affirment en toute sincérité : « Mais si, je te l'ai rendu, ton livre ! Je me vois encore te le tendant et tu es même monté sur un tabouret pour le ranger dans la bibliothèque. » Ensuite on s'aperçoit qu'on a gardé le livre bien qu'on se souvienne toujours de la scène durant laquelle on l'a rendu et qu'on voyait avec tant de certitude qu'on aurait donné sa tête à couper. Si toutes les têtes qu'on aurait donné à couper l'avaient été, quel massacre ! Mais ce n'est pas bien grave, il n'y a pas de quoi fouetter un chat. Vous remarquerez au passage que dans le langage familier on ne coupe pas les têtes, on ne fouette pas les chats et si j'ajoute que Léon ne ferait pas de mal à une mouche, vous noterez également qu'à se fier aux apparences, ces insectes jouissent d'une délicieuse immunité. Je compte d'ailleurs me lancer dans une étude du langage parlé que je commencerai le 29 juin, prochaine date à laquelle Jupiter rentre dans mon signe. Ce n'est pas que je croie en l'astrologie mais je professe qu'il faut accueillir avec faveur tous les stimulants.

A travers le discours qui se poursuivait, elles finirent

par comprendre que Léon Faypoul redoutait la liberté et qu'on ne pouvait le détacher du régime carcéral sans prendre soin de respecter une transition. Le professeur Menotte-Biot proposait que Léon Faypoul fût envoyé dans la maison de repos du docteur Belhomme, près de Barbizon. Il pourrait, si l'envie l'en prenait, se balader dans la campagne, aller au cinéma, se rendre à Fontainebleau ou même à Paris et au bout d'un an ou deux sans doute serait-il le premier à souhaiter sa réinsertion dans la société.

— Trains et cars rapides, proximité de Paris, chambre confortable, cuisine abondante et variée, bon air, clientèle distinguée. En outre, notre ami écrit et semble attacher beaucoup d'importance à cet exercice sur lequel je ne porterai pas de jugement ayant horreur de la littérature. Je n'apprécie que Courteline. L'autre soir, des amis m'ont traîné au Français où l'on jouait *Phèdre,* en sortant ils m'ont demandé mon avis et j'ai été obligé de reconnaître que je n'avais ri que deux ou trois petites fois. En revanche, le docteur Belhomme est un fin lettré et quand je lui ai montré un texte de Léon il s'est emballé. Donc : atmosphère idéale pour un écrivain. Seule question : la pension. Belhomme est vraiment décidé à faire un sacrifice mais encore faut-il...

— Je m'en charge, déclara Mme de Gerb avec une autorité écrasante. D'ailleurs, ajouta-t-elle plus doucement, les sommes que je verserai seront considérées comme une avance sur les droits d'auteur de Faypoul dont l'œuvre commencera bientôt d'être éditée.

— Alors tout est pour le mieux! conclut le professeur en se levant. Je ne veux pas abuser davantage de votre temps car je suis assez pressé.

IX

La maison du docteur Belhomme, la Maison Belhomme comme on disait dans la région, était située à
l'extrémité d'une plaine qui venait buter dans les
premières collines de la forêt de Fontainebleau toute
proche. La façade haute de trois étages dont chacun
était orné d'un macaron devait dater du XVIIIe siècle;
elle était plutôt enjouée malgré sa rectitude. A l'une de
ses extrémités elle permettait à une glycine de s'épan-
cher. Faisant face à la route départementale, elle en
était protégée par un magnolia, un cèdre qui triomphait au milieu d'une vaste pelouse, et quelques pins
escortaient le chemin sablonneux qui reliait la route à
la grille. Des coulées de jacinthes roses s'allongeaient
vers le verger où les cerisiers étaient en fleur. Blanche,
avant de pousser l'un des battants de la porte à la
française, regarda autour d'elle, gênée par la lumière
légère mais déjà étale de cet après-midi printanier.

Elle était folle de bonheur à la pensée de revoir
Léon-Léon perdu huit mois plus tôt devant le Palais
de Justice.

C'était un jour convalescent, encore un peu maladif
qui, sans qu'elle comprît pourquoi, lui donnait le
même malaise qu'un conte d'Andersen.

L'entrée était baignée par une lumière à la fois plus contenue et plus chaleureuse qui caressait les ors des boiseries et des cadres. Agenouillée, une jeune et grosse servante, qui quelques mois plus tôt cherchait les œufs sous le cul des poules, promenait une serpillière humide sur un dallage en damier. Tout en restant à genoux, elle se redressa au passage de Blanche, prenant innocemment la contenance d'une suppliante. Séparés par des portes à double battant largement ouvertes, un grand salon, une manière de boudoir qui avait été peut-être un fumoir, s'offraient en enfilade sur la droite, alors que sur la gauche la perspective se poursuivait par une salle à manger et une bibliothèque. Profusion de tableaux (en majorité des natures mortes), de meubles (beaucoup de Louis XV fabriqué en 1900, une table de jacquet, peut-être authentique), bref un cossu assez luxueux qui était à peine ridicule et presque plaisant. Sous l'escalier, des vases plus chinois les uns que les autres attendaient les fleurs des visiteurs. Dans une bergère, un élégant jeune homme lisait *Le Monde*. Sous un lustre Napoléon III, un vieux monsieur de noir vêtu qui portait un haut col cassé dont l'amidon faisait une cuirasse jouait aux dames avec un garçonnet. Depuis qu'elle était entrée dans cette maison, Blanche enregistrait des images dont il lui semblait qu'elles demeureraient éternellement dans sa mémoire comme le souvenir de certains tableaux, la Joconde ou la Justice poursuivant le Crime qui s'accroche à vous telle la gale. Autre image définitive : une femme de chambre en tablier ruché qui, le profil aiguisé, le regard muet aurait pu tourner sous l'empire d'Ophuls ou d'Eric von Stroheim. Elle désigna l'escalier après que Blanche eut nommé

Faypoul. Sur le palier du premier étage se tenait, immobile comme une statue, une blonde cendrée en tailleur gris fer.

– Bonjour mademoiselle.

– Bonjour mademoiselle.

– M. Belhomme, prévenu de votre visite, souhaiterait vous accueillir. S'il vous plaît de me suivre.

En suivant, Blanche remarqua que si le visage de la cendrée était épais, aucun reproche n'aurait pu être adressé honnêtement aux mollets dont les muscles longs et les rondeurs jouaient à la cadence de la marche qui se prolongeait sur une succession de tapis autour desquels l'encaustique enflammait des parquets losangés. Blanche se pencha avec prestesse, souleva le coin d'un tapis et vérifia son hypothèse : la région non visible du parquet était abandonnée au terne et même au poussiéreux.

Le tailleur gris s'effaça et Blanche entra dans un bureau où la pénombre était contenue par des stores. Un Napoléon équestre et cuivré contemplait un nœud de vipères en bronze entre des rames de papier vierge. Elle remarqua aussi une plume sergent-major et une bouteille d'encre Waterman. Le docteur Belhomme se présenta. Elle réussit à cacher sa surprise. Parce que au fond d'elle-même, sans doute, elle avait confondu Belhomme et Bonhomme, elle avait imaginé un rondouillard doucereux. Le médecin était grand, large d'épaules et son visage rouge et puissant s'évasait vers une chevelure taillée en brosse dont le noir était agressif.

– Je salue en vous la première visiteuse de notre cher écrivain, déclara-t-il pendant que la porte se refermait. Prenez la peine de vous asseoir et sachez que je serai très bref. Vous êtes sa meilleure amie, nous sommes ses meilleurs lecteurs. J'en connais qui ont été très fiers d'avoir chez eux Artaud ou Camille Claudel. Je considère Faypoul comme un bien plus précieux encore. Nous conjuguerons nos efforts, vous et moi, ma chère Blanche, et je vous supplie de m'appeler Alcide...

— Mais pourquoi Alcide ?

— Parce que je me prénomme ainsi.

— Mais il y a déjà un Alcide. Amadieu.

— Je sais, il viendra demain. Je ne me débaptiserai pas pour autant, conclut le médecin. Dans un roman l'auteur veille à distribuer des prénoms divers à ses personnages mais nous ne sommes pas dans un roman.

— Qu'en savez-vous ? demanda Blanche.

Le docteur Belhomme admit que la question était judicieuse.

— Car plus on lit, poursuivit-il, plus on se demande où est la barrière ou le seuil si vous préférez. Mon bon ami Élisée Menotte-Biot a bien raison de rester inculte, cet état convient à sa sérénité. Bref, je crois que nous nous entendrons vous et moi comme larrons en foire et ne veux pas retarder davantage l'instant qui vous permettra de vous jeter dans les bras du maître.

A leur arrivée, Faypoul qui était assis dans un fauteuil Louis-Philippe se déploya ; il semblait à Blanche qu'il avait grandi ; ses tempes s'étant légèrement dégarnies, le front en imposait davantage ; sa physionomie devenait insensiblement celle d'un penseur. Vêtu d'une longue robe de chambre de soie rouge, il fit quelques pas avec une lenteur majestueuse et se pencha pour déposer un baiser sur le front de son amie.

— Je vois que vous n'avez pas chômé, observa le docteur Belhomme en contemplant avec gourmandise les feuillets noircis par l'encre qui jonchaient le plateau du secrétaire.

— Sept pages.

— Allons, allons, voilà qui est bien carabin! Mais il y a temps pour tout.

Il montra à Blanche une petite pancarte en carton sur laquelle elle put lire : *Prière de ne pas déranger, Please do not disturb.*

— Je m'en vais suspendre ce bouclier à votre porte, ainsi serez-vous tranquilles.

Par curiosité instinctive autant que pour assurer sa contenance, elle entreprit l'examen du mobilier dès que la porte se fut refermée. Lit Premier Empire, bibliothèque Second Empire, secrétaire Charles X, le XIXe régnait. La salle de bains toute neuve excita l'enthousiasme de Blanche. Quand ils furent rentrés dans la chambre, Faypoul la pria de bien vouloir se déshabiller. Comme elle demeurait interdite, il demanda :

— Tu ne veux pas?

— Mais si...

Il ne l'aidait pas mais à mesure qu'elle se débarrassait de ses vêtements, il les disposait avec soin sur le fauteuil.

— Il y avait longtemps que j'avais besoin de voir une femme nue. J'en mourais d'envie. Hier matin je me suis regardé de dos dans la glace de la salle de bains en me faisant croire que je voyais une grande fille. Ne reste pas plantée, marche un peu... Tourne-toi...

assieds-toi dans le fauteuil en croisant les jambes.

Il écarta le couvre-lit, ouvrit largement les draps et pria Blanche de s'allonger.

– Tu n'as pas froid?

– Non, mais j'imagine que tu ne vas pas tarder à venir me réchauffer.

– Il n'est pas question que nous tombions dans la niaiserie. Ce que j'attends de nous est autrement intéressant. Je veux que tu couches à ma place avec des hommes que je choisirai et qu'à chaque fois tu rédiges un rapport dont tu me donneras lecture. Pour commencer tu te donneras à Alcide.

– Alcide Belhomme!

– Amadieu.

– Mais c'est fait! Tu me l'avais demandé dans une lettre que Sabine m'avait remise, ce détail constituant d'ailleurs la seule drôlerie de l'histoire. Tu as déjà oublié?

– Non, mais les circonstances ont changé. Il est marié. Tu veux bien?

Je m'en vais perdre ma vie auprès de ce type, se disait-elle, mais tant pis, ou plutôt tant mieux puisque je l'aime. Donc elle acquiesça. Lorsqu'il lui demanda de prendre la position qui serait la sienne sous Alcide Amadieu, elle obéit. Elle obéit jusqu'au bout. Il s'était assis dans le fauteuil et fumait, spectateur. Quand des gémissements lui vinrent, elle ne chercha pas à les retenir, sachant qu'il souhaitait que toute la Maison Belhomme fût mise au courant de cet orgasme. Elle ne s'étonna pas davantage de ce qui suivit. Ayant décroché un téléphone qu'elle n'avait pas vu encore, il commanda deux thés nature puis revint vers Blanche.

– Quand la femme de chambre entrera...

– Oui, j'ai compris.

Elle bouleversa les couvertures, froissa les oreillers puis demanda :

– Qu'est-ce que tu préfères, Léon-Léon ? Que j'aie l'air insolent ou l'air confus.

– A toi de choisir. Les deux se valent. Dans mon essai je compte soutenir qu'en érotisme les contraires se complètent et qu'une femme surchargée de dessous détient un pouvoir semblable à celui d'une femme nue sous sa robe. A propos, j'ai trouvé un titre : *Nature morte*. Qu'est-ce que tu en penses ?

Amorti par les tapis mais retentissant quand il frappait le parquet, le pas de la femme de chambre s'annonça d'assez loin.

– Entrez, cria Faypoul.

Avec une hâte qui la rendait volontairement maladroite, Blanche plongea ses jambes dans le lit et remonta le drap vers sa poitrine. Si elle avait opté pour la confusion, c'est que sous le regard sec de la jeune porteuse de thé au tablier ruché, elle se sentait agréablement pécheresse.

Le thé pris, Blanche sauta du lit et, sans demander son avis à Léon-Léon, se rhabilla. A mesure que son corps disparaissait sous les vêtements, le ton de leur conversation se modifiait. Blanche posait un problème précis : à qui le Maître entendait-il confier la publication de son œuvre ? En attachant ses bas, elle jeta la question cruciale :

– A qui fais-tu confiance ? A Alcide et Sabine ? Ou à moi ? Je te connais comme si je t'avais fait : tu es capable de coups de tête mais le reste du temps tu ne sais que biaiser et te défiler. Alors cette fois j'exige que tu prennes une décision.

Dix minutes plus tard ce fut Blanche qui proposa une solution de compromis.

– Mme de Gerb met à la disposition d'Alcide Amadieu des fonds qui lui permettent de monter une maison d'édition. C'est très heureux pour lui car, incapable de finir sa licence, il risque de rester un éternel étudiant. J'accepte les Éditions Amadieu sous deux conditions. La première est que le nom de Sabine ne figure dans aucun de tes textes, dans aucune note sauf, et exceptionnellement, si elle est citée en tant qu'avocate. Seconde condition : j'entends que les préfaces, les postfaces, l'appareil critique me soient confiés et que je puisse même utiliser à ma manière les déclarations que tu as faites à Alcide, au sujet du *Vide-château* pendant votre nuit d'Ulm. Acceptes-tu ? Oui ? La prochaine fois, je t'apporterai une lettre tapée à la machine et tu voudras bien me la signer. Comprends, ajouta-t-elle avec un sourire tremblant, que j'ai besoin de prendre part à ton œuvre comme à tes fantasmes.

Ils se parlaient dans une nuit qu'un éclair traversa. Le roulement de l'orage suivit, proche. Ils convinrent que c'était le premier orage de la saison. Faypoul alluma l'électricité. Elle regarda sa montre. Elle n'avait que le temps de descendre pour attraper le car qui passerait dans cinq minutes. Il l'accompagna dans le corridor mais, au bout de quelques pas, elle sentit qu'il était retenu par le champ magnétique de la pièce. Avant de le quitter, elle lui demanda s'il avait éprouvé autant de plaisir qu'elle. Il la rassura avec élan.

– C'est comme si nous avions fait l'amour, hasarda-t-elle.

– Nous l'avons fait et nous le referons en rêvant

d'Alcide si tu n'oublies pas ce que tu m'as promis.

Au rez-de-chaussée la femme de chambre au tablier ruché confia Blanche à la grosse servante, qui ouvrit un parapluie. Elles suivirent le chemin de sable, traversèrent la route et s'arrêtèrent sous des platanes dont les bras encore nus ne parvenaient pas à les protéger de l'averse. La grosse fille demeura patiemment, parapluie au poing, guettant l'apparition des phares.

Je l'ai reconquis, pensait Blanche, mon bonheur me dépasse, je voudrais le crier, j'ai hâte d'être seule pour l'écrire.

Pour la première fois elle se rappela sans remords qu'à Argeasse elle lui avait menti en lui racontant qu'au Café de la Paroisse on lui avait affirmé qu'Huguette était morte. Elle n'avait même pas posé la question. Silencieusement elle avait bu une grenadine.

– Le voilà!

Il fallut une seconde à Blanche pour saisir qu'il ne s'agissait pas de Léon-Léon mais du car.

Ce fut Alcide qui se manifesta en premier. Il avait vu Faypoul. Il était d'accord avec toutes les conditions que Blanche avait posées. Spontanément, il précisa le pourcentage qu'il comptait lui attribuer, auquel jamais elle n'avait songé et qu'elle accepta avec enthousiasme dès qu'elle comprit que ce serait toujours autant de pris sur Sabine. Elle invita Alcide à dîner en tête à tête, chez elle. En débarquant dans l'appartement où il avait vécu, il procéda à un examen des lieux, remarquant, comme un chat, les modifications légères qui s'étaient produites. Il ajouta précipitamment qu'il n'avait pas dit à Sabine qu'il dînait avec Blanche.

– Elle est jalouse?

– Je la ménage. Elle est enceinte de trois mois.

Blanche aurait eu horreur de passer pour une bonne maîtresse de maison. Le dîner fut donc froid et se ressentit de l'improvisation. Pourtant elle avait ouvert une bouteille de Haut-Brion 1942 tout en sachant qu'il n'en boirait qu'un verre et qu'il ne le distinguerait pas d'un vin de chiffonnier. Ils essayaient de parler comme des professionnels. Qualité du papier, corps de caractères, prix de vente, choix de l'imprimeur et du distributeur, élaboration des maquettes de couverture. Ils s'entendirent pour donner à la collection dirigée par Blanche Magoar le nom du signe sous lequel Faypoul était né, le Capricorne. Le soir, Alcide, pour protéger son sommeil, évitait de boire du café. Il lui suffit d'un geste pour refuser le marc de Bourgogne comme on repousse un gros mot. Le dîner tournait court. N'écoutant que son courage, Blanche vint s'asseoir sur les genoux d'Alcide. D'abord il se laissa surprendre comme une forteresse alanguie dans la sécurité. Il serra une taille, accepta une bouche, avança une main sous l'ombre d'une robe. Puis il revint à lui, se leva en tenant Blanche dans ses bras. Bien qu'il fût petit et peu musclé, il la portait sans peine tout en marchant de long en large pour exposer son cas. Il n'était pas question qu'ils renouvelassent l'erreur qu'ils avaient commise à Marseille.

– C'est parce que j'ai couché avec toi que je me suis laissé coincer par Sabine. Aujourd'hui j'en suis sûr : j'ai voulu me punir d'avoir trompé Léon-Léon alors qu'il était captif. Et je suis bien puni.

L'amertume d'Alcide ravissait Blanche. Un instant, le projet l'effleura de révéler à cet aveugle qui la

portait comme une infirme que Faypoul était l'insti-
gateur de leurs étreintes. Mais elle s'agita, retomba sur
ses pieds et conçut le plan qu'elle devait appliquer
pendant les semaines qui suivirent. N'ayant envie ni
de décevoir Léon-Léon, ni d'appartenir à un autre
homme, il ne lui restait qu'à imaginer, sur commande,
des débordements sexuels dont elle donnerait les
comptes rendus. Après le départ d'Alcide, elle ouvrit
un cahier et traça d'une écriture haletante des lignes
qui surgissaient d'elles-mêmes : « Il vient de sortir. Je
suis encore nue et en sueur. Il s'est montré plus brutal
que la première fois, etc. »

Blanche en apprenait. Elle savait maintenant qu'il
lui aurait déplu de coucher avec Alcide et qu'elle ne
s'était résignée à cette corvée que pour plaire à
Léon-Léon et découvrait que ce n'était point tant le
contact d'Alcide qui lui répugnait, mais le contact
avec tout homme qui ne fût pas celui qu'elle aimait.
Encore n'étaient-ce que demi-découvertes car depuis
un bon moment elle se sentait prisonnière d'un
sentiment qu'elle ne pouvait plus confondre avec la
pure admiration. Elle n'aurait jamais imaginé qu'elle
pourrait prendre plaisir à écrire une fiction. Elle avait
admis d'écrire et même de publier des critiques ou des
essais mais c'était bien la première fois qu'elle faisait
confiance à son imagination et lui donnait libre cours.
Or, elle se régalait. Et elle se régala lorsque dévêtue et
allongée sur le lit elle lut son conte fantasmique à
Léon. Lecture lente car elle faisait durer un plaisir
qu'elle aurait partagé, hésitant au seuil d'un passage
trop cru ou se troublant au milieu d'une description
libertine. Il lui arrivait de baisser les yeux, de détour-
ner la tête un instant, d'esquisser un mouvement de

pudeur en relevant le drap sur ses cuisses ou de cacher son visage avec les feuillets, demandant à la comédienne d'ajouter ses pouvoirs à ceux de la romancière.

Ayant reçu la liberté de choisir son amant suivant, elle composa le portrait du jeune portier de l'une de ces boîtes qui s'ouvraient alors à Saint-Germain-des-Prés. Pour le physique elle s'inspira du souvenir d'un comédien qui jouait un tout petit rôle, dix ans plus tôt, dans un film dont elle avait oublié le titre. Elle avait situé l'action derrière le bar, sur le plancher, à l'aube, sous le regard d'une Antillaise juchée sur un tabouret. Le portier obtint autant de succès qu'Alcide. La semaine suivante, Léon Faypoul laissa de nouveau la bride sur le cou de Blanche qui, sur sa lancée, imagina une partouze. Elle notait après avoir rédigé le récit de l'orgie : « Je m'en suis donné à corps perdu et à bouche que veux-tu. »

C'était trop beau. Ils étaient tous les deux satisfaits. Alors se produisit l'anicroche. Il proposa à Blanche de faire l'amour avec Alcide, non pas Alcide Ier, mais le docteur Alcide Belhomme. Or elle était tentée par la robustesse autoritaire de ce médecin. Elle ne demandait que de lui servir de proie pour de bon et non pour du beurre. Elle lutta contre elle-même. Victorieuse, elle apporta à Léon-Léon le récit d'une étreinte qui se serait produite sur la moquette du cabinet de consultation. Ce récit avait été pour elle une épreuve parce que pour la première fois elle aurait préféré vivre à écrire. Quelques jours plus tard, Léon-Léon la surprit quand, sans lui donner le temps de se déshabiller, sur un ton abrupt, il lui reprocha d'avoir censuré son compte rendu. Elle demeura perplexe. Alors qu'il la félicitait de ses talents de dissimulatrice, elle en était encore à chercher dans la brume. Elle finit par comprendre que Léon-Léon avait confié à son thérapeute l'intérêt qu'il prenait aux ébats qu'elle s'octroyait avec d'autres hommes et qu'il avait évoqué la séance sur la moquette. Le docteur Belhomme était entré dans le jeu et avec une certaine imprudence qu'elle lui reprocha, acerbe, en pénétrant dans son bureau avant de reprendre le car.

– Vous êtes bonne, vous, répliqua le docteur Belhomme. Si vous m'aviez prévenu, nous aurions pu accorder nos violons. Mais c'est *ex abrupto* que cet animal m'a assené la nouvelle. Je trouve que j'ai assez bien réagi. Je ne me suis pas laissé démonter. D'emblée j'ai compris que vous cherchiez à apprivoiser ses fantasmes. Il voulait des détails. Mettez-vous à ma place. Et je crois avoir bien fait car il en a frémi de la tête aux orteils.

– C'est vous qui êtes bon! Mesurez un peu la situation dans laquelle vous m'avez mise. Pouvais-je deviner? Pourquoi êtes-vous entré dans les détails?

– Parce qu'il en avait besoin et qu'ils nous venaient aux lèvres tout naturellement comme des souvenirs.

Elle avait rougi et déjà s'en allait. Sur le chemin sablonneux elle fut rejointe par l'infirmière-secrétaire-assistante qui ne portait plus son tailleur gris fer mais une robe acier. Les oiseaux chantaient avec entrain et la fin du mois de mai éclairait le ciel et le chemin. Dans cette lumière l'âme damnée du docteur Belhomme conservait la rudesse de traits d'une kapo, mais sa chair semblait tendre et les joues carrées accédaient à une transparence de coquillage. Les prunelles reflétaient l'acier de la robe, les larges épaules auraient pu appartenir à un jeune sportif mais la douceur grelottante de la voix était pour la première fois perceptible. Essoufflée elle s'exclamait :

– Mademoiselle!

– Mademoiselle?

Blanche qui avait fini par apprendre le prénom de cet iceberg (Éléonore) n'avait pas osé l'employer, craignant qu'un mouvement de familiarité fût pris pour de la condescendance.

– M. Belhomme, exposa très vite Éléonore, aimerait que si M. Faypoul semblait souhaiter le renouvellement de ce qui s'est passé...

– C'est-à-dire : de ce qui ne s'est pas passé.

– Oui, justement. Il voudrait que pour plus de vraisemblance...

– Je sois marquée?

– Exact. En ce cas je guetterais votre arrivée et nous monterions dans ma chambre un instant.

– C'est entendu, mais voilà mon car! Au revoir mademoiselle!

– Au revoir mademoiselle.

La semaine suivante Blanche fut accueillie par Éléonore qui l'attendait sous l'escalier auprès des vases éternels. Elle portait un pantalon et un chemisier de lin dont le grège était presque blanc; la petite chambre où elles parvinrent, au troisième étage, les murs, le lit, les rares meubles étaient également pâles; une chambre de bonne ou de nonne qui recevait le jour par un œil-de-bœuf. La victime se dévêtit puis s'allongea. Lorsqu'elle fut soumise à l'examen attentif de Léon-Léon, elle portait les stigmates convenables. Ainsi se termina l'époque érotique de la Maison Belhomme. Il n'imposa plus d'autres épreuves à son épouse fantasmique mais manifestait un besoin croissant de la voir et de lui parler et de l'écouter qui la comblait. Le samedi elle prit l'habitude de rester couchée auprès de lui et le lendemain matin le médecin venait bavarder avec eux alors qu'ils prenaient leur petit déjeuner au lit. Il estimait avoir stabilisé son patient.

Une nouvelle ère est annoncée par des événements. Le premier fut la publication du *Vide-château* et de *Variétudes* qui parurent simultanément en juin. Les couvertures jaune clair soutenaient des caractères violets et noirs. La critique fut restreinte mais favorable. La carrière de Léon-Léon Faypoul commençait. On sait qu'elle se poursuivit l'année suivante par *La Bête noire* et *Conversation d'un modèle avec un écrivain dessinant*, qui comportait en post-scriptum *Lettre à un père outragé*. Sur une période de dix années parurent *Le Mauvais Quart d'heure* (nouvelles), *Cerveau brûlé* (essai anti-surréalistes), *Nature morte* (analyse de fantasmes), *Le Ramasse-miettes*, *Facile comme bonjour*, et *Midi Ennemi* (poèmes). Financée par Mme de Gerb et Bella Corland, administrée par Alcide Amadieu qui se révéla homme d'affaires, la maison d'éditions « Campagne Première » (du nom de la rue où elle était sise) si elle ne publia pas que du Faypoul fut la seule à en publier. En effet, il avait été prévu par contrat qu'il accorderait à « Campagne Première » l'exclusivité de sa « production », étant entendu que celle-ci appartiendrait à une collection dirigée par Blanche Magoar.

Lorsqu'en 1980, parurent les *Œuvres complètes de Léon-Léon Faypoul* qui comportaient plus de neuf cents pages, parce que y étaient inclus des fragments, des annotations et des lettres, la préface de Blanche atteignait la quarantaine de pages.

L'autre événement qui marqua le mois de juin 1947 fut l'apparition de Bella Corland à la Maison Belhomme. Le triomphe européen de *L'Impératrice blessée* n'avait pas été seulement européen, il avait atteint les États-Unis et la comédienne avait enfin obtenu l'audience internationale qu'elle prétendait détenir depuis longtemps parce qu'elle en rêvait. D'Hollywood lui était arrivée la proposition d'incarner Lola Montès dans un film dont l'ambition était mondiale et dont les moyens justifiaient l'ambition. Après la lecture du premier synopsis, elle s'enfonça dans un état où un chagrin d'une race sourde et hautaine alternait avec la colère. Son entourage s'inquiéta. On avait bien remarqué pendant le tournage et surtout lors du lancement du film où les déclarations de Bella surprirent, qu'elle était tentée de faire corps avec l'héroïne dont elle tenait le rôle. Il lui arrivait de mêler des souvenirs de sa jeunesse à ceux de l'impératrice et de s'approprier ceux-ci. On crut d'abord qu'elle donnait la comédie à la ville comme elle l'avait donnée sur l'écran. Mais lorsqu'on annonça sa résurrection dans Lola Montès, elle accorda à *France-Soir* une interview qui terrifia son imprésario. « Il me paraît très difficile, disait-elle en substance, de m'entendre avec une créature qui a compromis l'histoire de ma famille. Par ma naissance, j'étais une princesse de Bavière et je ne saurais oublier que si Louis Ier roi de Bavière fut conduit à l'abdication, c'est à cette aventurière qu'il devait cet horrible malheur. En mon âme et conscience puis-je tenir le rôle d'une femme dont les machinations ont été si pernicieuses pour les miens ? » Il est vrai qu'en d'autres moments elle raisonnait, elle débattait de ses intérêts en professionnelle avisée et que parallèlement à la vie de l'impératrice d'Autriche elle poursuivait, sans conflit apparent, celle de Bella Corland. Elle accepta, sur le conseil du docteur Alcipian, de consulter le professeur Élisée Menotte-Biot qui conclut à un léger surmenage et, reprenant la filière qu'il avait utilisée pour Faypoul, expédia la vedette chez le docteur Belhomme afin qu'elle y goûtât quelques semaines de repos réparateur. Elle débarqua escortée de son metteur en scène Jean Peter von San-Bartholomew, de Mme de Gerb (qui revenait d'un séjour à Marrakech) et de quatre malles pleines de vêtements. C'était le jour du solstice.

Belhomme exultait. En quinze années, sa clinique (qu'il ne fallait surtout pas appeler clinique, mais résidence) n'avait compté que trois notoriétés, et plutôt médiocres, un chansonnier alcoolique, un éditeur qui après la Libération fuyait les commissions d'enquête, et un dessinateur humoristique qui, persuadé que Hitler n'avait jamais existé, fut à toutes fins utiles renvoyé à Sainte-Anne. Grâce à Léon Faypoul et à Bella Corland, l'élite et le grand public étaient prestigieusement représentés « dans une modeste demeure, située à l'orée de la forêt de Fontainebleau, qui entrait dans l'histoire des idéologies du XXᵉ siècle ». Ainsi s'exprima le médecin au début de la première « soirée »; elle avait lieu dans une discrète tourelle qui avait été adossée à la maison vers 1900 et comportait une salle à manger et un salon également circulaires reliés par un escalier en hélice. Étaient présents, outre la diva, l'écrivain et le médecin, Blanche de noir vêtue, Alcide qui était descendu du dernier car, le professeur Menotte-Biot venu en vélomoteur, Jean Cocteau convoyé par un jeune homme au visage plat qui n'ouvrait pas la bouche. Qui s'étonnerait de l'absence de Sabine apprendra que, quelques jours plus tôt, enceinte jusqu'au cou, elle s'était présentée à Léon Faypoul qui l'avait aussitôt congédiée. Blanche s'était gardée de prévenir Sabine de la peur que Faypoul éprouvait à la vue de toute femme qui se serait engagée dans la voie de l'enfantement. Après avoir assisté à la scène, elle s'était donné le plaisir de raccompagner Sabine qui lui avait confié à mi-voix « D'accord, tu as gagné. Je te le laisse. Ou plutôt je te laisse à ton malheur. – Et toi? Des joies t'attendent? – Oh oui, oh oui! » Ce pluriel devait se justifier car en octobre suivant Sabine accoucha de jumeaux. Mais revenons à ce dîner qui donna le ton à ce qui s'ensuivit.

Alcide était trop à son aise. L'excommunication de Sabine lui permettait de dîner auprès de deux femmes ayables (il avait lu Stendhal) et qu'il avait eues. De plus il était éditeur et ressentait le pouvoir que ce mot contenait. Il osait interpeller Bella sur le ton familier, lui rappelant que, s'il avait bonne mémoire, elle raffolait du homard, et s'étonnant que, se distinguant des autres convives, elle eût exigé un menu quasiment spartiate.

– Des œufs crus, du porto, du lait glacé, répondit rêveusement Bella, voici mon habituel depuis toujours sauf, bien sûr, ajouta-t-elle avec un sourire, lors des réceptions à la cour.

Sans doute Cocteau fut-il gêné ou amusé par ce regain de folie car il s'empressa de dévier à travers le temps et évoqua l'impératrice Eugénie « précédée de sa suite » qui, vieille, répondait à qui lui demandait audience : « Vous voulez assister au cinquième acte ? »

— C'est du moins un mot que Barrès m'a raconté et qui fit sourire la comtesse de Noailles.

— Eugénie n'était pas de très bonne famille mais peu importe, coupa Bella Corland qui, ne voulant pas perdre les rênes de la conversation, félicita Blanche du maigre collier de perles qu'elle portait sur son chandail noir.

— Elles sont fausses, répondit Blanche, mais leur petitesse leur donne de l'esprit.

Peut-être Bella Corland savait-elle que le manque de tact lui était naturel et qu'elle devait en abuser comme de ses yeux car elle ajouta :

— J'ai possédé au début de mon règne l'un des plus beaux colliers de perles qui aient jamais existé. Il tomba malade. J'étais à Corfou. Un vieux moine me promit de le guérir en le soumettant aux vertus de l'eau de mer. Nous le glissâmes sous un rocher. Le moine mourut...

— Et vous fûtes incapable de retrouver le rocher en question, rien d'étonnant dans cette histoire, décida le professeur, mais puisque nous parlons nettement, je me permets de vous faire observer que je porte un complet d'alpaga. Malgré la chaleur. J'ai décidé de résister dorénavant à la nature et d'avoir frais quand elle veut que j'aie chaud.

— La nature est un temple, lança à tout hasard Belhomme.

Alcide, tout bêtement, pour prouver qu'il était toujours là murmura :

— La nature a horreur du vide.

— Elle a horreur du vide, répliqua vivement Cocteau, mais le vide le lui rend bien.

— Merci, monsieur.

Faypoul venait de prononcer les premiers mots de la soirée. Plus tard quand en procession ils eurent gagné le salon par l'escalier colimaçonnant, il écouta Cocteau lui vanter avec gentillesse les mérites du *Videchâteau* et les mêmes mots lui virent :

— Merci, monsieur.

Au salon ils jouèrent un peu. Le professeur annonça solennellement qu'il se consacrait dorénavant à la dislocation sportive du langage. On riait, on était heureux, même Bella Corland qui n'y comprenait rien mais régnait en souveraine éclairée. Faypoul, dont la timidité taciturne céda tout à coup un peu avant minuit, proposa d'imposer une nouvelle gymnastique à la poésie et, soulevé par l'enthousiasme général, lança le début d'un poème qui devait comporter autant de vers que de marches à la tour Eiffel :

Ô mon enfant masseur n'éveille surtout pas
la faucille qui dort dans le chant des étoiles
Et songe à la douceur dallée où vont nos pas, etc.

On se sépara fort tard. Leurs adieux trop bruyants avaient été tempérés par une semonce d'Éléonore qui tenait à rappeler que s'il n'y avait pas d'authentiques malades à la Maison Belhomme, du moins abritait-elle des âmes sensibles et des nerfs à vif. Le médecin, en raccompagnant Léon et Blanche dans leur chambre, leur confia que « cette chère Nevermore » était une gourmande amoureuse de la sévérité.

— Pourquoi l'appelez-vous Nevermore ? demanda Blanche.

— Que cela reste entre nous mais nous nous égarâmes tous les deux une nuit, il y a quelques mois.

Aussitôt après, je lui certifiai que ce moment d'aberration serait sans suite. Elle tomba d'accord et, en hommage à Poe, elle accepta de se laisser appeler Nevermore. Mes chers amis, je vous souhaite une bonne nuit.

Car Blanche Magoar s'était installée. Elle avait apporté des livres, des vêtements et des parfums. Ayant droit à un mois de vacances et à deux mois de liberté destinés à lui permettre de rédiger des mémoires de Géosensibilité et de Cliosensibilité, elle était certaine de vivre auprès du génie-Faypoul durant tout un trimestre et sans le quitter jamais plus d'une heure ou deux. Elle s'émerveillait d'un bonheur qu'elle n'avait jamais osé espérer. Ils dormaient ensemble sans se toucher, mais cette fille qui à treize ans rêvait déjà des hommes et qui avait raffolé de ce qu'il y a de brutal et de plus physiologique dans une étreinte, savourait la chasteté comme une eau de toilette de Guerlain. Elle se régalait de regards et de phrases. Le matin, après avoir fait leur toilette, ils rendaient visite à Bella Corland dans sa chambre où elle était massée par Nevermore. La journée commençait. Bella revêtait, trente minutes plus tard, la tenue d'amazone qui lui permettait de retrouver le XIXᵉ siècle. Un écuyer de Barbizon amenait un cheval et se prosternait pour aider Bella à se mettre en selle. Léon, toujours en robe de chambre, précédait la statue équestre et lui ouvrait le passage sur la route en s'immobilisant les bras en croix. Bientôt il dut protéger deux passages car Blanche montait elle aussi, et en amazone bien qu'en Bretagne elle eût toujours chevauché à califourchon. Toutes deux disparaissaient dans la forêt. Il rentrait s'habiller puis partait à leur rencontre. Il les attendait au seuil de l'énorme masse végétale qui se poursuivait, il le savait, pendant des dizaines de kilomètres. Chaque fois qu'elles surgissaient, il les félicitait d'avoir échappé au piège que constituait un rassemblement d'individus feuillus qui ne pouvaient pas s'être groupés avec cette densité sans nourrir de mauvaises intentions.

Cocteau, qui venait déjeuner, les aperçut tous trois débouchant de la sorte, prétendit que Faypoul ressemblait à un de ces criminels du siècle passé que chaque brigade de gendarmerie se relayait pour conduire entre deux bourrins vers le lieu du jugement et sans doute du supplice. Ensuite on déjeunait dans la salle à manger ronde « entre nous », loin des pensionnaires négligeables. Bella Corland n'était pas la seule à permettre au marché noir d'encombrer d'incroyables superflus la sotte blancheur de la table; Léon-Léon depuis que son père s'était décidé à lui transmettre l'héritage maternel, participait aux folies. Les discussions étaient interminables et délicieuses.

Une fois par semaine, la Maison Belhomme crépitait sous l'effet de décharges électriques provoquées par l'apparition de la secrétaire de Bella qui apportait du courrier à signer, des photographies à dédicacer, les articles louangeurs à lire. Elle conduisait aussi des journalistes qui prenaient des notes ou enregistraient les propos de la vedette. Celle-ci redevenait une comédienne fourmillant de projets alors que la veille encore elle se prenait pour une impératrice qui ne désirait plus que son repos et celui de ses peuples. Mais les autres jours on riait de tout et même de la bombe atomique; la guerre précédente s'éloignait et la prochaine n'était pas pour demain. Il suffisait d'un rien pour déchaîner les rires. On apprenait par cœur et l'on récitait en se tordant la lettre que le père de Léon Faypoul avait cru devoir envoyer au docteur Belhomme. « Ayant lu dans un magazine que ce qui se produit pendant l'enfance et même avant la naissance peut éclairer la personnalité d'un individu, je tiens pour un devoir sacré de vous signaler certains faits qui concourent à prouver que ce malheureux n'est pas fou. Il est tout simplement bête. Dans le ventre de sa mère il gesticulait étourdiment un bon mois avant l'accouchement, se répandant en coups de pied que la pauvre sainte femme lui pardonnait avec une complaisance excessive. Enfant, il avait la manie de courir sans rime sans raison. Pendant un temps je crus qu'il narguait la démarche lente et majestueuse que je devais à ma jambe de bois. Puis je compris qu'en se déplaçant à toute vitesse d'un point à un autre, et sans motif, il trahissait seulement son inconséquence. Non content d'être bête, Léon est peureux : craignant de tomber en courant, il se tenait à son oreille avec le pouce et l'index comme on se tient à une rampe. C'est vous dire. A l'âge de dix ans, il envoya une lettre anonyme à son institutrice pour lui conseiller de raser sa moustache ou de la teindre avec de l'eau oxygénée. Découvert, convaincu et puni, il eut l'audace de soutenir qu'un insituteur ou un professeur étant placé pendant des années entières devant des élèves qui n'ont rien d'autre à faire que de les regarder en face et qui, de ce fait, connaissent mieux leur visage que ceux de leurs parents et même des acteurs cinématographiques, que ces éducateurs, bref, ont le devoir de veiller sur tous les détails corporels et vestimentaires qui sont en train de se graver dans la mémoire de trente spectateurs. Quand hésitant entre deux manières d'écrire un mot, et ce moment revenant deux fois dans la même dictée, il prenait le parti de l'écrire à chaque fois avec une orthographe différente, il restait sourd à mes remontrances, ne parvenant pas à comprendre que sa méthode le condamnait obligatoirement à commettre une faute alors qu'en optant pour un système il conservait une chance de gagner. Imperméable à la raison, il poussa la stupidité jusqu'à me soutenir que la montre la plus exacte était une montre arrêtée puisque une fois par jour elle donnait au centième de seconde près l'heure de l'Observatoire. A treize ans, il entreprit de vider ma cave à liqueurs, non par passion de l'alcool mais par gourmandise. Si niais qu'il fût, il craignit que l'abaissement du niveau du liquide dans les bouteilles entraînât une enquête. Il osa pisser dans la bouteille de cognac, ce qui eut pour effet de me dégoûter d'un breuvage qui faisait la consolation de mes vieux jours. Son ânerie alla plus loin : ayant bu du pernod, il crut sauver les apparences en versant de l'eau dans la bouteille sans se douter un instant que la couleur en serait troublée et qu'il serait bientôt démasqué. Il finit toujours par être démasqué parce qu'il n'est pas assez intelligent pour ruser. On le met dans des prisons ou des asiles de fous bien qu'il ne soit ni criminel ni fou. Si vous me passez l'expression, docteur, ce garçon n'est qu'un bâton merdeux. Recevez, je vous prie, docteur, l'expression de ma haute considération. » L'affichage fut voté à l'unanimité et, encadrée par les soins d'un artisan de Barbizon dont les grands-parents avaient connu Diaz, Troyon, Millet et Corot, la lettre fut appendue dans le salon de la tour devenue le club de l'élite qui faisait la gloire de cette maison; Léon Faypoul l'avait baptisée l'ailite et d'un coup de crayon Cocteau l'avait transformée en un oiseau crétois.

Bella Corland avait été miraculeusement guérie par Faypoul qui lui avait lu une page du *Louis II de Bavière* de Jacques Bainville où il était prouvé que Louis Ier n'avait jamais été plus heureux qu'après son abdication : « Il était traité en roi sans avoir les soucis du pouvoir. Combien il devait remercier ces braves gens d'émeutiers, et Lola Montès cause indirecte de tout ce bonheur! » A peine convaincue qu'en incarnant Lola Montès, elle ne trahirait pas la Maison de Bavière dont elle était issue, elle partit pour Hollywood, comme dans un conte.

Par la suite chacun soutint qu'il avait senti monter l'angoisse pendant les derniers mois de l'année 1947 et les premiers mois de 1948. Même la grosse servante encore paysanne que Blanche, lors de sa première venue, avait trouvée aux prises avec le dallage, confia aux journalistes qu'il y avait « un drôle de je ne sais pas quoi, comment vous dire, dans l'air ». Il est à remarquer que ces pressentiments ne furent énoncés qu'après l'événement, donc après le 21 mars. Jusqu'à cette date les colis que Bella Corland expédiait régulièrement d'Hollywood ne pouvaient qu'entretenir une bonne humeur qui était constante. Ses vacances terminées, Blanche, que ses travaux occupaient peu (elle étudiait tantôt la distance à partir de laquelle deux correspondants téléphoniques se demandent quel temps il fait, distance qu'elle réussit à situer autour de cent sept kilomètres, tantôt la répartition de la part religieuse et de la part sexuelle dans les injures indo-européennes), passait trois jours par semaine à la

Maison Belhomme et, chaque fois, la retrouvait aussi gaie que lorsqu'elle l'avait quittée.

Les entretiens thérapeutiques de Faypoul et du médecin restaient quotidiens. Le premier racontait à l'autre qu'adolescent il frémissait en rentrant du collège, persuadé que la maison familiale avait brûlé et décidé à ne se rassurer qu'après l'avoir dévisagée intacte en contournant la pissotière qui limitait son horizon de cycliste. Ensuite, poursuivait-il, le vœu contraire s'était imposé à lui; il n'avait plus souhaité que trouver arbres incandescents et ruines fumeuses. Le docteur Belhomme s'était donné pour but de trouver à quel moment exact ce renversement s'était produit. Pendant plusieurs mois tous deux associèrent vainement leurs efforts pour établir entre quel mercredi et quel jeudi, quel vendredi et quel samedi la mutation s'était produite. Belhomme reprochait à Faypoul de n'avoir pas tenu son journal de lycéen et lui lisait doctement ces lignes de Descartes : « Parce que la mémoire est souvent fugitive, et pour ne pas dépenser une partie de notre attention à la raviver, pendant que nous sommes occupés par d'autres pensées, l'art a découvert fort à propos l'usage de l'écriture. Fort du secours de celle-ci, nous ne confierons ici absolument rien à la mémoire, mais, laissant notre fantaisie libre et tout entière à nos idées présentes, nous représenterons sur du papier tout ce qu'il faudra retenir. » Aussitôt après il renonçait à la sévérité pour confier à son patient ses propres bizarreries.

— Il y a des moments où je ne peux pas m'empêcher de déclarer à haute et intelligible voix : « Bon, bien, carabin. » Et quels que soient le lieu et la circonstance. L'autre jour encore cette formule m'a échappé pendant qu'à l'église de Barbizon je présentais mes condoléances à la veuve du vétérinaire. Eh bien, je suis incapable d'établir à quelle date et à quel propos cette fâcheuse habitude m'est venue.

L'arrivée de Blanche et de Mme de Gerb fit gaiement rebondir cet échange de confidences.

– Moi, déclara cette dernière, quand j'étais petiote, j'entendais conseiller de toucher du bois à qui fait preuve de trop d'optimisme mais j'avais compris *toucher du poil*. A la maison nous avions trois lévriers afghans, des dessus-de-lit en loup, des peaux de panthères devant les cheminées, donc si le besoin de *toucher* se faisait sentir, je n'avais que l'embarras du choix car, bien qu'en grandissant j'eusse appris qu'il s'agissait de bois et non de poil, j'y tenais furieusement à ma petite superstition personnelle de sorte que, la veille de mon bac, invitée par ma tante dans un salon de thé et ayant commis l'imprudence d'annoncer que j'étais certaine d'être reçue je perdis aussitôt la tête en remarquant qu'aucun poil n'était à ma portée. Vous me direz que je pouvais recourir à mes cheveux mais la chevelure de mon père était noire et sa barbe blanche, ce qui suffisait à prouver que la confusion n'était guère possible. Poursuivie par les chuchotements de ma tante qui me recommandait de bien prendre mes petites « précautions », le jour de l'examen, je courus aux toilettes. La cabine était rose et la chasse d'eau ornée de pâquerettes. Assise, une main sous ma jupe, j'apaisais mon angoisse en accomplissant le geste fatidique. Même je m'attardai si bien que pour la première fois j'atteignis l'extrémité d'un plaisir que j'avais seulement frôlé jusqu'à ce jour.

Faypoul intervint :

— Je suis en train de lire le *Journal* de Benjamin Constant. Il écrit que si, à de certains moments, les autres connaissaient ce qu'il pense, ils le prendraient pour un fou et que s'il savait ce qu'ils pensent il les prendrait pour des fous.

— Plus on est de fous plus on rit, conclut Mme de Gerb.

Et de rire en effet. Bref on s'amusait bien à la Maison Belhomme et le médecin crut à une farce quand Nevermore lui annonça que depuis le matin Faypoul restait introuvable. Il se rendit dans la chambre, constata que le lit n'avait pas été utilisé et remarqua sur le secrétaire une vaste enveloppe à son intention. L'ayant ouverte, il en tira une liasse de feuillets écrits à la plume et une lettre tapée à la machine. Depuis six mois Faypoul possédait une machine dont Blanche lui avait appris à se servir tant bien que mal. Avec des sentiments mélangés Belhomme lut ce qui suit :

Docteur, Mademoiselle, Monsieur,

Ayant fait le plus important, ou le croyant, ce qui revient au même, je prends le parti de disparaître et désire que personne ne soit tenu pour responsable d'une décision que j'ai prise et exécutée seul.

Avec mes excuses, je vous prie d'agréer, Docteur, Mademoiselle, Monsieur, l'expression de toute ma gratitude.

Léon-Léon Faypoul

Quelques minutes plus tard deux coups de téléphone se suivirent, l'un de Blanche, l'autre d'Alcide qui avaient reçu la même lettre postée la veille. Sur l'exemplaire du médecin *Mademoiselle* et *Monsieur* avaient été biffés de même que sur celui de Blanche c'était *Docteur* et *Monsieur* qui avaient été barrés et sur celui d'Alcide *Mademoiselle* et *Docteur*. On nota que Belhomme avait eu droit à l'original, Blanche au premier double et Alcide au second mais on ne put tirer aucune signification de cette hiérarchie ni d'un voussoiement qui, appliqué aux deux jeunes gens, était insolite. La gendarmerie s'empara des lettres et des feuillets manuscrits. Elle recueillit des dépositions et très vite les témoins tout comme l'opinion – car celle-ci avait été alertée par la presse – se divisèrent en deux clans : il y eut ceux qui raffolaient du suicide et ceux qui savouraient la fugue.

Aujourd'hui encore, les deux thèses sont défendues aussi âprement qu'alors et le fait qu'on n'ait jamais retrouvé l'écrivain, vivant ou mort, peut étayer l'une comme l'autre. On avait fini par apprendre que deux semaines avant l'événement, le docteur Belhomme avait invité son patient à faire un effort sur lui-même pour rentrer dans le siècle. Affecté par un écho publié dans *Samedi-France* où il était traité de psychiatre abusif et accusé de maintenir en état d'incarcération un écrivain sain d'esprit dont la présence servait la renommée de son établissement, le médecin s'était en effet résigné à demander à celui qui était devenu son ami de le quitter, fût-ce provisoirement, pour aller prendre l'air sur la Côte où l'hospitalité de Mme de Gerb lui était acquise. On se rappela qu'après la Libération il s'était constitué prisonnier volontairement et qu'à peine absous par la Cour de Justice il s'était accusé d'un double crime qui lui avait permis de réintégrer une cellule, puisqu'il n'était sorti de Sainte-Anne que pour demander librement à s'enfermer dans la Maison Belhomme. Il allait donc de soi que, condamné de nouveau à la liberté, il eût réagi brutalement. En se suicidant, disaient les uns, en fuguant, soutenaient les autres. Il fut établi qu'il possédait un compte dans une banque de Fontainebleau et qu'il l'avait vidé le 18 mars. Or, il n'avait été retrouvé dans sa chambre que quelques pièces de monnaie. Les partisans de la fugue tenaient cette circonstance pour un argument décisif, mais ceux du suicide professant que l'on ne pouvait comprendre Faypoul sans laisser sa part à l'étrangeté ne s'étonnaient pas qu'il ait voulu sombrer corps et biens.

La querelle qui opposa les partisans du suicide à ceux de la vadrouille fut véhémente. Prenons le docteur Belhomme : il avait commis l'imprudence de révéler à la gendarmerie qu'il avait donné son congé à Faypoul. Ce congé équivalait à un certificat de bonne santé que Faypoul aurait démenti en se suicidant. Donc il allait de soi que le médecin se ralliât à ceux qui soutenaient comme évident qu'un grand penseur a le droit, et presque le devoir, de s'éloigner par caprice, ne fût-ce que pour penser à son aise. Était fuguiste aussi le professeur Élisée Menotte-Biot qui, ayant donné la clef des champs à un malade dont la justice lui confiait la garde, pouvait difficilement admettre qu'il en ait fait un mauvais usage. Fuguiste aussi, Alcide : d'abord, son caractère le disposait davantage à goûter des solutions arrondies plutôt que des fins abruptes, ensuite la mort de Faypoul, si elle avait été légalement admise, aurait amené des complications juridiques autour du versement des droits d'auteur.

Quant à Sabine, elle avait adhéré au parti de la fugue parce que la haine qu'elle portait à Blanche restait (en dehors de son amour pour les jumeaux) le seul lien serré qui l'attachât à l'existence depuis qu'elle avait renoncé à la robe d'avocate pour la robe de mère de famille presque nombreuse. Elle avait compris qu'il ne lui restait plus, pour exister, que le long plaisir de savourer le désespoir de Blanche.

Or, celle-ci ne pouvait pas admettre que son Léon-Léon s'en soit allé baguenauder en l'oubliant. Il le lui fallait mort. La Rochefoucauld aurait élucidé l'attitude de Blanche en recourant à l'amour-propre, à la vanité, peut-être à l'orgueil en mettant les choses au mieux. Encore faut-il douter des jugements de ce grand homme, tout comme il doutait des sentiments. Sans doute aurait-il été incapable d'imaginer le double désespoir auquel se condamnait Blanche.

Elle n'aurait pu supporter de survivre à un être qui l'occupait toute et à qui elle rapportait en esprit ce qu'elle remarquait quand il lui semblait qu'un détail était de nature à l'intéresser. Elle notait même sur un carnet des observations qu'elle se promettait de lui lire quand il réapparaîtrait. Elle avait besoin de leurs futures conversations. Pourtant elle avait encore plus besoin d'une mort qui seule aurait justifié le silence de son mari fantasmique. S'il pouvait exister sans elle – non pas être heureux mais simplement exister – elle n'admettait aucun argument pour prolonger sa propre vie et, pour se dispenser de mourir, elle exigeait la mort de Léon-Léon dont Sabine assurait que, ne s'étant jamais mieux porté, il s'était tout bonnement lancé dans une des aventures qui lui étaient coutumières.

Au centre se situait Mme de Gerb qui, depuis plusieurs mois, subissait ou prétendait subir ce qu'elle appelait pudiquement des revers de fortune. Or, les Éditions « Campagne Première » devaient à Faypoul des droits d'auteur dont il avait été convenu qu'ils seraient remboursés à la mécène pour la dédommager de la pension qu'elle avait servie à l'écrivain; selon qu'elle considérait qu'il lui était plus facile de rentrer dans ses fonds, l'écrivain étant mort ou étant vivant, elle soutenait la thèse du suicide ou du vagabondage. De même que, pendant l'affaire Dreyfus, des passionnés changèrent de camp, Alcide se fit suicidard. Il était devenu un personnage parisien, flatté d'avoir pour maîtresse une chanteuse en vogue, également flattée d'avoir pour amant un éditeur connu qui, paraît-il, avait autrefois inspiré une passion à Bella Corland, doublait chaque année son chiffre d'affaires grâce notamment à sa collection de science-fiction. S'il préférait croire en un Faypoul défunt, ce n'était pas pour faire plaisir à Sabine avec qui il ne parlait plus qu'à l'occasion mais parce qu'une mort brutale et mystérieuse donnait plus de lustre à la mémoire de son auteur. D'où le conflit latent qui l'opposait à Blanche, celle-ci usant du droit que lui avait laissé Faypoul de présenter et d'annoter toutes les éditions et rééditions de ses ouvrages, tâche glorieuse qu'il aurait voulu assumer seul. Quand la chance se présentait, il ne manquait pas de rappeler qu'à Ulm il avait été le premier à lire *Le Vide-château* et à humer le génie. Mais dès qu'il était question de Faypoul, les universitaires comme les journalistes avaient pris l'habitude de ne se fier qu'à Blanche, qui présentait en outre l'avantage d'être toujours à leur disposition.

Au C.N.R.S., celle-ci s'était cantonnée dans des besognes de routine qui la laissaient libre de servir un culte qui l'occupait toute. Éléonore vint vivre avec Blanche rue des Plantes parce que, bien décidée à rester fidèle à Léon-Léon, celle-ci croyait ne pas le tromper dans les bras d'une femme amoureuse. Il pourrait réapparaître et les trouver toutes les deux au lit et en être satisfait. Toute la journée Éléonore massait des dames dans un institut de beauté. Le soir elle écoutait Blanche évoquer Léon-Léon intarissablement. Bien sûr leur relation n'avait pas pu demeurer un mystère d'Éleusis. « Cette gouine, disait Sabine, prétend représenter Faypoul ; elle se pare des plumes du paon. Elle est nulle et a besoin de lui pour exister. – Tu exagères, répondait Alcide qui avait pris pour principe de défendre Blanche contre une épouse acariâtre. – La vérité est encore pire ! Elle déteste Faypoul parce qu'elle le jalouse. En khâgne elle voulait écrire des romans. Elle est bonne qu'à commenter fielleusement une œuvre qu'elle hait. – Songe un peu à toi pour te calmer. Qu'est-ce que tu as fait ? Est-ce que tu es devenue un grand avocat ? – Je suis mère, répondait-elle, je ne jalouse personne, je ne tire pas la couverture à moi. » Il lui suffisait en effet de border chaque soir ses deux bambins.

Tout n'était pas faux dans le discours de Sabine car Blanche pouvait être comparée à une démente vivant avec trois loups. Chaque matin il lui fallait tenir Léon-Léon pour mort, c'est-à-dire le tuer afin de pouvoir admettre son absence ; chaque jour elle travaillait à rendre célèbre son amant fantasmique ; chaque soir elle rêvait de conserver pour elle seule les lignes dont elle avait hérité.

Cette contradiction se trahit dans la préface qu'en 1980 Blanche donna aux œuvres complètes du Maître. Le passage suivant est révélateur : « Aujourd'hui le succès de L.-L. Faypoul est tel qu'il pose un problème. Une œuvre de cette sorte semblait destinée à enchanter les happy few et non à rassembler la quasi-unanimité de la critique, à pénétrer dans les manuels scolaires, à tenter les collections de poche. A titre d'exemple nous signalerons que durant ces deux dernières années, trois universités ont proposé des fragments de cet auteur aux candidats bacheliers et que sept thèses de troisième cycle lui ont été consacrées. Son nom est cité aussi bien dans des magazines à grand tirage que dans des feuilles culturelles, alors que la spécificité de son talent qui le situait entre les néo-surréalistes et les néo-classiques lui promettait le destin d'un écrivain mineur. Pourquoi ? Nous proposons une explication qui tient moins à l'œuvre qu'à l'homme et nous sommes contraints de reconnaître que la mode a tenu sa place dans cette affaire. C'est la mode qui a répandu le goût du rétro et poussé lecteurs et critiques vers le culte d'années appartenant à un passé récent, lié à la dernière guerre et à ses lendemains. De ce point de vue L.-L. Faypoul a tout pour séduire : en 1937, il semble qu'il ait appartenu à une société secrète, terroriste et fascistoïde. En 1940, il combat dans un corps franc, puis le voici milicien mais, s'il faut en croire les juges, résistant. Or, la collaboration et la Résistance exercent un attrait égal sur nos contemporains. A-t-il tué ses deux amis ? Le doute permet à ceux que fascinent le poète assassiné et le poète assassin de se rencontrer pour célébrer la mémoire. Était-il fou ou non ? La folie auprès de l'espace et du temps est l'une des ordonnées de notre univers. S'il a disparu, le mystère de cette fuite absolue éblouit comme une démarche rimbaldienne. S'il s'est suicidé, ce qui semble le plus probable, cette mort brutale l'apparente aux génies dont le cours a été brisé net par les effets de la guerre, ou par accident, ou par caprice. Il nous vient aussitôt des noms sur les lèvres, ceux de Nizan, de Prévost, de Brasillach, de Drieu, de Nimier, de Montherlant, au-delà desquels le mythe soutient Crevel, Péguy, Nerval, sans qu'on ait besoin de remonter jusqu'à Socrate. Il faut avoir le courage de le constater : si l'œuvre de cet écrivain s'impose dans toutes les bibliothèques, elle le doit beaucoup moins à elle-même qu'à la personnalité d'un homme qui, sans l'avoir cherché, satisfait toutes nos obsessions existentielles. » Ainsi, en attribuant à de mauvaises raisons l'engouement du public, elle s'offrait l'illusion d'être la seule à apprécier à sa valeur exacte l'œuvre dont elle se voulait la prêtresse. Elle dédaigna d'entrer dans le débat qui entretenait les hypothèses qu'une disparition singulière ne manque jamais de faire naître.

Elles sont nombreuses. Une bicyclette, en même temps que Faypoul, avait disparu. Elle avait été retrouvée devant la gare de Fontainebleau. Il est donc possible que notre héros, muni d'une somme confortable, se soit esquivé par le train.

Il aurait pu tout aussi bien rejoindre les bords de la Seine à pied et se jeter à l'eau de telle sorte que son corps gouverné par le courant ne fût retrouvé qu'aux confins de la Normandie, parmi des pommiers en fleur tachetés de noir par les fumées de Rouen dans un paysage qui littérairement et picturalement en était resté à la seconde partie du XIXe siècle. A la morgue Sabine, qui était décidée à faire son devoir jusqu'au bout, et Belhomme, que la thèse du suicide mettait en fureur, ne purent reconnaître Faypoul dans des restes qui étaient à peine humains. Le médecin légiste les invita à déjeuner dans un petit restaurant « qui ne payait pas de mine » et Belhomme se souvint d'un texte que le défunt (ou le fugueur) avait improvisé pendant une des soirées de l'Ailite : « Dans un petit bistrot qui ne payait pas de mine et qui était infect, le patron, qui derrière un visage rude cachait un caractère acerbe, brusquait sa petite servante à laquelle on aurait donné le bon Dieu sans confession bien qu'elle fût vierge et bonne, etc. » Ils souriaient autour d'un délicieux canard au sang.

Fin août, au cimetière d'Argeasse, une couronne de papier cellophane fut découverte à proximité du caveau de la famille Guesclin. Quelques jours plus tard au cimetière de Pobonin, distant de deux lieues, on arrêta un ancien sous-officier de tirailleurs qui, nu, chevauchait une croix. Il reconnut avoir exercé ses ravages à Argeasse où il avait pris la liberté de déposer une couronne de caviar. Toutefois il semblait ignorer la nature de cette denrée et croire que caviar en argot stéphanois signifiait saucisson. Alcide, qui savait comme Blanche que Faypoul avait longtemps rêvé d'Huguette, se rendit dans le paisible cimetière dont les étroites allées tapissées d'aiguilles de pin serpentent jusqu'à un rideau de cyprès. Dans le Midi, le cyprès n'est pas voué à escorter la mort comme dans les pays du Nord. Ces arbres vigoureux et vifs coupent le vent et entretiennent une tiédeur tranquille.

Exactement un an plus tard il dut interrompre un

séjour à Amélie-les-Bains où il était allé exposer à sa mère les motifs pour lesquels Sabine et lui divorçaient, la presse ayant signalé que M. Faypoul, le père, aurait reçu un coup de téléphone de Léon séquestré par Mme de Gerb. Quand il arriva à Marseille, il apprit que la visite domiciliaire s'était soldée par un échec. Mme de Gerb avait ouvert grandes les portes de l'ultime maison qu'elle possédait à Aix, Cours Mirabeau et, en présence des policiers, avait lancé au père hargneux : « Vous déraillez, bonhomme. »

Le professeur Élisée Menotte-Biot tira la sonnette d'alarme du train de banlieue qui le ramenait à Paris l'avant-veille de Noël en décembre 1953. Pour justifier son geste qui avait immobilisé la rame à la sortie de la gare d'Asnières, il prétendit avoir reconnu sur le quai Léon Faypoul en personne. « Il portait même un œillet rouge à la boutonnière. » On ne retrouva ni l'homme ni la fleur. Blanche en profita pour donner une conférence de presse au cours de laquelle, si l'on se fie aux comptes rendus, la certitude du suicide fut établie.

Elle devait, en 1979, ressentir comme un affront personnel une nouvelle transmise par l'A.F.P. et aussitôt répercutée par les médias dont le bourdonnement triomphait : « Caracas. 27 février. Le fameux écrivain français Léon-Léon Faypoul, qui avait disparu en 1947, était généralement considéré comme mort. La police vénézuélienne semble nous apporter la preuve du contraire car elle l'identifie avec un pêcheur imprudent qui, étant tombé de sa barque dans un étang sis à soixante-dix kilomètres de Caracas, a été dévoré par les piranhas. Il évait devenu le secrétaire d'un très important pétrolier, M. Justino Amadeo, qui s'est refusé à toute déclaration. » Escortée de Never-more, Blanche se rendit au Venezuela. Elle ne put être reçue par Justino Amadeo mais, grâce, affirma-t-elle, au concours de Mme Uguelita Amadeo, elle put établir que le prétendu Faypoul n'avait ni la taille ni la couleur de cheveux du vrai.

Ce fut au cours de ce séjour qu'elle « ressentit les premières atteintes du mal qui devait l'emporter » deux ans après la publication des *Œuvres complètes* où elle n'avait pas cru devoir retenir les notes prises par Léon-Léon Faypoul lors de la dernière nuit passée à la Maison Belhomme. Ces notes avaient pourtant été restituées depuis longtemps par la gendarmerie. Les voici :

21 mars 1947, 17 h 35. Le climat qui restait encore aigre et plutôt mordant, comme il est normal en cette région et en cette saison (il n'y a que les Parisiens pour s'étonner chaque année et m'exaspérer en marmonnant que ce n'est pas un temps de printemps) s'est adouci à la fin de la matinée parce que le vent a cessé tout à coup. D'où une sorte de tiédeur dont la végétation profite, gloutonne comme elle est. Des odeurs de sève sont venues me harceler par l'entrebâillement de la fenêtre. J'ai réussi à conserver ma bonne humeur parce que je tiens pour supportable l'état actuel de la nature, un cancer à l'état naissant qui vous chatouille sans plus. J'aimerais que des bourgeons se hasardent, pointes d'asperges roses et que les crocus se donnent de l'importance puis que le printemps nous ayant dispensés de son triomphe et de son été nous revenions directement à l'ère des arbres de bois et des plates-bandes nues. La clémence de l'air incitait les hôtes de la Maison Belhomme et leurs visiteurs à se promener dans le jardin jusqu'aux approches du soir. Il y a ici depuis quelques années un vieux monsieur qui ressemble un peu à mon deuxième juge d'instruction; il a exactement la même moustache. A ce que j'ai su il ne se relève pas d'une dépression où il est tombé quand il a appris qu'on le mettait à la retraite sans lui donner le ruban de la Légion d'honneur qu'on lui avait promis. Je comprends son affliction car son aspect correspond tout à fait au grade de Chevalier; déserte sa boutonnière me dérange. A sa place je me serais procuré un ruban rouge que j'aurais fait coudre sur mes revers de vestes par la femme de chambre. Cette solution amuse Belhomme. Il l'a évoquée devant Élisée Menotte-Biot et tous deux comptent demander à un de leurs amis qui est député de déposer un projet de loi qui permettrait de décerner des décorations à titre thérapeutique.

Le petit garçon avec lequel il se promenait est rose, blond et bleu, il ressemble à une aquarelle. J'aurais aimé qu'il fût vêtu d'un costume marin comme on en portait dans mon enfance et qu'il tînt à la main un cerceau. Quand ils sont passés sous ma fenêtre, j'ai surpris leur conversation.

— Comment une femme devient-elle veuve? demanda le petit garçon.

— Elle devient veuve à la mort de son mari.

— Tout de suite? Une seconde après?

— Tout de suite... Ou plutôt dès que le décès a été dûment constaté.

Le soleil disparaîtra dans trois minutes, il est temps que je gagne mon poste d'observation.

18 h 02. Succès complet. Depuis quinze jours que je m'exerce, mes efforts ont souvent été compromis par les troubles de l'atmosphère. Mais ce soir le ciel était pur et,

au-delà des cultures maraîchères, l'horizon se découpait avec netteté. J'étais juché sur la lunette des W.C. et je regardais par un œil-de-bœuf qui donne sur l'ouest. Mon thème était le suivant : Nous savons depuis des siècles que le soleil ne se lève ni ne se couche et que c'est la Terre qui en roulant sur elle-même le cache ou le découvre, mais le vocabulaire que nous utilisons (lever, coucher) nous confirme dans l'illusion dont notre regard est victime et avec entêtement nous nous obstinons à voir le soleil s'abîmer le soir et surgir le matin. Or, il y a quelques instants, je suis enfin parvenu à ressentir la rotation de mon support qui en m'entraînant avec lui me dissimulait le soleil. Cet ineffable constituait un signe auquel je dois obéir. Surtout empêcher ma volonté de se laisser distraire par des entreprises accessoires, celle qui consisterait par exemple à récrire les levers et couchers de soleil qui abondent dans Rousseau, Chateaubriand, Balzac, etc., en ne tenant compte que de la mobilité de la Terre et donc de l'observateur.

18 h 30. A propos du signe que j'ai reçu, des idées sont venues qui se bousculaient à une telle cadence que lorsque j'ai voulu les noter, elles s'étaient déjà enfuies. Ce n'est pas la première fois que je le remarque : la vitesse de la pensée informulée est beaucoup plus élevée que la vitesse de la formulation de la pensée et elle est aussi précise ou presque. Il m'arrive d'acquiescer d'un mouvement de la tête à une idée que je n'ai ni organisée ni énoncée ; elle m'a traversé comme un météore. Quand je regarde les autres, je suis épouvanté par le nombre de météores qui fusent derrière les visages indifférents.

18 h 55. Belhomme est venu bavarder comme à l'accoutumée. Je lui ai promis de quitter son établissement au début du mois prochain. Il paraissait étonné et

peut-être déçu que je me résigne si facilement à entrer dans ses vues. Il s'est hâté de me répéter que sa maison me restait ouverte et que je pouvais toujours y revenir soit pour une nouvelle cure soit à titre amical. Inversant les rôles comme il lui arrive assez souvent, il m'a consulté à propos d'une nouvelle manie qui l'inquiète. Sans rime ni raison, il éprouve, bien qu'il ne soit pas croyant, le besoin d'esquisser, à la dérobée et à la va-vite, un signe de croix. Je lui ai répondu que c'était « nerveux » sans songer que je parlais à un neuropsychiatre qui accordait à ce mot un autre sens que moi. J'ai corrigé le tir en proposant l'hypothèse d'un tic banal. Pour lui faire plaisir j'ai amorcé un interrogatoire. Pourquoi ne résistait-il pas à cette tentation déraisonnable ? Il y parvenait parfois, m'assura-t-il, mais ce courageux refus lui donnait des inquiétudes qui duraient jusqu'au lendemain matin. Je voulais lui faire avouer qu'il était tout simplement superstitieux.

— Comment pourrais-je l'être ! Fils et petit-fils de positivistes, positiviste moi-même, comment...

Je me bornai à lui faire observer que ce signe de croix ne me dérangeait guère et qu'il devait s'estimer heureux de n'être pas tenu comme son ami Élisée de s'en aller tremper ses pieds dans la fontaine Saint-Michel. Puis comme il soutenait que sa position était intolérable, j'ai soupiré :

— Oh, vous savez...

C'est ce qu'on dit quand l'autre ne sait pas et que l'on ne sait rien non plus. Cette réponse l'a apaisé et je lui ai confié, puisqu'il s'en allait dîner à Fontainebleau, deux lettres dont je souhaitais qu'elles fussent mises à la gare pour être distribuées le lendemain à Paris. Son regard a machinalement effleuré l'une des enveloppes et il s'est

401

exclamé que c'était à lui que j'écrivais... je lui montrai qu'il s'agissait d'Alcide Amadieu et non d'Alcide Belhomme et je conclus :

— Dire qu'il n'y avait que deux Alcides sur Terre et que je suis tombé dessus!

Nous nous serions quittés en riant si, sur le seuil de la porte, je ne lui avais pas avoué que je me passerais de dîner et que ne ressentant pas les approches du sommeil je comptais écrire toute la nuit. Le médecin refit aussitôt surface. Il décida qu'on me monterait une collation et qu'Éléonore me masserait et me baignerait pour me préparer au sommeil.

19 h 15. Éléonore vient d'entrer. Je suis assis devant mon bureau. Elle m'a retiré mes chaussures et mes chaussettes, elle est en train de retirer ma cravate, j'écris en sachant qu'elle peut lire par-dessus mon épaule. Mais on peut lire sans comprendre. Je vis ce rivage de ma vie qui ressemblant à un mirage m'effraie par sa nouveauté. Pourtant il rappelle à moi des instants révolus qui ne sont pas identifiables malgré leur brillance. Il y a des souvenirs qui sont usés par le frottement comme des pièces de monnaie; ils peuvent prendre un poli qui leur donne un éclat plus vif que lorsqu'ils étaient neufs, mais ils demeurent indéchiffrables et l'on ne saurait que hasarder des hypothèses : le profil de Néron ou de François Ier, les voilures d'un aigle, le dessin d'un lys? Or et cuivre, à la longue, deviennent même matière muette qui ne peut plus que réfléchir ce qui l'entoure.

20 h 20. L'excessive brutalité de ce massage pourrait s'expliquer si l'on supposait que Mme de Gerb se soit laissée aller à des confidences sur les moyens dont elle abusait quand j'étais jeune pour me dominer, mais j'incline plutôt à croire qu'Éléonore chercha à venger

Blanche des trop rudes caresses que je lui aurais infligées creusant mes ornières en elle « comme des chariots ou des socs déchirants ». Le bain, ensuite, m'apaisa comme un lac et je savourais la douceur des paumes et des baumes. Aussitôt après elle aurait voulu me passer mes vêtements de nuit mais j'exigeai qu'elle me rhabillât de pied en cap. Elle n'arrivait pas à nouer ma cravate, je dus l'aider, elle en rit, cette inamusable, tout en conservant son éternel visage carré, sévère jusque dans la joie.

20 h 35. La femme de chambre m'a apporté une collation qui est plantureuse. Une aile de poulet, une salade verte, du pâté de campagne et une vaste portion de ce fromage à peine fermenté que les gens d'ici appellent fromage de vache. J'ai décidé de diviser ce festin en petites portions que j'ingurgiterai le long de la nuit. Ainsi procédait-on dans mes romans d'enfance lorsque le navire était immobilisé par le calme plat ou que les rescapés attendaient un secours improbable au fond de la mine.

20 h 45. Depuis mon enfance j'ai toujours eu envie de posséder une barque. Je la voyais toute blanche; elle se reflétait dans la mer. Je lui consacrai un poème que maman apprécia tout en condamnant mes projets de navigation parce qu'elle redoutait toujours le pire. J'en étais donc réduit à transformer mon lit en barque au moment de m'endormir. Mais aujourd'hui j'ai les moyens et la liberté de m'acheter une barque réelle et je me demande ce que j'attends.

21 heures. Après m'être regardé dans la glace en me lavant les dents sans motif je me suis souvenu, sans plus de motif, de la joie qui s'était peinte sur le visage de mes parents lorsque, à l'âge de dix ou onze ans, emmené par eux dans une kermesse, je revins leur annoncer, hors d'haleine, que j'avais remporté un premier prix.

— De quoi ?

— De grimace.

Leur joie survécut une seconde. Le temps de comprendre. Puis, silencieuse, la déception se répandit sur leurs traits, lourde d'une tristesse qui me parut infinie et qui me désola. Elle me désole encore.

21 h 30. A propos de la mayonnaise qui escorte mon poulet j'ai médité sur les diverses densités des sauces en laissant de côté celles qui sont trop fluides comme la vinaigrette ou la sauce tomate. Pareille à une œuvre (ou à une vie ?) une sauce doit tenir ensemble bien qu'elle soit composée d'éléments étrangers les uns aux autres. Comment avec du jaune d'œuf et de l'huile qui sont liquides parvient-on à édifier une masse lourde où je réussis, avec une cuillère, à ébaucher des corniches et des tunnels ? Je comprends mieux la sauce gribiche qui tient grâce à la viscosité rugueuse de la moutarde et aux câpres qui jouent le rôle de joints. J'aurais pu consacrer une existence à l'examen des matières. Nous appelons hydrophile un certain coton qui se laisse pénétrer et imbiber par l'eau. Mais est-il son ami ou trahit-il seulement la faiblesse qui l'empêche de repousser l'invasion ?

Je suppose que si on envisage de se suicider, on peut être contrarié par le nombre de questions que l'on laisse sans réponse. C'est par manque de curiosité que Jésus est mort jeune. Pourquoi n'avait-il pas envie de connaître le secret des vieillards ?

22 h 45. M'étant involontairement endormi, la tête posée sur les bras eux-mêmes appuyés à la rame de papier, j'ai failli en m'éveillant murmurer « Où suis-je ? » comme une héroïne de roman. Depuis ma naissance je n'ai jamais su où j'étais ni où j'en étais. Achille n'était vulnérable que par son talon, je possède autant de

talons que de têtes l'Hydre de Lerne et si on me les avaient tranchés d'un seul coup j'aurais cessé d'exister.

Le propos que le sommeil avait interrompu me revient en mémoire. Les questions que je laisserais sans réponses si je mourais dans les cinq minutes sont d'une décourageante variété. J'en cite deux à titre d'exemples :

Dès que quelqu'un m'agace, les orteils de mon pied droit se trémoussent alors que mon pied gauche reste calme. Pourquoi ?

Depuis quelques mois les noms de deux poétesses, Marceline Desbordes-Valmore et Yanette de Létang-Tardif me reviennent en tête bien que je ne me rappelle aucun vers de ces dames. Que me veulent-elles ?

Sans doute serais-je mort sans réussir à distinguer une stalactite d'une stalagmite si je n'avais pas partagé à la Santé la cellule d'un petit assassin crapuleux qui tirait vanité de sa seule prouesse scolaire : l'instituteur avait réussi à lui faire entrer dans le crâne que la stalactite tombait et que la stalagmite montait. Je le vois encore reproduisant avec dévotion le geste descendant puis ascendant de son maître pour accompagner sa démonstration.

23 h 15. Usant du privilège masculin, je viens de pisser dans mon lavabo en songeant aux ruses secrètes du vocabulaire; de bonne humeur je juge mon urine claire, mélancolique, je la trouve pâle ou blême. Il y a des courants de pensées qui sont vifs et ne mènent nulle part. A partir de l'urine j'ai passé en revue les différentes substances que notre corps rejette; leurs natures sont aussi variées que les sauces qui m'intéressaient tout à l'heure. J'en viens à rêver à ces liqueurs qui sont les unes éjaculées, les autres épandues selon le sexe des partenai-

405

res. La notion de sauce m'a inspiré le désir de terminer l'aile de poulet avec la mayonnaise, mais la notion de sexe m'a dirigé vers une autre question sans réponse : l'hymen existe-t-il aussi chez les femelles des animaux ? De tous les animaux ou seulement des mammifères ? Y-a-t-il des éléphants pucelles, des viperettes vierges.

Un grondement de moteur qui avant de se taire rage un peu pour exécuter une marche arrière. Belhomme est rentré de Fontainebleau. J'espère qu'il n'a pas oublié de poster mes lettres.

23 h 45. On peut être frappé par l'exiguïté du temps qui vous reste à vivre et ne pas savoir comment l'employer. On quémande à Monsieur le bourreau une minute de rab qui ne peut être qu'une minute d'angoisse comme si exister ou plutôt savoir qu'on existe constitue un bien en soi.

22 mars, minuit un quart. La salade, je l'ai terminée. Peu à peu le plateau devient un désert où s'attarde solitaire le fromage de vache. Je bois un demi-verre de vin avant de partir en expédition.

Une heure moins dix. Dans cette maison, la nuit, tout promeneur croise des spectres courtois. Sur le palier du premier étage j'ai trouvé Passegrin, un agent de change qui séjourne ici plusieurs fois par an ; vêtu d'un pyjama orange, le crâne poli et lustré par la calvitie, il se tenait raide et immobile comme un échassier. D'une voix profonde, il m'a demandé des nouvelles de mon moral.

A la prison, Sabine ne me rata jamais. Ses premiers mots restèrent invariables :

— Alors, ce moral ? Comment va-t-il ?

Cette question me donne l'impression que l'on se préoccupe d'un animal familier dont la garde m'aurait *été confiée. Combien de fois ai-je dû répondre qu'il se portait à merveille, ce moral. J'ai toujours envie de prendre les devants. J'ai toujours envie d'en rajouter en assurant que je ne lui donne pas trop de sucre à cause de son poil, qu'il a bon appétit, qu'il remue la queue, qu'il est joueur et même un peu taquin. Mais pour en finir plus vite je me suis borné à lui demander des nouvelles du sien qui ne semblait pas brillant. Passegrin s'est interdit le tabac et ronge continuellement un fume-cigarette vide. Aussi, par bonté d'âme lui ai-je conseillé d'aller se coucher.*

— Si vous dormez, vous n'aurez pas envie de fumer.

— Très juste. Je vais de ce pas prendre mon somnifère et me coucher. Très bonne idée, je vous remercie.

Au rez-de-chaussée, dans le salon faiblement éclairé, j'ai reconnu Maureen de Combronde, une nièce de la Duchesse d'Albassoudun. Jupe rouge, pull rouge, plutôt maigriote, la bouche belle qu'elle mordait, le nez busqué, les narines un peu tremblantes, des prunelles grises, scandinave dans des yeux biseautés à l'orientale. Pendant que son sous-lieutenant de fiancé se faisait tuer en Indochine, je savais qu'elle avait pris des cours de comédie sans parvenir à décrocher un engagement.

— Pour sortir de moi-même il faut que je joue, m'expliqua-t-elle. Belhomme et Alcipian sont d'accord là-dessus. En ce moment je pilote un bombardier au-dessus de Londres.

Le bombardier était un écrin à bijoux qu'elle promenait au-dessus du secrétaire avec une extrême lenteur.

— Vous voyez, j'ai survolé le Londres de la mode, celui des théâtres, je passe entre le Londres intellectuel et le Londres commercial et je me dirige vers le Londres maritime.

Lui ayant souhaité une bonne continuation, j'ai pénétré dans la salle à manger, non pas celle de l'Ailite mais la grande, celle de tout le monde dominée par le vaste tableau attribué à Troyon qui était le but de l'expédition. Mes doigts ont tâtonné sur les touches et, violemment éclairé, le chef-d'œuvre a surgi.

L'automne dernier, ayant trouvé dans la bibliothèque les aventures de Sherlock Holmes, je fus frappé par les passages où le détective ayant éventré une oie cueille un joyau, en saisit un autre parmi les débris d'un buste de Napoléon qu'il vient de fracasser, voit sortir un traité naval d'un parquet dont une latte a été soulevée. Ces moments tout à la fois me ravissaient par l'éclat de leur lumière et me décevaient en balayant aussitôt le mystère dont la séduction m'avait retenu au bord du vide pendant des dizaines de pages. Tout d'un coup le compliqué devenait trop simple. Quand une hypothèse est vérifiée, c'est l'intelligence seule qui y trouve son compte : il était évident que l'étang débordait puisque les troncs de quelques arbres baignaient dans l'eau pendant que les bœufs s'abreuvaient, rougis par une tardive lumière. J'avais si souvent déjeuné et dîné devant ce spectacle agreste que ses moindres détails s'étaient inscrits dans ma mémoire. Si j'avais douté d'elle, c'est qu'ils élucidaient trop facilement l'insistance tenace de Mme Desbordes-Valmore et de Mme de Létang-Tardif.

3 heures du matin. L'état mi-frustré mi-glorieux où je me trouve aurait pu trouver sa place dans Le Vide-château. *Je me désintéresse de moi comme Mme de Sédan. Quand on n'a jamais été occupé que de soi, on prend un risque à se dédaigner. Que reste-t-il ?*

3 h 30. Il fait frais parce que la nuit, Belhomme, par

économie, laisse faiblir les chaudières. J'ai terminé le fromage de vache et j'ai bu deux verres de vin avec l'espoir d'entraîner mon esprit vers une aspérité qui le retiendrait.

Le meilleur argument que je trouve contre le suicide : les autres n'existant pour moi que par moi, en me détruisant je les détruis, procédé brutal, dépourvu de politesse.

Cela dit, cela dit... Voyons l'affaire de plus près. Les autres ont-ils jamais existé pour moi sauf lorsque je pouvais les surprendre sur un terrain qui nous était commun. Je manque d'imagination lorsque je ne rêve pas. N'étant pas boiteux je suis agacé par les boiteux. Il me semble qu'ils le font exprès. Quand je croyais, tout écrit ou tout propos athées m'irritaient comme le témoignage d'une volontaire fausseté d'esprit. Dès que je ne les partageais pas, je ne pouvais comprendre que des fantasmes bénins, telle la passion des Anglais pour le gazon fraîchement tondu et la marmelade.

4 h 20. J'ai dormi et au travers d'un long rêve j'ai rencontré ma mère. Elle se tenait très bien comme d'habitude. Elle aimait bien rendre un service mais ne le pardonnait jamais à ses débiteurs.

Par contagion mon père se présente. A quinze ans, ou quatorze j'ai souffert de rhumatismes articulaires. Il se moquait. Il fredonnait deux vers qu'il attribuait à Florian. Peut-être suis-je rancunier.

Il me revint la phrase que l'éternel Passegrin m'a glissée dans l'escalier alors que je revenais de l'Étang-Tardif. La voici ou à peu près : « Quand il s'agit de choses capitales, toute certitude claire est noire. »

Je songe aux propos que j'ai oublié de noter; ils se sont évaporés comme les hurlements de douleur ou d'amour qui ont retenti sur cette écorce terrestre depuis qu'elle a été contaminée par la vie. Encore une méditation qui ne mène à rien.

5 heures. Il est sûr que je suis un solipsiste. Je l'ai confié à Belhomme qui a cru que je faisais allusion à une maladie qu'il ignorait. Pourtant c'est dans sa bibliothèque que j'ai trouvé la meilleure définition de ce terme dû à F.C.S. Schiller : « The doctrine that all existence is experience and that there is only one experient. The Solipsist thinks that is the one[1]. »

Aux alentours de six heures du matin. Je ne peux préciser davantage parce que ma montre et ma pendulette se sont arrêtées. Stupidement j'ai dormi. Manier un grand projet dur comme une grenade et céder au sommeil, c'est bien une nouvelle preuve de l'inconsistance de mon caractère. Je viens d'ouvrir la fenêtre qui regarde l'est. Au-dessus des arbres s'étire un brouillard beige. Déjà la Terre a accompli la rotation qui devrait me permettre de considérer le soleil mais cette putain de forêt de Fontainebleau dégage ses habituelles humeurs qui sont sales.

J'aurais pourtant aimé assister à ce spectacle dont j'ai réussi à faire un numéro personnel. Par l'entrebâillement des battants le froid me mord comme si Jack London m'avait juché sur un traîneau mû par des chiens. La fenêtre est refermée. Je n'ai plus qu'à faire ce que j'ai à faire.

---

1. La doctrine qui prétend que toute existence est expérience, et qu'il n'y a qu'un seul sujet de cette expérience. Le Solipsiste croit être ce sujet unique.

DU MÊME AUTEUR

Romans :

LES CORPS TRANQUILLES (Éd. La Table Ronde).

LE PETIT CANARD (Éd. Grasset).

LES BÊTISES (Éd. Grasset). Prix Goncourt 1971.

LES SOUS-ENSEMBLES FLOUS (Éd. Grasset).

LES DIMANCHES DE MADEMOISELLE BEAUMON (Éd. Grasset).

Essais :

PAUL ET JEAN PAUL (Éd. Grasset).

NEUF PERLES DE CULTURE, en collaboration avec Claude Martine (Éd. Gallimard).

MAURIAC SOUS DE GAULLE (Éd. La Table Ronde).

ANNÉE 40, en collaboration avec Gabriel Jeantet (Éd. La Table Ronde).

LA FIN DE LAMIEL (Éd. Julliard).

AU CONTRAIRE (Éd. La Table Ronde).

CHOSES VUES AU VIETNAM (Éd. La Table Ronde).

LETTRE OUVERTE AUX ÉTUDIANTS (Éd. Albin Michel).

DIX PERLES DE CULTURE, en collaboration avec Claude Martine (Éd. La Table Ronde).

ROMAN DU ROMAN (Éd. Gallimard).

LE NU VÊTU ET DÉVÊTU (Éd. Gallimard).

HISTOIRE ÉGOÏSTE (Éd. La Table Ronde).

STENDHAL COMME STENDHAL (Éd. Grasset).

Composé par la Société Nouvelle Firmin-Didot
à Mesnil-sur-l'Estrée
et achevé d'imprimer par
l'imprimerie Brodard et Taupin
à La Flèche (Sarthe),
le 21 octobre 1988.
Dépôt légal : octobre 1988.
Numéro d'imprimeur : 1391A-5.

ISBN 2-07-038084-X / Imprimé en France.

11. 50 Swtu